# 文芸雑誌『若草』

## 私たちは文芸を愛好している

小平麻衣子 編

翰林書房

◎目次

# 序章

# 文芸雑誌『若草』について

小平麻衣子

## はじめに

『若草』（宝文館）は、雑誌として認知されているとは言い難く、川端康成や太宰治の短編の掲載誌として意識されることがあるかどうか、という程度である。[*1] しかも当人の「少しも書きたい小説ではなく、再三断つたのですが仕方なく引き受け」た（川端康成「佐藤碧子宛書簡」一九三五年一二月二四日『川端康成全集』補巻二、新潮社、一九八四年）のような発言がある通り、作家研究にとっては、全集未収録作品発掘には資するかもしれないが、重要な作品が掲載されているとは言い難い。しかしながら、長い年月にわたる雑誌の継続は、読者の熱意を表している。そして、文学とは、突出したテクストや、意識の高い読者だけでなく、趣味も行動も一貫しているとは言えない多くの文学好きによって、思潮的にも経済的にも動かされているのではないか。本書は、これまで雑誌としての研究が手薄であった『若草』を通して、文学が分かち持たれる場の一端を明らかにしようとするものである。本章では、各論の前に『若草』全体の傾向を一瞥したうえで、最後に本書の構成を示すことにする。

## 1　なんでもありの『若草』

『若草』は、『令女界』の投稿欄拡張の要望に応え、橋爪健、井上康文、北川千代子、城しづか、水田明、北村秀雄、佐々木緑、藤村耕一を同人として一九二五（大正一四）年に創刊された。[*2]「たゞ若き女性の雑記帳」とする目的だったようだが（『若草』広告、『令女界』一九二五年七月）、実際に刊行された雑誌は、当初から二つの方向性が併存していた。

一つは、『令女界』の進展として、「主に女流作家の諸氏に御執筆を仰ぎ、微力ながら女流文壇の活舞台」とする方向である（田邊耕一郎「編輯後記」、『若草』一九二六年八月。これ以降、『若草』からの引用については、誌名を省略し、発行年月のみを記す）。中条百合子、吉屋信子、網野菊、宇野千代、三宅やす子、岡本かの子、若杉鳥子、高群逸枝、神近市子が執筆し、平塚らいてうや生田花世など『青鞜』を知る人々の寄稿によって、第二の『女子文壇』を目指すという方向性も打ち出された。読者からも「文芸雑誌としてこれほどまでに女性のために解放した雑誌は現代に本誌一つです」（山形　せきや、一九二七年八月）、と喜びと共に受け止められた。

もう一つの方向は、男性投稿者の受け皿としての役割である。そもそも『令女界』誌上では、男性の女性名による投稿が、たびたび問題となっていた。編集側も、愛読者の中に、「幾千の男性の読者（多くは学生諸君）」が混じっていると認識していた（「大森から」『令女界』一九二五年三月）。男性を排除するべきかどうかは数号にわたる論争となり、おりから投書欄の拡大として用意されていた『若草』は、男性たちの要望を受けて、「其の文芸の応募者に男女の区別を設けない」と宣言することにもなった（『若草』広告、『令女界』一九二五年八月）。「若草誌上には男性の投書をお赦し下さいます様」というような投書も複数あり、編集側は「◆若草は、人をえらびません。作品本位でいくつもりです」と返答している（茶話会、『令女界』一九二五年九月）。

「若草。それはもう単なる女性の雑誌ではなく、男性女性を通じての文芸誌である」（神戸　深川邦哉、座談室、一九二八年三月）と言われる稀有な雑誌になるまでに時間はかからないが、それが必ずしも傾向の統一を意味しないのは言うまでもない。少女誌に投稿したい男性たちは、センチメンタリズムや現実とかけ離れた空想など、当時の〈女性らしさ〉を自演することを望んでいたのであり、少女誌からの進歩を期待する女性たちが、そうしたイメージからの卒業を志していたのと大きなずれがあったからである。

実は初期の『若草』は、〈モダン・ガール〉イメージの強力な発信源の一つと言っても過言ではないが、[*3]それは、こうした事情によるものでもあろう。モダン・ガールは、職業や女性の自立の問題が接続するのと同時に、「感覚的、享楽、肉体的刺激の追及」、「生活気分のまにまに」動いているといったように（片岡鉄兵「モダン・ガールの研究（二）」一九二六年八月）、現実を踏み越える観念的女性像が読み込まれもし、二極化する読者層の双方を巻き込む多義的な表象だったからである。とはいえ、女性たちが求めた成長と、イメージとしてのモダン・ガールの落差は顕在化していく。穏健な女性誌であるにもかかわらず、この後プロレタリア文学傾向を自認する読者が増えていくのは、案外にもその女性誌であることに起因するのかもしれない。成長を主張する一部の女性にとっては、これまで文化の領域に参加できなかった女性は、搾取の対象であるプロレタリア階級と一致するからである。

むろん混淆性ゆえに、プロレタリア文学とは言っても、都市の発達や人間の機械化など、新興芸術派などとも共通する局面に、導入は限定される。北村秀雄の藤村耕一宛書簡（一九三一年七月二三日。北村晃編『篝火——北村秀雄・追憶——』一九七二年、ワグナー出版）で、「ナップ系の連中も大分書いてはゐますが、その大多数は課題小品で、単なる作り方にすぎません。まして、ナマ〳〵しい左翼のスナップなんか誰一人書いてないと思ひます。／九月の徳永（直）にしろ、小林（多喜二）にしろ、「処女作時代の回想」で、文学青年物にすぎません。文科教室に、秋田（雨雀）、黒島（伝治）がありますが、これも官立大学の文科教室以上のものでは、決してない」というのが、先輩への言い訳でありながら事実でもあろう。

だが、折から、他の雑誌の書き手が流動化する時期でもあり、流行ものを取り入れるポーズとだけは言えない事情を想像することもできるだろう。主だったところでは、『文芸時代』は一九二七（昭和二）年に廃刊、『戦旗』は政治と芸術の重心を変化させながら一九三一（昭和六）年に廃刊している。それらの雑誌の作家は、すでに外部の雑誌に活躍の場を得ていたが、廃刊はさらに大きな移動を起こす。その流出先は『改造』『中央公論』などの大きな雑誌だけではない。『戦旗』編集に携わった田邊耕一郎も『若草』編集長を務めていたが、『若草』もその一つであったろう。そうした人脈によって、中野重治や徳永直や秋田雨雀や平林たい子がいると思えば、川端康成、龍膽寺雄や吉行エイスケがあり、萩原恭次郎、伊福部隆輝、尾形亀之助、春山行夫、小野十三郎などの詩人たちがあり、あらゆる文学思潮が同居する雑誌となった。

『若草』がコントというジャンルを重視するのは、こうした方針と関係する。コントとは、大正末期に隆盛してきた短編よりさらに短い形式で、「人生の断面をエスプリ（うがち）をきかして軽妙に」[*4]描くもので、ウィット、ユーモア、ペーソス、エロティシズムといった語と親和性が高い。一〇周年記念の一九三七年一〇月号では、回顧記事と共に、寄稿の多い作家たちによる「コント三十四人集」が組まれるなど、コントが『若草』の象徴であることは、編集側によっても意識化されている。一般にはエロ・グロ・ナンセンスに拡大されたものも「昭和七年を境にして姿を消し始める」[*5]と言われるが、それよりもはるかに長い命脈を保っているのである。

そこには、『若草』におけるコントの許容度の高さがある。コントが上記のテイストだとすると、リアリズム的な作風とは相いれないのが一般である。当初の目次をみれば、確かに、オチがあるとか高い構成性を持つといった、形式を重要な要素として「コント」を規定していることがうかがわれる。だが、「現代の男性・現代の女性」（一九三〇年一〇月）、「東京・大都会交響曲」（一九三一年四月）、「秋・田園交響曲」（一九三一年一〇月）などの短編特集をみると、いかにもコントにふさわしい片岡鉄兵や諏訪三郎、浅原六郎や北村小松、大木篤夫から、鹿地亘や黒島傳治まで幅広い作家を擁している。一方で当初から、小説以外については、「小品」「随筆」の混淆（一九二六年六月）、「小説と随筆」（一九二九年二月）、「評論・詩・随筆」（一九二九年一二月）など、複数のジャンルが括られる、というよりジャンル自体区別しえない読み物欄が大きな幅を利かせており、そうしたものは、ジャンル分けの煩瑣と雑駁さを嫌ってか、「青玉集」（一九二八年六月）、「海・文学・海」（一九二九年八月）、「春と浪漫」（一九三〇年四月）のような季節風物などを特集タイトルとして掲げ、ジャンルを記載しないようになっていく。

『若草』において目立つ特集は、本来のコントと、これらが接近したところに成立していると考えられる。例えば、「青白きインテリよ！どこへゆく？」（一九三二年六月）では、大宅壮一、高群逸枝、神近市子、林芙美子、北村寿夫が書いており、短い虚構形式というのが守られるわけではない。コントの最初の紹介者とされる岡田三郎は、写実ではなく、作者の批評を重視し、「実際の人生に対する作者の批評の結晶たるべき短編小説をつくる」と定義していた（「コントの一典型」『文芸日本』一九二五年四月）。とすると、この〈批評〉という精神の方を緩やかに定義とし、描写の方法や結構、また小説・批評・随筆といったジャンルについては寛容であるのが、『若草』における短編の特徴だと言えよう。

こうした傾向が、文学思潮の一貫性を大きな関心とする研究からは二流とされ、しかしながら、『若草』が当時の有力な雑誌足り得ている要因でもあることは間違いない。短編が気軽な読みやすさを実現することはもちろんだが、異なる文学思潮をスピーディーに摂取できるだけでなく、季節や時事的テーマが冠せられることで自然化され、異なる好みを持つ読者を広く吸収することにつながっているからである。

## 2　多様性と階層性

ただし、雑居や混淆もみえる上記の成り行きは、一方で作家と読者・投稿者の間には改めて線引きを行うことになったといえる。一つは、多様なジャンルを擁し、スピーディーに移ろっていく知識についての啓蒙的記事の多さであり、もう一つは選者と投稿者という権力関係である。

啓蒙的な記事は、作家と読者・投稿者の、知識量や社会的地位の差を前提とし、その関係を毎回確認させるものであろう。文壇交遊録や、有名作家のかつての投書時代についての記事が散見し、詩については、「附録・愛誦詩集」（一九三〇年一〇月）、「特輯附録　名詩名訳集」（一九三三年一月）、「特輯　昭和日本詩集」（一九三六年一月）などで、当代の活躍する詩人と、彼らが選んだ名作をマッピングしてみせる。文学だけではない。特に五巻以降は、編集長・北村秀雄が「美術・音楽・映画・舞踊・スポーツ・科学の方面にも関心を持つ文芸雑誌」（一九三一年二月、編輯後記）とする旨方針を広げており、グラビアでの絵画や美術展覧会の紹介も多くなる。

例えば、「芸術・鑑賞」特集（一九三一年五月）では、演劇、美術、音楽、映画の鑑賞法がそれぞれ手ほどきされ、文学に関しては、「ネオ・文科大学」特集（一九三一年一〇月）が、ロシア文学、ドイツプロレタリア文学、フランス浪漫派、イタリア、アメリカ、中国の文学事情を、蔵原惟人、中野重治などが紹介する。「ウルトラ教程」（一九三二年一〇月）では、精神分析学、ダグラス経済学、フォード・システムなどが、大宅壮一、大森義太郎などによって説かれる。教室になぞらえたシリーズでは、「文科新教室　現代文学三稜鏡」（一九三三年三月）でのシュールレアリズム（西脇順三郎）、ドイツの即物主義（新関良三）、プロレタリア・リアリズム（村山知義）の紹介、「文科新教室」（一九三三年七月）でのルンペン分析と続く。「飢餓線上をさまよふ人びと」（一九三二年九月）や、一九三三

（昭和八）年四月からの「エスペラント新講座」といったプロレタリア文学的な話題や、古賀春江、谷口吉郎、板垣鷹穂など美術・建築領域も含む「メカニズム新研究」（一九三二年六月）、「ラジオ新研究」（一九三八年一〇月）、「ジャーナリズム新研究」（一九三九年四月）、映画については、一九三八年（昭和一三）四月から常設化する「シネ・セクション」など、メディアに関する特集も多い。芸術から大衆的なものも取り混ぜて、読者たちは〈教わる〉ことを一様に喜んでいると言える。

これらは、投稿が盛んな雑誌であるにもかかわらず、ここから作家が誕生するという当初の目的がまったく果たされないことと並行していよう。創刊当初こそ、同人と投稿者の文章が同一の欄に載せられていたが、そうした方針は同人制の解消と前後して消え、ほどなく、選者と投稿者の落差は強固になる。投稿のジャンルは、詩、短歌、俳句、小品、感想・随筆、小説などである。選者については、表3（竹内瑞穂作成）として示した。

これらは、『若草散文集』（一九三〇年）、『新若草散文集』（一九三九年）、『若草詩歌集』（一九三〇年）『新若草詩歌集』（一九三九年）などの単行本にもまとめられ、評判もある。また特徴的な欄として、「推薦小説」もある。初めには、同人や編集者への伝手で持ち込まれたものもあるが、応募作の中から特に優れたものを載せる欄である。一般の「読者投稿」の欄とは別枠で、活字も通常の大きさ、目次にも載る特権的な扱いだと言える。「推薦詩」は一九三四年四月から、「推薦ワカクサ・コント集」の常設は一九三八（昭和一三）年四月から、と推薦のジャンルは広がっていく。

推薦小説について、編集側から、応募は多い時は月に二百篇近いが、「こゝで註文したいことは、一度推薦された人は、それつきりもう姿を見せないことです。（中略）推薦されたら、それを第一歩と考へて努力されたいものです」（「推薦小説に就いて」一九二八年三月）と注意が促されている。また、例えば、『改造』や『文藝』などの懸賞小説の流行を背景として、第一一巻で「特別懸賞小説」欄が新設されてもいる。この時は、第一回から第三回までの応募は約八五〇編、六八三編、約一二〇〇編と多い。だが、「まだ若草から巣立つた創作家といふものは一人もない」（東京　和久井門平、座談室、一九三六年四月）のは常態化しているのである。

このようにみると、選者の交代は、作家の多様性と並行し、多様な好みの投稿者を吸収しているとは言えるが、書き手の成長につながる一貫性を保証しないため、作家と投稿者の格差を広げていくようにも見える。実際、第五巻から中編連載も恒常化しているのは、書き手の資格の差を可視化したものであろう。太宰治の井伏鱒二宛書簡（一九三八年一二月一六日）に、「若草にでも、短編持ち込んで、二十円でもかせがうかと思つてゐたのに、運わるく、若草から二月号に五枚のコント書け、と速達来て、出鼻くじかれました」とあるが[*6]、投稿者が多く購買者にとどまることによって成立する作家への経済的還流があり、中編は、作家の方にそれをより保証したということになろう。

## 3　読者たちの水平的欲望

こうした傾向は、たとえば昭和一〇年前後に〈新人〉待望が叫ばれながら、観念上の要請に過ぎない状況の中で、たとえば『改造』の懸賞に当選した後、十分なケアを得られなかった駆け出しの書き手たちにとっては、必要なサポートになっている可能性は考えられる。ただ、よりスタート地点に近い投稿者にとっては、どのような意味があるだろうか。こうした線引きは、読者の文化資本や教育の程度による限界なのであろうか。

ここで読者層に簡単にふれると、『令女界』では、女学校に関連付けられた欄が多かったことから、引き続きの女性は、女学生か卒業者が多いと考えられる。また、感想や日記の内容、座談室などからすると、教員を職業にするものが多い印象である（一九二八年一二月感想、ほか）。ただ、徐々に工場勤務などの読者も増えてくる。常連投稿者の三宅金太郎は、プロレタリア文学の影響を受けて、工場生活に身を投じており（「工場から」一九二九年一二月）、読者の一部を代表しているといえよう。転々とする職場を、逐一座談室に報告している読者もある。

また、地方読者が多いが、[*7]たとえば詩欄で活躍した広島県下の投稿者たちの動向を、木下潤「広島詩壇の歴史的動勢」（『愛誦』一九三三年三月）で見ることができる。既に同人誌の経験も多い彼らは、読者の中では優位な方だと言えるが、学歴の記載がある場合は、県下の中学校、師範学校、商業学校の卒業が多く、職業としては、『若草』に投稿がある藤竹聖一、居川秋爾は農業、大和汐は郵便局配達員、木下卓爾・木下夕爾兄弟は薬局。他には新聞社勤務、郵便局員、呉海軍工廠勤務、小学校教員、百貨店店員などがある。

プロレタリア文学の洗礼とジャーナリズムの発達を経て、文学場には学歴や伝手がなくても誰でも参入できることも、しかしそれが職業作家としての経済力に直結しないことも熟知している彼らの態度とは、おおむね以下のようなものであろう。

「小説はいかに書くべきか」を徳永直[*8]は簡単ではあるが判り易く、而も手をとつてくれてゐるではないか。吾々は吾々の与へられた職場にそれぞれの仕事にいそしみつつ傍ら文学を創るよろこびにひたりたいのだ。

（京都　丘ススム、座談室、一九三四年三月）

注意したいのは、徳永直に心酔しているかのようなこの丘ススムは、自身の投稿では、堀口大學風の詩、「山にかこまれた沼のほとりに　住んでゐるので　海べのことは　しりませんが　水の温みや空のいろに　草の芽のやうに　わかもののころ《ママ》に　きざむ春のしらせだ」（特選「餞春」一九三四年四月）というようなものを創作する者でもあるということである。

この頃の若草は（中略）階級闘争や陰惨なプロレタリヤ物ばかりで一寸も明るさがない。それも結構だが僕の様に年中機械油にまみれてすゝけた生活を送つてゐる者にとつては若草を読むことが唯一のなぐさめなのです。だからせめて本の上でなりとも陽気な気分を味つてみたいし、気楽な気持にもなつてみたい。

（五反田　一郎、座談室、一九三四年二月）

彼らにとって、工場労働者や農民であることを告白するのと、非リアリズムの文学を享受することは矛盾しないし、それが低俗な娯楽とは一線を画すとの自覚によって、前向きである。そして、労働が続くように、文学活動も日常性と一定の永続性を持つものである。投稿者たちが、作家を目指す上昇の階梯を持たないのは、彼らの持つ文化資本に起因する能力の限界というだけではなく、このような欲望のあり方にもよるのだといえる。座談室の拡張は、必然であろう。こうした欲望が、一つには、よき鑑賞者としての批評の肥大を招き、もう一つには、細分化された外部の創作グループについての情報共有を目指すからである。

前者については、「これからは座談室をもっと権威あるものにしたい。例えば之によつて一つの世論を呼起さぜる。（中略）悪口もどし〲言ったらいいと思うのです。（中略）それでなくてはいつまでたつてもちつとも向上しないのです」（東京　山中精一、一九三二年三月）というような呼びかけがたびたび見られる。編集部が新設した一九三二（昭和七）年一月「公開状」欄は振るわないことから、テーマや固有名が際立つ批評ではなく、座談室での、異なる対象も多くの投稿者の名前も、すべてが横並びになる雑談型批評を読者が好んでいたことがうかがわれる。座談室内に一九三二年一一月から「批評」欄が設けられ、『若草』を離れた社会動向に関しての批評も、「文芸欄」「映画欄」として載るようになったのは、本欄での啓蒙的記事の教育成果であろう。『若草』自体についての批評は創刊当初からあるが、「〇月号月評」として一九三三年七月から独立し、座談室の拡大は続いていく。

後者の外部グループにかかわるのは、「若草」を愛する会の発足と、同人雑誌への言及である。「若草」を愛する会は一九三一（昭和六）年八月号で呼びかけられ、ピクニック、座談会、講演会などが開催され、地方ごとに支部が増設されていく。これらで直接の親睦を深める一方、執筆にあたっても、選者の交代制度のもとで、趣味を同じくする者を探し当て、同人誌の仲間を募る場として『若草』が利用されている。[*9] 作家を目指すような上昇というよりは、水平的な広がりが重視されているといえるだろう。こうした機運を捉え、「全国同人雑誌紹介」は一九三一年五月から始まっているが、数の多さに連載となり、一二月まで続いている。「座談室」の中では、「サークル」「カマラード」の欄が設けられ、各地のグループ活動の報告や、同人誌の仲間募集や交換の呼びかけがなされている。

雑誌自体への言及によって、読者同士が共同体への参加を確認し、結束を強めていくことは、珍しくはない。だが、雑誌から派生する外部や細分化を前提とし、それへの言及を共有することで、『若草』という場を共有していくというのは、一般的にメディアが広がる時代であるとはいえ、一つの特徴であるだろう。

さて、こうした前向きな心性と緩やかな組織化が、戦時体制にあたっても、やや特異な対応を取らせている。詳細は各論に譲るが、編輯後記では、第一三巻ごろより、国策を意識した強い方針が述べられ、詩やエンターテイメントに力を置く雑誌として、「愛国歌集」（一九三九年一一月）のような特集や、朗読詩や歌謡への注目、新協、新築地、前進座による「時局に処するわが劇団の抱負」（一九四〇年四月）なども見られる。一方、時局的な話題は、「郷土コント集」、「生活刷新コント集」といったように、当初からのコントで、深刻さを軽減する企画も多く、編輯後記との落差も見られるからである。池田さぶろ「鮮満・北支・蒙彊　風物・従軍行」（一九三九年七月）、「国民詩特輯　飛ぶ詩」（一九四三年四月）、「大陸通信」、「特輯・帰還作家短篇集」（一九四三年七月）などの記事は当然増えていくが、読者組織とどのようにかかわるか、誌面に明確に表れるわけではない。これらは、『若草』の影響力や、心的糾合に向かう詩情表現のあいまいさなど、複合的な理由によるものであろうが、今後の課題でもある。最終的には、一九四四（昭和一九）年六月、雑誌統廃合によって、『四季』『歴程』『蝋人形』『文芸汎論』と併せて『詩研究』となり、一九四六年一月まで刊行された。

## 4 竹久夢二の表紙絵

最後に、当初の表紙を飾った竹久夢二についても、『若草』の人気に欠かせないため、一言しておく。夢二といえば、一世を風靡したが、大正末には、夢二式美人は時流に合わなくなり、不遇に甘んじていたというイメージが一般的であろう。大正末には、「岬」（『都新聞』一九二三年八月二〇日～同年一二月一日）、「秘薬紫雪」（『都新聞』一九二四年九月一〇日～同年一〇月二八日）、「風のやうに」（『都新聞』一九二四年一〇月二九日～同年一二月二四日）など、自身が作・画共にする長編を発表しており、「岬」連載途中で起こった関東大震災にあたっては、有島生馬と共に東京をスケッチするなど（『都新聞』）、新たな試みを行っている。[*10] だが、連載小説では、恩地孝四郎など、後続の画家たちの活躍に揺れたものか、挿絵がストーリー性から逸脱し、突然表現主義風になり、あるいはオディロン・ルドンばりの眼が表れるなど、実験的ではあるが、まとまりに欠け、華々しい反響も得られていないというのが通説であろう。近代文学研究においては、お葉（永井カ子ヨ）との同棲と別離、山田順子をめぐる徳田秋聲とのスキャンダルの方がなじんでいる。ところが、創刊から一九三一（昭和六）年五月の外遊までは表紙を書き続けた夢二は、誌上では大変な人気を博しているのである。

『令女界』の口絵・挿絵、『若草』の表紙、加藤武雄の新聞小説『審判』の挿絵などの仕事を仲介したのは、蕗谷虹児であるらしい（蕗谷虹児『虹児の画集』一九七一年、大門出版）。読者の通信欄である「座談室」のページ数が

図1　1927年11月表紙

図2　1931年2月表紙

増えるにつれ、夢二の表紙絵についての感想も必ずと言ってよいほど載っており、例えば、「秋。全く九月号は秋の香りがする。フレッシユな表紙の色彩り。（どうしても竹久氏の筆には一言発せずにはゐられない）」（岡山　光井茂教、一九二九年一一月）といったようなものだが、〈フレッシュ〉とは、愛読者たちが『若草』を形容するときの常套句である。「若草」はその夢二先生の表紙が語つてゐます様に卑俗に堕せず、しかも余り高踏ぶらない純正な雑誌として私達青年男女の友でありたく思ひます」（大阪　石橋生、一九二九年一一月）が語るように、夢二の表紙は、『若草』の象徴として大変好意的に評されている。

　このころのスキャンダラスな私生活とかけ離れた、〈フレッシュ〉という評価が成り立つのは、画風の変化によるものでもある。創刊当初の五号分こそ、大正浪漫の雰囲気も残る女性像であったが、それ以降はすべて、植物や生物をモチーフにしたデザイン性の勝ったものになっている。「若草」という題字も、ロゴタイプはだいたい決まっているものの、夢二によって毎回表紙の絵に合うように描かれている。港屋絵草紙店を開き、また大震災で潰えたとはいえ、「どんたく図案社」を起こそうとしていた夢二の一面が発揮されている。

もともと夢二は言語表現と親和性の高い画家である。大正をリードした感性は、「抑ふべからざる情緒と、わが官能のいたましき感傷を、あるリズム——色と形によつて謳ひ出した詩——無声の詩を作りたい」（「スケッチ帖より（「挿画談」をよみて）」『読売新聞』一九一〇年三月六日日曜付録）という一言に集約されていると言えるが、その抒情性は、画風によるだけでなく、夢二自身による詩や短歌が添えられることによる効果も大きい。画と詩という複数のジャンルの共鳴による世界の拡大ということもできるが、逆に、どのようにでも解釈できる絵の場面は、言語表現によって、その状況や情調が意味の限定を受けているということも可能であろう。

それに対し、『若草』の表紙では、物のアップや、図案のくり返しといった、文脈がはぎ取られたデザインである。昭和初期、資本主義や都市の繁栄の自覚が、商業デザインの発達とも相まって、人間の匿名化や、機械化・パーツ化、全く異なるものの出会いなどが、美術上のイメージとして浮上していくのは言うまでもない。夢二のデザインは、通俗性をはらんではいるものの、大正期までの物語性を前提とした抒情とは変わって、こうした時代の雰囲気に近づいたと言うことはできるだろう。

「若草の表紙絵は見る度びに新鮮味を加へてゆく。釣り上げた青い魚のやうだ。生きてゐるたしかに生きてゐる、誌そのものが詩になつてゐる。歌になつてゐる、句になつてゐるお世じでも何でもない、誰れでも見た瞳にうなづかせるから仕方がない」（広島　木下潤、一九二九年六月）と絶賛するのは、この時期の『若草』投稿欄の中でもとりわけ盛り上がっていた詩欄の常連である。詩もまた、上に述べた美術の趨勢と土壌を同じくしていた。詩というもののイメージは、大正までの抒情性から、モダニズムに変化しているといえよう。夢二が詩的であるというのは、皮肉にも、彼が詩を排除したから成り立った評価なのである。

「若草を愛する会」では、夢二は顧問になり、一九二九年一〇月六日の井の頭公園で行われた第一回ピクニックにも、蕗谷虹児と共に参加、読者を喜ばせたことが「座談室」からうかがえる。外遊の際にも、『若草』は夢二の画信を独占し、帰国後も「旅中忘備録」として掲載された。[*11] 一九三四（昭和九）年一月一九日、夢二は結核のため亡くなるわけだが、『若草』は、彼の最後をみとった雑誌だったと言ってよいだろう。その後の表紙は、古賀春江、佐野繁次郎、岩田専太郎、東郷青児、鈴木信太郎、久久男、吉田貫三郎などが描いている。

＊＊＊

以上のように雑誌を概観した上で、本書の構成を示しておく。「第一部　作家とメディア」では、『若草』に特徴的な作家をとりあげる。必ずしも作家論に目的を限定せず、作家にとっての『若草』の役割や、読者に向けての作家イメージの拡散までを論じ、作家論とメディア論をどのようにつなげるのか、具体的な提案をしている。「第二部　教育装置をめぐる誘惑と抵抗」では、本序章「2　多様性と階層性」でも一端を示した編集者や作家と読者の階層構造が、具体的にどのようなテーマにおいて機能しているかを明らかにしている。ジェンダーやエキゾティシズム、映画メディアなど、一雑誌にとどまらない問題の枠組みをあぶりだしている。さらに、「第三部　書き手としての読者たち」では、特に雑誌の特徴である投稿者の動向について、花形投稿者をめぐる反応から、戦後の時期までを含めて分析し、雑誌研究の方法と効果を示している。「第四部　青年と〈新体制〉」では、以上の問題系を共有しつつ、特に〈新体制〉への青年の協力が言われる時期について、協力と抵抗の二分法に単純化せず、雑誌の位置づけを試みている。

いずれの論考も、『若草』という個別の雑誌の特性を明らかにするだけでなく、文学領域における雑誌研究、作家や文芸思潮の枠づけにとどまらない資料の扱い方について、新たな視座を見出すことを課題としている。

付表1　編集責任者

| 巻号 | 編集責任者 |
|---|---|
| 第一巻第一号〜第一巻第二号 | 北村秀雄 |
| 第一巻第三号〜第三巻第一二号 | 田邊耕一郎 |
| 第四巻第一号〜第四巻第六号 | 北村秀雄 |
| 第四巻第七号〜第四巻第一二号 | 田邊耕一郎 |
| 第五巻第一号〜第八巻第三号 | 北村秀雄 |
| 第八巻第四号〜第一〇巻第一一号 | 福岡信夫 |
| 第一〇巻第一二号〜第一一巻第一一号 | 横山隆 |
| 第一一巻第一二号〜第一五巻第一二号 | 北村秀雄 |
| 第一六巻第一号〜第一八巻第四号 | 北村秀雄・花村奨 |
| 第一八巻第五号〜第一八巻第七号 | 北村秀雄 |
| 第一八巻第八号〜第一九巻第一一号 | 花村奨 |
| 第二〇巻第一号 | 北村秀雄 |

付表2　中編小説リスト

| 巻 | 一月〜六月 | 七月〜一二月 |
|---|---|---|
| 第五巻 | 池谷信三郎「影」 | 三宅やす子「故郷」 |
| 第六巻 | 川端康成「絵の匂ひから」 | 宇野千代「みんなで踊りを」 |
| 第七巻 | 岸田國士「X光線室」 | 北村小松「敗北」 |
| 第八巻 | 龍膽寺雄「蝸牛の家のロマンス」 | 岡田三郎「黒い花壺」 |
| 第九巻 | 下村千秋「流離の春」 | 林芙美子「人形聖書」 |
| 第一〇巻 | 芹沢光治良「大空に翔けん」 | 井伏鱒二「的場カクコ」 |
| 第一一巻 | 江馬修「煉獄を行く」 | 片岡鉄兵「愛情術」 |
| 第一二巻 | 川端康成「花の湖」 | 下村千秋「空の瞳」 |
| 第一三巻 | 丹羽文雄「豹と薔薇」 | 高見順「昨日の黄昏」 |
| 第一四巻 | 尾崎士郎「桃花の岸」 | 中河与一「逢ひし日頃」 |
| 第一五巻 | 船橋聖一「臙脂のみち」例外的に一年間の連載 | |
| 第一六巻 | 平川虎臣「街にゐる鶯」 | 太宰治「乞食学生」 |
| 第一七巻 | 榊山潤「街の物語」 | 伊藤永之介「診療所の人々」 |
| 第一八巻 | 日比野士朗「或る若者の手記」 | 田郷虎雄「標木」 |

「小品文」1(1)
北川千代子1(1)
「感想」1(1)
橋爪健1(1)
「書簡」1(1)
北村秀雄1(1)
「日記」1(1)
城しづか1(1)
「紀行文」1(2)
佐々木緑1(2)
編輯部2(3)
南部修太郎2(6)
鷹野つぎ2(6)
中田信子2(6)
「感想小品」4(1)
山田邦子4(1)
「小品」4(7)
池谷信三郎4(7)
「評論」4(8)
神近市子4(8)
大木篤夫5(1)
「感想随筆」5(3)
河井酔茗5(3)
佐伯孝夫6(1)
「随筆感想」6(1)
田邊耕一郎6(1)
諏訪三郎7(1)
生田花世7(1)
浅原六朗8(1)
高田保8(1)
「感想」9(1)
室伏高信9(1)
「随筆」9(1)
新居格9(1)
「随筆・感想」10(2)
土田杏村10(2)
板垣直子10(7)
室伏高信11(1)
「小品」11(10)
楢崎勤11(10)
北村秀雄12(1)
「感想・評論」12(1)
田邊耕一郎12(1)
原田善郎13(1)
秋田雨雀13(1)
北村秀雄14(1)
青野季吉14(1)
室伏高信14(5)
舟橋聖一15(1)
花村奨16(1)
日比野士朗17(1)
「短文」18(1)
日比野士朗18(1)
田邊耕一郎19(1)

付表3　『若草』読者文芸欄変遷一覧(竹内瑞穂作成)

| | | | | | | | | | |
|---|---|---|---|---|---|---|---|---|---|
| 1巻(1925) | 「短歌」1(1) | 与謝野晶子1(1) | | | | | | | |
| | | | | | | 「詩」1(2) | 井上康文1(2) | | |
| 2巻(1926) | | | | | | | | | |
| | | | | | | | 田邊耕一郎2(5) | | |
| | | | | | | | | | |
| | | | | | | | | | |
| 3巻(1927) | | 前田夕暮3(3) | | | | | | | |
| 4巻(1928) | | | | | | | 萩原朔太郎4(1) | | |
| | 「うた」4(7) | 斎藤茂吉4(7) | | | | | 佐藤惣之助4(7) | | |
| | | | | | | | | | |
| 5巻(1929) | | | | | | | 堀口大學5(1) | | |
| | | | | | | | | | |
| | | | | | | | | 「俳句」5(4) | 室生犀星5(4) |
| 6巻(1930) | | 結城哀草果6(1) | | | | | 大木篤夫6(1) | | 長谷川かな女6(1) |
| 7巻(1931) | | 土屋文明7(1) | | | | | 尾崎喜八7(1) | | 久保田万太郎7(1) |
| 8巻(1932) | | 岡麓8(1) | | | | | 堀口大學8(1) | | 青木月斗8(1) |
| | | | 新興短歌8(3) | 前田夕暮8(3) | | | | | |
| 9巻(1933) | | 吉井勇9(1) | | | | | 白鳥省吾9(1) | | 矢田挿雲9(1) |
| 10巻(1934) | | | | | | | | | |
| | | 石榑千亦10(2) | 新興短歌10(2) | 前田夕暮10(2) | | | 佐藤惣之助10(2) | | 荻原井泉水10(2) |
| | | | | | | | | | |
| 11巻(1935) | | 太田水穂11(1) | | | | | 堀口大學11(1) | | |
| | | | | | | | | | |
| 12巻(1936) | | 金子薫園12(1) | | | | | | | 水原秋桜子12(1) |
| | | | | 歌謡12(8) | 佐伯孝夫12(8) | | | | |
| 13巻(1937) | | 土岐善磨13(1) | | | 大木惇夫13(1) | | 佐藤惣之助13(1) | | 室生犀星13(1) |
| 14巻(1938) | | 岡麓14(1) | | | 佐藤惣之助14(1) | | 堀口大學14(1) | | 久保田万太郎14(1) |
| | | | | | | | | | |
| 15巻(1939) | | 佐佐木信綱15(1) | | | | | | | 水原秋桜子15(1) |
| 16巻(1940) | | 金子薫園16(1) | | | 勝承夫16(1) | | | | |
| 17巻(1941) | | | | | | | | | |
| 18巻(1942) | | 筏井嘉一18(1) | | | 藤浦洸18(1) | | | | 山口誓子18(1) |
| 19巻(1943) | | | | | 佐伯孝夫19(1) | | | | |
| 20巻(1944) | 「読者短歌」 | [無署名]20(1) | | | | [推薦詩のみ] | [無署名]20(1) | | |
| | 20(1) | | | | | 20(1) | | | |

※データは、『若草』第1巻1号～第20巻1号(1925年10月～1944年3月)の計217冊より抜粋。各欄の右には選者とその担当開始の巻号を記した。

矢印は各欄の統廃合を示すが、点線は前身の欄で扱われていた内容が一部引き継がれていることを示す。

※選者の都合などにより、欄が休載したり編集部が代理で選に当たったりした号もあるが、煩雑になるため本表では省略。

## 注

1――早稲田大学図書館編『精選近代文芸雑誌集　マイクロフィッシュ版』（二〇〇六年、雄松堂出版）『若草』総目次に、紅野敏郎による「解題」がある。

2――発行部数は、創刊号二万、二号が二万二千、三号が二万三千五百、四号が三万五千とある（北村秀雄「回想十五年」『若草』一九四〇年一〇月）。

3――水谷真紀「「新しい女」と向き合う――文芸誌『若草』における女性像をめぐる試み――」（『東洋通信』二〇一〇年一月）。

4――保科昌夫「コント」（『日本近代文学大辞典』一九七八年、講談社）。

5――柳沢孝子「コントというジャンル」（『文学』二〇〇三年三月）。

6――尾崎名津子氏のご教示による。

7――たとえば、自身の体験を書いたと言われる石坂洋次郎『麦死なず』（一九三六年、改造社）で、主人公・五十嵐は、妻のアキが、「うちの弟は『若草』などを読んで思想的にもなかなか理解があるのよ」と述べていたことを思い返す。だがそれは、左翼運動に走る彼女の軽薄さを示している。地方で享受される『若草』のイメージがうかがわれる。

8――一九三四年二月号に掲載された、徳永直「小説は如何に書くべきか」のこと。

9――小平麻衣子「『若草』における同人誌の交通――第八巻読者投稿詩について」（『語文』二〇一五年六月）。

10――高橋律子「竹久夢二の「ひとつ眼」表現に関する考察」（『芸術学学報』二〇〇四年）。

11――のちに長田幹雄編『夢二外遊記』（一九四五年九月、日本愛書会。復刻版は二〇一四年六月、教育評論社）として出版された。

# 第一部　作家とメディア

# 『若草』から林芙美子『放浪記』へ――初期作品雑誌初出形からの変容

服部徹也

茶ブ台の上には、若草への原稿が二三枚散らばつている。

もう家には拾壱銭しかないのだ。

きちんきちんと、私にしまわせてゐた拾円たらずのお金を、いつの間にか持つて出てしまつて、昨日も聞きそこなつてしまつたが。

（「下谷の家――放浪記――」『女人芸術』一九二九年七月）

## 1　「若草への原稿」

林芙美子は『若草』に連載を含め、多くの作品を掲載した。初掲載の詩「睫毛」（『若草』一九二六年一二月）から最後の掲載「望郷（ラヂオ・小説）」（一九三六年一〇月）までの間には、半年間の中編小説「人形聖書」（『若草』一九三三年七～一二月）の連載を行った。この間、「秋が来たんだ――放浪記――」（『女人芸術』一九二八年一〇月）から始まる連載「放浪記」（正続単行本初刊は一九三〇年七月・一一月、改造社）で一躍時の人となるのは周知の通りだ。『若草』誌上で最多の三度にわたり作家論の対象とされたのも林芙美子であった。[*1] であるならば、『若草』と林芙美子は切っても切り離せないものと考えたくなる。しかしながら、小平麻衣子が既に指摘するように、ちょうど『若草』に「望郷（ラヂオ・小説）」（前掲）を載せた半年後、『林芙美子選集第五巻』（一九三七年六月、改造社）として刊行された改訂版『放浪記』において、右に引用した箇所のうち「若草への原稿」は「書きかけの原稿」へ、「しまつたが」は「しまつたけれど、いつたいどうしたのかしら」へと改稿される。すなわち、『若草』への言及は消し去られ、以後のさらなる改稿においてもこの変更は踏襲された。このような微細な改稿は連載初出以来『放浪記』諸版本で幾度も繰り返されたことであり、なぜ『若草』が消されたかを明らかにすることは資料的にいって難しい。小平は「「放浪記」の当該部分は、「時ちゃん」と堅実な女性二人暮らしを実現するため、原稿料を稼ごうと努力する場面であるから、『若草』への寄稿は生活のための濫作であり、作品の完成度には本人も不満があったのかもしれない」と述べるに留めている。[*2] 本稿では『放浪記』中の「若草への原稿」をめぐる考証を行うとともに、女性たちの共同生活というモチーフの形成過程を雑誌初出形からの変容に注目して分析し、そのモチーフが同時代的に持ち得た意味について考察したい。

　冒頭で引用した「下谷の家」で茶ブ台の上に散らばっていた二三枚の「若草への原稿」を、『若草』掲載作から特定することは可能だろうか。初刊『放浪記』の「下谷の家」末尾には「一九二七」と記されているが、作品内容と作家林芙美子の年譜とを照らし合わせようとすると齟齬が生じる。今川英子は「酒屋の二階」が描いた一九二六年一二月以降を描く「下谷の家」、「寝床のない女――放浪記――」（『女人芸術』一九三〇年九月）、「自殺前」（『続放浪記』一九三〇年一一月、改造社）が年譜的事実と噛み合わないという。[*3] 今川による年譜ではこの時期を次のとおり記している。

・大正十五年・昭和元年（一九二六年）二十三歳
　一月末、同棲を解消し、野村〔吉哉〕は新宿若松町のアパートに、芙美子は新宿のカフェーに移った。別居しながらも二人は逢っていたが、この年の中頃、野村に後に夫人となる橋本沢子という恋人ができたために別れる。十二月、たい子の下宿、本郷区追分町六四番地（現文京区向丘一丁目一七）の大極屋酒店の二階に、芙美子は「つるや」の同僚と移ってくる。まもなくたい子は小堀甚二と結婚する。[*4] 芙美子は同僚と下谷茅町に部屋を借りて住むが、後、ひとりになる。暮、本郷駒込蓬莱町の大和館に下宿していた手塚緑敏を知る。

（略）

・昭和二年（一九二七年）　二十四歳

一月、杉並区高円寺の西武電車車庫裏の山本方の二階に間借りする。このころ緑敏は国技館や舞台のバック絵を描き、芙美子は詩や童話を書いては出版社に売り込みに歩いた。五月、杉並区和田堀の内妙法寺境内浅香園内の一棟に移り住む。「清貧の書」はこのころの生活を小説にしたものである。

右の年譜に従うならば、『若草』への最初の掲載作「睫毛」（一九二六年一二月）が「若草への原稿」に最も当てはまりそうである。しかし、「睫毛」掲載号の奥付には「大正十五年十一月十日印刷納本、同十二月一日発行」とあるため、詩の執筆は一一月一〇日以前、つまり同僚との同棲どころか平林たい子との同棲以前ということになる。次の掲載作「草の芽」（『若草』一九二七年四月）は掲載号奥付に「昭和二年三月十日印刷納本、同四月一日発行」とあり、無理がない。さらに次の掲載作「文壇洋食」（『若草』一九二七年七月）は掲載時期からして考えがたいので除外する。もちろん、奥付が実態に即していない可能性もある。

ここで問題となるのが「草の芽」の内容である。同作は「芙美子」が「徳田秋聲」を訪ね、「順子」と三人で本郷から白山へ散歩し、寄席を観たあと紅茶を飲んで別れるまでを描いた随筆である。掲載コーナーは「評論・随筆」欄で、他には平林たい子や尾形亀之助らが新人・新作評論や文壇情報を伝える随筆を寄せている。「草の芽」で描かれたこのエピソードは、『放浪記』の「寝床のない女」に再び登場する。つまり、『放浪記』の皮切りである「秋が来たんだ――放浪記――」（『女人芸術』一九二八年一〇月）よりも早く雑誌掲載された『放浪記』の構成要素、いわばプレ「放浪記」の一つといえる。ただし、「寝床のない女」よりも三年はやい一九二七年四月掲載の「草の芽」には、発表当初注目を集めたであろう事情がある。

一九二六年一月に秋聲の妻はまが亡くなり、秋聲は「元の枝へ」（『改造』一九二六年九月）などの「順子もの」創作と順子のスキャンダル報道、[*5] そして順子の創作を推薦（徳田秋聲「山田順子『オレンジエート』推薦の辞」『週刊朝日』一九二六年一〇月一日）するなどして世間を賑わせていた。翌一九二七年は秋聲と順子が世間の耳目を集め、正式に結婚の運びになる年（ただし順子は一〇月に勝本清一郎のもとへ走り結婚中止）である。芙美子は渦中の人物をめぐるルポルタージュの発表の場として『若草』を用いたといえる。

## 2 「草の芽」と「下萌ゆる草」

「草の芽」の末尾には「二・一・十五」と日付が記されている。「放浪記」連載や単行本『放浪記』諸版の改稿における日付記載と異なり、この日付記載は時系列の操作を施されていない可能性が高い。ではこれを一九二六（大正一五）年二月一日と解するか、一九二七（昭和二）年一月一五日と解するか。また日付を訪問日と考えるか、執筆日と考えるか。

「草の芽」では三人の散歩になっているところ、「寝床のない女」では「犀の同人で、若い青年」がお汁粉屋を出るまで同行していた。「寝床のない女」初出では、訪問は「二月×日」とのみあり、新鋭文学叢書『続放浪記』（一九三〇年一一月、改造社）に収められた際も「二月×日」で章末に年代の記載はないが、前後の章が一九二六年に設定されている。同じ出来事をさらに後年回想した芙美子の「文学的自叙伝」（『改造』一九三五年八月）では居合わせた青年が窪川鶴次郎だと後で知ったことが記されている。

これらを踏まえてか、『徳田秋聲全集』（第四三巻、二〇〇六年、八木書店）の年譜には一九二六年二月に窪川鶴次郎と林芙美子と順子と秋聲が四人で汁粉を食べたとある（出典は「放浪記」など）。しかし、窪川鶴次郎側からの回想も確認すると、「犀」ならぬ彼らの同人誌『驢馬』創刊号は一九二六年四月であり、「昭和二〔一九二七〕年の三月号が出てから休刊した。私はその前の年の秋から、室生さんの紹介で徳田〔秋聲〕さんのところへもうかゞふやうになつてゐた。私の小説の傾向から室生さんがさうして下さつたらしい」（窪川鶴次郎「私の文学的交遊録――「驢馬」の人たちを中心に」『新潮』一九三五年二月）とある。窪川の回想がどれだけ正確かはさておき、相反する説がある以上、年月記載の操作が度重なる『放浪記』を以て一九二六年二月と判断するのはいかにも危うい。

他方、森英一は芙美子の秋聲宅初訪問を一九二六年七月頃と推定している。以下、森の説を祖述する。林芙美子「秋聲先生」（『芸林間歩』一九四九年一一月）には「徳田秋聲氏のお宅にうかゞふやうになつたのは、たしか、大正十三〔一九二四〕年の頃」とあるが、それとは齟齬を来す記述もあるという。「秋聲先生」には「まだ、建てましの部屋の出来てゐない頃で」「奥様の亡くなられた直後」であり、「私は食へなくて、神楽坂のアパートにゐて、肺病の男と暮してゐたので、金がほしく、その頃新潮から出てゐた文章倶楽部と云ふ雑誌に、徳田さんの訪問記を書かうと思ひついた。（略）私は十枚ばかりの訪問記を書いて、文章倶楽部に載せてもらつた。（略）それがきつかけで、何と云ふ事もなく、私は度々森川町へうかがふやうになつた」という。秋聲の妻はまが亡くなったのは一九二六年一月二日である。また芙美子が実際に書いた訪問記「秋聲先生の創作生活」（『文章倶楽部』一九二六年一〇月）には「極く最近先生のお宅へ行くやうになつた」とあり、「此の夏も『中央公論』と『改造』の執筆をひかへてをられるが、何だか落ちついてゐらつしやる」、「秋田への旅行記は八月号の『文藝春秋』へ一寸お書きになつたやうである」ともある。前者は「暑さに喘ぐ」（『中央公論』一九二六年九月）と「元の枝へ」（『改造』

一九二六年九月）、後者は「汽車の窓から」（『文藝春秋』一九二六年八月）をさすとし、森は一九二六年七月頃から芙美子が秋聲宅に出入りするようになったと推定した。[*6]

とすると、「草の芽」の「二・一・一五」を「一九二六年二月一日」と解するとこれより遡ることになってしまうから、「一九二七年一月一五日」と解するべきであろう。ではこれは訪問日か、執筆日か。「草の芽」は末尾に「下谷まで歩いて帰つた」とある。つまり、たい子と同棲した「酒屋の二階」（本郷区追分町六四番地の大極屋酒店）を後にしカフェの同僚と移った「下谷の家」（下谷区茅町）に帰ったと考えられる。となると、一九二六年一二月の訪問ということになる。なお『徳田秋聲全集』年譜（前掲）によれば、順子は一九二六年一二月末に痔で入院、一九二七年二月退院とある。順子の入院中である一九二七年一月一五日の訪問とは考えにくいから、「草の芽」の訪問日は一九二六年一二月中の順子入院以前ということとなり、記事末尾の一九二七年一月一五日は脱稿日をさすと考えられる。

　参考までに秋聲『仮装人物』（一九三八年、中央公論社）を見ておくと、八章に「そうした時、ある日陰気な書斎に独りいるところへ、一人の女流詩人が詩の草稿をもって訪ねて来た」とあり、これが初期の訪問に当たると考えられる。一〇章には「入院するまでに葉子の支度はかなり手間取った。ちょうど婦人雑誌に小説を連載していたところなので、それも二月分ためる必要があった」とある。作中では連載「していた」ことになっているが、実際には一九二六年一二月は連載を控えていた時期である。

　この頃の山田順子の連載小説には「下萌ゆる草——自叙伝」（『女性』一九二七年一～六月）と「審判の彼方へ」（『婦人世界』一九二七年三～一二月）がある。書き下ろし単行本で刊行された第一長編『流るるままに』（一九二五年、聚芳閣）以来の長編小説の連載を控えていた順子が、「草の芽」を再構成した「寝床のない女——放浪記——」（『女人芸術』一九三〇年九月）に描かれるとおり、次のように相談するのは自然な流れと言える。

「ね、先生！　私こんどの××の小説の題なんてつけませう、考へてみて頂戴な、流れるまゝには少しチンプだつたから……。」

戦後の林芙美子『放浪記』（一九四七年、新潮文庫）でこの「××」が「女性」と改訂されたことを踏まえ、『女性』連載予定の小説の題を相談していたとすると、訪問日をより絞り込むことができる。『読売新聞』（一九二六年一二月九日朝刊四面）の「よみうり抄」には「▲山田順子氏　自叙伝「下萌ゆる草」を「女性」新年号から連載尚氏は目下順天堂病院に入院中」とある（なお、同日同欄に野村吉哉の転居が報じられている）。『女性』一九二七年一月号は奥付によると「大正十五〔一九二六〕年十二月七日印刷納本、大正十六年一月一日発行」であるから、「草の芽」訪問日は七日以前ということになろう。

以上の推定には不確かな点が残るが、いずれにせよ芙美子が秋聲・順子訪問記を「草の芽」と題した時には、順子の新連載の題が「下萌ゆる草」であると知り得たことになる。渦中の人物を訪ねた訪問記の「草の芽」という題に、当時の読者は順子の新作への目配せを感じとったことであろう。

## 3　寝床のない女たち

続いて、「草の芽」がどのように再構成されて『放浪記』に取り込まれたのかを検討する。一九二六年一二月上旬の秋聲宅訪問から下谷の家に帰宅、それを題材として一九二七年一月一五日に「草の芽」擱筆とすれば、このときすでに手塚緑敏との生活が始まっていたはずだが、「放浪記」という物語のなかでは時系列はそのようになっていない。物語内の流れを確認するために、内容的に連続性のある「酒屋の二階――放浪記――」（『女人芸術』一九二九年八月）、「下谷の家」（一九二九年七月）、「寝床のない女」（一九三〇年九月）の順に概要を述べる。

「酒屋の二階」では「十二月×日」、「芙美子」は「時ちゃん」を伴って本郷にある酒屋の二階、「たい子」のもとに身を寄せ、やがて「時ちゃん」はカフェーへの住み込みが決まり出て行く。諒闇の日、「芙美子」は「たい子」と日本橋で『どん底』を歌いながら郷里へのお歳暮を買う。「たい子」は二人の男性の間で板挟みに苛まれたのち、「結婚するかも知れない」といい、それを羨む「芙美子」は自分だけがみじめだと歎く。

「下谷の家」では「一月×日」、「芙美子」はカフェーの元同僚「時ちゃん」と貧しさに耐えて暮らしている。「当分二人でみつしり働かうね。ほんとに元気を出して……。」と二人は励まし合う。しかし「二月×日」、二人で貯めていた一〇円たらずのお金を持ち出した「時ちゃん」は、ここ二、三日帰りが遅い。夜の一時過ぎ、帰りを待つ部屋のちゃぶ台の上には、「若草への原稿が二三枚散らばつている」。深夜三時に男に自動車で送られてきた「時ちゃん」は紫のコートを纏い薬指にプラチナの指輪をしていて、突然泣き伏せる。やがて出て行った「時ちゃん」から後日手紙がきて、妻のある四二歳の請負師に強迫されて浅草の待合にいることがわかる。憤る「芙美子」の元に童話の稿料が書留で届く。

「寝床のない女」では「二月×日」、「時ちゃん」の近況を問われて、「芙美子」は月初めに別れたと答える。また別の「二月×日」、寝床で「当にもならない原稿」を書いている「芙美子」のもとにカフェーの元同僚十子が身を寄せる。「二月八日」、六枚ばかりの短編を書き上げ、「二月×日」、原稿を金に換えようと秋聲を訪ねるが、原稿のことを言い出しかね、「秋聲」「順子」「青年」と四人で汁粉を食べる。帰宅すると、家に同じくカフェーを出てきた芳江も泊まりにきており、「どうも思はしくないから、又カフェーへ逆もどりしやうかつて云つてた」という「時ちゃん」の近況を伝えてくれる。「三月×日」、カフェー時代の客が尋ねて来て、迫られるが追い返す。

以上の要約からも明らかなとおり、物語内の順序からいえば「時ちゃん」失踪直前に「下谷の家」のちゃぶ台の上に置かれていた「若草への原稿」が、「時ちゃん」失踪後に行った「秋聲」宅訪問記であるはずがない。もちろん、作中での「若草への原稿」を無理に現実世界の原稿と同定する必要はないといえばそれまでだ。しかし、『若草』と『放浪記』という観点からみて興味深いのは、「草の芽」から「寝床のない女」へという再話の過程での、同一エピソードの再構成の在り方である。

「寝床のない女」の場合、「草の芽」には無かった「芙美子」と「順子」の対比がより鮮明に構造化されている。エピソードの冒頭、「秋聲」宅の暖炉の暖かさと、末尾の「小糠雨」の中を走る「芙美子」の寒さ。好きなものが食べられ、原稿も書かせてもらえる「順子」（先述のとおり、「草の芽」には「順子」が次回作のタイトルを相談する台詞はない）と、貧しくて好きなものが食べられず、原稿用紙を買うにも値段が気になる「芙美子」。「順子」の肩が「カウモリ」に見え[*7]、一人別れた「芙美子」は「まるで尾を振る犬みたいな女だと私は私を大声あげて嘲笑つてやつた」。頼るべき男を持つ「順子」との対比は、帰宅後耳にした「時ちゃん」の消息や、章の結末「三月×日」、お金をちらつかせて肉体関係を迫る男へ「私は淫売婦ぢやないんですよ。食へないから、お金だけが借してほしかつたのです」と涙を流して告げる「芙美子」の姿によって際立つ。

平林たい子『林芙美子』（一九六九年、新潮社）では芙美子の没後、「時ちゃん」のモデルとなった人物の証言を紹介している。その女性によれば、「女給に手紙の代筆をしてやったのは自分だし（「雷雨」の「八月×日」）、必要品を買ったのも自分だった（「下谷の家」冒頭の「一月×日」か）」という。「時ちゃん」に関係する記述は芙美子による虚構化がなされた。さらに結果として、時系列の操作により「順子」をめぐる記述と接続し、現実にはありえなかった対比構造が鮮明に浮き上がったのだ。野田敦子は『放浪記』の成立過程を次のように論じている。

『放浪記』はその原型「歌日記」〔創作ノート〕の年月順に章が編まれておらず、章単位においても、話が虚構化されて物語としての時間が生じている。（略）『女人芸術』発表の頃は放浪生活に終止符を打ち、（略）生活が落着き発表の場も得た芙美子は、技巧的には優れていなくても、年月に隔たりのある「歌日記」の部分を重ね合わせて表現していると思われる。（略）ある感情が別の感情を誘発し去来させ、時間の懸隔あるエピソードが重なって、物理的な時間をゆるがし、より一段と複雑な物語的時間が生じている。*8

順序を逆転させてまで重ねあわされた「時ちゃん」と「順子」のエピソードに共通してみられる「感情」とは、女性が男性支配から独立して経済的あるいは精神的な自由を得ることが出来ない閉塞状態への反応とでもいえようか。そしてこの「感情」は平林たい子と共有するものでありながら、その表現において二人の差異が際立つものでもある。正続『放浪記』単行本の刊行の翌年である一九三一年末、平林たい子は芙美子との関係を持ち始めた当初（一九二五年三〜四月）を次のように回想している（平林たい子「日向葵——我がどん底半生記——」『婦人サロン』一九三一年一二月）。

そこ〔仲間内で噂される芙美子の言動〕にはもつと、言葉では言現せない深い憤りから生じた自棄があると思はれた。さうしてこんな社会で自分のやうな気持になる女は自分だけではなかつたことを知つた。（略）私たちは女が男に自由を売ることなく生きて行くことがどんなに辛いことであるかといふことを話し合つた。実際二人とも今まで歩いて来た道は、財産もなければ美貌もない、しかも、何か自由なものを憧れてやまない女の避けがたい道だつた。道徳上の価値批判や習慣の束縛ではどうしても押へ切れない反抗があつた。私にしろ芙美子さんにしろ、もしうまれが労働者で、私たち自身も労働者であつたら私たちの反抗心はこんな風に発揮されなくともよかつたにちがひなかつた。

こうした感情は、本稿で度々考察している一九二六年末の芙美子と、たい子が共有するものであった。「鯛を買ふ――たいさんに贈る――」（『蒼馬を見たり』一九二九年六月、南宋書院）を挿入詩にして「酒屋の二階」に描かれたのは、「諒闇」（『放浪記決定版』〔一九三九年一一月、新潮社〕で削除）の日に「今日は二人のおまつりだ」（決定版で削除）と『どん底』を歌いながら手を握り合う、古里から離れた「同じやうな運命を持つた女」である「芙美子」と「たい子」の姿であった。ただし末尾で「たい子」が結婚を口にすることで、「芙美子」は自分だけがみじめだと歎き、編が閉じる。

ところで戦後にたい子が同じエピソードを語るときには、芙美子が描かなかった別の要素が示されている（平林たい子「「文戦」時代の私」『文學界』一九五一年六月）。

大正十五（一九二六）年は、大正天皇の逝去で暮れた。暮の二十六日に、林芙美子氏と二人で銀座をぶらつきながら、若い今の天皇と皇后との写真が飾り窓に出てゐるのを眺めて、くらしに困らない女の幸福といつたものを感じ、妬けつぽい気持になつた。

たい子は皇后に「くらしに困らない女の幸福」を見ていたというのだ。むろん戦後からからの回想である点に留保が必要であるが、少なくとも当時のたい子が自身の結婚について「日向葵」（前掲）で「恋愛や結婚によつて、自分を何とかしやうといふことは、全く馬鹿げたことだつた。（略）私は自然にかういふ殻からぬけ出すべき時期に当面した。（略）私は、未だ私にのこつた発展性をみとめて惜しんでゐた人に拾ひあげられて、強制的に別個な生活に移された」と、自らの「発展性」を活かす形で選んだ結婚であると強調していたことに留意したい。その文脈からすれば、「皇后」にせよ「順子」にせよ、「くらしに困らない女の幸福」は羨ましいには違いないが、かといってそれは男に自由を売り渡すことと隣り合わせにある。「財産もなければ美貌もない、しかも、何か自由なものを憧れてやまない女」(同)が選びうる選択肢は限られていた。そしてそのぎりぎりの選択は、当時の文学の表現行為の主題でありえた。

一九二六年一二月二七日(戦後のたい子による右の回想中、芙美子と二人で銀座を歩いたという日付を信じるならば、その翌日にあたる)、二人を発起人に含む「新興階級婦人文芸連盟発会式」が行われた。同三〇日に新聞掲載された声明文でたい子は、「「女性」なる被支配階級の新文化」を建設することを謳った(ただしこの会は継続しなかったようだ)。[*9] 大正末期に感情を共有しつつも、二人の表現行為の差異が鮮明になるのは「放浪記」連載の一九二八年から一九三〇年前後のことである。

## 4 ルンペン批判への対応

たい子の場合は「資本主義的諸制度」を「破壊することによつてのみ、貧困からも、無智からも、不健康からも、戦争からも、売笑からも、男性の横暴からも、のがれることができると信じます」(アンケート回答「世界からなくしたいもの」『婦人之友』一九三三年一月)ともいうように、プロレタリア階級闘争を男女格差問題に先行させた。これに対して、「くらしに困らない女の幸福」の対極としての「寝床のない女」というモチーフそのものに拘る芙美子の表現は、人気の源とも、批判の対象ともなっていく。「たい子」を描いた「酒屋の二階」の発表月の末に、たい子は『放浪記』受容を次のように批判している(平林たい子「文芸方面における婦人最近の活躍(二)」『東京朝日新聞』一九二九年八月二六日朝刊)。

彼女の武器は、「弱さ」であつた。人懐こい弱さは、ルンペンの特徴である。これあるが故に、一ケ所に止まつて闘かふことが出来ず、これあるが故に、どこへ行つても人に愛される。しかし、その場合の愛が、尊敬を含んだものよりも、むしろ、「憐れみ」に近い場合が多いことを私は自分で経験した。(略)彼女たち〔「頭の中でだけであらゆる「生活の反抗」を抱いてゐる層の婦人達」〕は、自己を批判することなしに、芙美子氏の涙や嘆息を、自分の嘆息や涙であるかの様にけう楽することが出来た。しかし、私は、彼女の、女性には珍しい奔放や純情やが、いゝかげんなプチブル女達のなぐさみ物になつてゐるのを見るに忍びない。

ここでたい子は、ルンペン的な弱さへの「憐れみ」を「自分も経験した」といい、『放浪記』そのものの評価には踏み込まない。しかし「世評と彼女――林芙美子のために――」(『女人芸術』一九二九年九月)では「彼女が踏んでゐる地面が決して、いつまでも踏んでゐてはならない地面であることを、私は敢えて言ふ。(略)日本の詩人でも、階級的な立場で立たうとする人は、幾度か失敗しながらも、皆それ〔「一度完成したものを打ち壊して次の進展の途上に、新しい完成をつくり上げること」〕を企ててゐる。上野壮夫《たけお》氏や岩淵威夫《たけお》氏中野重治氏、今村恒夫氏、長谷川進氏。(略)彼女は、方向をかへなければならないといふ事だけを知りさへすれば、自分で一番いゝ途を探し出すに違ひない」と苦言を呈するに至る。

神近市子もまた、「氏の文学が何故プロレタリヤ文学の圏内において余り重く見られないかは、その文学が現すルンペン性のために外ならない。(略)ドン底の人生を展開することは出来るが、その生活は全然受動的立場からであつて、そこには何等盛上る力を示してはゐない」(神近市子「女流作家の近況(二)」『東京朝日新聞』一九三〇年八月一一日朝刊）と批判し、『若草』誌上でその稿を継いで「確かに林さんの作品には意志を欠いてゐる。彼女の作品には到るところに珠玉のやうに光る詩がちりばめられてゐるにも拘らず、あるが儘の現実に打つかつて行く力が欠けてゐる。そこにプロレタリヤ文学としては第二位に置かれねばならない理由がある」（神近市子「林芙美子論」『若草』一九三一年五月）と論じた。

右の平林たい子の批判と、神近市子による批判との間の時期にのみ注目してみても、芙美子はこうした批判への反応を度々繰り返している。「放浪記」連載に「ハイハイ私は、お芙美さんは、ルンペンプロレタリヤで御座候だ」（林芙美子「目標を消す――放浪記――」『女人芸術』一九二九年一二月）と書き、同誌に「1929.10.29.」の日付を添えて「――果しなきカイギの日私の心――」と末尾に記した詩「ルンペンの唄」（『女人芸術』一九三〇年二月号）を発表した。『若草』に寄せたカフェでの会話と覚しきエッセイ「紅い泡」（一九三〇年六月）では、酔った大学生のマルキストが自身をブルジョワだと漏らし、「君が俺を愛してくれるなら〔プロレタリアと自称することを〕止めよう」とも言う闘士のカリカチュアを描いた。その後「放浪記」連載には、「科学的に処理してある言葉を見ると、どうにも動きのとれない今の生活と、感情のルンペンさが、まざまざと這ひ出て私は暗くなる。勉強したいと思ふ、あとからあとから、とてつもなくだらしのない不道徳な野性が、私の体中を馳りまはる」（「雷雨――放浪記――」『女人芸術』一九三〇年七月）や、「あの女は、貴女はいつまでもルンペンでいけないと云ふのです。／そして、勇カンに戦かつてゐるべき、彼も彼女も……。／彼いつこの白き手のインテリゲンチヤ！／彼女いつこのブルジヨワ夫人！／仲間同志で嫉妬に燃えてゐます」（「海の祭――放浪記――」『女人芸術』一九三〇年八月）といった記述がある。いずれも「反論」とは言い難いが、同時代の批判に対する「反応」が「放浪記」連載に織り込まれている点を見過ごしてはならないだろう。

『放浪記』の素材となったという芙美子の創作ノート「歌日記」は現存せず、大正末期当時から芙美子が「ルンペン」の語を用いて自身の生活を記していたかは定かでない。しかし注目すべきは、「ルンペン」と批判されるまで、その語が「放浪記」連載に現れなかったことだ。その限りでは、「ルンペン」は他人に貼られたレッテルに等しい。そもそも「ルンペン」は、一九三〇年前後に急速に流行した言葉である。金井景子は「昭和の初頭、金融恐慌の煽りを受けた大企業の人員整理・中小企業の大量倒産が拍車をかけ、従来は都市の背景に沈淪していた特殊な存在であるべき浮浪者・娼婦・乞食が、極端な言い方をすれば「明日の我が身」として意識され始めるようになった」として、「ルンペン」という言葉が「マルクス主義の用語の耳新しさが好まれたのと同時に、従来は背景かあるいは異域のものとして扱っていたものにモチーフとしての新鮮な局面を発見し得た」という。[*10]その意味で、貧しい職業婦人、「淫売婦」との際どい境をさまようような『放浪記』の人物造形は時宜に適っていたともいえるが、そこに「ルンペン」を見いだしたのは読者・批評家であって、作者による「ルンペン」という語はそれへの反発を含み込んだ対応と見ることができる。

## 5　初期詩作からの「赤」のゆらぎ

「放浪記」連載における同時代評価への関わりで併せて検討すべき点がある。矢部（水谷）真紀は詩集『蒼馬を見たり』（一九二九年、南宋書院）の「赤」に注目し、「生きるための仕事や生活に精一杯で、どんな思想であれ系統立てて勉強するような時間や余裕はなく、社会主義的なものとの出逢いは恋人や友人を通じてもたらされた」芙美子にとって「赤い帽子」は情熱の比喩であり、その「赤」は「情熱や自由への希求」、そして追い詰められた時にあらわれる「火」の表象は「自分自身に鬱積したものを燃焼させる表象である」とする。[*11]では、詩が「放浪記」というコンテクストに組み込まれた際の「赤」にも同じことが言えるだろうか。詩の初出形から「放浪記」連載に組み込まれていく過程での変容に視野を広げてみると、「赤」のゆらぎが見られることに留意しておきたい。本節では二つの詩、「赤いスリッパ」と「朱帆は海へ出た」を取り上げて、このことを明らかにする。

友谷静栄との同人誌『二人』（一九二四年七月）初出の「スリッパ」という詩は、それ単体で見れば「ひきづる赤かいスリッパが／かたいつぽ飛んでしまつた（略）そしても一つのスリッパを飛ばしてくれ／私はゆつくりねむりたい」というどこか寓喩的な詩であるに留まる。「スリッパ」は「女人芸術」において「赤いスリッパ——放浪記——」（『女人芸術』一九二九年四月）の中に標題詩として織り込まれる。詩集『蒼馬を見たり』にも「赤いスリッパ」と改題して収録、その赤さを強調している。とりわけ『放浪記』の物語文に組み込まれることで、詩には文脈が生じ、寓喩性の解釈に方向が示される。「赤いスリッパ——放浪記——」では、依然貧しいにせよ女工や女給生活からは離れている「芙美子」を、洋画家「上野山」が久しぶりに訪れる。「私がをさない頃、近松さんの家に女書生にはいつてた時」に会ったことがある「上野山」が酒を飲んで帰ったあとに、この詩が挿入される。「芙美子」の記憶の中の「上野山」は「茫々とした姿で、（略）河馬の口みたいに靴の底が離れてゐた」。「上野山」が散文から標題詩へという流れの接合部に位置することで、かつての身を粉にして労働していた自分と現在の自分とが「芙美子」の中で遠近法として立ち現れうることに注目したい。

地球の廻転椅子に腰を掛けて／ガタンとひとまはりすれば／引きづる赤いスリッパが／片方飛んでしまつた。／／淋しいな……／オーイと呼んでも／誰も私のスリッパを取つてはくれぬ／度胸をきめて／廻転椅子から飛び降り／飛んだスリッパを取りに行かうか／臆病な私の手はしつかり／廻転椅子にすがつてゐる。／オーイ誰でもいゝ／思ひ切り私の横面を／はりとばしてくれ／そしてはいてるスリッパも飛ばしてくれ／私はゆつくり眠りたい

『若草』から林芙美子『放浪記』へ

詩の挿入効果は、大杉栄との交流もあった「五十里」や「宮崎」と交流する現在の自分が、過去の自分との対比によって中途半端に思われるという葛藤を前景化することにあるのではないか。先立つ箇所には、「文芸戦線」に「工女の唄へる」という詩を出したが、「もうこんな詩なんて止めやう、くだらない。もつともつと勉強して、生のい、私の詩を書かう」とセルロイド玩具工場での労働経験が示唆され、それを描いた詩は「生のい、私の詩」とは全く異なるという認識が示されている。半分脱げた「赤いスリツパ」とはかつての身も心も「赤」との親和性があった労働者時代にくらべて中途半端な現在の自分を表し、生活という「地球の廻転椅子に腰をかけて」、そこから「飛び降りて片つ方のスリツパを取りに行」く勇気も無く、しっかり椅子にすがりついて、他力本願に「もー ツのスリツパも飛ばしてくれ」と、思想的な「赤」すら取り払ってしまえば、葛藤なく「ゆつくり眠り」うる――思想的苦悩のトポスとも読める。ただし、このように詩を還元することに決定的な意味があるとは思われない。むしろ暗示的な寓喩に留めたという表現のあり方自体に、「赤」への執着と疎隔とが同居しているといえるだろう。

「こんな詩なんて止めやう、くだらない」という評価が詩「女工の唄へる」（『文芸戦線』一九二四年八月）発表当時の自己批判か、「放浪記」連載時に加えられた脚色の一環かは資料的制約から立証できない。しかし、芙美子はその後も『文芸戦線』に詩を発表している。詩「朱帆は海へ出た」（『文芸戦線』一九二八年三月）である。同作は「青いペンキ塗りの通用門」、「白い水煙」、「空」、「平凡な雲の流れ」と青と白を点綴し、続けて次のように続く。

潮鳴りの音を聞いたか！／遠い波の叫喚を聞いたか！／旗を振れッ！／うんと空高く旗を振れッ／（略）／破れた赤い帆の帆縄を力いっぱい引きしぼると／海水止めの関を喰ひ破つて／朱船は風の唸る海へ出た！／／それッ！　旗を振れッ！／〇〇歌を唄へッ！／朽ちてはゐるが／元気に風をいっぱい孕んだ朱船は／白

いしぶきを蹴つて海へ！／海の只中へ矢のやうに走つて出た。／／だが……／オーイ　オーイ／寒冷な風の吹く荒神山の上で呼んでゐる／波のやうに元気な叫喚に耳をそばだてよ！／（略）／山の上の枯木の下に／枯木と一緒に双手を振つてゐる女房子供の目の底には／火の粉のやうにつゝ走つて行く／赤い帆がいつまでも写つてゐたよ。

この詩では旗の色が明示されていないが、「○○歌」が響いており、野田敦子が指摘するとおり「「空」と「海」という青をイメージさせる表現の中において、「赤い帆」といった配色を効果的に用い「赤旗」を想起させる」[*12]。付け加えるならば、この「赤旗」が男たちの振るものであり、女達は遠くから見ているという構図には留意したい。詩の初出形でも「島」が舞台とされているが、「旅の古里――放浪記――」（『女人芸術』一九三〇年五月）に組み入れられると、「芙美子」が自分を捨てた男に会いにいった因島でストライキに遭遇するエピソード中に置かれ、観察し語る身体と赤旗との位置関係（やはり遠くから見ている）が明確化する。[*13]

同人誌『二人』掲載の「スリッパ」（一九二四年七月）では「赤」に対するアンビヴァレンスを早くから示しながら、『文芸戦線』では「女工の唄へる」（一九二四年八月）や、赤旗を暗示する「朱帆は海へ出た」（一九二八年三月）を発表するなど、「秋が来たんだ――放浪記――」（『女人芸術』一九二八年一〇月）による「放浪記」連載開始までの芙美子の詩作には、「赤」に対する位置取りに大きな振れ幅がみられる。芙美子の詩作はその時々の立場を表明するものというよりも、詩誌の傾向との交渉のなかで生成した言葉といえよう。

## おわりに

芙美子が初期作品を売り歩いた先は多く、『若草』はその一つにすぎない。近年、野田敦子の精力的な調査により初期作品掲載誌の解明が進みつつあるが、[*14] 初期作品のうち『放浪記』に組み込まれた作品は数が限られている。『若草』掲載作の場合、詩「女王様のおかへり」（一九二八年五月）、詩「疲れた心」（同一〇月）が組み込まれ、随筆「草の芽」（一九二七年四月）は再構成して取り込まれた。芙美子は山田順子の話題性に目を付けて「草の芽」の発表の場として『若草』を使ったが、『放浪記』ではそれを「寝床のない女」というモチーフの対照項として再利用したのである。そしてこの「寝床のない女」というモチーフは、階級闘争の論理に完全に適応するのではなく、しかし階級に無関心ではいられなかった『放浪記』の一断面を示すものでもある。

では、このモチーフは、同時代評価に対して如何なる立場性を表象しえたのだろうか。まず確かなことは、「ルンペン性」、すなわちプロレタリア階級意識の欠如を批判されてなお、芙美子が拘った「寝床のない女」というモチーフが、文字通り「女」であるということを抜きにしてはありえない窮状に根ざした感情を描いていることだ。だが他方で、このモチーフは「「女性」なる被支配階級」（平林たい子、前掲）を論じるという立場からも距離を置いていた。[*15]

『放浪記』の表現は、階級闘争の論理に回収される可能性を慎重に避け、同時代評価軸との微妙な距離を保つがゆえの曖昧さを帯びている。その距離の取り方は、初期詩作から一貫したものというよりも、様々な傾向の雑誌を渡り歩きながら、「赤」に対して接近／離反する表現を繰り返す振幅の中で手探りを続けた結果として選び取られていった曖昧さといえる。本稿は初期作品雑誌初出形からの変容を視座とすることで、この位置取りの微調整を取り上げた。正続『放浪記』単行本は諸版において些末な点にまで及ぶ夥しい改稿が繰り返され、戦後には第三部連載も行われる。とすれば、本稿が注目した微調整は些末な話題に止まるものではないことになる。些末な改稿を通した微調整は、芙美子の最も息の長い表現活動であったからだ。

**注**

1――神近市子「林芙美子論」(『若草』一九三一年五月)、矢崎弾「林芙美子論」(『若草』一九三四年七月)、中村地平「林芙美子論」(『若草』一九三八年七月)。

2――小平麻衣子「林芙美子と文芸誌『若草』――忘却された文学愛好者たち――」(『国語と国文学』二〇一七年五月)。

3――今川英子「『放浪記』――生成とその世界――」(同編『林芙美子　放浪記アルバム』一九九六年、芳賀書店)。

4――今川英子「『放浪記』における〈虚〉と〈実〉」(熊坂敦子編『迷羊のゆくえ――漱石と近代』一九九七年、翰林書房)では『人物書誌大系一一　平林たい子』(一九八五年、日外アソシエーツ)の年譜に基づき一二月としている。同年譜によると一二月中旬、たい子に小堀甚二がプロポーズし、翌年一月結婚。

5――メディア上での順子のイメージ流通については、大木志門『徳田秋聲の昭和――更新される「自然主義」』(二〇一六年、立教大学出版会)に詳しい。大木の紹介するところによれば、順子は自身についての報道記事や恋人であった竹久夢二の挿絵をスクラップブックに収集しており、そのうち『若草』掲載物に竹久夢二画の「恋」(『若草』一九二五年二月)、「秋」(同一一月)、「うらなひ」(同一二月、同号表紙画も貼付)がある。

6――森英一『秋声から芙美子へ』(一九九〇年、能登印刷・出版部)、一五六〜一六二頁。

7――この「カウモリ」にどれだけ寓意が込められているかは定かでないが、「順子さんの薄い肩が、カウモリのやうに見えた」(初出)が『決定版放浪記』(一九三八年一一月)以降、「順子さんがこんな事を云つた」と改稿されることも考え合わせたい。

8――野田敦子「林芙美子『放浪記』初出をめぐる一考察（2）」（『浮雲』二〇一〇年一一月）。

9――平林たい子「女性文芸運動の進出」（『読売新聞』一九二六年一二月三〇日朝刊四面）。発会式の様子は前日朝刊の三面（婦人欄）掲載。

10――金井景子「モチーフとしてのルンペン・プロレタリアート」（『日本文学』一九八三年四月）。

11――水谷真紀「林芙美子『蒼馬を見たり』の炎――「赤と黒」からの距離――」（『東洋通信』二〇一〇年九月）。

12――野田敦子「林芙美子の詩「女工の唄へる」「朱帆は海へ出た」論――その表現をめぐって」（『論究日本文学』二〇〇七年五月）。

13――この詩は『放浪記決定版』（一九三九年一一月、新潮社）改稿において、「朱帆」が「帆船」へ、「〇〇歌を唄へツ」が「勇ましく歌を唄へツ」へ、その他いくつもの変更が加えられ、旗の色の暗示という効果は失われる。これに前後する地の文も、「町はストライキだ」（初出）は「町にはストライキの争議があるのださうだ」（決定版）、「××と職工のこぜりあい」（初出）は削除（決定版）、「裸の職工達のリンリとした肌を見てゐると」（初出）は「裸の職工達の肌を見てゐると」（選集、決定版）、主人公の台詞であった「こゝから見てると、あんな門位、船につかふ××××××を投げりゃ、すぐ崩れちゃうのに」（初出）は地の文に変わり「こゝから見てゐると、あんな門位はすぐ崩れてしまふやうにもろく見えてゐるのに……。」（決定版）となるなど、ストライキへの心理的距離までもが離れるように調整が行われている。こうした単行本改版における改稿問題は、小平麻衣子「生き延びる『放浪記』――改造社版と新潮社版の校異を読み直す」（『藝文研究』一〇九‐一号、二〇一五年一二月）、姜銓鎬「林芙美子『放浪記』の成立過程――改造社版から新潮社版まで」（『北海道大学大学院文学研究科研究論集』二〇一三年一二月）が詳論している。

14――例えば、野田敦子編・林芙美子『ピッサンリ』（二〇一三年、思潮社）、「林芙美子の詩と歩く（1）『ピッサンリ』未収録詩篇と三〇年代までの芙美子」（『現代詩手帖』二〇一六年九月）など。

15――一九二九年七月～一九三〇年一月に『女人芸術』誌上で繰り広げられたアナ・ボル論争の結果分離したメンバーによる『婦人戦線』創刊号（一九三〇年三月）で高群逸枝は「婦人戦線に立つ」という論文を発表した。

佐藤和夫によれば、「高群逸枝は（略）現代の「強権社会」が男性の支配を基礎としたものであることを明らかにした上で、なぜ、女性の解放運動が男性とは区別されなければならないかを明確にしている。（略）男性の論理は、子どもを産み育てるという女性の基本的営みを女性の先天的な仕事として決めつけ、しかも、その負担があることは一切男性の活動する「公的」領域と関係のないこととして位置づけられるから、その負担はいつも「欠点」であり、「損失」ということになる。しかし、こうなるのは、公私の関係が男性の権力支配を前提にして生まれているものだからだと指摘している」という（『女たちの近代批判――家族・性・友愛』二〇〇一年、青木書店、八〇頁）。

# 『若草』におけるモダン・ガール——片岡鉄兵の女性観・恋愛観をめぐって

サンドラ・シャール

## はじめに

ジル・リポヴェツスキーが『第三の女』によって改めて思い起こさせたように、女性崇拝は二〇世紀大衆の時代に入って前代未聞の社会的現象となった。産業・メディア文化の発展に伴い、過去の性別役割や服装などの束縛から肉体的に解放された女性像の出現は、同時に商品化としての新たな女性の歴史の開幕でもあった。実はこの時期、映画や女性誌、広告などを通して、流行ファッションを始め、規範的で理想的な女性のイメージが大々的に宣伝されるようになったのである。[*1]

「狂気の時代」と呼ばれたフランスの一九二〇年代は、伝統的な女性の規範を覆すような新たな装い、振る舞いをするパーソナリティーが出現した時代である。ギャルソンヌ（*garçonne*）と呼ばれたそれは、「解放された女性」のシンボルとなり、大いにメディア上で取り上げられた。

ギャルソンヌという語は、その名の起源ともなり一九二二年出版以後一挙に大反響を呼ぶこととなったヴィクトル・マルグリット（一八六六年〜一九四二年）のアバンギャルド小説によって決定的なものとなった。[*2] 大反響、なぜなら第一に、発売後四日で二万部、六ヵ月で三〇万部を売り上げたこと、[*3] 第二には、この小説が大いにひんしゅくを買い議論——後世にまで残りはしなかったが——を醸し出したからである。その理由はいたって簡単だ。

ストーリーは、良家の娘 モニーク・レルビエが失恋の後――自分の恋人が連れの女と同伴のところを取り押さえた――装飾家として独立して生きることを選択するというものである。男性風の格好に断髪、煙草とドラッグにはまり、レズビアンの恋愛に代表される放縦な性生活を送る。[*4] このように、ブルジョアの道徳観を放棄し、エレクトロンのように自由奔放に振る舞う型破りな女主人公を題材としたことから、この小説は保守的で穏健な人々を深く憤らせたのだった。

『ラ・ギャルソンヌ』の作者が被った痛烈な批判を別にすれば、[*5] この作品は以下の二点において興味深いように思われる。一つ目は、第一次世界大戦後にフランスの都市部や世界各地で一般的に見られた、社会経済の大混乱を如実に物語っていること、すなわち大量生産及び大量消費社会の到来である。戦争は特に女性の雇用機会を大幅に増進したため、伝統的な性別による役割分担のバランスは崩れ、多くの女性が家庭という小世界から抜け出し、社会の公的な場でより自由に活躍するようになったのだ。次に、反順応主義者の人生を描いたこの小説に対して沸き起こった数え切れないほどの反響・反動から、戦間期における近代化の問題、そしてそこから派生したと思われる、女性の地位や社会進出に関するフランス社会の世論のアンビバレントな姿勢を、よりよく把握できるという点である。

同時期の日本社会は、フランスの文芸界に起こったような騒動に相応する状況には、その中身においても規模においても直面していなかったが、都市部やメディア上に登場したモダン・ガールという新たな存在によって、[*6] 少なくとも類似の問いが浮上していた。

大正時代から昭和初期にかけて、西洋から、特にアメリカから強く影響を受けた大衆消費文化が、近代化した日本の都市社会に現れ、伝統と近代との間に深刻な葛藤を生じさせたのだ。特に問題となったのは、〈*modernity*〉〈近代性〉とは必然的に西洋をモデルとしなければならないのか、日本人であることと近代人であることとは両立し得るのか、という点であった。

こういった価値観のコントラストは、時代の産物である二つの異なる女性観に顕著に表れることとなる。一つは良妻賢母と呼ばれた伝統的価値観に深く根を下ろす主婦としてのそれ、もう一つは——皮肉にも時代はテクノロジーの進歩と経済的需要から多くの女性を賃金労働へと向かわせていた——モダン・ガール（モガ）と呼ばれ、気取った態度を見せびらかし、〈近代的〉で破壊的、道徳規範を覆し、専ら男性の領域に足を踏み込む、フランスのギャルソンヌを思わせる女性像である。このような状況において、モダン・ガールは日本でもセンセーショナルでメディアティックな現象となったことは容易に想像できるだろう。

## 1　モダン・ガール：雑誌『若草』に見るメディア業界の現象

このようなモダン・ガールの偶像化あるいはメディア化の現象は、当時、資本主義社会の進行によってもたらされた社会・経済の大変革を考慮せずには正確に理解できない。二つの大戦を挟んだ時期、マスコミ業界は、歴史家ミリアム・シルババーグが〈消費者臣民〉（*consumer-subject*）[*7]と形容した実体を作り上げる意図のもと、西洋の影響を強く受けた大量消費社会の振興を強力に支援したのである。

ジャーナリズムやマスメディアは大衆向けの近代・モダニズム[*8]概念の形成に決定的な役割を果たした。というのは、ジャーナリスト及び知識人らは、紙面上に近代の称賛もしくは中傷を目的とした記述や分析を掲載し、そこに一種の討論の場を形成していたのである。この討論会は、大正デモクラシー及び第一次世界大戦後の世界的な民主化の風潮の中で、比較的自由に繰り広げられた。その中でも、近代化のもたらした文化的、価値的衝撃が顕著に表れた風俗[*9]に、そしてその象徴的存在としてのモダン・ガールに必然的に興味は集中した。このような背景の下、モダン・ガールに関するエッセーや分析書などの多くの出版物は、彼女たちの生活・思考様式の中に前衛時代[*10]のモダン相のシンボルを垣間見つつ、大いに称賛するか、もしくは辛辣に批判したのであった。その結果、混合的なモダン・ガールのイメージが生まれた。それ故、ジャーナリストや知識人たちは、家庭や国家などの伝統的制度の力とも並行して、男女両性の関係についての規範やイデオロギーを解消したり再構成することに貢献したと言えるのである。

ところで、モダン・ガールについてのエッセーや論文の目録を調べると、雑誌『若草』の寄稿者の間にもこの熱狂が広まっていたことがうかがえる。四人の作家がモダン・ガールについての著作を残している。詩人の井上康文（一八九七年～一九七三年）は一九二五年一二月号[*11]にモダン・ガールを題材としたノート・ブックを、同じく詩人の百田宗治（一八九三年～一九五五年）は一九二六年八月号[*12]にエッセーを、また柳田國男（一八七五年～一九六二年）の弟子で民俗学者の江馬三枝子（一九〇三年～一九八三年）はモダン・ガールを新しい女とたとえて論文「モダン・ガールと新しい女」を一九二八年一月号[*13]に執筆、掲載した。しかし、モダン・ガールをより深く分析しその出現の意味を考察することに専心したのは、小説家でエッセイストの片岡鉄兵（一八九四年～一九四四年）である。片岡は一九二六年に五つの論文からなる「モダン・ガールの研究」を出版。そして翌年には、モダン・ガールを取り上げた「未来の恋愛」というタイトルの論文を六つの連続作品からなる「恋愛の考察」の中に掲載。一つ目の一連の研究はその名の通り『モダン・ガールの研究[*14]』の題名で一九二七年に金星堂から出版され、片岡はその中に「モダン・ボオイの研究[*15]」という論文も挿入している。

本論文は片岡鉄兵のモダン・ガール理解、さらにはその先に見られる日本人女性と恋愛[*16]についての彼のヴィジョンを明らかにすることを目的とする。

## 2　片岡鉄兵、その人物

片岡鉄兵は一八九四年（明治二七）二月二日岡山県の鏡野に生まれる。高等学校を卒業後、慶應義塾大学仏文科に入学するが、ほどなく学業を放棄する。代用教員の仕事や山陽新報、神戸朝日新聞、大阪時事新報でジャーナリズムの仕事をする中で、小説の執筆に熱中するようになる。二度の挫折の後、一九二〇（大正九）年、作品『舌』で東京文学界入りを果たす。

一九二四（大正一三）年、横光利一（一八九八年〜一九四七年）、川端康成（一八九九年〜一九七二年）と共に雑誌『文芸時代』を創刊し、新感覚派の小説家、批評家として名を知られるようになる。片岡はこの時期、散文『にがい話』（一九二四年、春陽堂）、エッセー「新感覚派は斯く主張す」（『文芸時代』一九二五年七月）、「綱のうへの少女」（『改造』一九二六年二月）、「色情文化」（『改造』一九二七年四月）等を執筆している。

一九二八（昭和三）年三月、社会主義の労農党に入党、また前衛芸術家同盟にも加わっている。同年五月には全日本無産者芸術聯盟（ナップ）に加盟し、それ以来プロレタリア文学運動に精力を注ぐようになる。

一九三一（昭和六）年、左翼として検挙され、一九三二年から二年間の投獄を言い渡されるが、思想転向をしたため一九三三年一〇月に釈放される。その後は専ら通俗小説に専心。一九四四年一二月二四日、和歌山で肝硬変のため死去する。[*17]

## 3　モダン・ガールの人格描写

片岡鉄兵がモダン・ガールに言及したジャーナリスト、エッセイスト、社会批評家及び他の小説家らと異なる独自の存在感をはなつのは、彼がモダン・ガールを前向きに評価した数少ない一人だからである。片岡が「現在の新しい女」[*18]と呼んだモダン・ガールに見ていたのは、革新的で意表をついた彼女らの性格であり、「近代の娘」という英語の *modern girl* の直訳表現をどう言い表すかに苦心している。

モダン・ガアルに於るモダンなる形容詞は、近代と云ふよりは、寧ろ現代と云ふ意味が強い。そこでは私は、寧ろ『現代娘』と訳したいのである。一層親切に意訳すれば、『現代の生活気分が生んだ現代独特の型の女』と云ひたいのだ。[*19]

片岡は、モダン・ガールを陽気、溌剌、快活と表現し、健康的でスポーツ好きだとしている。[*20] 堂々として自由、彼女らは「主張すべき事は主張し、欲求する所は口に出して表現する」[*21]のを習慣とする。彼女らは例えば「職業婦人」というような何らかの女性のタイプに帰属しない。モダン・ガールはあらゆる女性のタイプに見られるのだ。[*22] 彼女らは欲求のおもむくままに生活し、自身の存在に精神的意義を見出そうとせず、つまらないことで気をもんだりしない。彼女らは人生の価値を、過敏な感覚と外から受ける肉体的刺激でもって判断するという、救いようのない快楽追求者なのだ。不確かで物質主義的な世界にあって、人間は〈永遠の理想〉から遠のき、つかの間の感覚的な享楽を探し求めることで満足するのだ。

物質の威力が地上を占め、人は感覚的になり、そして思想に安定がない。勢ひ、永遠の理想などと云ふものは馬鹿らしくて要求されない。たゞ物質的生活に日毎追はれて、生活に疲労するのが耐らない。そこで、人々はつひ目前の享楽を追求するやうになる。その享楽が、感覚的であり、従つて頽廃的傾向を示すのは、又当然の勢ひと云はなければならない。[*23]

片岡はモダン・ボーイについてのエッセーの中でも同様に強調している。現代社会においては〈今〉が重要なのだ。生きている時間は短い、それ故、瞬間瞬間を味わわなければいけない、あたかも動物のように。

モダン・ボウイにとつて人生は有限である。従つて、天国や極楽へ行くための生活はない。その準備もない。従つて人間の意義など考へる必要はないのだ。有限なる――やがては滅びゆく現世に於ては、一つの物、一つの行為の価値は、それが如何に永遠の立場で又は精神的な意味で重大であるかにでなく、それが如何に時間的に又は物質的に経済であり便利であり且つ感覚的に美であるかに依つて判断されるのである。一瞬間は一瞬間である。[*24]

「彼らにとっては、*What is life* よりも *How to live* が問題なのだ[*25]」。以上のようなモダン・ボーイの特徴は当時の科学主義的合理性を背景にしており、モダン・ガールにも共通する。

さらに言うと、活気とスピードを特徴とする当時の都市社会では、生き生きとした瞬間瞬間は迅速に次へと続いて行かなければならない。活気、活動、そして常時の刺激によって人々は生きている実感を得、反対に静寂は死を意味した。

換言すれば、人間はもはや動く環境の中に居ることを感じなければ、殆ど生活感情を失つたやうな気さへするのだ。周囲が潑剌と動いて居れば居るほど、ほんとに自分の生活も生々と生きて居るのを感じるし、又、生きて来もするのである。生き甲斐とは、潑剌と動く環境の中で、潑剌と動く我が心を感じることであつて、静寂の中に悟入する諦境の如きは、現代人にとつては殆ど「死」でさへあり得るのだ。[*26]

これについて片岡はさらに、映画やスポーツなど〈動的なもの〉への心酔があったと説明している。[*27]モダン・ボーイとモダン・ガールが時代の産物、つまり物質文明の最盛期を彩る〈享楽的風潮〉のそれであることは疑う余地のないことだろう。[*28]彼らの精神状態は、第一次世界大戦後の混乱期に起こった金と科学の占拠する都会に特有のものである。この新しい世界ではスピリチュアルな信仰が解体する一方で、人々は物に執着し崇拝しさえするのだ。[*29]片岡は、人々を虚無的な態度へ引き込み、つかの間の快楽を追い求めさせる〈現代相〉について次のように述べている。

物質の威力が地上を占め、人は感覚的になり、そして思想に安定がない。勢ひ、永遠の理想などと云ふものは馬鹿らしくて要求されない。たゞ、物質的生活に日毎追はれて、生活に疲労するのが耐らない。そこで、人々はつひ目前の享楽を追求するやうになる。その享楽が、感覚的であり、従つて頽廃的傾向を示すのは、亦当然の勢ひと云はなければならない。[*30]

## 4　モダン・ガールの自由恋愛

即時的でつかの間の快楽という概念はモダン・ガールの恋愛事情にも当てはまる。「比較的自由な生き方、比較的自由な物の考へ方」[*31]をするこの若い女性は、放縦な快楽や自由恋愛に対する本能的欲望の強さの点で他の日本人女性と異なる。自身を男と対等であると見なし、男性に対してだけでなくあらゆる人間に対して大胆不敵に振る舞う。[*32]彼女らは熱心にフラアテーション（英語の *flirtation* の訳語）――片岡によると「通訳がない」新語――に励み、何でもないようなふりをして公共の場で見知らぬ人らとの体の接触を試みるのだ。

フラアテーションと云ふ言葉は、通訳がない。『何気ない秋波や接触で、お互ひに刺激しあふ事』である。何気なく、さも偶然のやうに、他人に接触する。たとへば、混み合った電車の中などで、肩や手を触れる。が、相手が怒った場合は『どうも失礼、つひ込み合ってたものですから』といつでも弁解出来るやうに、白ぱつくれて行ふのだ。『これは求愛の意志表示に非ず』と云ふ顔をして、その実、その意志表示をするもので、ダンス場、劇場、その他で行はれてゐる。これをフラアテーション（*Flirtation*）と云ふのだ。[*33]

安定した長期恋愛には全く興味がない。つかの間の快楽と性行為の素晴らしさを味わうことにしか価値を見出さない。彼女らは決定的に二人を結びつける運命にある理想的恋愛観を軽蔑していた。勿論結婚などは無意味に等しかった。モダン・ガールにとって――恋愛分析の際にはっきりと言っているように片岡にとっても――恋愛とは性欲につきるのである。それ故、恋愛を理想化する現在の有害で時代錯誤な傾向からは、袂を分かつのが良いのである[*34]。恋愛とは「複雑な近代生活の渦の中に於る一の享楽である」[*35]。誠実や嫉妬などという言葉は全くなじまない。彼女らは一人のパートナーに飽き足らず、男から男へと移り行き愛人を増やしていくのだ。

恋愛とは結局自己の個性を他人の個性の中に溶合せしめる運動であらう。個性が複雑になればなるだけ、相手の個性に複雑なものを要求するやうになる。単に一人の男の個性によつてのみでは、まだ満ち足らはぬものを感じる。そこで、又他の男へさうして再び次の男へ、と彼女は移つてゆく。これは結果に於ては不品行といふ事になるが、動機に於ては、自覚した個性のたゆみなき自己充実の展開なのである[*36]。

言い換えると、子供を産むことを人生の目的とする〈母型婦〉（母性型女性）は、徐々に恋愛――片岡ははっきりと性的快楽に限定している――を「生活の本義とする」〈娼型婦〉（娼婦型女性）のそれに取って代わられるのである。男の色気に取りつかれた〈娼型婦〉は、最初の男の首に飛びつくと、ずうずうしくも彼を〈消費〉する[*37]。「近代思想に刺激されて起つた婦人解放の要求[*38]」の流れに乗って、モダン・ガールはこの極端な〈娼型婦〉へと自らを導くのである。しかし片岡は、現実はこのような善悪二元論とは程遠く、全ての日本人女性は多かれ少なかれこの二つの女性型要素を秘めている、と付け加えている[*39]。

そして、モダン・ガールは伝統的な枠組みの中での性行為を退ける。かつて、性行為そのものは強く否定されていた。血筋の永続と生殖の手段として僅かに許容されていたにすぎない。しかし、科学の信奉者、現実主義で冷淡さを持ち前とするモダン・ガールは母親になることを拒否、さらには嫌悪さえし、性交渉をもっと軽い意味合いで捉えた[*40]。神秘性には程遠く、それは動物のように本能の赴くに任せ、より軽薄に、同時に鋭い輝きを持って堪能されなければならないのだ。彼女らは性行為を単なる生理的欲求、つまり性欲とみなす。しかし、恋愛そのものが〈美〉の道徳を背景とするように、性行為は恋愛の主要な美的要素でもある。[*41] 次の引用文には片岡の〈道徳〉概念がよく表れている。

然し、この場合に云ふ「道徳的」とは、必ずしも常識的な実践道徳と一致すると云ふ意味の「道徳的」ではない。それは、寧ろ「美」に一致すると云ふ意味の「道徳的」であるのだ。即ち、芸術至上の見地に立つた「道徳的」である。芸術至上の世界に於ては、「美」が道徳判断の標準になるからである。[*42]

このような捉え方によると、美が道徳を作るのであり、反対ではない。片岡にとって――また転じて片岡の解釈するモダン・ガールにとって――恋愛は「人生の遊戯としての意義に於て成長する」ために「互ひに激しい要求を持ち合つた男女」の間に起こる「今までよりも一層対等なる個人と個人との交渉」なのである。[*43] 片岡の目には、たとえモダン・ガールが自由恋愛で行儀悪く振る舞ったとしても、彼女らの放縦な快楽への渇望は〈犯罪〉扱いされるようなものには映らなかった。モダン・ガールは時代が必然的に生んだのだ。昔に比べてより高いレベルの教育を受け、科学や合理的思考に親しみ、古い生活様式を捨て、より自由な生活を愛したのだ。[*44]

それに対し、片岡は家父長制社会に対する辛辣な批判を行う中で、一五、六年前の女性の人生は、特に『女大学』を通して教え込まれた男性への隷属を強いる「奴隷の道徳」[*45] に見られるように、惨めなものであったと述べている。個々の女性の人格は否定され、〈淑徳〉の名の下に男性に仕えるよう運命を定められ、それが唯一の教育の目的であった。自ら選ぶことができないことから、女性の生活は「家畜や奴隷の生活」に等しい、つまり非人間的な生活である。[*46]

女自身が奴隷の道徳に甘んじたのである。淑徳の名によって、自由を束縛され、個性を無視され、意志を認められなかった。女はすべて男の従属物として働くやうに教育された。［…］自分自身の意志で自分の生き方を選ぶ事が出来ないとは！　これは明らかに家畜や奴隷の生活であって、『生きた人間』としての生活ではない。[*47]

モダン・ガールは女性を束縛する伝統の足枷を取り除いた。その証拠に、片岡は彼女らの容姿は女性解放の一つの型を明確に示していると述べている。彼女らの高い身長は「女が従来の卑屈な精神から解放され、男子と同等の権利を主張する象徴」であった。長くすらっとした足は成長しつつある婦人文化の創造力を表明していた。[*48]鮮やかな色彩や派手な柄、涼しげな顔色などの趣味は、男性に対抗する力のあることの印であった。またオールバックや七三分け、断髪など髪型についても同様のことが言える。それに、凝った髪型は仕事時や激しく抱擁される時の妨げにもなったのだ。[*49]

## 5　モダン・ガールの特徴——新しい女との比較

モダン・ガールの大胆さは当時の平塚らいてう（一八八六年〜一九七一年）の率いる知的運動と共鳴するものがある。青鞜社の新しい女らは一九一〇年代、女性解放に向けて働きかけを行い、その突飛さはしばしば噂の種になった。

片岡は新しい女とモダン・ガールを区別している。新しい女は「思想的に目覚めていたかもしれないが、根本的に〈新しい女〉ではなかった」のだ。彼女らの生活は創造的ではなく、精彩のない単なる男性の模倣であった。

然し、彼女たちは結局、思想的に目醒めたのではあるが、生まれつきの『新しい女』ではなかった。知識的に『我らは人形ではない、生きた人間である』と悟ったのであるが、彼女たちの自然の生活が『新しい』のではなかった。[…]その余りに、人間としての生活、女らしからぬ生活が、男の模倣に傾きすぎたのは、彼女たちの第一の弱点だったのである。男と同等の権利を要求するために、男と同様の振舞ひをしようと、意識的に努力したのである。男性の模倣であって、女性生活の創造ではなかったのだ。[…]新しさの中に生きなかったとしたら、彼女たちを真に新しい女だとは云へないわけである。[*50]

片岡にとってより問題だったのは、新しい女らが日本社会に否定し難い形跡を残したことに違いはないが、彼女らの多くが今日結婚生活に納まってしまっていることであった。[*51]その点モダン・ガールは「単に自覚した婦人」とは違った。時代の要請の生んだ果実、モダン・ガールの信条は、思慮深さや知性というよりも生まれつきの性質で、日常に根を下ろしていた。彼女らはわざわざ際立たせて見せたり、女性連中の社会的地位について後退的な世論に立ち向かったりする必要を感じることなく、至って自然に世の中を渡り歩いた。モダン・ガールはある個性を生まれ持っている。彼女らは単純にありのままなのだ。

それだからと云って、単に自覚した婦人をモダン・ガアルと云うのではない。単に知識的に、婦人が男の奴隷でなく、一個の人格あり意志ある人間であることを自覚して、新しい生活を意識的にやったのは、十五年前の新しい女、青鞜社同人である。現代のモダン・ガアルは、さうした青鞜社同人とは別な存在である。モダン・ガアルは勿論自覚して居るが、その自覚は知識的であるより生活的である。青鞜社同人が思想的に促されてあゝなったのとちがって、モダン・ガアルは以上に述べた如く社会的必然に促されて存在を始めたのである。青鞜社同人のやり方は、女を因襲的にしか見なかった当時の世間に反抗して意義的にやる傾きがあったのに反し、現在のモダン・ガアルの生活は周囲の生活気分のまにまに動いて居る自然の姿なのである。[*52]

それ故、モダン・ガールは同時代人の寛容さと共感を得るに相応しい、と片岡は考える。[*53]

## おわりに

果たして片岡の時代の多くが言うように、モダン・ガールは社会秩序や国家の未来にとって本当に危険な存在なのだろうか。彼女らの愛する、全ての束縛から解放された世界は、一見すると人類を窮地に陥れる、さらには滅亡へさえ向かわせるように思われる。

しかしながら、片岡はこのような解釈は間違っていると考える。それらは一九世紀に特有の古い道徳観と価値観に囚われ、堅苦しく時代遅れな社会を反映していると。ところが今後は、悲しみに沈みこむのではなく、このような古い見方を解体していかなければならないのだ。[*54] この新しい時代をより良く理解し楽しむために必要なのは、これらを前向きに受け止める果敢な態度であると片岡は考える。新時代の信奉者で革新的な美的センスの持ち主であるモダン・ガール、モダン・ボーイは、物質文明を構成するあらゆるものの中に美を見てとる感性を持っていた。[*55] それ故、彼らは時代を理解していたのである。彼らは世の中に対する新しい態度の表現そのものであった。[*56]

結果として、モダン・ガールは近い未来の女性を予兆しているのだ。片岡によると、典型的なモダン・ガールは現実にはおそらくまだ存在しておらず、それは今だ空想的なものであるが[*57]、一方で全ての〈普通の婦人〉は多かれ少なかれモダン・ガール的要素を内面に宿している[*58]。こういった点で、片岡の言説は実際のモダン・ガールを社会の変化に結び付けて述べるというよりも、むしろモダン・ガールを新しいタイプの女性――女性の未来と完成へ向けて第一歩を踏み出したそれ――と捉えることに精力を注いでいると言えるだろう。それ故、片岡のモダン・ガール像には曖昧さとちぐはぐさが残る。

それでもなお、未来は女性の手中にある、と片岡は言う。しかしそれは、男性と同等の自由、つまり男性によって男性のために作られた自由を追い求めることからではなく、女性固有の新しい自由の一形式を創りだすという運命を女性自身が引き受ける限りにおいてである[*59]。事実、女性特有の現実主義と日常世界に根を張る性質は、機械化の進む社会を生きる――更には生き残る――のに女性を最も適したものにしたのである[*60]。こういった意味で、「新時代の空気を形成して居る[*61]」片岡の描くモダン・ガールは、一九二五年エッセイスト新居格（一八八八年～一九五一年）が同調して書くように「古い時代が新しい時代へ創造的進化をなしつつあるその無意識的先駆[*62]」として現れたのだった。

ところで、片岡のフェミニズムは実際どの程度のものだったのだろうか。このような疑問を抱くのは、彼の見解がある意味において曖昧に思われるからである。

片岡は、モダン・ガールを取り巻く新現象を議論の的とした多くの男性陣の内の一人である。女性が同主題を扱うことは稀だった。このことは、片岡の語るモダン・ガールが、女性が自分自身について思っているであろうことの、男性目線からの想像・解釈でしかないことを示している。しかしながら、片岡がモダン・ボーイについてのエッセーも残していることは注目されて良いだろう。なぜなら、当時知識人でモダン・ボーイに興味を示したものは、本当に僅かだったからだ。家父長制の強く残る社会において、自由で開放された女性のあり方は、同様の振る舞いをする男性よりもはるかに嘆かわしいものに映ったのだろう。

また、モダン・ガールを主題とした複数の著作のなかで、片岡は彼女らの肉体に非常に関心を持っているように見受けられる。それは、あたかも彼の欲情をモダン・ガールに投影するかのようで、彼女らを一個の主体としてではなく、色欲の対象として捉えていると言えよう。論文「女性の脚」(『モダンガアルの研究』一九二七年)では、モダン・ガールの基本的な特徴の一つに彼女らの素晴らしい足を挙げているだけでなく、その足を「彼女の朗らかな創造性の進化を象徴するのである」[*63]とも表現している。また、衣笠貞之助の映画『狂った一頁』(一九二六年)の中で、女優が足を丸出しにし、膝丈のワンピース姿で踊るシーンを見た後、片岡は「マシマロオで拵へたやうな適度のふくらみ、脚を食べてしまひたいやうに思つたほどだ」[*64]と我を忘れたかのように書いている。

さらに言うと、雑誌『若草』はその初期の頃、無邪気で信じやすい若い娘の読者層を、批判精神に満ちた女流作家に仕立て上げるという教育的使命を掲げていたことも一つ挙げられよう。このような事情を考慮すると、片岡は——他の雑誌寄稿者と同様に——先生の地位に昇格し読者に対して説教をする立場にあった、つまり読者の若い女性らと不均衡なヒエラルキー関係にあったことが分かる。片岡宛の読者からの投書は決まって〈先生〉から始まっていることから[*65]、なお一層そのような関係の出来上がっていたことがうかがえる。

何はともあれ、既存の道徳や慣習などの束縛から解放された未来の日本人女性を予兆しつつ、モダン・ガールに注目し、この新しい女性型に比較的好意を持った眼差しを向けたことにおいて、片岡の功績は認められてよいのではないだろうか。

(翻訳:井上須波)

**参考文献**

・江馬三枝子「モダン・ガール と新しい女」（『若草』第四巻第一号、一九二八年一月、七六～七九頁）
・井上康文「モダン・ガール」（ノート・ブック）（『若草』第一巻第三号、一九二五年一二月、七六～七七頁）
・片岡鉄兵「モダン・ガアルの研究」（一）（『若草』第二巻第七号、一九二六年七月、四六～四九頁）
・片岡鉄兵「モダン・ガアルの研究」（二）（『若草』第二巻第八号、一九二六年八月、四〇～四四頁）
・片岡鉄兵「モダン・ガアルの研究」（三）（『若草』第二巻第九号、一九二六年九月、四一～四四頁）
・片岡鉄兵「モダン・ガアルの研究」（四）（『若草』第二巻第一〇号、一九二六年一〇月、七四～七八頁）
・片岡鉄兵「モダン・ガアルの研究」（五）（『若草』第二巻第一一号、一九二六年一一月、三〇～三三頁）
・片岡鉄兵「モダン・ガアルの研究」（『モダンガアルの研究』一九二七年、金星堂。南博編『近代庶民生活誌』第一巻、［一九八五年］一九九一年、三一書房、一五九～一七五頁に転載）
・片岡鉄兵「女性の脚」（一九二六年、南博編『近代庶民生活誌』第一巻、［一九八五年］一九九一年、三一書房、一七五～一七七頁に転載）
・片岡鉄兵「モダン・ボオイの研究」（『モダンガアルの研究』一九二七年、金星堂。南博編『近代庶民生活誌』第一巻、［一九八五年］一九九一年、三一書房、一七七～一八九頁に転載）
・片岡鉄兵「恋愛の考察」（一）（『若草』第三巻第二号、一九二七年二月、四一～四五頁）
・片岡鉄兵「恋愛の考察」（二）（『若草』第三巻第三号、一九二七年三月、三六～三九頁）
・片岡鉄兵「恋愛の考察」（三）（『若草』第三巻第四号、一九二七年四月、四九～五三頁）
・片岡鉄兵「恋愛の考察」（四）（『若草』第三巻第五号、一九二七年五月、三二～三六頁）
・片岡鉄兵「恋愛の考察」（五）（『若草』第三巻第六号、一九二七年六月、三九～四三頁）

・片岡鉄兵「恋愛の考察」(六)(『若草』第三巻第七号、一九二七年七月、三六〜四〇頁)
・南博「日本モダニズムについて」(『現代のエスプリ』一八八号:「日本モダニズム:エロ・グロ・ナンセンス」、一九八三年、五〜七頁)
・百田宗治「もだーん・がーる」(随筆)(『若草』第二巻第八号、一九二六年八月、五二〜五五頁)
・諸岡知徳「モダン・ガールはいかに書/描かれたか——片岡鉄兵と通俗小説の時代——」(『神戸山手短期大学紀要』五四号、二〇一一年一二月、一三七〜一五六頁)
・新居格「近代女性の社会的考察」(『太陽』一九二五年九月、一四〇〜一四五頁)
・坂田稔「解題」(南博編『近代庶民生活誌』第一巻、[一九八五年]一九九一年、三一書房、四四九〜四五六頁)
・佐藤毅「日本モダニズムの風景」(『現代のエスプリ』一八八号:「日本モダニズム:エロ・グロ・ナンセンス」、一九八三年、八〜一二頁)
・柳父章『翻訳語成立事情』([一九八二年]二〇一〇年、岩波書店)
・吉見俊哉「帝都とモダンガール——両大戦間期における〈近代〉と〈性〉の空間政治」(バーバラ・佐藤編『日常生活の誕生——戦間期日本の文化変容』二〇〇七年、柏書房)
・BARD Christine, *Les garçonnes : modes et fantasmes des années folles* (1998, Paris, Flammarion)
・BOLOGNE Jean-Claude, *Histoire du célibat et des célibataires* (2004, Paris, Fayard)
・GEROW Aaron, *Visions of Japanese Modernity: Articulations of Cinema, Nation, and Spectatorship, 1895-1925* (2010, Berkeley and Los Angeles, University of California Press)
・LIPOVETSKI Gilles, *La troisième femme* ([1997] 2006, Paris, Gallimard)
・MARGUERITTE Victor, *La garçonne* (1922, Paris, Flammarion)
・RIEU Alain-Marc, « Théorie du moderne » (*Ebisu* 44, automne-hiver 2010, pp.13-32)
・SILVERBERG Miriam, *Erotic Grotesque Nonsense: The Mass Culture of Japanese Modern Times* (2007, Berkeley-Los Angeles-London, University of California Press)

・SOHN Anne-Marie, « *La Garçonne* face à l'opinion publique : type littéraire ou type social des années 20 ? » (*Le mouvement social* 80, juillet-septembre 1972, pp.3-27)
・ZDATNY Steven, « La mode à la garçonne, 1900-1925 : une histoire sociale des coupes de cheveux » (*Le mouvement social* 174, janvier-mars 1996, pp.23-56)

## 注

1——LIPOVETSKI Gilles, *La troisième femme* ([1997] 2006, Paris, Gallimard), pp.158-159

2——MARGUERITTE Victor, *La garçonne* (1922, Paris, Flammarion). 大木篤夫によるこの小説の日本語訳は一九三〇年にアルス社から『ギャルソンヌ——恋愛無政府』のタイトルで出版。ヴィクトル・マルグリット『ギャルソンヌ——恋愛無政府』（大木篤夫訳、一九三〇年、アルス社）。

3——BARD Christine, *Les garçonnes : modes et fantasmes des années folles* (1998, Paris, Flammarion), p.65

4——しかしながら、ジャン・クロード＝ボローニュが指摘するように、この話の終末は道徳的である。悪しきモニークは、恋に落ちた戦争囚人の「真の愛情の偉大さの前に弱き女」に立ち戻るのだ。BOLOGNE Jean-Claude, *Histoire du célibat et des célibataires* (2004, Paris, Fayard), p.304

5——『ラ・ギャルソンヌ』はヒロインの常軌を逸する恋愛情事のためいかなる〈ポルノ小説〉にも分類され得なかった。父親同盟はヴィクトル・マルグリットを〈公共道徳の冒涜〉で訴えた。また結果として、著者は検閲を免れず——本小説は駅構内で販売禁止となった——レジオンドヌール（名誉軍団国家勲章）というフランスの栄典制度からも完全に排除されるようになった。ZDATNY Steven, « La mode à la garçonne, 1900-1925 : une histoire sociale des coupes de cheveux » (*Le mouvement social* 174, janvier-mars 1996), p.30 ; SOHN Anne-Marie, « *La Garçonne* face à l'opinion publique : type littéraire ou type social des années 20 ? » (*Le mouvement social* 80, juillet-septembre 1972), p.10

6――この近代的女性像はフランスや日本に限ったものではなく、一九二〇年代に世界の至る所で見られた、正に〈国家横断的文化現象〉であった。それが日本ではモダン・ガール、フランスではギャルソンヌ、英語圏の国々ではフラッパー（flapper）、ドイツではノイエ・フラウ（neue Frau）、インドではkallege ladki（英語のカレッジ・ガールの直訳）、そして中国では摩登狗児と呼ばれたのだった。至る所でモダン・ガールとそのバリエーションたちは取りざたされ激しい討論を生み出した。彼女らの生活様式は既存の道徳をものともせず、あからさまにエロチシズムを放っていた。

7――一九二〇～一九三〇年代の日本大衆文化の二重の性格を表現するためにミリアム・シルババーグが創った新語。彼女にとって、消費者とは天皇の臣民であると同時に天皇制の枠の中で積極的に行動する主体であった。大衆文化の娯楽と快楽にどっぷりと浸ったその主体は徐々に表現と消費の自由を奪われてゆくのである。SILVERBERG Miriam, Erotic Grotesque Nonsense: The Mass Culture of Japanese Modern Times (2007, Berkeley – Los Angeles – London, University of California Press), p.4

8――アラン・マルク＝リューとアーロン・ゲロウが指摘するように、the Modern（近代）という用語は複数の類義語および派生語――近代、現代、近代化、モダン、近代主義、モダニズム等――の総称であるが、特にその一つ一つの語を明確に区別または定義づけようとする時、しばしば衝突の原因となる。学者らの提示するそれらの語義についても、日本西洋問わず、激しい議論を呼んでいる。RIEU Alain-Marc, « Théorie du moderne » (Ebisu 44, automne-hiver 2010, pp.13-32)；GEROW Aaron, Visions of Japanese Modernity: Articulations of Cinema, Nation, and Spectatorship, 1895-1925 (2010, Berkeley and Los Angeles, University of California Press), pp.34-35を参照。本論文ではアラン・マルク＝リューに倣ってmodernityの概念をthe Modern（近代）の特定の時、つまり「近代化の実態、帰結若しくは本質（Wesen）が社会の中に露わになる、つまり近代社会になる（gewesen）」時と定義づけよう（RIEU Alain-Marc, « Théorie du moderne », op. cit., p.26）。この「時」を形容するのに二つの日本語名詞を用いることができる。すなわち、近代とモダンである。一つ目は、ミリアム・シルババーグに倣うと、近代化プロセスの帰結であるポスト伝統社会の時間的限定性、というように哲学的に表現できる(SILVERBERG Miriam, Erotic Grotesque Nonsense: The Mass Culture of Japanese Modern Times, op. cit., p.13)。二つ目はモダニズムという用語と密接に関係している。歴史家、南博はそれを次のように定義する。「大正末（一九二〇年代後半）から昭和十年代の始め（一九三〇年代なかば）にわたるほぼ一五年ぐらいのあいだ、西洋文化の影響を強く受けて流行した独特の思想と風俗」、つまり一九二三年の関東大震災後のポスト伝統社会という時間的に限定された時期に普及した資本主義とアメリカニズムに強く影響を受けた新たな行動・思考様式、としている。南博「日本モダニズムについて」（『現代のエスプリ』一八八号：「日本モダニズム：エロ・グロ・ナンセンス」、一九八三年）、五頁。

9――南博「日本モダニズムについて」、前掲書、六頁。

10――佐藤毅「日本モダニズムの風景」（『現代のエスプリ』一八八号：「日本モダニズム：エロ・グロ・ナンセンス」、一九八三年）、九頁。

11――井上康文「モダン・ガール」（ノート・ブック）（『若草』第一巻第三号、一九二五年一二月、七六～七七頁）。

12――百田宗治「もだーん・がーる」（随筆）（『若草』第二巻第八号、一九二六年八月、五二～五五頁）。

13――江馬美枝子「モダン・ガールと新しい女」（『若草』第四巻第一号、一九二八年一月、七六～七九頁）。

14――片岡鉄兵「モダン・ガアルの研究」（『モダンガアルの研究』一九二七年、金星堂。南博編『近代庶民生活誌』第一巻、［一九八五年］一九九一年、三一書房、一五九～一七五に転載）。

15――片岡鉄兵「モダンボオイの研究」（『モダンガアルの研究』一九二七年、金星堂。南博編『近代庶民生活誌』第一巻、前掲書、一七七～一八九頁に転載）。モダン・ボーイ（モダン・ボオイ、モダン・ボイ、モボと表記されることもある）はモダン・ガールと対になる現象だが、モダン・ガールに比べればはるかに副次的で彼らほどひんしゅくも買わなかった。モダン・ボーイは男性であるという理由から家父長制社会の中では女性に比べてはるかに自由があり、西洋ファッションの虜になったこの伊達男たちを社会は〈伝統〉的規範を危険に陥れる存在とはあまり認識しなかった。モダン・ボーイ は分析や批判の対象になりはしたものの、メディアや知識人の関心をほどんど引かなかったのである。

16　「恋愛」という用語は明治時代に創られた新語で、英語の love の日本語訳であり、いわゆる西洋で〈愛〉に相当する概念の翻訳語である。恋（レン）は男女を結び付ける深い愛情を意味し、愛（あい）は誰かに魅了されること、あるいは相手に対して欲情を、少なくとも愛情を感じることを示す。「恋愛」とはつまり、異なる性別の誰かに対する魅惑、欲情を言い表したものである。(SILVERBERG Miriam, Erotic Grotesque Nonsense: The Mass Culture of Japanese Modern Times, op. cit., note 7, p.287) この点について詳しくは、柳父章『翻訳語成立事情』（［一九八二年］二〇一〇年、岩波書店）八七～一〇五頁を参照。

17　諸岡知徳「モダン・ガールはいかに書／描かれたか――片岡鉄兵と通俗小説の時代――」（『神戸山手短期大学紀要』五四号、二〇一一年一二月）、一三七頁；坂田稔「解題」、南博編『近代庶民生活誌』第一巻、前掲書、四五三頁。

18　「モダンガアルの研究」（二）四〇頁。

19　同右。

20　「モダンガアルの研究」（四）七四、七五頁。「モダンガアルの研究」（五）三一頁。

21　同右（四）七四頁。

22　「モダンガアルの研究」（二）四三頁。

23　『モダンガアルの研究』一八〇頁。

24　同右一八六～一八七頁。

25　同右一八七頁。

26　同右一八三～一八四頁。

27　同右一八四頁。

28　「モダンガアルの研究」（四）七五頁。

29　「モダンガアルの研究」（二）四一頁。

30　『モダンガアルの研究』一八〇頁。

31――「モダンガアルの研究」（二）四二頁。
32――「モダンガアルの研究」（四）七四頁。
33――「モダンガアルの研究」（四）七八頁。
34――「恋愛の考察」（三）五三頁。
35――「恋愛の考察」（二）三六頁。
36――「モダンガアルの研究」（四）七七頁。
37――「恋愛の考察」（四）三三～三四頁。
38――「恋愛の考察」（五）四〇、四三頁。
39――「恋愛の考察」（四）三二頁、「恋愛の考察」（五）四〇頁。
40――「モダンガアルの研究」（四）七八頁。
41――「恋愛の考察」（五）三九～四〇頁。
42――「恋愛の考察」（五）四〇頁。
43――「恋愛の考察」（五）四二頁。
44――「モダンガアルの研究」（二）四二頁、四三頁。
45――「モダンガアルの研究」（一）四七頁。
46――同上。
47――同上。
48――「モダンガアルの研究」（四）七八頁。
49――同上。
50――「モダンガアルの研究」（一）四八～四九頁。
51――「モダンガアルの研究」（一）四九頁。
52――「モダンガアルの研究」（三）四三～四四頁。

53――「恋愛の考察」（五）四〇～四一頁。
54――『モダンガアルの研究』一八〇頁。
55――『モダンガアルの研究』一八二頁。
56――『モダンガアルの研究』一八一頁。
57――「モダンガアルの研究」（五）三二一頁。
58――「モダンガアルの研究」（五）三二〇頁。
59――「恋愛の考察」（五）四三頁。
60――「モダンガアルの研究」（五）三三二頁。
61――「モダンガアルの研究」（四）七八頁。
62――新居格「近代女性の社会的考察」（『太陽』一九二五年九月）、一四四頁。
63――片岡鉄兵「女性の脚」（南博編『近代庶民生活誌』第一巻、前掲書、一七五～一七七頁に転載）。
64――同右、一七六頁。
65――例えば『若草』一九二六年八月号（八一～八二頁）、同年一一月号（八五頁）、同年一二月号（八五頁）の「座談室」と呼ばれる読者投書欄を参照。

# 作家たちの「ポーズ」と読者をめぐる力学

村山龍

## 1　読者たちの意識

『若草』第八巻第五号（一九三二年五月）の「座談室」に掲載された投書に興味深いものがある。

ミスターサノの表紙はダンゼン衆を超えてゐます。あつさりと書き流して、しかも何か強い物を感じます。若草は私たちプロレタリヤにはもつてこいです。（中略）小林多喜二氏の「失業貨車」は一寸漠然とした世相を描き出した作品であるが、よく題と調和し、又よく漠然とした世相を描きだした氏の努力に敬服する。又イデオロギーを強く盛つてまとまつた作です。（中略）編集部の諸氏に、一言一度でい丶から横光利一氏の作品を願ふ。[*1]

自らを「私たちプロレタリヤ」と自認し小林多喜二の小説を賞賛するこの投書は、モダニズム文学の旗手とされた横光利一の作品を『若草』で読みたいという編集部への希望で結ばれている。投書者の大竹銀吾という人物にとってはプロレタリアであることと「横光利一氏の作品を願ふ」こととは矛盾せずに両立するものであったのだ。

投書の書かれた一九三二（昭和七）年という〈時代〉は、プロレタリア・イデオロギーに関わる言説とモダニズムに関わる言説が文学という場において中心的な役割を果たしていた。それぞれの言説はお互いに反目し牽制し合うことによって、再帰的に独立を維持していた。他者を見ることは互いの差異の発見を通じて自らの立ち位置をはかることにほかならない。従来のプロレタリア文学とモダニズム文学との二項対立的な図式は首肯できるものであり、決して誤ったものだとはいえまい。

だが、右の投稿ではプロレタリア文学に共感を寄せる一方でモダニズム文学を求めるといった混線が起こっている。『若草』誌上ではこの投書に限らず、プロレタリア・イデオロギーとモダニズムとが綯い交ぜになる瞬間が現れることがある。小品のコーナーで「都会」と田舎の「部落」とをダンスホールで踊る人びとの会話と方言による農民の会話にカリカチュアライズさせ、並列して描く（山形　五十嵐輿治「地平線を描く」『若草』一九三二年四月）といったことも起こっている。こうした傾向は、同時期の総合雑誌である『改造』などではあまり見ることのできないものであり[*2]、『若草』の特徴として指摘することができよう。

そこで、本稿では誌上でモダニズム／プロレタリアといった二項対立の色分けが厳密になされていなかった状況に注目する。そのとき、小平麻衣子[*3]が『若草』の性質について「文学のエリートにはいまだ至れないが、熱心に文学に取り組みたい周辺層に場を提供するものであること、さらに、そのような読者の多さを要因の一つとする経営基盤により、原稿料を出せる雑誌として、作家の生活の下支えとなっていること」という二点を指摘していることは見逃せない。なぜならば『若草』が作家のための雑誌ではなく、読者を中心にした雑誌であることが右の状況を考察する上で重要になるからだ。小平はさらに「読者投稿から推薦詩へ、そして文壇へ、という垂直方向への発展ではなく」「傾向を同じくする読者を探しあて、つながるための場として、限りなく水平な機能が喜ばれている」と論を進めるのだが、文壇への参加を求める上昇志向はなかったとしても、「熱心に文学に取り組みたい」からこそ「周辺層」の人びとが〈中心〉たる作家や文壇というものに対して憧れをもって眺めていたとも考えられるのではないか。そうした「周辺層」の人びとにとって最も重要なのは作家・文壇の傾向を把握することとそれによる読書対策であったはずだ。『若草』内の作家・文壇表象がもった意味を検討しなければならない。そして、そのような雑誌のなかで発表され、読まれたテクストの分析もまた行う必要がある。その際に龍膽寺雄「蝸牛の家のロマンス」（『若草』一九三二年一月〜六月）を取りあげる。後述するように、龍膽寺は読者に対して強い意識を向けていた作家であったからだ。読者と作家双方向からの検証を通じて、『若草』という場において文学がどのように機能していたのかを問うこととする。

## 2　作家の「ポーズ」にみるモード

『若草』（一九二五年一〇月から一九四四年三月まで、一九四三年二月のみ未詳）の目次から記事のタイトルに文士・文壇というキーワードが入っているものを数えていくと二一七件確認できる。調査に用いた『若草』の総冊数が二一八冊になるので、『若草』読者には頻繁に文士や文壇についての記事が届けられていたといえよう。むろん『若草』が文芸誌であったことを考えれば、話題の中心に文士や文壇が来ることは不思議なことではない。文士・文壇というテーマは雑誌の定番テーマであったと考えられる。

一七件の記事を書いている山都武部は「文壇交遊羨望史（3）」（『若草』一九三〇年八月）で読者に向けて記事を書く際、読者が作家に向ける好奇のまなざしに自らを同化させている。自分もまた読者と同じ文壇を「羨望してゐる一人」だといって、「文学青年」の「羨望」を文章に具体化させ、当時の作家たちの交遊録を描きだすのである。作家たちの実生活や経歴をもとに新進作家から大家まで文壇の主だった面々をグループ分け[*4]し、佐藤春夫が「きざな位にハイカラな洋服を着て、鼻眼鏡をかけて、赤いネクタイをして、ステッキを持つて」いて菊池寛が「ニッカポッカに、鳥打帽」で銀座を歩いているなどといった姿を活写するのである。[*5] 作家たちの詳しい生活を記すことで「文学青年」たちのゴシップ的な興味を満たすのみならず、これらの記事自体が都会の生活を表象するモダニズム的なものにもなっている。

また「羨望」のまなざしを向けることで見出されたのは作家たちの表面的な格好だけではない。

中堅作家になると、今や交友関係も、大家連の如く古風なものではない。彼等の作品が感覚的であり、モダンであり、唯物的であり、政治的である如く、その交友も感覚的であり、モダンであり、唯物的であり、政治的である。[*6]

ここに端的に表されるように「作品」と「交友」はイコールで結ばれ、彼らの振る舞いを学ぶことは作品の読みのモードを学ぶこととして処理されるのである。モダンな生活を送るブルジョワ的な作家はやはりモダニズム的な作品を書き、政治運動に関心をもつ作家はプロレタリア文学を書く。ブルジョワ的な作家がプロレタリア文学を書くこと、労働者出身の作家がモダニズム文学を書くことは認識の埒外に置かれるのである。

この傾向は山都のものに限ったものではない。既に橋爪健が「文芸講話　文壇といふもの」（『若草』一九二六年二月）で「正しい鑑賞と批判を持つことができるから」「少くとも文芸を愛好したり書籍雑誌に親んだりする人たちは、たゞ漫然と小説や詩を読むよりも、少しは文壇といふものを知つてをく必要がある」と述べ、赤松月船は「文芸講話　新らしき文壇の印象」（『若草』一九二六年一〇月）で「作家は或る思想或る感じを小説に書く、しかし「書く」ばかりではないのだ。書き乍ら或る思想を思想し或る感じを感じる。作家にとつて作をすることが唯一の生活だと云ふのは、この意味でなければならぬ。それ故に作家の修養は、書くこと、作をすることだ。」と述べている。ともに思想や交友関係から析出される作家性こそが小説作品の思想だという読みのモードを構築し、読者に提示しているのである。

以上の傾向を映し出した最たるものは安芸太郎「文士のポーズ・種々」（『若草』一九三一年六月）であろう。「広狭深浅、それこそいろんな意味がある」「ポーズ」という言葉を取りあげて作家たちの姿を描写し、そして記事を次のように結ぶ。

（菊池寛が震災以前と以後とで芸術家から事業家に変わったとして――引用者注）地震一つで、人生観と大ゲサに云つては失礼だが、ソレナラバ社会観もいけない、まア、考へ方、解き方と受験参考書みたいなことにして置くとしても、その考へ方、解き方が変化すると、その翌日からポーズも変化するものらしい。……諸君も、早く勉強して、ポーズを作りたまへ、変化しても、変化しばえのあるポーズを。

「ポーズ」を作ることが作家としての背骨を作り、それによって「ポーズ」が再び強化されるというサイクルは、自分という存在を文壇のなかに布置する上で作家が獲得すべき最優先のものとして語られるのである。これは裏を返せば、読者にとって作家の「ポーズ」さえつかむことができれば、その作家の作品は読まずともわかるということになる。このように作品を読むためには作家の姿と文壇の動向を注視する必要があるという主張がくり返し記事となって語られ、『若草』読者の規律となっていったと考えられるのである。

## 3 〈教育〉装置としての文壇表象

雑誌のモードとして文士・文壇の姿を読者に提示するという傾向を認めたとき、注目したいのは第八巻第一号から第三号（一九三二年一月〜三月）まで連載された巻頭グラビア記事「書斎の考現学」である。作家の書斎を訪ね、机に向かう作家の姿を写真に収めたこの記事は『若草』に関わる様々な作家が登場している。各号で取りあげられた作家は以下の通りである。

●一号…加藤武雄・川端康成・前田夕暮・浅原六朗・堀口大學・龍膽寺雄・村山知義・小林多喜二
●二号…秋田雨雀・北原白秋・徳永直・横光利一・北村壽夫・中河與一
●三号…与謝野晶子・久保田万太郎・中條百合子・大宅壮一・窪川いね子・岸田國士

一瞥してわかるように、モダニズム文学もプロレタリア文学も含めたきわめて広い文学潮流を『若草』が取り込もうとしていたことをうかがえる顔ぶれである。作家の姿を収めた写真を掲載するという記事作成の方法は同時期に新潮社が刊行していた『文学時代』（一九二九年五月〜一九三二年七月）においてもみられる。『文学時代』に掲載されるのは作家のみならずその夫人や家族であったり、作家が街頭に立つ姿、スポーツに興じる姿（図1参照）などバラエティーに富んでいる。『文学時代』でグラビア記事が長く続けられたことに鑑みれば、当時の文芸誌において作家自体が話題性を持った素材であったことがわかる。

『若草』も『文学時代』同様、作家の話題性を素材として用いようとしていた。ただし、興味深いのはこの

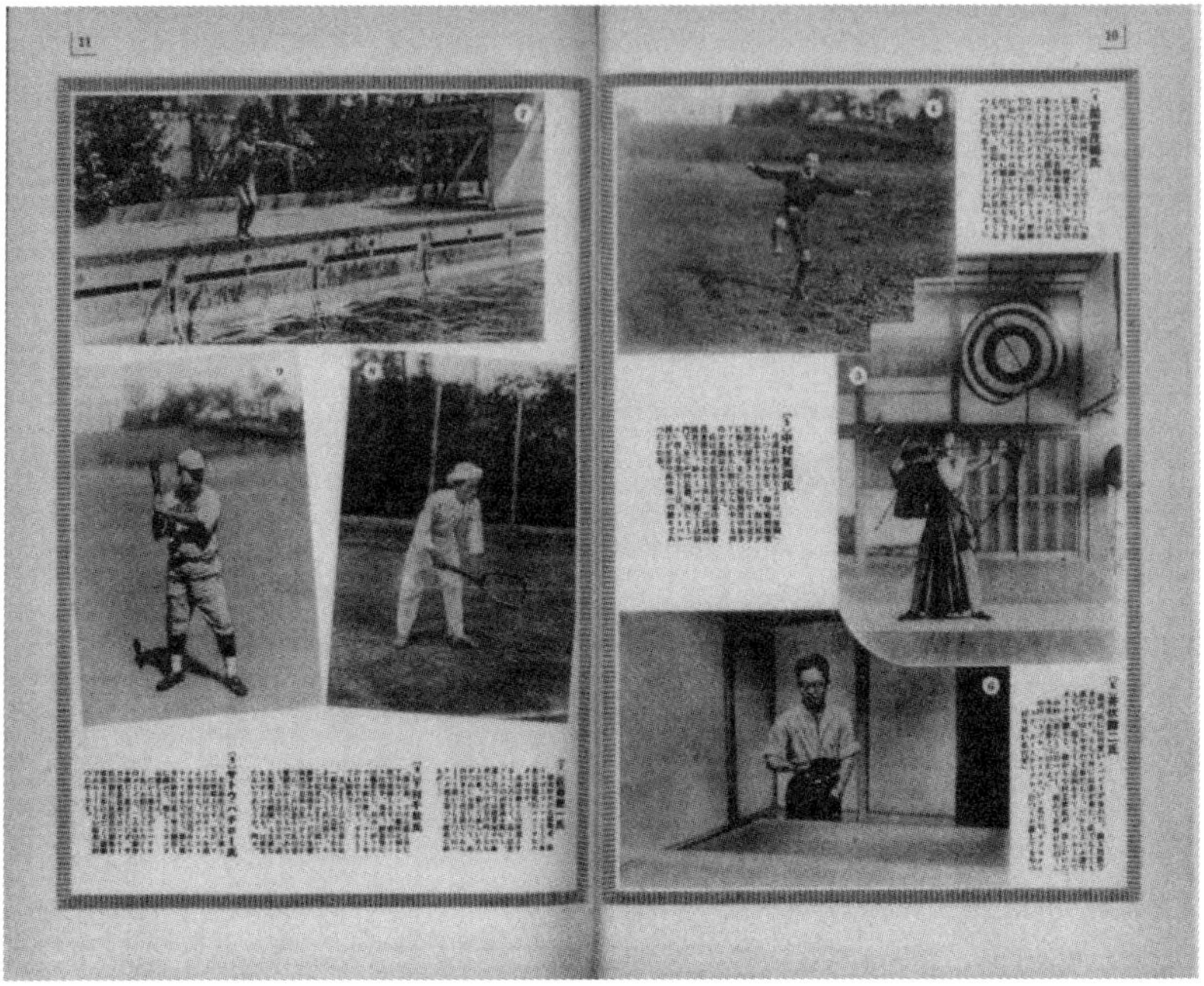

図１　『文学時代』1930年５月（日本近代文学館所蔵）

「書斎の考現学」の第八巻第二号と三号掲載分にはキャプションがつけられている点である（図2参照）。それぞれの作家の姿に付されたキャプションは「ポーズ」をつけた作家に対する解説である。以下、主だったものとして徳永、横光、窪川のものを引用する。

徳永直氏

　二階の八畳――それが「太陽のない街」の作者の職場だ。ドテラ姿で大きな火鉢を中に記者と対座した氏は、併し私達の想像よりは遙に柔い感じの人だ。これがあの大争議の指導者だつたかと、怪しまれるほどである。

「本棚を背にして……」

といふと、

「どうもロクな本もなくつて……」

と、一寸はにかまれる。

撮し了へると、氏は写真部員君に向つ

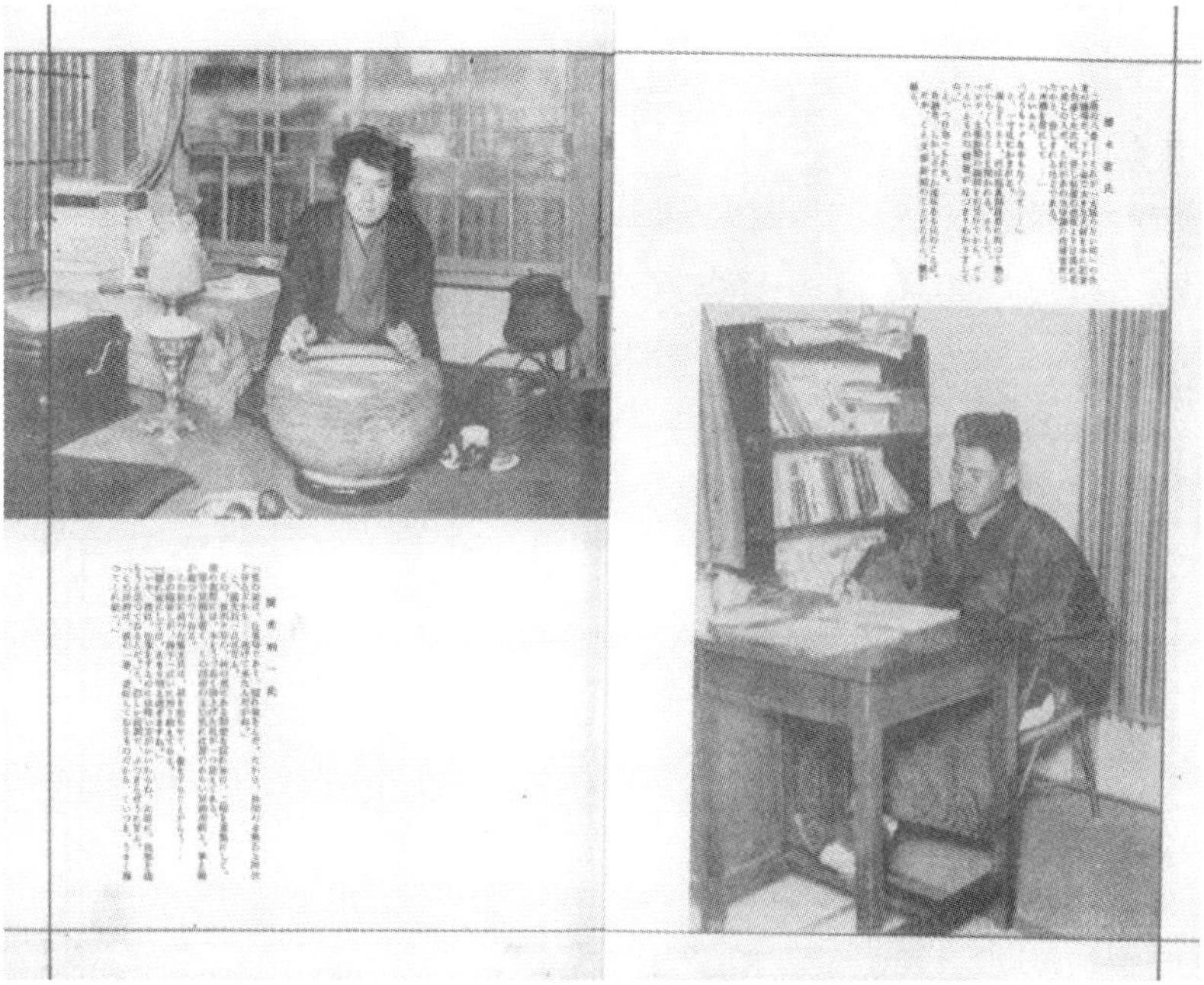

図２　「書斎の考現学」（『若草』1932 年２月）（日本近代文学館所蔵）

て熱心にいろ〳〵なことを聞かれる。さうして、

「いや、文学新聞の編集を引受けてから、グラフといふものの価値がはつきりわかりましてね。」

と、つけ加へられた。

木訥な、しかしどこか暖味ある氏のことば。

だが、こと文学新聞のことになると、熱が籠る。

横光利一氏

「僕の家は、仕事場であり、隠れ家なんだ。だから、仲間の多勢ゐる阿佐ケ谷などから……逃げて来たんだがね。」

と、横光利一氏は言ふ。

その、世田ケ谷の、林の奥にある閑楚な隠れ家は、二階を書斎にして、南の窓際には、本をうづ高く積み上げた机が一つ据えてある。

筆で原稿を書く、この部屋の主の机には罫のあらい原稿用紙と、筆と硯が載つかつてゐる。

この机に向つた横光氏は、肩を怒らせて、墨をすることだらう……

冬の陽射しが、障子一ぱいに照り映えてゐる。

「隠れ家にしては、あまり明る過ぎますね。」

「いや、僕は、仕事をするのには暗い方がいいからね。此処に、出窓を造らうと思つてゐるんだ。」と、烈しい語調で、ぶつきらぼうに言ふ。

「この洋燈は、僕の一番、愛好してゐるものだから、こいつを、うまく撮つてくれ給へ。」

窪川いね子氏

玄関を入つて右手の六畳。これが窪川いね子さんの書斎兼居間である。汚れた壁に煤ぼけた硝子窓、ビール箱を三ツ積重ねた本棚、テーブルに火鉢、もう一つ部屋の片隅に抽出しの付いた小さな整理箱。何の装飾も無いこの部屋は如何にもプロ作家の書斎らしい。

「子どもが傍へ来るものですから、よく二階へ行つて仕事をします。」

窪川さんはナップに於ける僅少な女流作家の一人であると同時に、またいいママさんでもある。


（傍線引用者。以下、引用文中の傍線は断りなき場合すべて引用者による。）

いずれの作家もその書斎や振る舞いについて、全て彼らの作品と結びつけて表象されているのが見出されよう。横光のようなモダニズム文学の作家は「林の奥にある閑楚な隠れ家」に住み、「洋燈」を愛好する。やはりモダンな事物と並べて表されるのである。また一方でプロレタリア作家たちは「ドテラ姿」や「汚れた壁に煤ぼけた硝子窓」といった質素な生活がより強調される。

作家の姿と作品の傾向をすりあわせたこのグラビア記事を、読者はまさに「考現学」的に読むことが求められた。今和次郎が提唱した考現学は現代の社会現象や風俗、世相を調査・記録し、それをもとに「今日」の文化現象を総体的に考察しようとする学問であった。作家たちの書斎を「考現学」的に考察することとは作家の姿という具体像を調査・記録し、昨今の文学の潮流へと抽象化することにほかならない。「書斎の考現学」というグラビア記事を通して、読者は各々の作風を理解し、『若草』に掲載される作家たちの作品を解釈するため、または読者投稿欄にどのような作風のものを投稿すれば良いかを理解するための〈教育〉を受けていたと考えられる。この企画への反応を読者投稿の「座談室」に見ていくと「記者様、どうか「書斎《マ》考現《マ》学」は毎月お願ひ致します。写真屋を連れて立野信之の書斎へも行つてやつて下さい。[*7]」という投稿や、さらに次のような投稿を発見できる。

「文壇をスパイする」悉く僕等の目をビックリさせるものゝみ、五氏の御骨折を多とすべしだ。「小説は如何に書くべきか」の徳永氏、諸兄！書斎の考現学の彼氏の風貌を見よ。鉄の意志をもつガッチリした（らしい）肉体、彼氏の作品を「若草」誌上におねがひしたい。[*8]

第八巻第二号（一九三二年二月）には徳永直による小説執筆指南の記事「小説は如何に書くべきか」が掲載されていたのだが、その内容と「書斎の考現学の彼氏の風貌」が重ねられ、その後徳永の作品掲載が望まれている。徳永については「木訥な、しかしどこか曖昧ある氏のことば。だが、こと文学新聞のことになると、熱が籠る。」とキャプションが付されていたが、徳永自身が労働者出身のプロレタリア文学作家であることも加味すると、地方に住み文学に熱心な関心を持ちながら生活をしている「周辺層」の読者にとって徳永の言葉と姿が彼らを鼓舞する重要な指針となったことは想像に難くない。そして、いみじくも「鉄の意志を持つガッチリした（らしい）肉体」とあるように、読者にとっては実際に掲げられた写真から自分自身が見、感じとったものよりも、既成のイメージが優先されるのである。「（らしい）」という一言は濱雀という読者が思わず漏らしたノイズであるが、そのノイズがあるからこそ、この投稿は『若草』における文学についての〈教育〉が効果を上げていることを逆説的に示す一例として見ることができるのである。

また右に引用した投稿で「僕等の目をビックリ」させた「文壇をスパイする」という特集についてもあわせて考えておきたい。この特集が『若草』にとって力の入ったものであったことは予告文を見れば明らかである。

これは裏から見た文壇だ。間道を抜けて見物した文壇だ。今を時めく某氏の過去も発けば、嘗て旭日の勢だつた某氏の末路をも物語る。文壇の事情に精通する数氏が、腕に撚をかけて書いたゞけあつて、こゝではみんなが生るが如く踊つてゐる。ブル・プロを問はず小説家、詩歌人を問はず、みんなが真裸にされてゐる。だから一言にしていへば、これは横目でにらんだ文壇早見表だ。[*9]

「文壇早見表」と称された特集は次の五つの記事で構成されていた。山都武部「文士苦闘史」、波奈戸渉「プロ作家の前身」、千田博史「詩人はどうして生きてる」、馬込三郎「ふでとそろばんで」、高輪蚊郎「現代ゴシップ名家列伝」。これらの記事に共通して描かれるのは「如何に文壇で暮らすかといふ事、つまり、如何にして生命をつなぐかといふ事」（「文士苦闘史」）や、作家の来歴であった。結果、それぞれ作家たちの実生活にフォーカスを当てるばかりで、彼らの作品について直接語ることはない。しかしゴシップ的な構成の記事であっても「ゴシツプによつてその人の作品を批判し人物を論評するといふ態度、これこそゴシツプの唯一の使命」(「現代ゴシツプ名家列伝」)と表明しているように、読者に向かって作家・文壇について語ることが作品の批評となるという理解が伝達されているのである。すなわち、この特集もまた「書斎の考現学」同様、読者に向けた文学〈教育〉の装置であったといえる。

「文壇をスパイする」への反応を「座談室」から拾うと、「真に有益な欄だ。五作とも全く、我々にとつて有難い読物だつた。」(大阪　袴田寛三『若草』一九三二年四月)という感想もあれば「特輯だといふ「文壇をスパイする」は僕には有り難くなかつた。内容的なものを希望します。」(大連桃源台　佐藤経雄『若草』一九三二年四月)という批判もある。しかし、作家のゴシップを通した間接的なものにせよ、後者の投稿で希望された「内容的」すなわち直接的な作品解説にせよ、『若草』の狙い通り読者が作品をどう読むべきかに気を配っていたことは疑いようがない。また直接「文壇をスパイする」に言及したものではないが、京都在住の丘ススムから寄せられた「座談室」(『若草』一九三二年三月)への投稿を見よう。

「小説は如何に書くべきか」を徳永直は簡単ではあるが判り易く、而も正しく手をとつてくれてゐるではないか。吾々は吾々の与へられた職場にそれぞれの仕事にいそしみつつ傍ら文学を創るよろこびにひたりたいのだ。そのことが如何であるか。それからさきどうなるのであるか。それは、吾々のをかれた位置が、生活が、社会的に、歴史的に、吾々の眼を開けて吾々に為すべき行動を命ずるのではないか。

やはり徳永の小説執筆指南を「判り易く」、しかも「正しく」いものだという判断を下している点は見逃せない。そして文学に志を持つ自分たちの「位置」について「社会的に、歴史的に」どういう立場にあるかを考えるべきだと呼びかける。それが文学的に「為すべき行動」を決定するとした考え方は、まさに『若草』における文学〈教育〉を色濃く反映したものだとわかる。投稿した丘スムが詩欄にも投稿する積極的な読者であり、『若草』読者を代表する人物の一人であったことをふまえれば、彼による呼びかけは読者全体の態度決定に寄与したと敷衍して考えることも可能だろう。

以上のように、一九二〇〜三〇年代の『若草』において、文学を読む／書くときに作者の生活や思想といった実体が重視され、それが「書斎の考現学」をはじめとした様々な記事によって読者に〈教育〉されていたと考えられるのである。

## 4　龍膽寺雄の抵抗

『若草』が作家たちの「ポーズ」と作品とを連動させ、かつまた読者にも「ポーズ」を与えようとしていたとき、そのモードのなかで作品はどのように消費されていたのか。サンプルとして取りあげたいのは龍膽寺雄「蝸牛の家のロマンス」全六回である。連載開始時に北村秀雄が「編輯後記」(『若草』一九三二年一月)で「モダニズム派の闘将、龍膽寺雄氏が、身を以て新興芸術派のために気を吐かんとする、とつておきの快篇」と言及しており、『若草』における龍膽寺への期待がモダニズム性を求めるものであったことがわかる。わかりやすく「モダニズム派」であることを期待された作品の周辺状況と作品内部の論理が絡まる様相を、ここでは分析する。

〈龍膽寺雄はモダニズム的傾向をもった作家である〉、広く流通したこのイメージの束縛に対して龍膽寺自身も意識的であった。注目したいのは龍膽寺が「作者の言葉」(『若草』一九三二年一二月)として語った次の引用である。

私はこの物語の中で妙な芸術を試みる。芸術だからといつて、夢のやうに他愛もない、たゞ美しくはかないものとばかりも限らない。冷厳な現実だつてあるのだ。蝸牛の家といふのは一体どんなのか、そこに住む妖精達はどんな生活をしてゐるのか、むろんこれはお伽噺ではない。一人のごく年稚い女主人公が多分諸君を魅惑するかもしれないが、むしろ私の希望するのは、その華やかな魅惑にたゞ溺れないで、彼女の人生の底にある「本当の人間の姿」を冷厳に注視して貰ひたいことだ。

この意気込みの中には、自らに期待されているモダニズム性——魔子に通ずるような、蠱惑的でモダンな振る舞いの女性をヒロインとして描くこと——を十分に理解しつつもそのモダニズム性一辺倒から脱したいという龍膽寺の考えが看取できる。いわゆるモダニズム文学は「アパートとかダンサーとかカフェの女給とか、いわゆるモダーンな風俗を描いた」[*10]文学だとされるが、龍膽寺の出世作である「放浪時代」（『改造』一九二八年四月）には銀座のショー・ウィンドーや甃路《ペエヴメント》の様子が描かれ、一九二〇年代のモダン都市東京の姿が切り取られている。龍膽寺の作品は、一般に定義されるモダニズム文学そのものであった。しかし、それに加えて「蝸牛の家のロマンス」では「冷酷な現実」と「本当の人間の姿」を描きたいと龍膽寺はいうのである。モダニズム文学としての修辞的装いはそのままに、しかし本当に求めたのは描写ではなく、新たなテーマ性への模索であったのだ。

龍膽寺の試みは実際に「蝸牛の家のロマンス」の中から抽出することが可能だ。龍膽寺自身がモデルと考えられる香淋寺という主人公が友人である「浅原六朗」から聞き知った「通人仲間のまァ秘密倶楽部のやうな」「蝸牛の家」を訪れることからはじまる作品には、予告されていたように瀟洒な館に住み享楽的に過ごす女主人と蝸人形のモデルになる美しい娘とが登場する。「マホガニイ塗りの木の扉」、「電気蓄音機のかなでるレコオドのジヤズ」、「踊り興じられてゐる」ダンス。彼女らの住まう「蝸牛の家」はまさに「モダーンな風俗」の象徴として描かれる。彼らの姿を見る香淋寺は、川端康成『浅草紅団』（一九三〇年一二月、先進社）の「私」のような、視点としての都市放浪者の典型のように描かれている。だが問題は、この「モダーンな風俗」によって彩られた作品の中にどのような「冷酷な現実」と「本当の人間の姿」が描かれていたかということだ。ここで龍膽寺はプロレタリア・イデオロギーへの言及を用いる。「蝸牛の家」に住む女主人・虹映子は社会主義運動に理解を示し、娘・翡翠もまた友人で香淋寺の教え子であった「一人の強烈な左翼分子」水野澄子にオルグされたプロレタリア理解者であるのだ。「東洋のコロンタイをもつて目してゐる」という女主人に関して香淋寺は次のような認識を示す。

　しかし、郊外住宅地のこの贅沢な住まひで空ツ風の吹く冬の真昼に、白粉と香料の匂にむせながら華やかにダンスを踊り興じても、プロレタリヤの味方をすることは出来るのだ！　浅原のいひぶんぢやないが、クレムリンの金色の円天井の下でだつて、赤い政治は出来る。――日本のプロレタリヤ文学がこんなところで暇潰しに消費されてゐたからツて、別に不思議はあるまい。ブルジヨワはかうした矛盾の中で自家崩壊をしつゝあるのだ！（第三回）

　このようなプロレタリア文学の消費のあり方は、もちろん実際にプロレタリア文学運動に関わる作家からすれば全く受け入れることのできないものだろうが、モダニズム文学と分類される作品のなかでプロレタリア・イデオロギーに共感してしまうブルジョワの姿が描かれたことはきわめて興味深い。モダニズム的な生活とプロレタリア・イデオロギーは共存しうるものだというのがモダニズムの作家によって示されるのである。[*11]

　さらに香淋寺は女主人の娘とプロレタリア・イデオロギー下の芸術のあり方について「本当の芸術は、とりわけ文学は」「インテリゲンチャの精神だ」と断じ、芸術の非階級性を主張する。「プロレタリヤ運動」を「政治運動」という政治的イデオロギーの問題であり、その変更は「文化形態」に本質的には何の影響ももたらさないものだといい、「理想社会」のもとで「消費的な文化」のさらなる発展を予言する香淋寺の意識からは政治と文学の問題を切り離そうとする認識が見て取れる。政治的な展開と文学的な展開は似て非なるものであり、プロレタリア文学にあらざれば文学にあらずという時代が来ることは決してないと香淋寺は断言する。そして「文化事業ツてものは階級的なものぢやなくつて、人類的なものなのだ」といい、「ブルジヨワ社会で建設された文化は、そつくりプロレタリヤの社会に遺産として残され」「勤労所得階級の階級的な所有」になるという認識を香淋寺は披瀝するのである。

テクストを通じて語られた龍膽寺の文学観は、当時の龍膽寺自身の発言や周辺の文学的状況によって裏付けられる。「放浪時代」で第一回『改造』懸賞創作の一等に当選してデビューし、「プロレタリア文学の勢威が強烈であったこの時期において、その「モダニズム」性と、「新人」性によって高く評価された」「「モダニズム」文学の寵児」[*12]となった龍膽寺は、新興芸術派の拠り所となった『新潮』を中心に、たびたび文学観を主張している。その発言を追っていくと、まず読者への強い関心を見出せる。

> 文壇から逃避して文学が成立するか、どうかこれはさしあたり疑問だが、ならうことなら生活を他の職業分野で解決して、文壇なんぞそつちのけで勝手な文学をやりたい。
> 文壇批評家によつてはさんざんけなされ尽した作品が、読者層から意外に熱烈な讃辞や支持を受けたりすることがある。一体作家は誰に読ませるために作品を書くのだらうか？[*13]

読者と作家の応答のなかで新しい文学をつくりたいという龍膽寺の意向がここには打ち出されているが、これの意味するところは既存の文壇的な枠組みに回収されることへの忌避である。龍膽寺がデビューした時期は大宅壮一によって「文壇ギルドの解体期」[*14]と呼ばれた時期であった。「現代の資本主義的画一的普通教育の、普及はあらゆる方面に於いて多くの「ファン」を作」り、その結果「文壇的名声がなくとも、「芸術味」が欠けてゐても、面白くさへあれば読者は食ひつくものであるといふことに、ヂャーナリズムが気づいて来た」ために既存のギルド的な文壇の枠組みが無効化しつつあるとした大宅の認識は、文壇を顧みず読者との個別の関係を結ぼうとした龍膽寺の意識にも通底する。龍膽寺を「「モダニズム」文学の寵児」として反プロレタリア文学の枠組みに押し込もうとする文壇的な解釈[*15]は龍膽寺にとって望むものではなかったと考えられる。

そして文壇忌避の態度は、モダニズム文学／プロレタリア文学の枠組みを揚棄する方向へと進んでいく。龍膽寺は自らの文学観について、「芸術は芸術でなければ表現出来ないものを表現するところに芸術の第一義的な意義がある」とし、大正的な心境小説でもイデオロギー一偏のプロレタリア文学でもない、「芸術としての独立した、それ自身完成した使命」を追究しなければならない[*16]と表明している。「芸術至上主義」とも自称し、芸術的価値以外の目的を持たない芸術の作成が龍膽寺の目指すものであった。このとき、方法論として選び取られたのが主知主義である。春山行夫や阿部知二らによって『詩と詩論』（一九二八年九月～一九三一年一二月）を中心にモダニズム詩の方法論として主張された主知主義は「旧詩壇」（大正詩壇）の「無詩学的独裁を打破」[*17]するためのものであった。彼らの目指す変化は次のように意識されていた。

主観↓客観
破壊↓組織／反動↓創造／混乱↓綜合／病的↓健康／波動的↓建築的

内容主義→様式主義

朦朧→明快／独断→分析／盲進→批評的／告白的→純粋意識的／心理的→主知的[18]

ここで示されるように、点在するそれぞれの要素をまとめ上げ、一つの芸術の形にするのが「知」であり、その「知」を隅々にまで行き渡らせることがモダニズム詩人たちの手法であった。そして、龍膽寺もまた同質の文学観を示している。

選択した材料は、素材のままでは、作者の人間としての所有権にしか属さないけれども、これを文学者としての所有権に移行せしめるのである。文学といふものが、人間の智的行動に属するものであり、これが結局において、文学をして知識階級の所有たらしめた第一の原因なのである。だから文章の内容にはどんな奔騰した感情を盛つてもいいけれども、奔騰した感情のままでは、良い文章は出来ない。思慮分別を冷静に働かせ、その感情の内容を隅々まで反省批判し、その事実を分析しなければ、これを再び文章の上に組立てて表現することは不可能なのである。[19]

「冷たい智性による客観」を通じて個人及び社会の実相を「検討批判分析解剖」することが文章芸術に必要だと龍膽寺は訴える。海野弘がモダニズムの文体の特徴として「二重の意識」があることを指摘しているが[20]、対象に対して湧き上がる自己の感覚をもう一度分析的に語る知性を龍膽寺は己の文学を成立させるための理論として求めたのである。

では、プロレタリア文学はこうした主知的な態度と異なるものであったのか。プロレタリア文学の目的は、無産階級に属する個人の生活を丹念に描出することを通じて読者に階級意識の芽生えと連帯を自覚させることにあった。個人の生活の分析から階級＝集団性へと帰納的に導こうとしたのがプロレタリア文学である。中野重治は葉山嘉樹『海に生くる人々』（一九二六年一〇月、改造社）を評価して「新しい生活内容は必然に新しい感覚を持つ。この感覚は、従来の手法を単に採用することをもつては表現しえない。それは従来のいつさいの手法を駆使することによつて従来のいつさいの手法をこの新しい感覚に従属せしめることによつてのみ表現し得る」[*21]と語る。中野は「無産者階級の「芸術」」として『海に生くる人々』を評価するために右の方法論を提示したのだが、それはモダニズム文学につながっていく新感覚派の理論と重なる。「正当なる常識方法から遙かに飛躍した新しい感覚的方法」によって暗示される「生活の新しさ」[*22]は対象となる現象そのものの変化ではなく、それを感じる人間の主観的感覚とその感覚に基づく生き方の変化を意味すると片岡鉄兵は述べた。言葉を新たに作るのではなく、既存の言葉を使う感覚の変化とそれに伴って生じる認識風景の変化を片岡の論も中野の論も指示するのである。

それゆえに、主知的傾向を持つ龍膽寺にとって「芸術派の芸術主義と、プロレタリア派のそれとは、ほとんど本質論的には変つてゐない」ということになる。イデオロギーをその根底に据えるか否かという違いはあれど、芸術に共通する目的は、「数々の作家から数々の主観的な、或ひは客観的にしても彼だけの視野から芸術作品が産れ、それらが総合されて複眼的な効果を果たし、吾々が一個人では経験せずにしまふやうな、驚くばかり広い精神世界の領域を展開して貫へる点にある。こゝに個人主義的芸術の広い意義がある。従つてその一つ〳〵は狭く鋭くなれば狭く鋭くなる程意義がある」[*23]となるのである。「蝸牛の家のロマンス」で香淋寺の語った芸術の非階級性、「文化事業ツてものは階級的なものぢやなくつて、人類的なものなのだ」という発言はこうした龍膽寺の文学観を反映したものだといえよう。なればこそ、このテクストを龍膽寺の文学的関心と理論がすべて投入された実験物と見ることができるのである。

以上のように「蝸牛の家のロマンス」は、龍膽寺のモダニズム作家としての方法が駆使されつつ同時にプロレタリア・イデオロギーをテクスト内部に取り込んだ、「複眼的」な非・文壇的テクスト構築の試みとして読むことが可能なテクストなのである。

## 5　読者たちの実践／〈教育〉の成果

では、読者はこの作品をいかにして捉えたのか。「蝸牛の家のロマンス」に対する「座談室」での読者の批評として主だったものには、次のようなものがあった。

①僕は率直に言へば、反動文学の輝ける闘将龍膽寺氏の予告にはうんざりせざるを得なかつた。しかし先ず氏がどういふ立場にある「本当の人間の姿」を出すかを楽しみにして待たう。（名古屋　浩、一九三二年一月）

②「蝸牛の家のロマンス」は通俗的な少し長いものを書いてみたいと思つてゐる僕には可成り待ち遠しい期待してゐたものだつたが、興味一〇〇％の、それで芸術的香気を失はない発端が素晴らしくいい。来月号での展開が待たれる。（京都市綾小路坊城光琳林方　三宅金太郎、一九三二年二月）

③龍膽寺氏の蝸牛の家のロマンスは或る程度まで期待してゐたが、吾々農民には余りに現実と離れすぎてゐて、全くロマンチックで妄想的で少しも実感味を与えては呉れぬ。成る程言葉の言ひ廻しや修飾は上手いが――（熊本　研花生、一九三二年二月）

④「蝸牛の家」の独自の境地、妖しげな雰囲気には魅せられるが、芸術的なあまりに芸術的な、といひたくなる位表現の技巧にとらはれ過ぎる、文学は常に生活でありたい。（五十嵐興治、一九三二年三月）

⑤「蝸牛の家のロー《マ》マンス《マ》」（龍膽寺雄）我々とて新興芸術派から人類的正義、階級的良心の片鱗すら求める愚をするものではないが、「若草」二月号「今日の問題」で既に云はれた如く彼等の路は二つだ、反動か、より一層の象牙の塔か、である。

（大阪　浅田京治、一九三二年四月）

①は連載前の予告に対する感想であるので注意を要するが、賛否それぞれ全て新興芸術派——すなわちモダニズム文学の作家として龍膽寺を捉えたところから批評が出発している。「反動文学」、「芸術的香気」、「ロマンチックで妄想的」といった既視感のある言葉だけを駆使して『若草』読者たちは「蝸牛の家のロマンス」への評価を形成する。もちろん、言及された要素が作品にないわけではない。作中には当時の都会的な風俗が数多く入り込んでいる。だが、プロレタリア・イデオロギーの取り込みを龍膽寺が試みていたことについては一切評価の対象とならない。読者たちは作品の内容からではなく、「反動文学の輝ける闘将龍膽寺氏」という作家像をもとにその評価を決しているのだ。つまり作家＝作品というモードが強く機能していたのである。

それゆえに、他の雑誌に載せられた龍膽寺の発言も含めて複合的に読めば見ることのできたテクストの姿に気づくことなく、『若草』誌上で〈教育〉された「新興芸術派」像そのままにテクストの解釈を行う。文壇なるものから離れて読者に近づこうとした龍膽寺のテクストが、文壇を重視する『若草』読者たちによってもう一度文壇の側に押しこめられるというアイロニカルな状況が現出してくるのである。周知のように龍膽寺はこの後、「M・子への遺書」（『文藝』一九三四年七月）によって文壇への痛烈な批判をなし、モダニズム作家としての短い活動期を終えることとなる。「蝸牛の家のロマンス」の置かれた状況は、とりもなおさず龍膽寺の行く末と符号するものとなっていたのである。

以上のように『若草』は固定的な雑誌のカラーがなく、モダニズム文学もプロレタリア文学も許容する幅のある雑誌であった。編集者であった北村秀雄は当時の『若草』を一九三五年の時点で次のように語っている。

この年（一九三一年——引用者注）、四月号から、秋田雨雀氏の『エスペラント新講座』を開講し、この年一ぱい連載した。同時に、辰野九紫氏に『モダン投資法』を依頼したり岩崎純孝氏の『競馬案内』を載せたりした程、ヴァラエティに苦心した。時代は、多彩なる編輯を欲求し、僕は又、その時代の動揺と推移に忠実たらんとした。これは、『若草』を背負ふものの使命であつたし、この限りに於て、現在も尚、編輯者は、この使命とともにある。時代とともに歩む雑誌、何時の日も若く、元気いつぱいな雑誌、ここに『若草』の若々しい使命があるのだ。[*24]

「ヴァラエティ」、「時代の動揺」を雑誌のなかに移し込むことが『若草』にとっての「使命」だという。雑誌はさながら「文壇見取図」の様相を呈すことになり、読者たちはそれを見て文学鑑賞のために必要な知識を与えられ、傾向と対策の〈教育〉を受けていった。そして、当時の詩欄について平林敏彦が「『若草』は十代の詩人の卵たちに不思議なほど人気があった[*25]」と回想するように、文学に関心を持つ「卵」たちは〈教育〉の成果を携えて、より中心的な雑誌へと巣立っていった。その意味でも『若草』が文学の場を支える土台の役割を果たしていたと考えられるのだが、〈教育〉を施されたのは読者だけではなかった。『若草』誌上では確かに様々な文学潮流が混じり合った。しかし、それらが混淆することによって新しいものを生み出すには至らず、むしろ反対に混ざってしまったものはノイズとして等閑に付されるかたちで処理されたのである。その結果、『若草』は読者という他者を通して職業作家たちが文壇という鋳型で鋳直される場ともなった。読者に向けて語られた作家たちの

「ポーズ」は作家たちをも束縛したのである。すなわち一九二〇〜三〇年代の『若草』は、作家と読者双方に文学という場を構築するための〈教育〉を施す装置として機能していたといえるのである。一九三二年二月の「座談室」に自らを「文学には全く縁遠いもの」といった巣鴨生なる人物から寄せられた「常識として非常ない、参考書」という言葉は、まさに当時の『若草』の態度を端的に示したものであったのだ。

**注**

1——会津若松市材木町　大竹銀吾「座談室」（『若草』一九三二年五月）。
2——ただし、島村輝が「機械に取り巻かれた工場の労働そのものが、近代文明の象徴という意味をもちつつまさにモダニズム的な表象に満ちているのであり、そこでの革命運動を語る言葉も、モダニズムの時代の主流として流通している言葉との関わりの中で、この時代の大きな言説編成を作り上げている」（『臨界の近代日本文学』一九九九年五月、世織書房）と述べるように、表現のレベルでは両者の間に類似性を見ることが可能である。ここではあくまで文壇やイデオロギーのような文学的立場の問題として言及している。
3——小平麻衣子「『若草』における同人誌の交通——第八巻読者投稿詩について——」（『語文』二〇一五年六月）。
4——山都武部「文壇交遊羨望史（2）」（『若草』一九三〇年七月）。
5——山都武部「文士街頭風景」（『若草』一九三一年五月）。
6——注4に同じ。
7——千葉　立野信次「座談室」（『若草』一九三二年三月）。
8——佐渡　濱雀「座談室」（『若草』一九三二年三月）。
9——「二月号予告　文壇をスパイする」（『若草』一九三二年一月）。
10——佐々木基一「モダニズム文学」（日本近代文学館編『日本近代文学大事典』一九七七年、講談社）。
11——加藤武雄「文壇現状論」（『文学時代』一九三〇年六月）にモダン・マルキシズムという文学的傾向が紹介され

ている。「本当に全人格的には受け入れる事の出来ないモダン・ボオイたちが、唯一つの流行思想としてそれを頭の中でだけ、乃至形の上でだけ、単に一つの時勢粧として流行としてとり入れたのが、このモダアン・マルキシズム」であるという。

12――和泉司「〈懸賞作家〉にとっての『改造』」（庄司達也・中沢弥・山岸郁子編『改造社のメディア戦略』二〇一三年一二月、双文社出版）。

13――龍膽寺雄「読者について」（『文藝春秋』一九三一年二月）。

14――大宅壮一「文壇ギルドの解体期」（『新潮』一九二六年一二月）。

15――実際、龍膽寺ら新興芸術派について内務省警保局図書課の事務官であった生悦住求馬は「一面に於て新時代的感覚乃至雰囲気を漂はす点に於て既成文芸派に対立し、一面に於てイデオロギー第一主義の作品に対するに芸術第一主義の態度を取つてゐる点に於て、プロレタリア文学派に対立することにより、独自の存在を主張せんとするに至つた。」（「時事解説　新興芸術派の台頭」（『警察協会雑誌』一九三〇年五月））とまとめている。文壇外部の人物によって右のように解されていること自体、龍膽寺が当時きわめて文壇的な枠組みのなかで解釈されていたことを示していよう。

16――座談会「新興芸術派批判会」（『新潮』一九三〇年六月）。

17――「後記」（『詩と詩論』一九二八年九月）。

18――春山行夫「日本近代象徴主義の終焉　萩原朔太郎・佐藤一英両氏の象徴主義詩を検討す」（『詩と詩論』一九二八年九月）。

19――龍膽寺雄「題材の把握」（前本一男編『日本現代文章講座　第四巻』一九三四年六月、厚生閣書店）。

20――海野弘「日本の一九二〇年代（七）　龍膽寺雄『放浪時代』と吉行エイスケ『女百貨店』――都市と文学」（『海』一九八二年七月）。ただし海野は龍膽寺の弱点として「二重の意識」の弱さを挙げている。

21――中野重治「「海に生くる人々」――葉山嘉樹の新作を読む――」（『帝国大学新聞』一九二六年一一月一五日号）。引用は『中野重治全集』第一八巻（一九九七年九月、筑摩書房）による。

22――片岡鉄兵「若き読者に訴う」（『文芸時代』一九二四年一二月）。引用は平野謙・小田切秀雄・山本健吉編『現代日本文学論争史　上巻』（新版、二〇〇六年九月、未来社）による。
23――座談会「芸術派とプロ派との討論会」（『新潮』一九三〇年三月）。
24――北村秀雄「創刊のころと五周年のころ」（『若草』一九三五年一〇月）。
25――平林敏彦『戦中戦後詩的時代の証言』（二〇〇九年一月、思潮社）。

# 『若草』における井伏鱒二――「第二義的」な雑誌と作家の関係

滝口明祥

## はじめに

『若草』と井伏鱒二。両者が関係を持っていたのは、一九三三（昭和八）年から一九四〇（昭和一五）年までの七年間に限られる。だが、その間に『若草』に発表された井伏の文章は、以下に掲げるように一二編に及ぶ。

①「花たば」 第九巻第一号（一九三三年一月）
②「刀についての覚書」 第九巻第八号（一九三三年八月）
③「披露会席上」 第一〇巻第三号（一九三四年三月）
④「的場カクコ」 第一〇巻第七～一二号（一九三四年七～一二月）
⑤「路地と人」 第一二巻第二号（一九三六年二月）
⑥「雨の音」 第一二巻第七号（一九三六年七月）
⑦「サキコと忠二」 第一三巻第四号（一九三七年四月）
⑧「「槌ツァ」と「九郎治ツァン」は喧嘩をして 私は用語について煩悶すること」 第一三巻第一一号（一九三七年一一月）

⑨「明窓浄机」第一四巻第一号（一九三八年一月）
⑩「ニュース映画」第一四巻第五号（一九三八年五月）
⑪「田植の歌」第一四巻第九号（一九三八年九月）
⑫「宙さんの語る話」第一六巻第三号（一九四〇年三月）

「明窓浄机」、「ニュース映画」はそれぞれ「文学随想」、「随筆」とされており、それら以外は小説ということになる。そのうち、「的場カクコ」は五回連載された中編であり、その他は短編である。また、他にアンケートにも六回ほど答えている。[*1]

これはとりたてて多いというほどではないが、しかし無視できるような数でもない。試みに、『井伏鱒二全集』別巻二の「著作目録」で一九三三年から一九四〇年までの掲載メディアを多い順に挙げてみると、『文學界』三〇、『新潮』二二、『文藝』一九、『あらくれ』一九、『早稲田文学』一八、『オール読物』一八、『月刊文章』（含『月刊文章講座』）一七、『若草』一六、『文藝通信』一三、となる。連載の一回分や小文も一つとしてカウントし、アンケートや座談会は除いた。もとよりおおざっぱなものでしかないが、参考程度にはなるだろう。一九三〇年代の井伏において、『若草』が主要な発表場所の一つになっていたことは間違いないのである。

だが一方で、右に掲げた作品のうち、「雨の音」と「ニュース映画」、「「槌ツァ」と「九郎治ツァン」は喧嘩をして　私は用語について煩悶すること」以外は単行本に収録されていないということにも留意が必要だ。[*2]端的に言って、『若草』掲載作の出来はそれほどよろしくないのである。

では、『若草』と井伏との関係を考察しても意味がないのか？——そうではないだろう。コンスタントに作品を発表できる場があるというのは作家にとって重要だったはずだ。「文芸雑誌を大衆化して成功してるものは

『若草』ひとつがあるきりだ。〔…〕第二義的ではあるが、ひとつの役割を負うに足る」（大伴女鳥[*3]「豆戦艦　6月の雑誌」、『東京朝日新聞』一九三四年六月四日朝刊）などと言われる『若草』だが、総合誌や「新潮」のような文芸誌とは違う「第二義的」な場だからこそ、自由にさまざまな実験を行なえるということもあったに違いない。

　そしてまた、『若草』においても井伏鱒二の存在は小さなものではなかったはずだ。本稿は、『若草』を通してこの時期の井伏鱒二という作家の位置をとらえ直すことを目的とする。それはまた、井伏鱒二を通して『若草』という雑誌の特質を明らかにすることにもつながるはずだ。

## 1　遅い初登場

井伏と『若草』との関わりは、いつ頃から始まるのだろうか。初期から『若草』の編集に携わり、編集長も務めた田邊耕一郎の「回想記」（『若草』第一一巻第一〇号、一九三五年一〇月）には、井伏の名前が次のように出てくる。

> 『若草』の編集をしはじめて、最初に私が駈けつけた作家は佐藤春夫氏だつた。この高雅な情操うつくしい作家を年少のころから敬慕してゐたので、あたかも其の折この作家が震災以来の紀州や関西のながい旅から上京して青山一丁目の何とか言つた旅館に夫人同伴で宿泊されたことを知ると『若草』を一冊もつて紹介もなにもなく訪ねて行つた。室に通されてびつくりしたことには佐藤氏を囲んで既に七八人の青年文士が集まつてもくもくとタバコのけむりがこもつてゐる。何でも井伏鱒二、稲垣足穂、諏訪三郎、高橋新吉、衣巻省三、富澤有為男氏らであつたらしい。

佐藤が上京したばかりというのだから、一九二五（大正一四）年の一〇月から一一月にかけての頃のことだろう。「これがうまくゆくか否かが『若草』の試金石のやうな気があつた」という田邊だが、果たして佐藤は快く執筆依頼を引き受けてくれたようだ。第二巻第三号（一九二六年三月）に、「忘れがたい少女」および「春の鳥」を執筆して以来、「秋を愛す」（第二巻第一〇号、一九二六年一〇月）、「新しいということ」（第三巻第一号、一九二七年一月）、「言葉」（第三巻第四号、一九二七年四月）、「上海通信」（第三巻第一〇号、一九二七年一〇月）など、たびたび寄稿するようになる。田邊は「私はどんな文壇人にでも欲しいと思へば臆することなく原稿を依頼したが、あの傲岸と見られてゐた佐藤春夫氏がしばしば書いてゐるといふのが一つの評判になつて、ある二作家のほかは頼めばこころよく誰でも書いてくれた」と佐藤に感謝している。ちなみに、「ある二作家」は島崎藤村と菊池寛であるようだ。

その佐藤と『若草』との関わりの初めに井伏が同席していたと田邊は書いているが、これはおそらく間違いだろう。井伏が佐藤の面識を得るのは「鯉（随筆）」（『桂月』一九二六年九月）の発表以後のことなのだから。[*4]だが、その後、田邊が佐藤のもとに行った際に井伏が同席していたことはあったかもしれない。少なくとも佐藤門下の作家として井伏と『若草』との間につながりが生まれていたとしても不思議ではない。しかし、実際には井伏が『若草』に執筆するのは、一九三三年まで待たねばならないのである。

もちろん、一九二六年における井伏というのは単なる無名作家でしかなかったのは事実だ。文壇的にもほとんど知られていなかっただろう。だが、一九二九年頃にはすでに井伏への注目はかなり高まっていたはずだ。「鯉（随筆）」を改稿した「鯉」（『三田文学』一九二八年二月）によって牧野信一らの称賛を受け、「谷間」（『文藝都市』一九二九年一～四月）、「朽助のゐる谷間」（『創作月刊』一九二九年三月）などはより多くの批評家たちに推奨されていたのだから。[*5]一九三〇年には『夜ふけと梅の花』（新潮社）と『なつかしき現実』（改造社）という二冊の単行本を上梓している。「新潮」が井伏の特集をするのは一九三一年一月号においてであった。[*6]

井伏が『若草』へ初めて執筆したのが一九三三年というのは、やはりいささか遅いように思われるのだ。これは何故なのだろうか。事情を探るため、やはり田邊の「回想記」から引用しよう。

『若草』が左翼の色彩を比較的に多く反映した時代がこの十年史に一頁あるわけだが、あれは昭和三四年頃のことでマルクス主義の嵐のやうな昂揚期のことである。あの時代にマルクス主義が新鮮な魅力で、敏感な青年の理想精神や情熱をとらへていかに昂揚させたか、それはあの時代を見てきたものでなくてはとても想像つかぬほどのものだつた。〔…〕『若草』がさういふ時代の感覚や情熱をとり入れないはずがない。もしとり入れなかつたら青年読者の方で承知しなかつたであらう。この時代には左翼では蔵原惟人、藤澤恒夫、武田麟太郎、林房雄、中野重治、黒島傳治、窪川いね子、葉山嘉樹、立野信之、平林たい子氏、少しあとでは小林多喜二、徳永直氏らがわりにたびたび書いた。あの時代の『若草』は左翼の色彩をとり入れたために部数がふえたことを記憶している。

つまり、プロレタリア文学の作家たちが重用される時期があったというのである。田邊は「昭和三四年」と書いているが、実際にはもっと長く一九三一年くらいまではそのような状態が続いていたはずだ。その時期においては、プロ文作家以外だと川端康成や片岡鉄兵が目立つくらいだろうか。佐藤春夫も第四巻第一一号（一九二八年一一月）までは断続的に書いているものの、その後は第九巻第一号（一九三三年一月）まで約四年間にもわたって執筆しない期間が続くのである。そのような状況であってみれば、井伏になかなか声がかからなかったのも不思議ではなかっただろう。

ここで、この時期の『若草』の編集責任者を確認しておこう。初めの二号を北村秀雄が担当した後、第三巻第一二号（一九二七年一二月）まで田邊が務め、第四巻（一九二八年）は北村と田邊で半年ごとの交代。その後、田邊の退社により北村が第五巻第一号（一九二九年一月）から第八巻第三号（一九三二年三月）まで担当した。この田邊から北村へと移り変わる時期に、プロ文作家たちが重用されていったわけである。もちろん、それは北村個人の資質というより、時代の流れに機敏に反応した結果であろう。実際、それで『若草』は「部数がふえた」のだった。そして、第八巻第四号（一九三二年四月）から編集長が福岡信夫に移ると、『若草』はまたカラーを変えていくのである。それもドラスティックに。

## 2　『若草』の変貌と井伏の登場

福岡信夫は「僕の三年間」（『若草』第一一巻第一〇号、一九三五年一〇月）において、『若草』の編集を担当した際のことを次のように回想している。

〔…〕僕はもつと『若草』の使命を拡大し、その拡充を図ろうと思つた。政治問題をとり入れ、経済現象に手を伸したのは全くその為に外ならなかつた。政治を経済を――その他文化一般に触手を伸すことなしには、文芸を正当に理解することは不可能だと思つたからであつた。

つまり、福岡は『若草』の総合誌化を図っていたのである。

福岡が編集を担当した第八巻第四号は、中村正常と坂口安吾がともに初登場で小説を発表しており、また「第一線に立つ社会人」という特集が組まれ、沢田謙「美男のアドルフ――アドルフ・ヒトラー」や福永渙「超人ガンギー――マハトマ・ガンヂー」、伊藤整「「ユリシイズ」の作者――ジェイムズ・ジョイス」などが掲載された。そして以降、氷川烈（杉山平助）「豆戦艦　六月の雑誌」（『東京朝日新聞』一九三二年五月二五日朝刊）が「『若草』が社会各方面の楽屋ばなしといつたやうなものに、毎号案外に力を入れてゐるのは面白い」と評しているように、『若草』は文芸以外の記事を盛んに載せていくようになる。

その一方で、福岡が編集をするようになってからはプロレタリア文学系の作家たちの登場は激減している。福岡が編集責任者だった第一〇巻第一二号まで、プロレタリア文学系の作家が登場する機会はほとんどなかった。例外は徳永直「母」（第一〇巻第一号、一九三四年一月）くらいだろう。*7

もちろん、それもまた福岡個人の資質のみに還元するわけにはいかないのであって、ここでも『若草』は時代の流れに機敏に反応している。一九三三年二月に官憲による小林多喜二の虐殺があり、六月の佐野学と鍋山貞親が転向声明を出したのをきっかけに転向者が続出することはよく知られているが、その前からプロレタリア文学の退潮の流れは明らかであった。杉山平助「本年度創作壇の印象」（『新潮』一九三三年一二月）は、一九三一年から三三年にかけての動きを次のようにまとめている。「満州事件勃発以来の日本の思想界では、マルクス主義並びに一般プロレタリア思想の急激なる退潮を見るに至り、従つてプロレタリア文学も徐々に衰微の傾向をしめしつゝあつたことは、すでに昨年末の本誌の文壇年末清算に筆者の述べたところである」が、「今年に至つてこの形勢は愈々急勾配となつてプロ文学の殆ど全滅的危機に瀕したかのやうな感じが一般を支配するに至つた」。

ただ、福岡の場合、時代への態度は受動的というより多分に能動的なものであったようだ。福岡による「編輯後記」を見てみよう。たとえば『若草』第八巻第一一号（一九三二年一一月）では、「慌しい現実はいよ〳〵切り立つて、『非常時日本』には、ます〳〵非常時の色彩が濃厚になつて行く。／人々は夢や幻を棄てるべく余儀なくされ、到る處で現実と直面しなければならない」と勇ましい。ちなみに、この号には澤田謙「満州国総務長官駒井徳三伝」などが載っている。「夢や幻」を捨てて直面しなければならない「現実」の質は明らかだろう。[*8]
『若草』第九巻第一号（一九三三年一月）になると、「編輯後記」はますます意気盛んである。

「わか草つて何だい、娘さんの雑誌かい」と馬鹿にされた時代もあつたがわれ等の熱意努力空しからず、今や日本の若者に唯一の伴侶として、その存在を重大視される日が来た。見よ、現代の大家が如何に敬虔の態度で本誌に臨まれてゐるか。高級政治雑誌などを崇拝してゐる時代ではない、作家も読者も一つ所に団欒し、朗かな日本建設に行進しなくてはならない時だ。従来高級雑誌でなければ執筆しなかつた大家がわれ等青年の為に喜んで寄稿されたことを感謝したい。

福岡は「娘さん」に対する差別意識も露わに、「青年」を代表して「朗かな日本建設に行進しなくてはならない」と高らかに述べるのだ。ちなみに「現代の大家」とは当該号に執筆している長谷川如是閑や室伏高信を指している。「高級雑誌」＝総合誌では戸坂潤や大森義太郎といった新しい世代の批評家たちに活躍の場を奪われつつあった。[*9]需要と供給が一致したということだろう。

そして実は井伏が初めて登場するのもこの号なのだ。つまり、プロレタリア文学系の作家が排除され、総合誌化が志向されるただなかで井伏鱒二の名前は召喚されたのである。

では、井伏の側はこの時期、どのような状況だったのか。「井伏鱒二、阿部知二、楢崎勤、林芙美子の諸氏をはじめ各作家が一城一国の主になつてゐることに気づいた」と述べる室生犀星「文芸時評」（『改造』一九三三年四月）は、それら「川端君や横光君のあとに属する作家」を「新進作家」と呼び、次のように続けている。

ともかく、最近の新進作家も落着いた感じがあり、今年あたりから作家の手腕がきまると同時にゆるがない位置を決定するであらう、二三年このかた戦場のやうに輩出した作家や批評家もいよいよ本きまりにきまり、既成作家の精進復活とともに相当に堂々たるいはゆる文壇とかいふものを形づくるであらう、それほど新進作家は落着かねばならない時期に到来してゐるのである。

同年秋には『文藝』『文學界』といった雑誌も創刊され、「文芸復興」というかけ声も高まっていく。一方では志賀直哉や徳田秋聲といった既成作家たちが「復活」し、他方では新しい世代の書き手たちが登場していく。そのようななかで、技術的には高い評価を受けながらも、そろそろマンネリズムが指摘されだしていた井伏も、まさしく正念場を迎えていたと言ってよい。

そのような意味では、『若草』第一作の「花たば」よりも、第二作の「刀についての覚書」のほうが注目される。あるお見合いにまつわるエピソードをコント風に描きながらも、経済的な苦境に立たされた寡婦親子の姿がほろ苦く残る前者がいかにも従来の作風で描かれているのに対して、蔵の中に残されていた刀と、それにまつわる一揆の記録をもとに「私」が想像を巡らせていく後者は、この時点における井伏の新しい方向を見せているからだ。紅野敏郎が「古い記録をバネにして、そこからイメージをふくらませ、創作活動を活発にしていくのはまさに井伏の流儀だが、その早い段階でのひとつの成果が、この「刀についての覚書」であるまいか[*10]」と述べている通りだろうが、いちはやく氷川烈（杉山平助）「豆戦艦／八月の雑誌評」（『東京朝日新聞』一九三三年七月二七日朝刊）が「『若草』では井伏鱒二の「刀についての覚え書」が、この作者の今後のひとつの方向を暗示するものとして面白かつた」と肯定的に述べているのは、さすがというところだろう。この「方向」は「青ケ島大概記」（『中央公論』一九三四年三月）を初めとする記録ものへと結実していくことになる。

## 3　濃密な関係の始まりと終わり

翌一九三四（昭和九）年には、「披露会席上」と「的場カクコ」の連載がある。「披露会席上」は小説欄の初めに掲載されている。以後、井伏の小説はほとんど必ずその位置に掲載されることとなる。そうした物質的な部分で、『若草』が井伏を重用しだしたことが窺えるのだ。

「的場カクコ」の連載の第一回と同じ号には、河上徹太郎「井伏鱒二論」が掲載されている。河上は、井伏の作品を読んでいると「一体どこ迄本当なのだらうか」という懸念を抱かざるを得ないと言う。その理由の一つには、「人為的後天的な文章構成」がある。

> 語弊がなければ理智的作家ともいひたい所だ。彼は現実を其儘信用しない。いふ迄もなく現実を知らないからではなく、その存在様式の狡猾さに余り敏感だからだ。そこで之を先づいつものロマンテイツクな形式で誘いをかけておいて、相手がその方向にうつかり足を運んで来た所を、逆説的なわなでいきなり抑へてしまふ。現実は自ら働いたこの「現行犯」には流石に弁解出来ず、苦笑し乍ら自白するといふ訳である。所が現代の社会生活の如く、人間の意識と行為が乖離し、因果が錯乱してゐる時代には、此の方法は仲々得難い効果を奏するのである。

そして河上は井伏の作品を「恐ろしく上手もの、芸術」であるというのだが、しかしそれは必ずしも「上手一点張りではなく」、その底に「下手な人生観照」や「泥臭い感受性」があることを見逃すべきではないし、それが重要なのだと示唆していく。基本的には「新進花形五作家論[*11]」（『文藝通信』一九三四年二月）などでの論旨の延長線上にあるものだが、紅野敏郎が言うように「この時点での最大級の井伏論[*12]」と言ってよいだろう。

面白いのは、「的場カクコ」の連載の反応において、この河上の文章がたびたび言及されていることだ。『若草』には「座談室」という投稿欄があり、そこに前々月号掲載の作品に対する批評が載るのだが、そのうち河上の文章に言及しているものを挙げておく。

> 井伏氏の中篇第一回「的場カクコ」。氏独特のとぼけ面的描写。これは軽蔑した謂ひではなく、ぼくは真実さう感じるのであつて、しかもこの描写それ自体が、氏の芳醇な個性のあらはれなのである。井伏氏に就いては、河上氏の適切な解剖論評がのつてゐるから、これ位で止しとく。
>
> （岐阜）第一〇巻第九号（一九三四年九月）
>
> 「的場カクコ」が第二回に這入つて、七月の河上徹太郎氏の井伏鱒二論の的確さに感じ入つた。〔…〕
>
> 第一〇巻第一〇号（一九三四年一〇月）
>
> 井伏鱒二氏の『的場カクコ』一向連続物らしい感じがしない。それだけに月々面白く読ませられる。彼は常に私たちにとつて何等変りない事件、人格、それらの性質を一歩道ばたに避けて、それを下から書いて行く、彼の眼は何時も薄笑ひをして居る。『若草』七月号の井伏鱒二論で河上徹太郎氏が云つて居る、『常に現実の中許りにゐるものだから、真実を表現す《ママ》に何か外的理由が必要なのだ。そこで彼の想像力はかゝる外的理由を求めて馳せ廻り……』と。嘗てナンセンス作家と云はれたのも、その脱線が大きかつたによるのかも知れない。
>
> （仙台）第一〇巻第一一号（一九三四年一一月）

ここからわかるのは、河上の文章を読んだうえで井伏の連載小説を読んでいた読者が一定層いたことである。

彼らは、河上の文章によって井伏の作品の読み方を学習したのではなかっただろうか。それまでの掲載作に比べてきわめて好評なのも、河上の文章と無関係ではなかったはずだ。

ただし、この連載は第五回で尻すぼみのような形で終わってしまう。的場カクコという捉えどころのない女性へと抱く恋心とも言えないような淡い恋情の呆気ない終わりを描く趣向は、後に『集金旅行』（一九三七年、版画荘）においてより洗練された形で描かれることになるだろう。

それから編集責任者が横山隆に交代すると、一年間ほど執筆しない期間が続くが、第一一巻第一二号からまた北村秀雄が編集責任者になった後、「露地と人」を発表している。これについては島田幸二「井伏鱒二氏のこと」（『手帖』一九三六年三月）という文章を紹介しておこう。


今夜、若草二月号の井伏鱒二氏の小説「露地と人」を読み終つたところへ、ひよつこり青木実君が訪ねて来た。そして、

「若草の二月号に小説を書いてゐるが知つてゐるか、ナニ知つてゐる。ではこれは知るまいが話と小説といふ雑誌のきよ年の秋頃のに小説を書いていゐるらしい……。それからこれを」

と言つて、ふところから、野田書房の「手帖」を出し「井伏鱒二の随筆集が出るんだ」

とせきこんで続けた。しかし私は、既に夕方会社から帰つて来た時に、送つてきてゐた「手帖」を読み、近刊の欄で、「肩車」の予告を見つけ、思はず悲鳴に近い喜びの叫び声をあげて、台所に居た妻にたしなめられた程である。だから、つとめて静かに、

「あゝ、肩車いゝね、先づ題の名からしていゝ」と言ふと、彼は至極満足な顔をして
「肩車、きつと圭介を肩車にしたことでも書いた随筆だらうね」「君も買ふだらう、僕も買ふよ」と言つて、

帰つて行つた。
私も青木君も、横光利一の本が百冊出てもビクともしないが、井伏鱒二氏の随筆集が一冊出版されたことは、こんなにたのしいのである。

文中の「青木君」は青木実で、当時島田も青木も満州の大連にいた。[*13] そこでこんなにも熱心に井伏の作品を読む読者たちがいたのである。そうした読者は決して数は多くなかっただろうが、確実にこの時期の井伏を支えていた存在でもあった。

同年に発表された「雨の音」は、別れた妻が再婚相手を駅前で待っているのをじっと見ている男を描いているが、これがなかなかの好評だった。「座談室」（第一二巻第九号、一九三六年九月）を見てみよう。「殊に井伏氏の「雨の音」がよく、女の人が男の帽子のごみをとる所のセンチメントは、たまらないこのましさだつた。」（大阪）、「「雨の音」は何とも言へぬ詩情とペーソスを以て、私達の心を完全にとらへました。」（水戸）、「井伏鱒二氏の「雨の音」が、矢張り断然群を抜く出色の出来栄えである」（群馬）などなど。『若草』掲載作にしては珍しく単行本に収録されたのも、こうした好評が背景にあったのではないか。

だが、何と言っても井伏の『若草』掲載作といえば、その翌年の「「槌ツァ」と「九郎治ツァン」は喧嘩をして　私は用語について煩悶すること」だろう。『若草』読者の反応は必ずしもよくはなかったのだが、その後多くの単行本に収録され、現在も評価は高い。

「私」が子供の頃、父母のことを「トトサン」「カカサン」と呼んでいたという話から始まり、村での階層と呼称が結びついていたということをいろいろな例を挙げて説明していく。村での階層が固定しているうちはよい。しかし近代化の進展は、そうした固定した階層を揺るがしていく。そうすると種々の問題が起こってくるのだ。

たとへば子供のとき「槌ツァ」と言はれてゐた人は、成人して村会議員になつても「槌ツァ」である。倉を建て、さうして薄荷相場で大もうけをしても「槌ツァ」は死ぬまで「槌ツァ」である。ところが「槌ツァ」は自分が「槌ツァ」と言はれるのが苦労の種で、「槌サン」と言はれたい希望があると仮定する。彼にはさういふ名誉欲があると仮定する。そして「槌ツァ」は因果な性分であると仮定する。

こうした「仮定」の話（「槌ツァ」と「九郎治ツァン」が喧嘩をする話）と、「私」が実際に父母を「トトサンカカサン」と呼んでいたという話（「私」が用語について煩悶する話）は別のレベルにあるはずなのだが、しかしこの作品においては両者の境界がきわめて曖昧なのだ。[*14] そこにこの作品の面白さがあると言えるだろう。

次の号には、池田さぶろ「井伏鱒二　文学設計図絵」（第一三巻第一二号、一九三七年一二月）が掲載されている。池田に何を書いているのか質問された井伏は「ジョン萬次郎といふのをかいてるんですよ」と答えている。

「なか〱面白い話ですね。これからドシドシ通俗ものをか丶れるつもりですか」
「といふ希望をもつてるんです。か丶なくちやいかんのですが、ふんばりがきかない方で通俗小説だつてかけばむづかしいから純文学がかけなくなるくらゐ努力しなくちやいかぬと思つてゐるんです。どうも純文学ぢや食へませんよ。やりくり生活ですからね。〔…〕生活に負けさうでいけないんです」

この時書いていた『ジヨン萬次郎漂流記』（一九三七年、河出書房）で翌一九三八年に直木賞を受賞している。このインタビューでは「通俗小説」と「純文学」が二項対立的に捉えられているが、しかし実際には、この時期「純文学」に「通俗小説」的な面白さを移入する試みは盛んにされていたのであり、井伏もまたそうした流れのなかで『多甚古村』（一九三九年、河出書房）を書くことになる。[*15]『多甚古村』は舞台化および映画化され、井伏のなかで最大のヒット作となっていく。

また、直木賞受賞後は「一路平安」（『満州日日新聞』一九三九年一月一日〜六月三日）、「星座」（『中外商業新報』一九四〇年三月一九日〜一〇月一一日）という二つの新聞連載小説を担当していることも見逃せない。そのように活躍の場が広がっていくなかで、しかし井伏と『若草』との縁は薄くなっていったように思われる。

一九三八年には「田植の歌」と随筆二本が掲載されているものの、一九三九年には掲載作なし、一九四〇年は「宙さんの語る話」ただ一作だけなのだ。一九四一年には井伏は徴用され南方へと出発するので、そこで『若草』との関係は完全に切れることになる。

## 4 『若草』における井伏鱒二

だが、『若草』においては最後まで井伏鱒二は重要な作家であり続けたようだ。「宙さんの語る話」の二号前に掲載された浅見淵「井伏鱒二論」（第一六巻第三号、一九四〇年三月）は、「井伏鱒二はその内部に於いて執拗な一つの倨傲な精神を持つてゐる」と述べる。

井伏鱒二の文学の世界の特色は、いま書いたやうに、一見平凡な、しかしながら子細に見聞すると思ひ掛けぬことだらけの市井人の人生流転相を、多分に劬はりの眼を以て、つまり機智的ユーモアで暖くぼかしながら拾ひ上げて来て、なほかつ永遠的な人生的哀傷を滲みださしてゐることである。が、その感銘を一そう高めてゐるのは、じつに彼独特の特異な表現法なのだ。

一方、この表現法はまた井伏鱒二の人生に対する態度をよく代表してゐる。暖い濡れた気持を多分に持ちながら、彼は直接的にはその気持をどうしても流露できぬ性分である。彼の小心さなり臆病さなりが彼を照れさせるのであるが、それと共に執拗な彼の倨傲な精神から派生してゐるナイーヴさがさうさせるのだ。そして、つねに人生に対して間接的な態度を取らしてゐるのである。したがつて、井伏鱒二はいつも孤独である。人生から機智的ユーモアを拾ひ上げて来て彼の読者に微笑を覚えさせてゐるが、彼自身はつねに孤独のなかに取残されてゐるのである。

若い頃から井伏を知っている浅見ならではの井伏論だと言うことができるだろう。「座談室」（第一六巻第五号、一九四〇年五月）を見ると、「宙さんの語る話」の感想に、この浅見の井伏論への言及が見られる。「井伏鱒二氏の小説と浅見氏の井伏論を読んで編輯の巧さを感じ、また楽しみを持つて読んだ。」（神戸）、「「宙さんの語る話」職人気質をあらはしてあますところがない。テーマとしても怪気味があつて面白い。私はデパート・ガールを美しく想像した。また「井伏鱒二論」と併読する時、彼の輪郭に彷彿たるものがあるではないか。この良心的編輯に感謝する。」（浜松）。ここでも読者たちは浅見の井伏論によって、井伏の作品の読み方を学習しているのだ。

河上徹太郎の「井伏鱒二論」にせよ、この浅見の井伏論にせよ、その時点においては最も充実した井伏論であると言ってよい。それがどちらも『若草』に掲載されていることの意味は、決して小さくはないだろう。また、同じ作家についての作家論が二度も掲載されるのは、井伏の他には石坂洋次郎と林芙美子がいるくらいである。『若草』における井伏の存在が大きかったことは、そんなところからもわかるのだ。第一八巻第九号（一九四二年九月）には浅見淵「南方の井伏鱒二へ」という書簡体の文章が掲載されるなど、井伏自身が作品を発表しなくなってからも、『若草』には井伏の名前が記載されていくことになる。

以上見てきたように、『若草』において井伏は特に一九三四年以降、重要な作家として遇されてきた。たしかに井伏が『若草』に書いた作品はほとんど単行本にも収録されないようなものだったが、「刀についての覚書」は「青ケ島大概記」などの記録ものに、「的場カクコ」は「集金旅行」へとつながっていくなど、それらは決して無駄だったわけではなく、その後の作品を執筆するための重要なステップになっていたのではないだろうか。そしてその過程では、「「槌ツァ」と「九郎ツァン」は喧嘩をして　私は用語について煩悶すること」のような融通無碍な作品も生まれていったのであり、井伏にとっても『若草』という場は決して小さなものではなかったと思われるのである。

皮肉なことに井伏が活躍の場を広げていくなかで『若草』との縁は薄くなっていくものの、しかし『若草』は一九三〇年代における井伏の苦しい生活を物質的に支えるものの一つだったはずである。人気作家となる以前の作家たちに対して「第二義的」な雑誌が果たした役割について、目を向ける必要があるのではないだろうか。

## 注

1——「わが愛読の日本古典」(一九三四年四月)、「わが最も愛する作中人物」(一九三四年一〇月)、「十年ひと昔」(一九三五年一〇月)、「わが愛する海・山」(一九三六年八月)、「新春望郷」(一九三七年一月)、「私のすきな武将」(一九三八年一月)。

2——「雨の音」は『集金旅行』(一九三七年、版画荘)、「ニュース映画」および「「槌ツァ」と「九郎治ツァン」は喧嘩をして　私は用語について煩悶すること」は『陋巷の唄』(一九三八年、春陽堂)に(後者は「「槌ツァ」と「九郎ツァン」は喧嘩して私は用語について煩悶すること」の標題で)収録されている。

3——「大伴明鳥」は杉山平助と青野季吉の共同ペンネーム。森洋介「一九三〇年代匿名批評の接線——杉山平助とジャーナリズムをめぐる試論」(『語文』二〇〇三年一二月)参照。

4――井伏は『雞肋集』（一九三六年、竹村書房）などでたびたび、佐藤春夫に初めて会った際に「鯉（随筆）」の批評を受けたことを記している。

5――拙著『井伏鱒二と「ちぐはぐ」な近代』（二〇一二年、新曜社）を参照されたい。

6――「新作家のプロフィール（一）井伏鱒二を語る」（「新潮」一九三一年一月）。ちなみに、同連載は（二）龍膽寺雄、（三）窪川いね子、（四）久野豊彦と続く。

7――第一一巻以降になると、窪川鶴次郎、立野信之、武田麟太郎、秋田雨雀、窪川いね子、平林たい子、村山知義、中条百合子といった人たちも徐々に執筆していくようになる。

8――ちなみに、横手丑之介（杉山平助）「豆戦艦　十一月の雑誌評」は、「『若草』は絶えず時代と接続しようとするイヂラシキ努力は認められるが、澤田謙の「駒井徳三郎《ママ》伝」なんかヅサンでもあるしこの雑誌にはまだ突飛でもないか」（『東京朝日新聞』一九三二年一〇月二五日朝刊）と若干の苦言を呈している。

9――大澤聡『批評メディア論』（二〇一五年、岩波書店）を参照。

10――紅野敏郎「『若草』と井伏鱒二」（『資料と研究』一九九七年一月）。

11――ちなみに取り上げられている作家は、井伏の他に深田久彌、那須辰造、石坂洋次郎、林芙美子である。

12――紅野前掲論文。

13――紅野敏郎「野田本と野田書房の小冊子「手帖」の特質」（『資料と研究』二〇〇二年一月）を参照。

14――前田貞昭「『槌ツァ』と『九郎治ツァン』は喧嘩して私は用語について煩悶すること」論」（『近代文学試論』一九九三年一二月）が卓抜な分析をしている。

15――拙著『井伏鱒二と「ちぐはぐ」な近代』（前掲）を参照されたい。

付記　「座談室」欄の投稿を引用する際は、筆者名は省略した。

# 第二部　教育装置をめぐる誘惑と抵抗

# 啓蒙される少女たち――『若草』の発展と女性投稿者

徳永夏子

## はじめに

『若草』は、一九二五（大正一四）年一〇月に、井上康文、北川千代子、橋爪健、城しづかを同人として宝文館から刊行された。宝文館では、一九二二年より『令女界』という女学生を対象とした文芸投書雑誌を発行していたが、『若草』は『令女界』の「文芸欄の拡張」を要求する声に応じて「令女界の姉妹雑誌」として誕生した（北村秀雄「茶話会」欄『令女界』一九二五年七月）。『令女界』では、「私は令女界の投書によって、兎もすれば乾燥しようとする私自身の「心」を涵ひ培ひたいのでございます」、「自らの筆をとる態度を創作家たるべき道程の「習作的文芸」の見地に置きたくは無いと思ふのでございます」（新潟瓢湖畔の桜に親しみつゝ……高橋洵子「茶話会」欄、『令女界』一九二五年七月）といわれるように、投稿者たちが、作家を目指すような志向を持ち得なかったのに対し、『若草』では、「よき女性作家」（城しづか「わかくさ」『若草』一九二五年一〇月。これ以降の引用は特に断らない場合全て『若草』。）になることが奨励された。[*1]

　同人の一人である城しづかは、創刊号の巻頭で次のように述べている。

　　どこかにあたし達のよき友が、その天分を美しい翼の影にかくしてゐるに違ひありません。彼女達はそれを発表する機会を持たないのではないでせうか？（略）「わかくさ」は、新しい時代のよき女性作家を世に出さうといふ、尊い使命を負うて、雄々しく生れ出たのです。（城しづか「わかくさ」一九二五年一〇月）

このように、初期の『若草』は、「女流文壇の活舞台の一となると同時に、新しき作家の揺籃」（田邊耕一郎「編集後記」一九二六年六月）となることを目標に掲げていた。

従来の研究ではこの点を重視し、初期の『若草』を、数少ない「女性中心」の文芸投稿雑誌と位置付けて来た。[*2] だが、『若草』が女性の書き手たちに与えた場がどのようなものだったのか、そこでどのような教育が行われたのか、ということについてはまだ十分に検討されていない。本論では、一九二五（大正一四）年～二七（昭和二）年の『若草』を対象に、女性投稿者たちが置かれた状況とそのテクストをめぐる規範について分析する。

## 1　批判力の養成

創刊当初の『若草』には、他の少女雑誌やそこに掲載された少女小説を批判的に乗り越え、新たな少女の芸術を打ち出そうとする傾向が強い。例えば、田邊耕一郎は、『少女世界』に掲載された立花恭一の「祭の来る頃」に対して、「まだ少女物と云ふある臭味を充分抜け切つてゐるとは言はれません」と批判し、「少女の憧憬や感傷に甘えた作品こそ、伸びようとする幼い心を堕落させる結果になりはしないでせうか」、「童話から物語へ、物語から小説へ――これは流行ではなく進歩なのです」（「少女世界九月号」一九二五年一〇月）と述べている。また、城しづかは、「近頃の少女小説で一番私の心をひくのは北川さんの作品です」。『少女画報』に掲載された「幸福」にしても、ちつとも少女小説くさいところがありません」と『若草』同人の北川千代子の小説を称賛したが、

「北川さんの作品はよかつたけれど」、『少女画報』が「あの品のいい小説に、何んかのお薬の広告書きの絵を配したのは」「似合はないと思ひます」と言う（城しづか、井上康文「季節の窓より『少女画報』九月号合評」一九二五年一〇月）。城は広告書きの絵について、「こんな絵を今の女学生たちが有難がつてゐるのかと思ふとなさけなくなります」として、少女雑誌とその読者である少女の芸術に対する理解の浅さを指摘した。

『若草』では、このように少女の芸術に対する理解の浅さを問題視しているが、それは少女が、幼さゆえに何でも「鵜呑みにして」、「批判」する力が欠如している為だと言われた（北村秀雄「自殺を取扱つた作品」一九二六年一月）。そのため、編集者の一人である北村秀雄は、「年若い読者が――批判力の乏しい読者が」、価値の低い芸術を無条件で「受け入れてゐるのを知る時、黙つてゐてい丶のか知らと思ひます」（「華宵氏の挿絵」一九二五年一一月）、「批判力を養成し、助長するのは、さなきだに傷き易い繊細な感情を、あづかつた雑誌の重大な使命である」（「自殺を取扱つた作品」既出）と述べ、『若草』を通じて読者たちに「批判力」を身につけさせるべきだと説いたのである。

そして、それに応じるかのような動きが読者の間で起こるようになる。たとえば、小松原輝子は、南部修太郎の「処女作の思ひ出」に対して、「その真摯な態度に感じはするが、文章に書いてある程の今一歩強い感激を覚えないと思ひます。それは旅先等のことを余り美しく書かれたために、幾分センチメンタルになりすぎたからではないでせうか」と批判した。同様に彼女は、羽生操「跫音」にも井上康文「彼女の鏡台」にも辛辣な批判を加えている*3（「薔薇の窻」欄、一九二六年一月）。このように、本欄で掲載された作品を批判し、自分の見解を述べる文章が、読者たちから投稿されるようになった。*4

こうした他人の作品に対する批評は、投稿者同士の間でも起こっている。たとえば感想欄では、「信仰は形式では無」いので「偶像を信ずる事は愚かである」と論じた「信仰に就いて」（横浜　白鳩妙子、一九二五年一二月）に対して、「真に神なり仏なりを信ずる処に於て偶像だとか形式だとかを問題とすべきだらうか」（三重　黒の美「すべて信仰に依りて」感想欄、一九二六年三月）という意見や、「信ずる人々の間に於て其の顔の相違はあれ心の慰安を求めると云ふ点に於ては偶像も神も一致するものではあるまいか」（大分　泉冷子「偶像崇拝について」感想欄、一九二六年三月）という反論が提出された。こうした動向に対して、選評者の橋爪健は、「今月は討論風のものがあつた。これも面白いから、今後大いにやつてほしい。どんな問題に対してゞもい、、他の人の説に対する異説や反駁もためになる」、「議論的のものを多くしたい」と投稿者同士が批判し合うことを促したのである（「選に就いて」一九二六年三月）。

こういった明確な批評の称揚でなくても、日記文の選評者だった城しづかは、「日記文選後に」（一九二五年一〇月）という総評欄で、日記は、「唯総ての自分の心の影を記して慰安とする為に記したものである」。だから、「第三者からみると、ちよつと前後の事情なんかわかりにくいやうな時もある」が、「そこに日記文の面白さがある」と述べ、文章の表現技術の上達よりも、自分の意見や気持ちを書くことの重要性を説いた。日記文の作成は、投稿者が思索を深めていく契機になったと思われる。このような環境により、『若草』の投稿者たちは、批判的な思考力によって自分の意見を述べる力を涵養した。

そもそも、確認したように「批判力」の欠如は、幼さゆえに何でも「鵜呑みにして」しまう少女の性質とされていた。南部修太郎「感傷的《センチメンタル》なる文芸」（一九二五年一〇月）は、そのような少女の性質と、彼女たちが好む文芸の傾向を関連付けて論じている。南部によれば、少女は、「感情的」な性質である為、「涙をそゝるやうな、センチメンタル」で「主情的」な作品を求める。しかし、「真の芸術」は、「批判的解剖的」な視点によって「人生なり人間なり真実」なりを描き出した「主智的」な作品である。「感情的」な少女たちは、「批判的解剖的」な視点が乏しいので「真の芸術」を理解できない。南部の主眼は、あくまで読み手として、少女たちに理解力の向上を促すものであるが、彼の論理に従えば、少女たちは「感情的」な性質を改めて「批判的解剖的」な視点を獲得すれば、「真の芸術的製作」を行うことが出来るということになる。

こうした南部の論や北村の発言、さらに雑誌の指針が相俟って、『若草』では、批判力を身につければ、城や北川のような〈優れた女性作家〉になることが可能となった。実際に創刊当初の『若草』では、同人の推薦を得れば、投稿した小説が本欄に掲載されたり、優秀な投稿文が、寸評欄で同人や編集者の文章と並置して掲載されたりしたが、そうしたことが、「真の芸術的製作」を目指す投稿者の動機づけになっただろう。

もちろん、書き方や内容の異なる少女小説を一括りにしてそれを〈少女の性質〉と結び付けて批判し、自分たちの目指す文学の価値を主張する『若草』のやり方には問題がある。ただ、少女たちに投稿を促しながら、文学として発展するルートを封じる『令女界』のような少女雑誌が主流だった当時の状況を考えた時、[*5]それとは別の投稿のあり方を示した点は、一定の意義を認めることが出来るだろう。『若草』では投稿を通して文学的な上昇を遂げることが可能とされた。だからこそ、「文芸方面に」「進まう」、「努力と云ふものによつて何物かゞ得られる」（東京　翠緑「努力」感想欄、一九二六年一月）と女性作家を夢みる投稿者があらわれたのである。

## 2　少女規範の変化

しかし、一九二六（大正一五）年一月に起こった同人制の解体を契機に、批判力を持つ少女とは別の少女イメージが誌面へあらわれるようになる。同人制の解体の理由は、『若草』の人気が上がるにつれ、「原稿を情実によつて採る」当初のスタイルでは原稿の掲載依頼が殺到し、「何とも都合がつか」なくなったからだった。そこで「情実」に囚われやすい同人制を廃し、編集者が中心となって「作品本位」で掲載を決めるスタイルへと雑誌の仕組みを変更した（「編集後記」一九二六年一月）。これによって今迄とは作風や主張の異なるテクストが掲載されるようになる。『若草』は、雑誌周辺の作家だけでなく、文壇で〈大家〉と呼ばれるような作家から、新進気鋭の作家まで幅広い層の作品を外側から呼び入れるようになるのである。川端康成や佐藤春夫の登場もそうした事情によるものである。

　佐藤春夫は、「忘れがたい少女」（一九二六年三月）で、汽車の中で見た二人の「忘れがたい少女」について述べている。二人とも「無智」で幼い少女であるが、それ故に「私はこの子供に愛を感じ」る。確認したように『若草』では少女の幼さは、何でも「鵜呑みにして」しまう〈未熟さ〉としてネガティブに扱われていたが、ここでは、幼さがかえって少女の賞玩すべき特性として称揚されている。それは、川端康成「少女と文芸」（一九二六年三月）を読めば猶更明らかだろう。これは、少女の好む文学や彼女たちが書く文章が、児童の文章より劣っていることを述べた論文だが、少女の文章が児童のものより劣るのは、彼女たちが「魂にまで化粧を初め《ママ》」て「童心」を失うからだとされる。「乙女心は童心よりも芸術にとつては危険であり」、少女は魂を偽らずに児童のように純粋無垢であることが求められた。

　そして、賞玩すべき幼い少女は、佐藤春夫の「忘れがたい少女」が二人とも汽車の中で様子を観察され、気持ちを想像される対象であったように、常に男性に見られ、内面を解釈される存在である。たとえば、田山花袋「路傍の小草」（一九二六年二月）では、大学生のNは、「都会の町の角や、電車の中や、停車場の一隅などで出会つた美しい色彩」の衣服を纏った少女を見て、「いろいろに想像し」、「何遍も何遍もかれはそれをその日記の中に書」き付けて想像を肥大化させて楽しんでいる。また、片岡鉄兵「微笑の観察」（一九二六年三月）では、主人公が「乗合ひ」で出会った旅芸人の少女を「観察をして居るうちに、だん〱少女の方へ心が惹付けられて行」く。少女たちの気持ちは、男性たちが解釈するため、自ら述べることはないのである。

こうしたテクストがあらわれることによって、男性に愛される無邪気な少女イメージが強く打ち出されるようになった。このような少女像は、久米依子が指摘しているように、一九一〇（明治四三）年前後から日本の小説で繰り返し描かれてきたものである。[*6]『若草』ではそうしたステレオタイプ的な少女像を乗り越え、他人の意見に惑わされずに自分の考えを主張する批判的な女性像を提唱しようとしたはずだった。いわば後退ともいえるこのような状況の中で、批判的な女性の代表とされた女性作家は、『若草』にどのような作品を発表したのだろうか。それを考えるためにに北川千代子の「手袋」（一九二六年二月）をみてみたい。同人の一人であった北川千代子は、水谷真紀によれば、一九二五（大正一四）年～二八（昭和三）年までの『若草』で最も多くのテクストを発表した女性作家である。[*7]

「手袋」は、一人の女性が少女から妻、母となる過程を描いたものである。彼女は、少女期に、将来結婚したら「美しい臙脂色の絹手袋」をはめて「夫となつた人と町を歩く」ことを夢見て手袋を買う。その後、妻となった彼女は、思い描いた通りにその手袋をはめて、夫に愛される幸福な結婚生活を送る。しかし、妻としての生活に慣れると美しい絹手袋は不要となり、台所の炭を持ち出す際に使用する掃除用の手袋となってしまう。少女から妻へと到る過程が、お洒落な手袋を脱ぎ棄てる行為に象徴されている。

確認したように、『若草』では、男性の目を引き、想像をかき立てるような少女が理想とされていた。その中で、お洒落をすることは、男性の関心を集める効果的な方法とされる。たとえば、田山花袋「路傍の小草」（既出）では、主人公は、普段は気にかけていなかった少女が「いつもに似合はず模様の出たシイルの肩掛などをして、流行の耳かくしを結つて」「静かに歩いて行くのを見た」ことで恋に落ちる。また、井上康文「黒い手袋」（一九二六年一月）では、「若い婦人の黒い手袋は、なんといふ魅力をもつてゐることであらう」「若い婦人の黒い手袋を見るとき、僕の情熱の燃えさかるのをおさへることが出来ない」と述べられていた。少女たちは、男性からの愛を獲得するために、彼らの好みに合わせて美しく装うことが求められた。

　こうした点から考えると、お洒落な手袋を脱ぎ捨てる「手袋」は、一見、『若草』で新たに示された女性規範と対立するもののように見える。しかし、実は、ここで描かれたお洒落の放棄は、男性の趣向に合わせる『若草』の規範を批判するようなものではない。というのも、彼女が臙脂色の絹手袋を捨てて代わりに購入したのは、夫が勧める「奥床しい」手袋だったからだ。彼女は、要らなくなったお洒落な絹手袋を、掃除の際に「白い綺麗な指先」が汚れないために使用するが、次第に「忙しい時に一々穿めたり脱いだりしてゐられやしない」という理由から、手袋を使わなくなる。そのため「彼女の指先はだんだん汚くな」ったが、もうその時にはそれを厭わなくなっていた。それは、「彼女の膝に」「可愛い赤ん坊がすでににこにこしながら抱かれてゐた」からだった。このように、「手袋」では、お洒落な手袋を脱ぎ捨てることが、自分の身なりに構わずに夫や子どもに尽くす良き母へ成長することとして描かれている。そして、献身的な母となった彼女は、これまで以上に幸福を感じている。男性から愛された少女は、家族に尽くす母となって、愛に満ちた幸せな一生を送るのである。

　同じように北川の「兵隊」（一九二六年三月）も、男性に尽くし愛される幸福な女性が描かれている。これは、「私」が少女・妻・母だった時のエピソードを、断片的に描いた小説である。主人公は夫や家族の気持ちを思いやることの出来るやさしい女性である。そのため、どんな時でも男性から守られ、愛される。バラバラに見えるエピソードは、彼女がいかに相手に尽くし、それによって愛されたかというテーマで貫かれている。「手袋」や「兵隊」を通して読み取れることは、女性は、相手の気持ちに寄り添い、尊重すれば、幸福な人生を送ることができるということであろう。[*8]

　これは、当時様々なメディアで取り上げられていた恋愛論[*9]における女性規範に合致するものである。ブームの先駆けとなった厨川白村『近代の恋愛観』（一九二二年一〇月、改造社）では、恋愛（と恋愛による結婚）は、「自己みづからの為に、自己みづから愛する人の前に自己の全部を投げ出す」ものであり、「自己その者にもすら囚はれて居ない所に、最も大いなる自由があり解放が有る」とされた。北川の小説でも、幸福な結婚生活は妻の自己犠牲によって維持されていた。そして、自己犠牲は、愛情ゆえに、妻が自主的に選択した行為として描かれていた。家族に献身的に尽くすのは、恋する女性が自ら選び取った生き方なのである。

このように、女性の幸福を追求するテクストを通して、『若草』の女性作家が示した女性像は、図らずも川端康成や田山花袋等が提示したような自分の意見を持たず、他人の言うことを「鵜呑みに」する従順な少女イメージに近づくものだった。創刊当初の『若草』では、何でも「鵜呑みにして」しまう少女の性質は成長によって脱却できるものとされていた。だがここでは、少女は、従順な妻や母へと成長し、自分の意見を主張することはない。当初目標とした批判的な思考力を持った女性の姿はここにはないのである。したがって、批判力を身につけて「真の芸術的製作」ができる女性作家に成長するべきだという文学的上昇のイメージも立ち消えてしまうだろう。

その時、投稿者の目標でなくなった女性作家たちは、『若草』において、どのような存在になったのだろうか。興味深いことに、女性規範が変化した後も『若草』は女性作家を積極的に起用している。彼女たちは「活舞台」(田邊耕一郎「編集後記」既出)でどのような活躍をみせたのか。次章でこれについて考えてみたい。

## 3　女性作家に対する眼差し

『若草』では、一九二六(大正一五)年七月から、女性作家の顔写真がグラビアページに掲載されるようになる。グラビアページには、それまで記念行事の写真が単発で掲載されていたが、[*10]この頃から「女流作家の面影」という連載が企画され、女性作家の写真が毎月掲載されるようになった。[*11] この連載は大好評で、「若杉鳥子先生のお写真、なんてすてきな美しい方なのでせう。おやさしいお姉さまとお呼びしたいほどですわ」（大津　町子「座談室」欄、一九二六年八月）といった声が毎回あがった。彼女たちは、女性作家を「お姉さま」や「叔母さま」と呼び、憧れと親しみをもって迎えた。好きな女性作家の写真が掲載されることを心待ちにし、「中條様や宇野千代様にも早く逢はせて下さいまし」（大森　かずゑ「座談室」欄、一九二六年一一月）、「神近市子先生」は「どんな方でせう？意志的な情熱家が想像されますわ」「お写真を拝見させて下さいまし」（平塚海岸にて、哲子「座談室」欄、一九二六年一一月）というように、写真を見ることが、女性作家の素顔に触れる親密な行為と捉えられた。

そして、写真と小説を「合せて読んだら」「おやさしいお姉さま」のことを「なほ好きになりました」（大津町子、既出）というように、この時小説は、写真と共に、作家をイメージする手がかりとされた。太田とし子が「作品に描き出された社会なり生活なりが必ずしも作者の生活であり境遇であると言ふことは出来ません。が、にもかゝはらず私には矢張羽田氏の描くものはすべて氏自身のことのやうに思はれるのです」（「羽田かの子氏と作品」一九二六年五月）と述べるように、この頃の『若草』では、たとえ虚構の形式を取ったテクストであっても、私的な現実を写したものとして読まれたのである。

こうした読み方は、実は『若草』編集部が先導して作り上げたものだった。『若草』では、一九二六（大正一五）年頃から、女性のテクストだけを集めた特集を頻繁に組むようになる。その一つである「現代女流歌人集」（一九二六年一〇月）をみてみたい。これは、与謝野晶子や山田邦子などの「女流歌人」の和歌を集めた特集である。誌面の上部に書き手の顔写真を大きく配置して、その周りに装飾を施し、ページ毎に一人の女性の写真とそのテクストを紹介する特徴的なレイアウトをとっている。これによって、テクストの内容と作家が自然に接続されるようになっている。

さらに、注目したいのは、この特集と同じ号に、女性の音楽家が近況や音楽観を語った「女流音楽家の随筆」という特集が組まれ、二つがよく似た体裁を取っているということである。これらは書き手が女性であるということ以外全く異なる特集だが、それにも関わらず顔写真を貼付した画一的なレイアウトを取ることによって、どのようなジャンルであっても女性の書いたものは私的な内容として読むべきであることが示唆されている。女性のテクストには強いバイアスが掛かっていた。

このような『若草』の編集方法に対して、女性作家たちはしばしば戸惑いを見せている。たとえば、特集「初恋の思い出」（一九二六年七月）に執筆を依頼された吉屋信子は、「いったい私には、自分の（初恋）を」「むざ〱とぶしつけにまるで小さい時、はしかにかゝつた思出を示すやうには、かく気になれない」（「ありやなしや」一九二六年七月）と不満を漏らした。この特集は、女性作家の私的領域に対する興味を特に駆り立てる企画だったのである。読者からは、「目次を見ただけでびつくりして胸がどきどき躍りましたわ」（本郷　みどりの子「座談室」欄、一九二六年八月）という声があがった。書き手は、より切実な問題としてそうした視線と向き合わねばならなかった。鷹野つぎは、「何か書かうといふつもりであつたが、案外むづかしい。正直なところ私には斯う云ふ題目で書くべきものの《ママ》ない、あれば誰れにも遠慮はいらないのであるが、私には的確なことが云へないのだ」、「今は思ひ出せない」（「淡く、浅く、貧しい」特集「初恋の思い出」、一九二六年七月）と、ぼやかした書き方をすることで、覗き見られることを回避しようとした。

吉屋は、「北海道に咲くアカシヤの花の匂ひは、いつでも私に初恋らしい涙をおぼえさせる、あの花の匂ひをとつて香水にして（はつこひ）と銘して売り出すといゝと思ふ。そしたら若草の編集部で取次販売をなさいましな」（吉屋信子「ありやなしや」既出）と、先ほどの文章の末尾に皮肉を込めて書いているが、『若草』の女性のテクストに対する扱い方は、書き手の私生活をパッケージ化して商品として売り出すようなものだったのである。吉屋や鷹野はそれに難色を示したが、書き手が制御することは難しい。『若草』が用意した場に参加する限り、そうした視線を免れることはないだろう。

そして、そのような場で立ち上げられた女性作家の姿は、往々にして『若草』で期待される女性像と重なるものだった。たとえば中田信子「最初にして最後の恋」（特集「初恋の思い出」、一九二六年七月）は、周囲の反対を押し切って「不良青年」と結婚した「私」の様子が描かれている。「私」は、「貧しく」「みすぼらし」い生活を送るが、「私」の「愛」に支えられて、彼は「善良な青年」となり、今は彼との「初恋のおもひ出」を「のんびりした気持ちで書」ける穏やかな日常を送っている。恋愛結婚をして妻となり、夫を支えながら幸福に生きる女性の姿が描かれている。また、高群逸枝「その頃の手紙」（特集「初恋の思い出」、一九二六年七月）は、「早熟」で「十七歳の哲学者」と呼ばれていた「妾」が、「歩いてゐます時にも、目を瞑つてゐますときにも、あなたの幻影は「しばらくだにも妾の心を弛めては呉れませぬ」と、常に恋人を思う様子が描かれ、恋人の前では、「ああ、いまは」「子羊のやうに従順ですわ。何がつて、妾がよ」としおらしい女性であることが記されている。北川千代子の小説に出て来たような女性が、女性作家たちによって体現されているのである。

ここでは、女性作家たちは男性に愛される理想の女性となっている。先ほど、グラビア写真の女性作家が、投稿者たちから憧れの「お姉さま」と呼ばれていたのは、文学者としてではなく、女性の先輩としてお手本にされたからだといえるだろう。確かに、『若草』の誌面には女性作家の名前が並び、女性が活躍しているように見える。だが、それは彼女たちのテクストが〈文学〉として召喚されたからではなかったのだ。

## 4　投稿文の変化

このような状況の下、投稿欄でも、創刊当初とは異なる傾向が出て来る。当初は、本欄に掲載された作品に対し、批判を加える投稿があったが、一九二六（大正一五）年半ばから、「片岡先生、『微笑の観察』を有難うございました。あんなのをもつとおつゞけ下さいまし」（伊豆伊東　かづら葉「座談室」欄、一九二六年七月）、「『緑蔭に憩ひて』一気に読み通しました。いつもながら南部先生の感想は私共の胸の奥底に沁みわたりました」（横浜　青木笛江「座談室」欄、一九二六年一一月）、「今月の若草のすばらしいこと!!思はず飛びついて胸にひしとだきこみました。田邊先生有がたう!!有がたう!!感謝の言葉を見付《ママ》かりません位ですわ」（和歌山　小島「座談室」欄、一九二六年一一月）というように、掲載された作品を手放しで称揚する態度に変わる。このような変化は、先ほど確認した新たな女性規範が、他人の気持ちに寄り添い、反駁することなく、その意図を理解すべきであったことと関係しているだろう。池田こぎくは、「立派な人の小説」を、「逆上せないで、しみじみと人の心持を見届ける」態度で読むべきだと述べていた（「若き女性への相談」一九二五年一二月～一九二六年三月）。投稿者たちは、掲載作品を批判的に読むのではなく、書き手の意図に寄り添って、理解する姿勢を見せ始めたのである。

こうした姿勢の変化は、感想欄にもあらわれる。感想欄は、一九二六（大正一五）年六月から選評者が橋爪健から南部修太郎に交代した。南部は、橋爪が推奨した「議論的」な文章を否定した。それに代わって、「諸君の心のままに、頭のままに、感じた事、考へた事、思つた事、見た事を要点を掴んで正直に書いて欲しい」、「感想は事々物々に対する諸君の心の正直な、ありのままな、純な現れを以て貴しとする」と述べた。これを受けて感想欄では、投稿者同士で批判し合うような「議論的」な文章は影を潜め、代わって身のまわりで起こった出来事とそれに対する心情を報告するテクストが掲載されるようになる。

たとえば「カンニング」（北海道　出倉トメ子、感想欄、一九二六年六月）は、小学校在学中に、「私」が試験監督の先生の隙をついてカンニングをした出来事を、卒業後に書いた文章である。特徴的なのは、「先生は相変らずソロバンをおいてをられる。今度は少しの隙もないやうに見えた」と当時の出来事を述べている途中で、「私は浅間しかつた」という事後的な反省が挿入されている点である。テクストではこのように、カンニングしたことを反省する現在の「私」の気持ちがしばしば差し挟まれている。南部の選評では、「筆者はこの心理的経過を偽らず告白してゐる。そこにこの文章の貴さがある」と、「筆者」の態度に関心が寄せられていたが、それは、犯した罪を反省して書いている現在の「私」の姿が前景化しているためだろう。

このように、この時期の投稿文の多くは、過去の不道徳な行いや気持ちを反省する自分の姿を書くという特徴が見られる。たとえば、同じく南部が「素直な文章」だと評価した「或る晩」（福澄薫、感想欄、一九二六年九月）は、自分の過去の行いを棚に上げて他人を批判した「私」の浅はかさを反省する文章であった。また、「これこそ感想文の上乗なるものである」と南部に絶賛されて特選になった「生活」（樺太　枝本せい、感想欄、一九二六年一二月）は、大人の都合によって子どもたちを翻弄してしまった「私」の後悔が綴られていた。

もちろん投稿者たちの反省は、過去の自分を批判的に捉え直したものともいえるので、南部が「感傷的《センチメンタル》なる文芸」（既出）で述べていた「批判的」な視点とみることもできる。彼はこの点を評価したのかもしれない。ただし、創刊当初に『若草』で重視された〈批判力〉は、他人の意見に左右されずに自分の意見を述べる能力であったのに対し、自己批判であるこちらは、他人の意見を尊重して、自分の考えを捉え直すものである点で異なっている。「カンニング」では、「私」は、自分を愛し、信じてくれる「先生」の気持ちを考えた結果、反省に至っていた。反省は、「私」が他人の気持ちに寄り添って考えたからこそ取ることができた態度なのである。投稿文で反省が繰り返し描かれたのは、反省の表明が、自分が『若草』の規範に則った、他人の気持ちに寄り添う女性であることを示すものだからだと考えられる。

投稿欄にはこうした文章が多く寄せられ、それなりに活気をみせている。だが、「素直な」「反省」を綴った投稿文は、理想的な女性のあり方として称賛されはするものの、女性作家のテクストが〈文学〉として扱われなかったように、『若草』の〈文学〉に発展することはない。いくら投稿しても、『令女界』と同様、その先の途に辿り着けなかったわけだが、にもかかわらず、投稿者たちは完全に文学的向上心を捨てたわけではなかった。彼女たちは、どのように〈文学〉に臨み、『若草』はそれとどのように関わったのか。最後に『若草』の啓蒙の行方を追ってみたい。

## 5　啓蒙の行方

先述のように、一九二六（大正一五）年以降、『若草』は編集者が中心となって「作品本位」で掲載を決めるスタイルへと雑誌の仕組みを変更した。その結果、雑誌周辺の作家だけでなく、外部から幅広い層の作家を集めるようになった。それは、投稿者が女性作家へ成長するルートを失う契機の一つにもなったが、一方で雑誌としては「益々気品ある高雅な文芸雑誌になつてゆく」（田邊耕一郎「編集後記」一九二六年一月）足がかりと捉えられた出来事でもあった。その際読者は、「誌面を一層賑はす」「新しい作家」の文学を読むために、「勉強」することが求められた。「文芸講話」という連載企画が用意されたのも、「自分の狭い文芸観をこさへあげてゐる」「ちよつとした文芸かぶれの女性」に「勉強」を促すためだった（橋爪健「文壇といふもの（文芸講話）」一九二六年二月）。編集者は、読者の「勉強」のため、「創作では老大家田山花袋氏の詩趣溢るる好短篇、新居格氏の独自な短篇、共に愛誦すべき逸作。勝承夫、小野十三郎二氏の小品、渡邊渡、大鹿卓、黄瀛氏其他の新進詩人の詩、すべて一層の高雅な匂ひを添へるものであらう」（田邊耕一郎「編集小閑」一九二六年二月）とその月の掲載作品や作家についての説明を編集後記で行った。掲載作品を解説し、「作品本位」で掲載を決める編集者は、「佐藤春夫、佐藤惣之助二氏は、快く随筆を寄せて下すつたし、創作には、現下文壇の新進作家の力作を網羅した」、「詩人吉田一穂氏など、あまり作品を見せないけれ共とつくに詩壇最上位の椅子を与へられてゐ、詩人である。江湖の愛誦をおすゝめする」（田邊耕一郎「編集後記」一九二六年三月）というように、次第に、文学的に価値のある書き手を選んで読者に教える〈先生〉という性格が色濃くなっていった。

このように、読者に対して作家や作品の読み方や価値を教育することによって、編集者と読者の間には教える者／教えられる者という明確な階層が生まれる。この階層には、「南部先生の『感想折々』嬉しく拝見いたしました。殊に『ささやき』に寄せられた感想や、トルストイに就いての逸話は大変ためになることだと思ひました」（千葉　園子「座談室」欄、一九二六年七月）、「「文芸家と愛情」に就いての石浜先生の講話は、今までの文芸講話の中でも一番私の胸をうつた文章でした」「石浜先生のそれを読んで大変感激を覚えました。先生に感謝したいと思ひます」（鵠沼　佐藤詩子「座談室」欄、一九二六年一一月）というように、編集者の依頼を受けて「文芸講話」などで読者に文学を教える作家も含まれていた。

特集「文壇諸家の忘れがたい作品」（一九二六年九月）への読者の感想を見ると、誰が彼女たちとこうした関係を結び、誰がこの回路から外れていたかがよくわかる。この特集は、四〇人の作家が、各々忘れがたい作品を幾つか紹介した記事である。読者は、この特集が「『どんな文芸を読むべきか』といふ事に就いて正しい指標を示してくれ」るものだと捉えた（大阪　吉田幸子「座談室」欄、一九二六年一一月）。特集の執筆者には、北川千代子や生田花世などの女性作家も含まれていたが、女性作家は読者にとって身近な「お姉さま」であり、憧れの存在ではあるが、文学を教わる〈先生〉ではない。だから、読者は彼女たちの記事には触れず、「私がつね〳〵忘れ難く思つて居る作品が南部先生が忘れ難く思つて居らつしやるのと殆ど同じなのに驚きました」、「うれしい心持がいたしました」（日本橋　サロ子「座談室」欄、一九二六年一一月）というように、南部などの特定の男性作家が推奨する文学を理解しようと努めたのである。

勉強熱心な読者たちは「「忘れがたい作品」をありがたうございました」、「これから勉強してゆかうとする私には、大変参考になります」（目白　山本咲「座談室」欄、一九二六年一一月）、「あの中に出て来た作品は全部読んで益々精進して行かうと思つて居ります」（長野　君江「座談室」欄、一九二六年一一月）と口々に述べているが、一生懸命に学ぼうとすればするほど、彼女たちが〈生徒〉であることが強調され、編集者や男性作家との立場の違いが明白となる。読者はどんなに文学を勉強しても、『若草』では「ちよつとした文芸かぶれ」の〈生徒〉のままなのである。しかも、他人の言葉を素直に受け入れることが『若草』の規範だったのだから、真面目な読者は進んで〈生徒〉となっただろう。彼女たちの努力は階層差を生みこそすれ、それを埋めることはないのである。

このように『若草』の啓蒙活動によって、文学的評価が高まったのは、教育を受けた女性たちではなく、むしろ新しい文学を発見して、教育する〈先生〉たちの方だった。「益々気品ある高雅な文芸雑誌になつてゆく」（田邊耕一郎「編集後記」既出）『若草』と共に、発展の道を歩んだのは、彼らだったのだ。彼女たちがいくら真面目に〈文学〉に取り組んだとしても、変容した『若草』に、「文芸方面に」「進まう」（東京　翠緑「努力」既出）と夢みる女性の居場所はない。この後『若草』は、雑誌綱領から「女性中心」の文字が消えて、文芸総合雑誌となって新たなシーンに向かうが、それは、以上のように女性たちを置き去りにする形で果たされたものだったのである。創刊当初、女性作家の輩出を声高に叫んでいた城しづかが、『若草』を離れていくことも[*12]、こうした動きと無関係ではないだろう。

## 注

1――『若草』は「男子諸君の為にも門を開いてをります」（藤村耕一「万年筆」一九二五年一一月）と言われたが、初期の投稿者の大半は女性が占めている。

2――水谷真紀「新しい女」と向き合う――文芸誌『若草』における女性像をめぐる試み――」（『東洋通信』四六巻一〇・一一号、二〇一〇年一月）など。なお、水谷は、「『若草』は同人制を解消することによって、『令女界』の主筆でもある藤村耕一が思い描く文芸誌の特質が明確に現れるようになり、結果的に「女性中心」という雑誌の基本方針はより具体的なイメージで打ち出されていくようになる」と述べている。本論は、同人制の解消が契機となって、『若草』が女性の書き手たちにとって抑圧的な場となっていくと捉えている点で立場を異にする。

3――掲載作品や雑誌に対する読者の感想は、誌友欄に掲載された。誌友欄は、「薔薇の窻」という名称で一九二五年一一月・一九二六年一月・二月、「座談室」という名称で一九二六年七月以降（一九二六年九月・一〇月は除く）設けられた。

4――たとえば、高須賀光子は、橋爪健の小説「肌」（一九二五年一一月）に対して「橋爪氏よ！創作を玩具にしてはいけません。――感心して読んでゐるうちに、ふとこんな気がしました」と述べ、島佳子の小説「父と其の子」（一九二五年一一月）に対して「読んでしまつて、たつたこれだけだつたの――と思はせます。終りの方で、須田さんの言葉が何か全体を暗示してゐるやうで私にはくみとれませんでした」と批判している（「薔薇の窻」欄、一九二六年二月）。

5――『令女界』のような投稿の捉え方は、少女雑誌でよくみられた。久米依子は、『「少女小説」の生成 ジェンダー・ポリティクスの世紀』（二〇一三年六月、青弓社）で、一九一〇年代後半の『少女の友』が、読者に投書を促しつつも、「投書の範囲を超えて文章家を目指すような意欲」は「「良妻賢母主義」に抵触する」ため、抑圧する傾向があったことを指摘している。

6――久米依子、前掲書。

7――水谷真紀、前掲論文。

8――こうした女性観は、池田こぎくの「若き女性への相談」（一九二五年一二月～一九二六年三月）にも見られる。「若き女性への相談」は、女性の幸福な結婚について論じたものだが、そこで池田は、「女である以上」、「どんな場合にでも、逆上せないで、しみじみと人の心持を見届けるといふこと」が、「最も幸福な生き方でありす」と説いている。

9――大正・昭和初期の恋愛論については、菅野聡美『消費される恋愛論　大正知識人と性』（二〇〇一年八月、青弓社）を参考にした。

10――「蕗谷虹児氏渡欧歓送記念」（一九二五年一一月）など。

11――連載「女流作家の面影」の詳細は次の通り。「女流作家の面影（一）若杉鳥子女史」（一九二六年七月）、「女流作家の面影（二）　網野菊女史」（一九二六年八月）、「女流作家の面影（三）三宅やす子女史」（一九二六年九月）、「女流作家の面影（四）さゝきふさ女史」（一九二六年一一月）、「女流作家の面影（五）中条百合子」（一九二六年一二月）、「女流作家の面影（六）鷹野つぎ女史」（一九二七年一月）、「女流作家の面影（七）吉屋信子女史」（一九二七年二月）、「女流作家の面影（八）宇野千代女史」（一九二七年三月）、「女流作家の面影（九）神近市子女史」（一九二七年四月）、「女流作家の面影（一〇）　正宗乙未女史」（一九二七年五月）。

12――城しづかは、「Hの話」（一九二六年四月）以降『若草』の誌面から離れ、「紫の足袋」（一九三四年六月）で再び筆を取っている。

# 『若草』に発表された小説における女性の職業の表象

太田知美

## はじめに

一九二六（大正一五）年八月号の『若草』に、「男性作家に求むるもの」という見開き二頁の欄がある。ここで歌人で中河与一の妻である中河幹子は「多くの男性作家によつて描かれる女性のほとんど凡てが無智なのはどういふ訳でせう。（…）フエミニストでなくてもいゝもつと真実な現実の、又未来の女性を描いて欲しい気がしてゐます。」と書き、詩人の中田信子は「女を描くにしても、何時も芸妓、女給、令嬢、未亡人と云つたきまりきつた女でなしに、もつと清新な方向に多くの女をみつけてほしいと思ひます」としている。

では当時の男性作家の作品に現れる女性登場人物は「きまりきつた女」が本当に多いのか、女性作家は反対に「清新」で生き生きとした人物描写をしているのであろうか。また、「芸妓、女給、令嬢、未亡人」といった職業や社会的地位が、当時の女性の社会経済的実情と乖離したものなのか、それとも「現実」に即した人物造形なのであろうか。さらに『若草』における女性の職業の表象にはどのような特徴があるのだろうか。これらの点について『若草』に発表された小説において検証してみたいと思う。

『若草』の小説における女性の仕事の表象を具体的に分析する前に、まず当時の女性の職業について、統計のデータをもとにまとめておく。その上で、『若草』の創刊号（一九二五年一〇月）から一九三〇年末までの小説での女性登場人物の職業にはどのようなものがあるか調べてみたい。

## 1　統計における女性の職業の実態

大正時代後期、昭和初期の女性の仕事の実態はどうであったのか、まず統計等のデータをもとに見てみよう。森戸辰男が一九三〇年に発表した「日本における女子の職業的活動」[*1]は一九二〇年の国勢調査を引用している。まずこれを表にしてみると次のようになる。

この国勢調査は、「世帯主の職業に協働する」女子を、無償労働であっても職業女子として数えているため、得られる数値は「広義の有業女子」の数である。これによると「広義の有業女子」は一二〇三万一四七五人で、女子人口のおよそ四三パーセントに当たる。森戸は国勢調査において「職業女子の女子人口に対する比率が郡部において市部の約二倍である」こと、また「郡部の人口の大部分が農民」であることを指摘しており、このため「世帯主の職業に協働する」無償労働の女子の大多数は農業に従事していることが推測される。

これに対し、村上信彦の『大正期の職業婦人』が引用している一九一九年の社会政策学会編纂『婦人労働問題』[*2]によると、職業婦人の数は三五八万一一八三人で、日本の女子人口二七〇〇万人の一三パーセントに当たる。これには賃金無しで「家事労働として農業にたずさわっている」人は含まれていないため、仕事で収入を得る「狭義」の職業婦人の数といえる。森戸は約一〇年前の地方の民勢調査に言及し、「狭義の職業女子」の割合は神戸市で一四％（一九〇八年）、札幌市で一三％（一九〇九年）、熊本市で一二％（一九〇七年）としているので[*3]、一九一九年の『婦人労働問題』が「狭義」の職業婦人を日本の女子人口の一三％としたのに近い。

この一九二〇年の国勢調査による「広義の有業女子」の数から、一九一九年の調査の「狭義」の職業婦人の数

| 広義の有業女子数及比率 | | |
|---|---|---|
| | 全国（人） | 女子百中 |
| 本業女子（無職業者を除く） | 9,701,335 | 34.75% |
| 婢（住込家事使用女子） | 572,864 | 2.05% |
| 従属者中の副業女子 | 1,757,276 | 6.29% |
| 合計 | 12,031,475 | 43.09% |
| 広義の無業女子数及比率 | | |
| 無職業女子 | 364,066 | 1.30% |
| 無業従属女子 | 15,523,327 | 55.61% |
| 合計 | 15,887,393 | 56.91% |

表１　森戸辰男「日本における女子の職業的活動」より

| | 本業女子（狭義の）（人） | 本業女子百中<br>各業の本業女子 |
|---|---|---|
| 総数 | 9,701,335 | 100% |
| 農業 | 6,378,372 | 65.8% |
| 水産業 | 41,249 | 0.4% |
| 鉱業 | 96,546 | 1.0% |
| 工業 | 1,583,894 | 16.3% |
| 商業 | 1,029,603 | 10.6% |
| 交通業 | 62,017 | 0.6% |
| 公務自由業 | 307,807 | 3.2% |
| 其他の有業者 | 190,363 | 2.0% |
| 通勤家事使用人 | 11,484 | 0.1% |

表２　森戸辰男「日本における女子の職業的活動」より

を引いた、約八〇〇〇万人という数字が、農業も含め無償で家事労働にたずさわっていた女子のおおまかな人数と言えるであろう。また、国勢調査では、農業従事の女子の数はおよそ六三七万人である。このように、無償で働く女も含めて考えると、当時女子が最も多く従事していた職業は農業であることが分かる。

国勢調査によると農業従事者の次に多いのは工場労働者である女工の数で、工業に従事する女子の人数は一五八万三八九四人にのぼるが、[*4]村上の引用する一九二三年の「我が国の女子職業に就て」[*5]によると八七万一八〇〇人となっており、数値に大きな差があるが、村上も農業の次に多いのが工・鉱業に従事する者だとしている。

さらに国勢調査によると商業に従事する女子は一〇二万九六〇三人である。そのうち約五五万人は物品販売業に就き、約四五万人が旅館・飲食店・遊戯場等で働いている。飲食店等で働く「女給」は一九三〇年前後「著しく発達した」職業で、東京・大阪のみで約三万人に達すると森戸は述べている。[*6] 物品販売業で働く女子の多くは、自営業の店を手伝うケースであるが、当時の「新しい典型の職業婦人」は、「百貨店其他大商店および事務所における女子商業使用人」であり、東京・大阪両市の七大百貨店と、金融保険業では約一万一千人の女子が働いている。[*7]

次に多いのは表1にある「婢（住込家事使用女子）」、つまり女中の数である。国勢調査では五七万二八六四人であり、村上は一九一九年の『婦人労働問題』に基づいて、六八万五千人としている。[*8]

そして、公務・自由業（医務、娯楽等其の他自由業、教育、宗教、官公吏、芸術家、記者等）が三〇万七八〇七人、交通業（郵便、電信、電話業や運輸業）に就く人数は六万二〇一七人で、森戸はこれらを「都会的」な職業としている。[*9]

無職業の女子約三六万人の大部分は収入によって生活する女子二一万三四八八人で、この中に恩給や年金等によって生活する者が一七万五五七人いる。「社会保険制度の存しない」当時、収入によって生活する女子は「下層階級の憐れなる寡婦」ではなく、「中・上級官公吏及軍人の未亡人であらう」と森戸は推測している。[*10]

## 2　『若草』に発表された小説内の女性の職業

この職業区分を参考に、『若草』の一九二五年一〇月の創刊号から一九三〇年一二月号までで、「創作」「小説」として掲載されている作品で、主人公に限らず女性の登場人物が描かれている場合、無職か有職か、また働いている場合その職業にはどのようなものがあるかを見てみたい。

表3に年ごとに小説内の女性作中人物の職業をまとめてみたが、本稿では日本における職業について検証するため、小説の舞台が外国の場合、又は登場人物が外国人の場合は除外した。また、男性、子供のみが登場する作

品も数に入れていない。

「無職」のなかでは、女性登場人物の社会・経済的状況を表す「学生」「専業主婦」「未亡人」を分類して計上した。また「病気」も何度か見受ける設定であるため、これも女性登場人物の社会的状況を表すものとして数えた。頻出の「専業主婦」、「学生」などはその作品数を数字で表してある。職業が明示されない場合でも推測できる限り数に入れた。例えば「女学校」に通っている描写から、人物の身分が「学生」であることが類推できるケースなどである。

「学生」「専業主婦」などの身分がはっきりしなくても、人物の生活ぶり、社会的基盤などが描写されている場合は、「無職」の「その他」のなかに数えた。例えば、女学校卒である、離婚して実家に帰っている、などで現在の時点では職業に就いていない人物である。しかし、作品によっては人物の職業の有無が全く言及されず不明なものも多い。そのような場合は「職業不明」とした。無職と職業不明の登場人物に関しては、すべての作品名を挙げると煩雑になるので一例を示すにとどめた。

既婚者や未亡人で仕事をしている場合は、「無職」には分類せず「有職」の職業リストに加えた。職業は上記の統計のデータに倣って、農業、工業、商業、女中、公務・自由業、交通業と、現実社会で従事者の多い業種順にまとめた。また一人の人物が職業を変えて複数の仕事を経験するものもあれば、一作品内の数人の女登場人物がそれぞれ別の職業を持っている場合もあるので、その場合はそれぞれ別の職業として数えた。また、連載小説の場合は一回目のみ数に入れた。

表3『若草』に発表された小説内の女性の職業

＊無職、職業不明の場合、作品名は代表的な一例を示すにとどめた。備考欄も同作品についての詳細である。
＊小説が掲載される欄の名称は、一九二六年三月までは「創作」、以降は「小説」である。

一九二五年一〇月から一二月

| 職の有無 | 業種 | 人数 | 作者・作品例 | 備考（仕事の詳細） |
|---|---|---|---|---|
| 無職 | 専業主婦 | 1 | 田山花袋「草みち」1月 | |
| | 学生 | 3 | 北川千代子「嘘」10月、他 | |
| 職業不明 | | 3 | 荒江啓「一つの挿話」11月、他 | |
| 有職 | 工業 | 2 | 北川千代子「切腹」12月 | 工場通勤。既婚。 |
| | | | 荒江啓「お鈴」12月 | 織物工場勤務。 |
| | 商業 | 1 | 橋爪健「肌」12月 | 銀行の事務。 |
| | 公務・自由業 | 1 | 井上康文「彼女の鏡台」11月 | 外国人家庭の通弁兼保婦。 |

一九二六年

| 職の有無 | 業種 | 人数 | 作者・作品例 | 備考（仕事の詳細） |
|---|---|---|---|---|
| 無職 | 専業主婦 | 11 | 鷹野つぎ「新居」4月、他 | |
| | 未亡人 | 1 | 田山花袋「路傍の小草」2月 | |
| | 学生 | 7 | 稲垣足穂「星」3月、他 | |
| | 病気 | 2 | 井上康文「愛する者よ」4月、他 | 肺病。 |
| 職業不明 | | 14 | 池谷信三郎「あのね…」10月、他 | |
| 有職 | 工業 | 1 | 宇野千代「母親」10月 | 工場勤務。未亡人。 |
| | 商業 | 2 | 城しづか「Hの話」4月 | 会社員。 |
| | | | 網野菊「菩提樹の葉」6月 | 事務手伝い。 |
| | 公務・自由業 | 7 | 橋爪健「彼方の世界に投げかける花」1月 | 教員。 |
| | | | 城しづか「微笑録」1月 | 画家。 |
| | | | 水木京太「花束を抱いて」3月 | 女優。 |
| | | | 片岡鉄兵「微笑の観察」5月 | 旅芸人。 |
| | | | 宇野千代「糸瓜」7月 | 教員。 |
| | | | 生田花世「面会人の顔」8月 | 理科教員。 |
| | | | 神近市子「北国の夢」9月 | 女学校教員。 |

一九二七年

| 職の有無 | 業種 | 人数 | 作者・作品例 | 備考（仕事の詳細） |
|---|---|---|---|---|
| 無職 | 専業主婦 | 10 | 戸川貞雄「春来た女」6月、他 | |

| | | | | |
|---|---|---|---|---|
| | 学生 | 7 | 崎山猷逸「たそがれといふ背景」10月、他 | |
| | 病気 | 2 | 尾崎士郎「春」5月、他 | 肺病。 |
| | その他 | 5 | 橋爪健「基督の花嫁」1月 | 修道女を希望。 |
| | | | 北川千代「香水線香」4月 | 亡父の遺産で生活。 |
| | | | 宇野千代「少女からの手紙」4月 | カフェーの女給志望。 |
| | | | 石浜金作「悲恋」8月 | 妊娠、結婚後、離婚。 |
| | | | 川端康成「ナアシツアス」11月 | 結婚しない姉。 |
| 職業不明 | | 7 | 吉屋信子「覗き眼鏡」10月、他 | |
| 有職 | 農業 | 1 | 十一谷義三郎「ゐざり天上」3月 | 木の実を採る働き手。 |
| | 商業 | 2 | 佐左木俊郎「横顔」6月 | 事務員。 |
| | | | 片岡鉄兵「或女の幸福」9月 | カフェーの女給。 |
| | 女中 | 2 | 宇野千代「その娘のこと」9月 | 宿の女中。 |
| | | | 正宗乙未「百日紅」9月 | 染物屋の女中。 |
| | 公務・自由業 | 7 | 吉屋信子「理想の女性」1月 | 作家。 |
| | | | 宇野千代「少女からの手紙」4月 | 作家。 |
| | | | 神近市子「邂逅」6月 | 記者。 |
| | | | 諏訪三郎「卓上の書置」10月 | 看護婦。 |
| | | | 藤澤桓夫「校正する少女」12月 | 雑誌社の校正。 |
| | その他 | 2 | 中條百合子「毛の指輪」12月 | 芸者。 |
| | | | 浜野ゆき「港のをんな」12月 | 売春婦。 |

一九二八年

| 職の有無 | 業種 | 人数 | 作者・作品例 | 備考（仕事の詳細） |
|---|---|---|---|---|
| 無職 | 専業主婦 | 13 | 藤澤桓夫「彼女」3月、他 | 離婚したい主婦。 |
| | 未亡人 | 1 | 吉田甲子太郎「浅春挿話」2月 | 軍人の未亡人。 |
| | 学生 | 2 | ささきふさ「春浅く」2月、他 | |
| | 病気 | 1 | 宇野千代「母よ」7月 | 肺病。 |
| | その他 | 6 | 北川千代「星一つ」2月 | 女学校卒。結婚前。 |
| | | | 高橋新吉「木柵に靠れて」5月 | かつて仕事をしていたが、定職なし。 |
| | | | 神近市子「明るき午前」9月 | 無産階級運動。既婚。 |
| | | | 尾崎士郎「犬をつれた少女」10月 | 女中として働いたが、やめる。 |
| | | | 片岡鉄兵「丸裸」11月 | 以前はカフェーの女給。 |

| | | | | |
|---|---|---|---|---|
| | | | ささきふさ「ふもとの諦め」11月 | 許嫁。 |
| 職業不明 | | 4 | 下村千秋「秋の唇」9月、他 | |
| 有職 | 工業 | 3 | 北川千代「関心」6月 | 信州の女工。 |
| | | | 宇野千代「母よ」7月 | 工場勤務。 |
| | | | 神近市子「明るき午前」9月 | 女工。 |
| | 商業 | 2 | 岡田三郎「銅鑼」1月 | 女中の後、カフェーの女給。 |
| | | | 南部修太郎「貧しい恋人」4月 | デパートメントストア店員。 |
| | 女中 | 1 | 岡田三郎「銅鑼」1月 | 女中の後、カフェーの女給。 |
| | 公務・自由業 | 4 | 北川千代「蜜柑」1月 | 童話作家。既婚。 |
| | | | 川端康成「詩と散文」4月 | 作家。 |
| | | | 若杉鳥子「夜の訪問」4月 | 記者。 |
| | | | 山崎斌「蜜蜂」5月 | 棋客。 |
| | 交通業 | 1 | 諏訪三郎「鵲」9月 | 車掌。 |
| | その他 | 6 | 神近市子「歯痛の春」5月 | |
| | | | 諏訪三郎「鵲」9月 | 女学校卒。働こうと決心。 |
| | | | 平林たい子「新婚」9月 | 仕事をしながら社会運動に参加。 |
| | | | 十一谷義三郎「白粉花の窓」11月 | レストランで唄う「街の女」。 |
| | | | 佐左木茂索「遅すぎた」12月 | スポーツ選手 |
| | | | 藤澤桓夫「子供」12月 | 内職。既婚。 |

一九二九年

| 職の有無 | 業種 | 人数 | 作者・作品例 | 備考（仕事の詳細） |
|---|---|---|---|---|
| 無職 | 専業主婦 | 12 | 眞杉静枝「異郷の墓」1月、他 | 以前は芸者。現在は医者の妻。 |
| | 学生 | 2 | 石浜金作「高子の希望」6月、他 | 富裕層の令嬢。事務員か車掌志望。 |
| | 病気 | 1 | 大木篤夫「九鬼氏の卓上旅行」9月 | 病気で働けなくなる。 |
| | その他 | 6 | 十一谷義三郎「古臭い感傷」3月 | 重役令嬢。 |
| | | | 牧野信一「ランプの便り」5月 | 東京の学校卒。 |
| | | | 龍膽寺雄「山の感傷詩から」8月 | 女学校卒。 |
| | | | 今東光「湖畔」8月 | 工場主の娘。 |
| | | | 立野信之「流れ者」9月 | 保線工夫の娘。 |
| | | | 宇野千代「独身倶楽部の話」10月 | 一年前離婚。 |
| 職業不明 | | 7 | 藤浦洸「冬のカアテン・夏のカアテン」12月、他 | |
| 有職 | 工業 | 3 | 諏訪三郎「詩人の夢」3月 | 女工。 |

| | | | | |
|---|---|---|---|---|
| | | | 前田河広一郎「母親」10月 | 織物工場勤務。 |
| | | | 前田河広一郎「母親」10月 | 内職。その後綿打工場勤務。 |
| | 商業 | 1 | 宇野千代「女装店にて」1月 | 店で働く洋裁士。 |
| | 女中 | 1 | ささきふさ「夏と鞄」9月 | 女中。 |
| | 公務・自由業 | 7 | 加宮貴一「黒い薔薇」3月 | 教員。 |
| | | | 川端康成「花嫁姿」4月 | 女優。 |
| | | | 北川千代「船中一小話」5月 | 看護婦。 |
| | | | 神近市子「坂の上の幻想」6月 | 作家。 |
| | | | 藤澤桓夫「純潔の哲学」6月 | 映画館の切符係。 |
| | | | 三宅やす子「故郷」7月 | 小学校教員。 |
| | | | 神近市子「ダンサーの嘆き」11月 | ダンサー。 |
| | 交通業 | 1 | 今東光「振袖」12月 | 車掌。 |
| | その他 | 2 | 神近市子「知美の失明」2月 | 子守。 |
| | | | 十一谷義三郎「一つ手前」8月 | 女学校卒。職業婦人になる。 |

一九三〇年

| 職の有無 | 業種 | 人数 | 作者・作品例 | 備考（仕事の詳細） |
|---|---|---|---|---|
| 無職 | 専業主婦 | 9 | 江馬三枝子「収穫感謝祭」11月、他 | 製糸工場の工場長夫人。 |
| | 未亡人 | 2 | 石浜金作「嵐と未亡人」7月、他 | |
| | 学生 | 4 | 浅原六朗「伯爵令嬢の家庭教師」9月、他 | 伯爵令嬢。 |
| | 病気 | 1 | 武田麟太郎「畸形」12月 | せむしの姉。 |
| | その他 | 8 | 藤森成吉「社員素描」1月 | 女学校卒。縁談話あり。 |
| | | | 橋本英吉「古風な悲劇」3月 | 両親の死後、家にいる。 |
| | | | 下村千秋「蘭子の男性観」3月 | 3人の愛人を捨てる。 |
| | | | 鹿地亘「ぬかるみ」5月 | 結婚後、離婚で出戻り。 |
| | | | 片岡鉄兵「私生児の幸福」6月 | 兄は××党員。私生児を出産。 |
| | | | 北川千代「レイン」7月 | 妾。 |
| | | | 江馬三枝子「収穫感謝祭」11月 | 慈善事業に関わる婦人。 |
| | | | 武田麟太郎「畸形」12月 | 結婚後、離婚で出戻り。 |
| 職業不明 | | 4 | 堀辰雄「末摘花」9月、他 | |

| | | | | |
|---|---|---|---|---|
| 有職 | 農業 | 2 | 林芙美子「夜霧の中」11月 | 上京した元百姓。 |
| | | | 江馬三枝子「収穫感謝祭」11月 | 百姓。 |
| | 工業 | 4 | 若杉鳥子「彼女こゝに眠る」2月 | 刺繍工場勤務。無産階級運動に参加。 |
| | | | 立野信之「水兵服の少女」2月 | 銀行勤務の後、女工。 |
| | | | 加宮貴一「プロ作家と彼女」3月 | 製菓工場勤務。 |
| | | | 武田麟太郎「託児場風景」5月 | 石鹸工場勤務。未亡人。 |
| | 商業 | 5 | 立野信之「水兵服の少女」2月 | 銀行勤務の後、女工。 |
| | | | 小野浩「良妻」3月 | ショップガール。既婚。 |
| | | | 諏訪三郎「家庭荒しのハツテイ」6月 | 郵便局員。 |
| | | | 岡田三郎「或るアパートの三階」10月 | 女給。既婚。 |
| | | | 新井紀一「ある挿話」10月 | タイピスト。 |
| | 女中 | 6 | 保高徳蔵「少女と辷り台」1月 | 女中。 |
| | | | 北川千代「蜜柑」1月 | 女中。 |
| | | | 南部修太郎「レオの失踪」5月 | 女中。 |
| | | | 諏訪三郎「家庭荒しのハツテイ」6月 | 女中。 |
| | | | 江馬三枝子「収穫感謝祭」11月 | 女中。 |
| | | | 神近市子「弾ぢけた泡沫」12月 | 女中。 |
| | 公務・自由業 | 7 | 川端康成「絵の匂ひから」1月 | 画家。 |
| | | | 林房雄「ある明い物語」4月 | 舞踏団の教師。 |
| | | | 武田麟太郎「託児場風景」5月 | 保母。 |
| | | | 諏訪三郎「家庭荒しのハツテイ」6月 | 文筆派出婦。 |
| | | | 三宅やす子「時無限」8月 | 女優。既婚。 |
| | | | 佐伯孝夫「浅草の天使」11月 | 歌手兼ダンサー。 |
| | | | 石浜金作「名優の名優」12月 | 女優。 |
| | 交通業 | 1 | 今井達夫「桐の木のあるアパート」8月 | 車掌。 |

中田信子は、男性作家が「何時も芸妓、女給、令嬢、未亡人と云つたきまりきつた女」（「男性作家に求むるもの」『若草』一九二六年八月。これ以降の引用は特に断らない場合全て『若草』）を書くと苦言を呈していたが、これらの職業・身分が、当時の女性の実情と乖離したものか、それとも「現実」に則したものか、まず統計データと比較して検証してみたい。芸妓は一九二九年の第五回警察統計報告によると、八万八〇八人おり[*11]、女給は前述の通り一九三〇年前後に東京と大阪のみでは約三万人、そして森戸が論じたように、恩給、年金、その他の収入によって生活する女子の多くが裕福な未亡人と考えると、その数は約二二万人である。また、「令嬢」を有産階級家庭の娘と定義すると、一九二〇年代の東京市の上層階級は全世帯の三パーセント、中間階級は六パーセント程度であるので[*12]、一〇代後半、二〇代前半の女子の一割弱であると考えられる。この四つの〈職業〉は数字で見る限り、当時の大多数の女子の社会経済状況を反映したものとは言えないので、その点から言えば中田信子が男性作家に異議を申し立てるのも理解できる。

では一九二五年から三〇年の『若草』ではどうであろうか。まず芸妓の女登場人物は、調査した『若草』の号の「小説」にはない。中條百合子「毛の指輪」（一九二七年十二月）では、「二三年後お千代ちゃんに再び合った時、彼女は銀杏がへしに結つた芸者であつた。」という一文があるのみである。女給は男性作家の作品に三人いる。それに、過去女給だった人物（片岡鉄兵「丸裸」一九二八年一一月）と将来女給になりたい人物（宇野千代「少女からの手紙」一九二七年四月）を加えれば五人である。「令嬢」として描かれている人物は三人で、いずれも男性作家作品内に現れる。最後に未亡人は四人で、うち三人が男性作家の作品に描かれている。このように、一九二五年から三〇年の『若草』を見る限り、これらの職業・身分が男性作家の書いた小説内に現れる頻度が、他の職業に比べて高いとは言いがたい。したがって中田信子の男性作家への批判は当時の『若草』には必ずしも当てはまらない。

しかし『若草』の女性登場人物の職業事情が、現実を反映しているかというと、そうとも言えない。例えば現実に対して過少に表象されている仕事として農業が挙げられる。『若草』では二七年三月の十一谷義三郎「ゐざり天上」、一九三〇年一一月の林芙美子「夜霧の中」と江馬三枝子「収穫感謝祭」の三作品のみに、女性の農業従事者が登場する。農業の過少表象は『若草』掲載作品のみにかかわらず、当時の文学作品全般に対して言えることである。この点については黒島傳治が「農民文学の問題」で「現在までに生産された［農民］文学は、単に量のみを問題としても、我国人口の大部分を占める巨大な農民層に比して、決して多すぎるどころではない」と指摘している。[*13]

では次に、『若草』に発表された小説内の職業を検証し、当時の女子職業の実情に合致または乖離しているか、また、女性登場人物の仕事の描き方に、男女の書き手による性差はあるのか見ていきたい。

作品内で「職業不明」を除くと一番多いのは「無職」の既婚女性、つまり専業主婦で、女性登場人物全体の約二三％である。国勢調査では「無業従属女子」が女子全体の約五五パーセントを占めているが、これは主婦だけでなく未成年女子や労働に従事し得ない高齢者も含むため、「無職」の既婚女性の数はさらに少ない。無職既婚女性は、斎藤美奈子が指摘するように「上層階級」と「中間層」の家庭の妻を指すと考えると、前述の通り、一九二〇年代の東京市の上層階級と中間階級の合計は全世帯の約九パーセント程度であるので[*14]「無職」の既婚女性は、現実よりも『若草』の小説内で過多に表象されていると言えよう。

専業主婦の登場人物が男女作家のどちらかにより頻繁に描かれるものかどうか調べてみると、一九二五年一〇月から一二月の作品では無職の既婚女性は一人で、男性作家（田山花袋）の作品である。一九二六年は一一人の主婦のうち男性作家の作品に現れるのは三人、女性作家の作品中のものは八人である。一九二七年は一〇人のうち男性作家の作品では六人、女性作家の作品では四人、一九二八年は一三人のうち男性作家の作品では八人、女性作家の作品では五人、一九二九年は一二人のうち男性作家の作品では五人、女性作家の作品では七人、一九三

○年は九人のうち男性作家の作品では七人、女性作家の作品では二人となっている。

全体で見ると、五六人の専業主婦のうち、男性に描かれたのは三〇人、女性作家の作品に登場するのは二六人で、大きな差はない。年ごとで見るとむらがあるが、初期の『若草』の創作及び小説欄では女性作家の作品が男性作家作品より多いため、これが一九二六年に無職の既婚女性の約七割が女性作家の小説に現れる理由だと考えられる。一九三〇年は反対に、主婦の登場人物の八割弱が男性作家の作品に登場する。これは一九二九年に雑誌の綱領から「女性中心」という記述が消え、『若草』の編集方針が文芸総合雑誌へと切り替わっていったため、男性作家の小説が誌上に増えたことと関連しているであろう。いずれにせよ、全体的には無職の既婚女性については、特に男女の書き手による性差は特にないように思われる。

ほかの職業ではどうであろうか。作家の性別による差がほとんどないのは女工（男性　六、女性　七）、女中（男性　四、女性　六）、画家（男性　一、女性　二）看護婦（男性　一、女性　一）である。男性作家の作品により多く現れる職業は、女優（男性　三、女性　二）、女給（男性　三、女性　なし）、女車掌（男性　三、女性　なし）、デパートメントストアの店員・ショップガール（男性　二、女性　なし）であり、反対に女性作家の作品により多く描かれる職業は学校教師（女性　四、男性　二）、事務職員（郵便局員、タイピストを含む）（女性　六、男性　二）、作家（女性　四、男性　二）、婦人記者（女性　二、男性　なし）である。

男性作家の作品により多く現れる職業は、当時の新しい職業であることが多い。女給、女車掌、ショップガールなどである。須山計一は「最尖端女性風景」（一九三〇年五月）で「職業戦線のトップを切る」「女車掌」や「きらめく大百貨店」に勤める「ショップガール」を当時の最先端の仕事としてイラストとともに面白おかしく紹介している。[*15] 彼女らの収入はというと、女給は「お客からのチップ（心付け）が唯一の収入」[*16]で、女車掌は見習い終了後の日給が九六銭、[*17] 店員の平均月給は二八・九一円である。[*18] 東京市役所が一九三一年に八一八の会社や工場に勤める約二万人を対象に実施した調査結果をまとめた『婦人職業戦線の展望』は、当時「経済的独立の出来る」月給を、六〇円以上であるとしているが、女給、女車掌、ショップガールの収入からはほど遠い。

それに比べて女性作家の作品では、新しい流行の職業よりも、教師や事務員など比較的収入が安定した職業が登場人物の職業として選ばれることが多いようだ。『婦人職業戦線の展望』によると、給料が六〇円を超過するのは「事務員、タイピスト、電話交換手及び女工等に多い」とある。しかし高収入を期待できるのは一部の事務員やタイピストなどに過ぎず、事務員の平均月収は三四・二二円、タイピストは四〇・四六円、電話交換手は三五・七五円、女工は二七・九円であるのが現実ではある。[*19] 教師の収入はというと、東京市の小学校教員の月収は平均七九円、高等女学校で教える中等教員は、月給が平均約九〇円となっているので、[*20] 事務員よりも収入は安定していると言えよう。

また、ここで注意したいのは、「作家」や「小説家」を女性登場人物の職業として選ぶ女性の書き手が四人いるのに対し、男性の書き手は一人しかいない点である。その一人とは川端康成で、一九二八年四月の「詩と散文」という短編に夫が詩人、妻が小説家という夫婦を登場させている。しかし冒頭から、「夫は詩を作つた。たゞ詩を作つた。しかし、妻は小説を作ると云ふよりも、金を作つたと云つた方がよかつた。」「彼女の小説が一円紙幣のやうに俗悪な型に陥つて行くのも止むを得なかつた。」「原稿紙を文字で埋めてゐる自分の姿を、彼女自身でさへが贋札作りだと思はずにゐられない」とし、「たゞ詩を作」る夫の芸術的で純粋な詩と、まるで「贋札」のように金銭に交換される「俗悪な型に陥つ」た妻の非芸術的な散文とが対比される。妻のおかげで生計が成り立っているにもかかわらず、彼女は、無職だった夫の前妻に自分を比較して「金を儲ける女よりも働くすべを知らない女の方が男には詩かもしれない」と、小説を書くことを止めようかとさえ思うのである。

男性作家の作中に女作家がいない、またはいても「俗悪な」物書きでしかない、ということから考えると、作家は女性の職業とはなり得ない、なっても芸術的作品は生み出せないというような意識が、男性の書き手側に働いているようである。徳永夏子が論じているように、『若草』初期において、投稿者が女性作家になる可能性が閉ざされるようになっていったが[*21]、この状況が男性作家の小説内においても、真の文学作品を生み出す女性作家の〈不在〉によって再確認されていると言えよう。

## 3　書き手と読み手

以上のように、農業の過少表象、無職既婚女性の過多表象、という点から見ると、『若草』に現れる女性の職業は、必ずしも当時の実情に沿ったものとは言えないが、その他の職種に関しては、工業、商業、女中、公務・自由業、交通業と、幅広い分野の仕事が小説内の登場人物を通して表現されている。この職業の多様性は、まず『若草』に掲載される小説の書き手の多様性、つまり男性と女性、そしてプロレタリア文学系の作家と『文芸時代』に参加する新感覚派の作家の混在によるものと考えられる。

有職の女登場人物が登場する小説の作者に限れば、プロレタリア文学系の作家は一九二七年から現れ、時系列順に列挙すると、農民文学の佐左木俊郎、藤澤恒夫、中條百合子、若杉鳥子、平林たい子、前田河広太郎、立野信之、武田麟太郎、林房雄、労働者文学の新井紀一、江馬三枝子である。そして『文芸時代』出身の作家では、一九二六年から順に、片岡鉄兵、十一谷義三郎、諏訪三郎、川端康成、加宮貴一、今東光、石浜金作が、有職の女登場人物を作品内に造形している。

プロレタリア文学に現れるのはブルーカラーの女工ばかりとも限らず、女事務員（佐左木俊郎「横顔」一九二七年六月）、雑誌の校正係（藤澤恒夫「校正する少女」一九二七年一二月）、婦人記者（若杉鳥子「夜の訪問」一九二八年四月）、映画館の切符係[*22]（藤澤恒夫「純潔の哲学」一九二九年六月）、銀行職員（立野信之「水兵服の少女」一九三〇年二月）、舞踏団の教師（林房雄「ある明るい物語」一九三〇年四月）、タイピスト（新井紀一「ある挿話」一九三〇年一〇月）等、多彩な業種が見受けられる。また新感覚派の作家が都会的な「最尖端」の職業を選ぶとも限らず、女工（諏訪三郎「詩人の夢」一九二九年三月）や、製菓会社の箱詰めの仕事をする小学校卒の女性（加宮貴一「プロ作家と彼女」一九三〇年三月）を登場させることもある。『若草』における女の職業の多様性は、多種の文学的傾向を共存させる『若草』の編集方針、そして各作家が自身の文学的所属にとらわれずに女登場人物の職業を選択する柔軟性に起因していると言えるだろう。

この編集方針の多様性、作家の柔軟性は、『若草』の読み手を意識したものとは考えられないだろうか。『若草』の読者層を知るための一つの資料として、一九三一年、松屋、美松、白木屋の三大百貨店の就職希望者五七七九人を対象に東京府学務部社会課が行った調査『求職婦人の環境調査』がある。彼女達の多くが読む雑誌は、『少女倶楽部』（単読者、併読者合計で一一〇〇人）、『婦人倶楽部』（一二六〇人）、『キング』（七九三人）や『主婦の友』（七四九人）である。『若草』を読む女性は単読者、併読者合計で二四人であり、これらの少女誌、婦人誌、娯楽誌には到底及ばないが、文芸雑誌を読むと答えている人の合計は八〇人（全体の約一%）であり、その中の二四人、つまり三〇パーセントが『若草』を読んでいることになる。文芸誌の二位は『新青年』（一一人）、三位は『文藝春秋』（一〇人）である。

調査対象者の教育程度は高等小学校卒業程度が三九・四〇%、女学校卒が三〇・四九%、尋常小学校卒が二二・五一%である。調査はこれについて「（百貨店の）求職婦人之教育程度が相当高いことが知れる訳で、ショップ・ガールのインテリゲンチヤ化を意味する[*23]」としている。百貨店店員志望者の中にもわずかながら『若草』読者がいるのは、高等女学校卒業者が含まれているからとも考えられる。

女学校出の女子は、就職せずに花嫁修業をする女子が大半ではあっても、[24]高等女学校卒業者が増加するにつれ、必然と仕事に就く女子の数も相対的に増え、次第に従事する業種も広がっていく。[25]三一年の『婦人職業戦線の展望』によると、高等女学校を含む「中等学校程度」の学歴の女子は、タイピストの七五・三%、事務員の六〇・一%を占め、これが多くの女学校出の就職先であったが、『求職婦人の環境調査』が「ショップ・ガールのインテリゲンチヤ化」が進んでいると指摘する通り、店員の三九・九%は「中等学校程度」の学歴者である。また当時の〈尖端〉を行くエレベーターガールの三七・七%、車掌の三三・三%も同様である。[26]それでも女学校出の就職口は足りなかったようである。一九二八年から三〇年にかけて『女人芸術』に発表された林芙美子の『放浪記』にもあるように、「私」が「月給三十円位」の仕事を職業紹介所で希望すると、「女中じゃいけないの……事務員なんて、女学校出がうろうろしているんだから駄目よ、女中なら沢山あってよ。」と言われるほどであった。[27]

『若草』が『令女界』の作家の文芸作品欄と、特に男女読者の投書欄の拡張を要求する読者の声に応じて誕生した当初は、女性作家の育成を目標にしていたが、前述の通り、一九二九年に「女性中心」の雑誌から文芸総合雑誌へと方向転換する。雑誌が創刊時に想定していた読者層は、「投書雑誌」や「令女界の姉」という位置づけ（北村秀雄「編集後記」一九二五年一〇月）からして中等学校程度の学生や、作家志望の若年層、教育方面の有職者、[28]そして無職既婚女性などであったであろうと推定できるが、文芸総合雑誌へと編集方針を変えてからは、初期のターゲット読者層以外も引きつける内容が必要となって来る。また女学生時代に読者だった女子が無職既婚女性にならずに有職女性になった場合、様々な職種に従事する可能性が高く、こういった読者層の心をつかむことも重要になってくる。小平麻衣子が指摘するように、『若草』が「文学エリートには届かない」文学愛好者を多く読者として抱え、それを経営基盤とすることによって、作家に原稿料を出せる雑誌として機能する雑誌[29]なのであれば、なおさら読者の嗜好に敏感にならざるを得ない。多様化する読者層の職業事情に合った人物像を小説内に描き出そうとする意識が、編集側、そして編集部に原稿を依頼される作家側に働いていたのかもしれない。

## 4　仕事をめぐる環境――失業・内職・託児所・ストライキ

雑誌『若草』創刊から最初の六年間の社会情勢の中で、職業に一番大きな影響を与えた出来事と言えば、一九二九年に始まった世界大恐慌であろう。一九二七年に始まった昭和金融恐慌に追い打ちが加わった形になる。『若草』内の小説にも「不景気」や「失業」といった言葉が現れる。南部修太郎「貧しい恋人」（一九二八年四月）では男が失業している。「私は失業者だった。いや、私はその二ケ月あまりと言ふものまるで餓ゑた犬か何かのやうに職をあさりまはつた。が、健康なこの私一人を働かせてくれるどんな仕事も見当らなかつた」と言う男の恋人は「貧しい家の生活のために或るデパートメント・ストアの売場に勤めている女店員」である。同じ年の別の作品では、家の古道具を売るために年老いた母親が呼び寄せた屑屋が「何分、不景気なものですから……」と値踏みする場面がある（松平澤太「母」一九二八年六月）。一九二九年一〇月の前田河広一郎の「母親」では、息子が「M鉄工所の争議の結果」解雇され、三月ぶりにやっと臨時職工の口を見つけたかと思うと、娘の勤める織物工場でも争議が始まり、ストライキに加わった娘は失業する、というところで話が始まる。一九三〇年一〇月、岡田三郎の「あるアパートの三階」では、細君は女給でその夫は元バア・テンだが、酒好きで「店をしくじつて以来働いていない。同じアパートの別の女給は夫婦の若干の貯金を元手に酒場を始めたいのだが、「この不景気でせう、あぶなつかしくて、ちよつと手が出せないわ」と渋っている。

不景気は『若草』の小説以外でも論じられている。一九三〇年四月号に掲載された『若草』調査部の「本年就職戦線実情」という記事によると、一九二七年の大学並びに専門学校の卒業生の就職率は六四・七％、一九二八年は五三・九％、一九二九年は五〇・二％となっている。このうち女子専門学校の卒業生は一九二九年に三一・九％しか就職できていない。また、東京市中央職業紹介所に、「中等学校卒業以上又はそれと同等の学歴を有する」女性が毎日七、八〇人から百人集まるが、そのうち就職できるのは三割くらいとしている。

同じ年に、大宅壮一は「就職難」と題する文章（一九三〇年二月）で、「有識婦人の夥しい失業」を論じている。「従来の因習的結婚に反逆した多くの「自覚せる婦人」」は「さまざまな職業的分野に進出し」たが、不景気のため婦人記者の口は絶望的、女教員、タイピスト、女事務員は満員、車掌や電話交換手は多少の余地があっても、女子大学や専門学校出が働くところではなく、まして女中をする訳にもいかない。「文筆派出婦」[*30]ぐらいしか選択肢がないがあまり需要は開拓されておらず、かといって「今更結婚しようにも適当な相手が見つかる筈はないのである」としている。そして大宅は「自覚せる婦人」の多くが到達する真理を「現代の社会においては、結婚も一つの職業である。その職業を自ら放棄した自分たちは、今又他の職業からも見放されたのである」と揶揄している。

結婚が「一つの職業である」という考え方は、一九二八年に批判的に山川菊栄によって論じられており、恋愛結婚でも見合い結婚でも「男子が一家の経済的中心であり、女子はただこれに従属することによって生活の資を得ているという、現在の家族生活の基礎」が問題であると山川は論じている。[*31]また、一九二九年の女子大学講義編集部編纂『職業別学校案内と婦人職業指導』の前書きは、「東京朝日新聞社の清澤氏が、「婦人の最も安全な職業は結婚である」と言つて、結婚を一つの職業と見てゐるのも面白い観察でありますが、婦人が先づ経済的に有利な地歩を持つといふことは刻下の要事に違ひありません。」と女性の就職を勧めている。[*32]このように女性が社会意識に目覚め、結婚によらずして自活する術を持つことは重要だが、女性自立の必要性を論ずる以前に、そもそも当時の社会状況から判断して、結婚は決して「安全な職業」とは言えない。経済不況の下、「夫や親の失業は、妻や娘の労働を余儀なくさせてい」[*33]るご時世の中、結婚は安定した収入を保証する〈職業〉では決してないのである。

一九三一年の『婦人職業戦線の展望』によると、女性の就職の目的の第一は肉体労働や頭脳労働のどの業務でも「家計補助ノタメ」である。事務員、店員、タイピストの中には「修養ノタメ」と答えた女性が四～五％前後いるが、やはり少数派である。[*34]この調査では戸主又は夫が失業者だと回答しているものが一五八人おり、回答総数一万四九二九人の約一パーセントである。親や夫が失業していなくても、低収入のため、娘や妻が家計を助ける必要があるのであれば、失業すればなおさらであろう。

家計の補助の方法として、外に働き口を見つける以外に内職をするという選択肢もある。『若草』には二篇の作品に女性が行う内職が描かれている。一九二八年一二月の藤澤桓夫の「子供」には、生後三ヶ月の赤ん坊を背負って、女工用の晒のエプロンをミシンで縫う内職をしている母親の姿がある。家族には他に父親と五歳の子供がいるが、母親が赤ん坊に「お前のおかげでおつ母あは働けなくなつてしまつたぢやないか！」と言っているので、以前外で働いていた母親が第二児出産後仕事を辞め、内職を始めたと推測できる。もう一篇は前述の一九二九年一〇月の前田河広一郎の「母親」で、主人公の母親は夫と死別してから女工として働いて七人の子供を育てたが、上の二人の子供が働きに出るようになると「ボール箱の手内職」を始め、ストライキに参加した娘と息子両方が失職すると、四〇過ぎで日給九〇銭の綿打工場の女工になる。内職の収入は家計の補助にはなっても決して高いとは言えない。ジャーナリスト村嶋歸之が一九二四年九月『エコノミスト』に発表した「無産婦人の内職調査」によると、東京日暮里職業紹介所が斡旋した内職での工賃は、最も多いもので一日一円二〇銭、最も少ないもので四〇銭、平均して七〇銭の稼ぎになる。最も安い内職は足袋の小ハゼ付けで、一〇〇〇個付けて八銭の単価で、一日の作成能力は四〇銭、つまり五〇〇〇個の小ハゼを付けることになる。しかしこれでも「中間ブローカー（…）のコンミッション」がない良心的な工賃なのである。[35]

藤澤桓夫の描いたミシン内職をする母親のように、育児のために勤めを辞め内職を始める女性もいれば、子供がいても外に働きに出ざるを得ない状況もある。その場合は子供を預けなければならないのだが、それを描いた作品が一九三〇年五月号の武田麟太郎の「託児場風景　——柴田おきつさんのために——」である。五歳の山本タネの母親は亭主の死後、小さい石鹸工場に職を見つけた。託児場で、何時から預かってもらえるかと聞く母親に、保母は、託児場は八時から預かることになっているが、職員が来ている七時過ぎで大丈夫だと気を利かせて答える。この保母は工場に出る母親達の出勤が早いことを熟知しているからであった。しかし母親は遠い工場の始業時間に間に合うため「六時すぎからあづかつていただきたいのですけど」と言いにくそうに言う。そして翌日から五歳の女の子は託児場の入り口で職員の出勤前から待つようになった。女の子の弁当はいつも白いご飯だけでおかずがないので、保母はある夜母親を訪ねたが、そこで「婦人労働者は自分と幼児が充分飢ゑないでゐられるだけのものも受け取らないことを、しみじみと知つた」のである。女性の労働と育児との両立を取り扱う作品が少ない中、そのなかでも託児所を扱うこの小説は希少である。

このように恐慌の当時、『若草』に描かれる無産階級の女性は、失業や低賃金による生活苦を経験している。現実社会では労働争議件数も増加し、一九三一年には労働組合は戦前最高の七・九％の組織率となったが、[36]『若草』内の小説でも、争議や労働運動に加わる女性の姿が描かれている。無産階級運動に献身する既婚女性（神近市子「明るき午前」一九二八年九月）や、外で仕事をしながら社会運動に参加する女性（平林たい子「新婚」一九二八年九月）、ストライキに参加する娘と母（前田河広一郎「母親」一九二九年一〇月）や、刺繍工場で働くと同時に無産者××（伏せ字）同盟の支部でも働く女性（若杉鳥子「彼女こゝに眠る」一九三〇年二月）、そして××（伏せ字。「共産」と思われる）党員の兄を持ち、別れた恋人との子を「プロレタリアに育てよう」と決意する女性（片岡鉄兵「私生児の幸福」一九三〇年六月）である。実社会におけるプロレタリア運動の高まりと同様に、小説内でも運動に積極的に関わる女性が描かれるが、雑誌『若草』編集部はこれに同様に傾倒するわけでもないようだ。それが窺えるのが、前述の須山計一の「最尖端女性風景」（一九三〇年五月）という記事である。ここには、車掌、ショップガール、ダンサー、タクシー・ガール、マネキン・ガールにならんで、「若きローザ」が登場し、次の様に紹介されている。

職業と云ふにはあまりに非職業的な職業。コムソモルカ[*37]なんて、それはロシヤの話でしかない筈だから。われらの若きローザは今手を真黒にして組合で謄写版を刷つてる。『アラ。お尻が邪魔ですつてば。そんなにおいしい焼芋なら一つ頂戴！分派《セクト》主義は清算されてるんぢやないの――』

須山自身、プロレタリア運動に参加する漫画家・洋画家である。当時の最先端の職業と、社会運動に関わる女性が「若きローザ」と命名され並ぶことによって、女性運動家が、流行りの目新しい女性へと様変わりする。無産階級運動に献身する真摯な活動家でも、労働環境の改善を求める闘士でもなく、「ウルトラ・モダン」な女性である。「若きローザ」への応援歌なのか揶揄なのか、つかみどころがない。

『若草』はこのように、一方で恐慌による失業、就職難、低賃金、労働と育児の両立、ストライキ、等の問題を小説内外で取り上げながら、他方では就職難にあえぐ「有識婦人」を「今更結婚しようにも適当な相手が見つかる筈はない」と揶揄し、プロレタリア運動家女性を「若きローザ」としからかい半分に激励する。政治的・社会的問題が存在することを無視することはしないが、かといって積極的に政治参加することもしない。『若草』編集方針の微妙なバランス感覚がここにも見え隠れする。

## おわりに

一九二五年から一九三〇年までの『若草』の創作欄と小説欄に発表された作品における女性の職業について検証したが、詩人中田信子が書いたように、男性作家が「何時も芸妓、女給、令嬢、未亡人と云つたきまりきつた女」を書くというのは、『若草』の小説については当てはまらない。逆に、工業、商業、女中、公務・自由業、交通業と、多岐にわたる業種が、男女作家の作り出す女登場人物を通して表現されていることが明らかになった。また、男女の書き手による性差を調べたが、女工、女中等は男女作家両方に描かれるのに対し、女優、女給、女車掌、ショップガールは男性作家作品に頻出し、教師、事務員、作家、婦人記者は女性作家作品により多く現れる。その中でも「女性作家」が男性作家の作品にほとんど登場しないことは注意に値する。『若草』創刊当時の女性作家育成の目標とは裏腹に、女性投稿者が職業作家になる可能性が次第に閉ざされていく中で、女性は芸術的な文芸作品を書く職業作家になれないという暗黙の了解が、男性作家の作品内にも現れていると言える。

『若草』の小説における職業の多様性は、まずプロレタリア文学作家と新感覚派作家の作品が混在することによりもたらされ、さらに作家が自身の文学傾向にとらわれず自由に女性作中人物の職業を選択していることで可能になったと思われる。これは、多様化する読者の職業に均衡する小説世界を提供しようとする編集側のねらい、そして雑誌に原稿料と引き換えに作品を提供する作家が編集方針にあわせようとする動きにより強化され、さまざまな職業が『若草』に現れるようになったとも考えられる。

この雑誌と読者との関係という問題は、恐慌という当時の経済状況下における仕事の表象を調べていく過程でも浮かび上がってきた。女性作家育成の雑誌から文芸総合雑誌へと変化するにしたがって、商業誌であるがゆえに、新たな読者層を意識した紙面作りが必要になる。読者の関心をひくであろう労働に関する問題、プロレタリア運動などを小説やそれ以外の記事でもとりあげながら、それに政治的にかかわる姿勢は見せない、編集側の立ち位置が明らかになってきた。[*38]『若草』創刊から数年後の一九二八年に創刊され、「女性の文筆の『公器』[*39]」として誕生した『女人芸術』が、「プロレタリアにもブルジョアにも偏せずひとしく女流作家の進出の一機関として[*40]」存続しようとしながらも、次第に左傾化し三二年に終刊となるのに対して、『若草』が長年生き残れたのは、この曖昧な両義的性格によるものなのかもしれない。

## 注

1――森戸辰男「日本における女子の職業的活動」(『大原社会問題研究所雑誌』第七巻第三号、一九三〇(昭和五)年。引用は『家族研究論文資料集成　明治大正昭和前期篇　第十二巻』(二〇〇一年、クレス出版)に拠る)。

2――村上信彦『大正期の職業婦人』(一九八三年、ドメス出版)五五頁。

3――森戸辰男、前掲、一四頁。

4――同右、二四頁。

5――梅山一郎「我が国の女子職業に就て」(『職業婦人』一九二三年創刊号)。村上信彦、前掲、五五頁。

6――森戸辰男、前掲、四四頁

7――同右、四三〜四四頁。

8――村上信彦、前掲、五七頁。

9――斎藤美奈子は『モダンガール論』で、一九二〇年第一回国勢調査を基に、その他のデータを加味して、「ホワイトカラーのナウい職業婦人は全体の五パーセント程度」の一六万八〇〇〇人にすぎないとしている。これは「商業」や「公務・自由業」からホワイトカラーの事務職員数のみを数えたものと思われる(二〇〇〇年、マガジンハウス。引用は文春文庫版二〇〇八年(八六頁)に拠る)。

10――森戸辰男、前掲、二二一～二二三頁。
11――同右、四四頁。
12――倉繁義信『大東京物語』（一九三〇年、正和堂書房。引用は『近代庶民生活史7　生業』（一九八七年、三一書房）に拠る）。斎藤美奈子、前掲、八四頁。
13――『朝日新聞』一九三一年四月二二・二三・二四日。引用は黒島傳治『黒島傳治全集第三巻』（一九七〇年、筑摩書房）に拠る。
14――斎藤美奈子、前掲、八四頁。
15――四六～四七頁。他にはダンサー、タクシー・ガール、若きローザ、マネキン・ガールが挙げられている。また、一九三〇年一〇月には芝孟治が「尖端女商売なればこそ」で「ウルトラ・モダン」な女商売としてマネキン、ダンサー、ガソリンガール、ステッキガールを挙げている。ステッキガールとは、「(大宅壮一の和製語という）昭和初年頃、東京銀座などでステッキのように男に同伴、散歩の相手をし、料金を求めた若い女性」（『広辞苑』第五版、一九九八年、岩波書店）。
16――谷村政秀、小野磐彦『婦人職業の実際』（一九三一年、桃源社）。引用は『コレクション・モダン都市第七〇巻職業婦人』（二〇一一年、ゆまに書房、一七（三四）頁）に拠る。
17――同右、三〇（四八）頁。
18――東京市役所『婦人職業戦線の展望』（一九三一年）。引用は『近代婦人問題名著選集社会問題編第二巻』（一九八三年、日本図書センター、一一九頁）に拠る。
19――事務員全体の内、六〇円以上稼いでいるのは三・四％で、タイピストの内約六％である。同右、一一七～一一九頁。この調査には、教育や医務に従事するものはふくまれていない。
20――谷村政秀、小野磐彦、前掲、二三四～二八八（二五二～三〇六）頁。
21――本書所収の徳永夏子の論文「啓蒙される少女たち――『若草』の発展と女性投稿者」参照。また、女性投稿者が職業作家になることを阻む仕組みが、他誌『新女苑』でどのように機能しているかは、小平麻衣子の「教養の再編と『新女苑』」（『日本近代文学』二〇一四年五月）及び『夢みる教養』（二〇一六年、河出書房新社）に詳しい。

22――河崎ナツの『職業婦人を志す人のために』（一九三二年、現人社）では、映画館の切符係に隣接した職業である映画館・劇場案内人を「肉体的職業」の章に載せており（他には婦人車掌、エレベーターガール、派出婦、給仕、女給、モデル、掃除婦）、また前掲書『婦人職業戦線の展望』でも同様の扱いである（女工、車掌、劇場案内人、掃除婦、給仕、食堂給仕、エレベーターガールが「肉体的労働業務」の章にまとめられている）。このように映画館の切符係や案内人は頭脳労働ではなく〈肉体労働〉ではあるが、工場勤務の女工に比べると都会的な仕事であると言える。

23――東京府学務部社会課『求職婦人の環境調査』（一九三一年）三八頁。

24――前掲斎藤美奈子論（三九頁）によると約七割である。

25――この時期女性向け職業指導のための実用書が数多く出版されており、これは就職志望の女性の増加を示唆するものと言えよう。内容は女性が就ける職業の一覧、仕事内容や給料などの情報、各職業に必要な資格の有無、そしてその資格取得のために通学すべき学校の一覧、など非常に充実している。例を挙げれば一九二八年の増尾辰政『婦人の職業』（中央職業研究所）、二九年の女子大学講義編集部編纂『職業別学校案内と婦人職業指導』（総文館）、同年の前田一『職業婦人物語』（東洋経済出版部）、三一年の新川正一『女学校から職業へ』（交蘭社）、谷村政秀・小野磐彦『婦人職業の実際』（桃源社）、三二年の河崎ナツ『職業婦人を志す人のために』（現人社）、三三年の芳進堂編集部『最新東京女子学校案内』（芳進堂）などである。

26――東京市役所『婦人職業戦線の展望』、前掲、八一頁。

27――最終的に「私」は「墨汁会社と、ガソリン嬢と、伊太利大使館の女中」の紹介状を渡される。林芙美子『放浪記』（二〇〇四年、新潮文庫）二八頁。『放浪記』における職業の分析には、金井景子の『真夜中の彼女たち』第五章「販女の手記」（一九九五年、筑摩書房）がある。

28――一九二五年一一月号に、「教師のサークル」という四頁の欄があり、「この一欄を教師の方々のために設けます。

不平談、失敗談、成功談等自由に御使用下さい。」とある。編集部が読者に教師が多いことを予想していることが窺える。
29――小平麻衣子「『若草』における同人誌の交通――第八巻読者投稿詩について――」（『語文』一五二輯、二〇一五（平成二七）年六月）六〇頁、六七～六八頁。
30――『若草』では一九三〇年六月諏訪三郎の「家庭荒しのハッテイ」に出てくる。
31――山川菊栄「景品つき特価品としての女」（『婦人公論』一九二八年一月）。引用は『山川菊栄集　第五巻』（一九八二年、岩波書店、四頁）に拠る。
32――女子大学講義編集部編纂『職業別学校案内と婦人職業指導』（一九二九年、総文館）。引用は『時代が求めた「女性像」――大正・戦中・戦後にみる「女の一生」――第7巻』（二〇一一年、ゆまに書房、二頁）に拠る。
33――山本由加里「解説」、『婦人職業戦線の展望』、前掲、四頁。
34――事務員三三三七人中の一二五人、店員二一一五人中の九一人、タイピスト九二八人中の五一人。『婦人職業戦線の展望』前掲、六七頁。
35――『大正・昭和の風俗批評と社会探訪――村嶋歸之著作撰集　第4巻　売買春と女性』（二〇〇四年、柏書房）三九七～四〇二頁。
36――山本由加里、前掲、四頁。
37――コムソモール（全連邦レーニン共産主義青年同盟）の女子同盟員のこと。
38――小平麻衣子は「林芙美子と文芸誌『若草』――忘却された文学愛好者たち――」（『国語と国文学』二〇一七年五月、八五～九〇頁）で、『若草』の「中学卒業程度の学歴の」多数の読者と「一つの文学傾向をアイデンティティにはしない」で「文学〈愛好者〉にとどまる者たちのため」の雑誌を作るという『若草』の編集方針について言及している。
39――「『女人藝術』創刊のつどひ」（『女人芸術』一九二八年八月）
40――堀江かど江「編集後記」（『女人芸術』一九二八年一二月）

# 『若草』におけるエキゾチシズム――〈南〉の魅惑

ジェラルド・プルー

## はじめに

一九二八年（昭和一二）四月号の『若草』に、金子光晴が翻訳したシャルル・ボードレール（Charles Baudelaire）の「旅のいざなひ」が掲載されている。ボードレールの作品は単なる地理的な描写を超えており、世界の果てから来た船、温かい色彩、「オリエンタルの光輝《てりかがやき》」のようなイメージが、詩の幻想にエキゾチックな味を確実に感じさせる。[*1]その金子光晴の「旅のいざなひ」は、当時彼が体験していた個人生活の出来事にも関連づけられる。一九二八年四月には日本に住んでいたが、上海から帰ったばかりで、同年の終わり頃から中国、東南アジア諸国を経て、ヨーロッパまで再び旅に出るのである。一九二八年から一九三二年までの外国における自分の旅行についての作品、あるいはそれらの旅行から発想を得た作品を数々『若草』に発表した。

実は、旅への呼びかけは金子光晴によるものだけではなく、四月号のいたるところに現れる。同号の様々なエッセイ、フィクションにおいて、旅のテーマ、特にエキゾチックと見られている他所への旅が取り上げられているのである。四月号の目次のすぐ後、南京、モスクワ、ナポリ、ロンドン、スイス・アルプス、チロル、リオデジャネイロ、パリを、写真と合わせて紹介している八つの短編「異国風景と断片」がその一例である（図版1）。日本国内の様々なところに関する作品も読める。これらの作品の目的は、異国趣味、日常生活からの脱走を読者

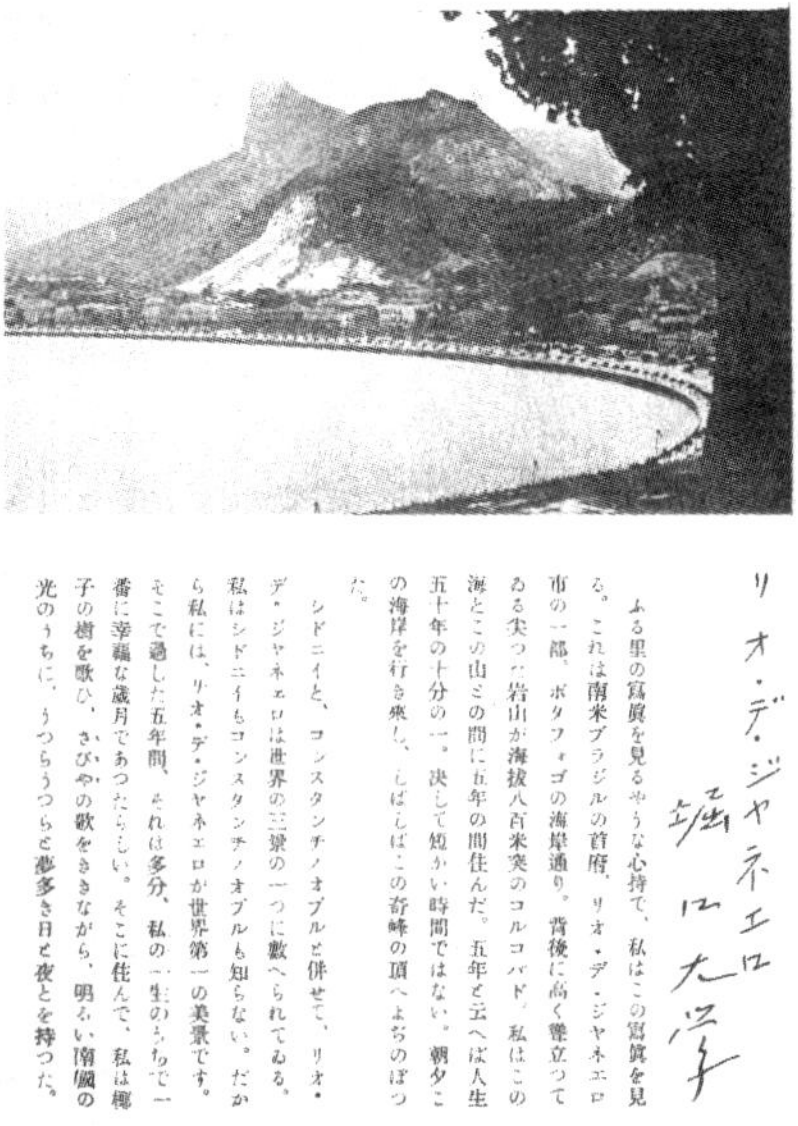


図版1　堀口大學「リオ・デ・ジャネイロ」、1928年4月

に提供することにあると思える。

四月号『若草』に見られるこうした現象は、単なる付帯現象ではないという立場にたち、旅というテーマ、そしてエキゾチシズムや〈南〉への志向が、この雑誌編集の一つの逃れられない編集方針であったことを、以下検討してみたい。〈北〉への志向も見られるが、ここでは取り上げない。

なお、〈南〉という問題を取り上げると、それについての言説の変遷をテーマ的に、また時系列的に整理しなければならない。一九四〇年頃までに『若草』の中の旅行を通して表現されているエキゾチシズムの多面的な分析をした後、〈南〉という問題にフォーカスを絞ることによって、政治的言説がどのように文学的言説を制圧したか、あるいは、しなかったかも、検討する。一九四〇年前後から、人間的な「異国」と地理的な〈南〉は、政治的なニュアンスが強い「南方」や「南進」に置き換えられていくからである。

## 1　『若草』における旅

『〈エクゾティスム〉に関する試論』（Essai sur l'exotisme）の中で、ヴィクトル・セガレン（Victor Segalen）は、「Exo《エクゾ》」という接頭辞を通じて、次のようにエキゾチシズムを定義している。

私たちの日常的な、現の意識行為全体の外にあるもの。私たちの習慣的な「精神的色調」でないもの。[*2]

セガレンのいうエキゾチシズム、つまり「私たちの習慣的な精神色調」でないものが、時間の観点と空間の観点、二つの観点から考察されている。セガレンは年代記やH・Gウェルズ（H.G Wells）の小説を例に挙げながら、時間の観点を歴史的エキゾチシズムに相当させる。『若草』にもそのような歴史的エキゾチシズムがないわけではない。例えば、一九二五年一二月号に、坪内逍遙によるシェイクスピアの『ジュリアス・シーザー』の翻訳の抜粋が紹介されている。それに対して、空間の観点は、地理的エキゾチシズムに相当している。

この地理的エキゾチシズムは一般的に地理的描写や紀行文学によって表現されている。「旅」という字が『若草』の作品の題に何回現れているかを統計的に見ると、五八回という結果が出る。詩歌よりフィクションの散文のほうが多いが、翻訳にも映画評論にも見つかる。〈南〉はこのエキゾチシズム化の対象となっている。一九三四年一月号に、モダニズム文学の代表者の一人である竹中郁は、ボードレールの「旅への誘い」のオマージュとも言える「旅への誘ひ」を載せている。

…あす南洋へゆくんだよ。一緒にゆかないか？
受話器のなかへつたはつて若い雨、まいにちの夕立沈《スコオル》んでゐる珊瑚礁。

私も旅へ出たい。うつかりと、ぢや一緒にゆかうと返事をしさうになつて、私のなかを縞馬のやうにはしるお金や家やつとめのこと。私は荒れてゐる。電話線のなかには快いひゞきが、私の胸の心臓が…

おまへは明日、立つてゆく。私はおまへの耳に封じこめる、私のきこえぬ吐息とあつい熱とを。
港に一すぢの水脈をひいて、鴎が二こゑぴい〳〵と鳴いて、おまへの汽船は出てゆくだらう。
私は白い封筒に、私の思ひのたけを書いて籠めた。旅へ出たかつたんだと。そして、わざとおまへの立つたあとへ著くやうに、ゆつくりと投函した。[*3]

南洋というテーマの出現によって、夕立、珊瑚礁、港、鴎、縞馬といったエキゾチシズムの表象は、汽船、電話線のような機械的モダニズムと絡んで、ふんだんに使われている。この詩は、〈南〉と旅の関係を理解するのに重要な作品だと言える。登場人物は、すでにステレオタイプ化されている〈南〉へ、不明の力によって駆り立てられているようである。

『若草』創刊号（一九二五年一〇月）から、文芸募集欄の中に小説、戯曲、詩、日記文、書簡、感想のほかに紀行文の募集が独立的に出てくるのは、紀行文のジャンルとしての重要性をよく示している。次の一一月号には、紀行文が五つも掲載されている。多くが奈良、広くいえば関西を目的としているそれらの紀行文で、女性読者の古典主義傾向が露出してはいるが、そのうち、現代的、敢えていえば、モダニズム風の投稿も読める。竹村千代子の「アリゾナ丸にて」[*4]は、奈良への到着や町の描写を取り上げない稀な投稿である。移動の面白さと不便な面、船による旅行の国際性（日本なら電車の旅は必ず国内の移動に限る）[*5]、船に関する詳しい情報、船の旅の不愉快、病気などの批判的な言説によって、また、カタカナの使用によって、旅を、ほかの寄稿には見られない視点と形式から取り上げ、新感覚派や新興芸術派の色合いも感じさせる。

しかしながら、読者への紀行文募集は長くは続かなかった。募集はまだ行われているにもかかわらず、一一月号以降、紀行文は一つも掲載されなかった。投稿が不足していたのか、投稿の質が不足していたのか、理由は分からないものの、紀行文の募集は一九二六年七月号まで続いたが、その後中止となった。紀行文の募集の妥当性について、『若草』の読者層と合わせて考えてみると、問題点がいくつかあったと考えられる。一一月号の五つの紀行文のうち、修学旅行をテーマとしているものが四つあり、まだ若い読者の「文学的」表現の試作と考えられる。女性の教育は一九二〇年代に一般化されていたが、紀行文を書くための個人体験はまだ限られていただろう。奈良への修学旅行はその唯一のきっかけであったのではないか。また、紀行文のジャンルとしての様々な要求は、若い読者には把握されていなかったとも考えられる。彼女たちは、旅に教育の成果を見ていただけで、他所と他人とのやりとりを通じての自己発見の可能性だとの考えには、まだ至っていなかったようである。

実は、作家による本格的な紀行文を読むには、一九二七年五月号まで待たなければならならない。「旅のエピソード」というタイトルの下で、南部修太郎、新居格、戸川貞雄、川端康成、岡田三郎は、それぞれ北京、鹿児島、基隆、伊豆〜東京間の電車、ペナン、ローマ、パリの旅行体験を載せている。

それらの中で、旅行するとは何かという基本的な問題に対して、新居格は、「無雑作な水兵の言葉」の中で意外な答えを出している。

旅と云ふ意識を持たない旅、それが私の旅である。極めて無雑作な、云はゞ散歩の延長としか考へてゐない旅、そんなだから山の名も湾の名も知らないで過ぎて行く。字幕もなく、説明もない映画の風景が私の眼の前に展開して行くやうなそんなものである。[*6]

旅行とは、若い女性が奈良へ赴きながら奈良を「憧れ」の所としているように、発見・確認するための行為では

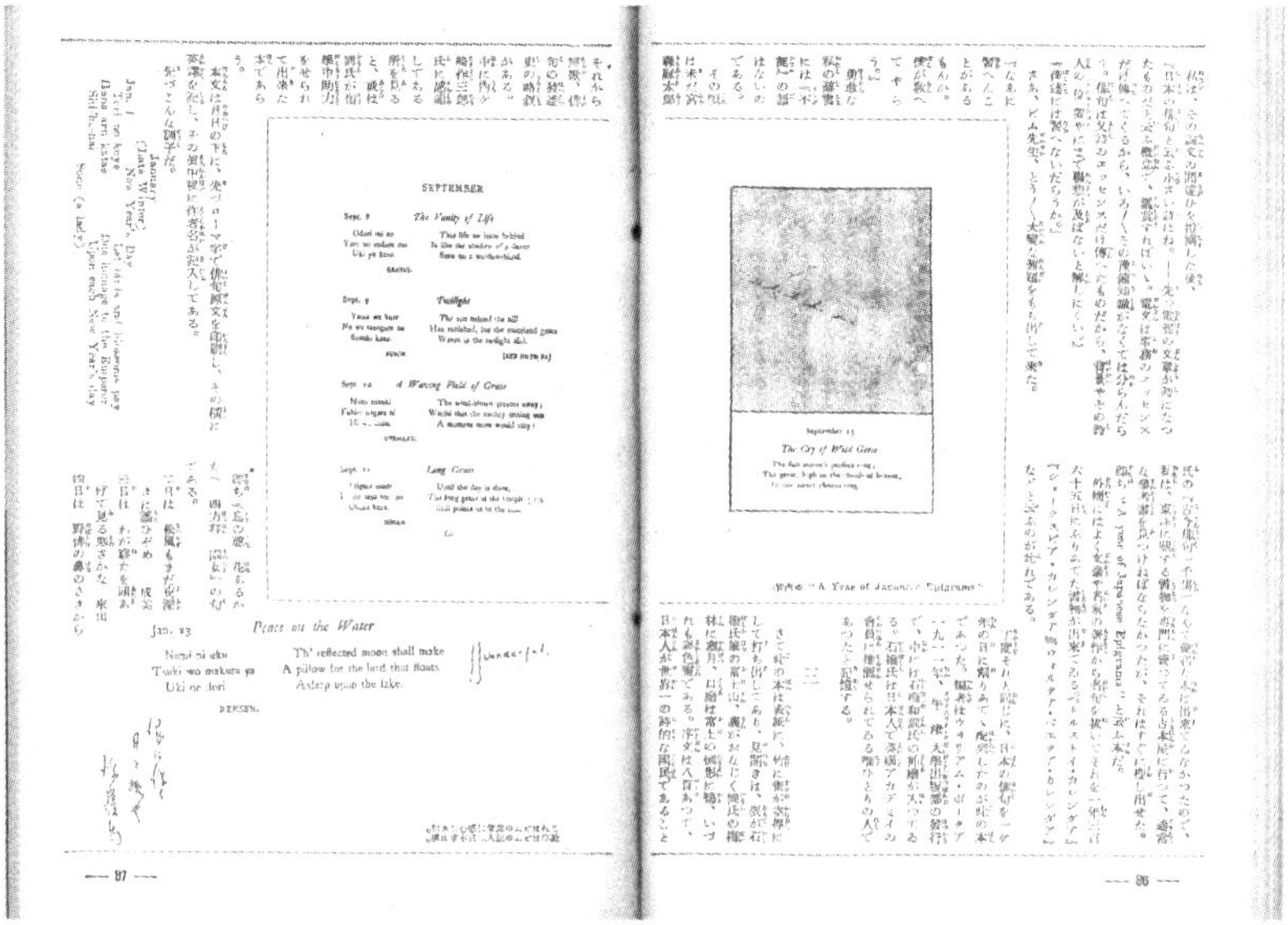


図版2　木村毅「ピム君の俳句論——外遊中の手帳より——（二）」1933年10月

ない。吉田弦二郎は一九三〇年七月号掲載の「旅人の心」という随筆の中で、次のように説明している。

> 人はをりに触れては自己の一切を突きはなして見る必要がある。自分といふもの、真の相を、或へだたりを置いて静観することが大切である。旅をつゞけてゐる間、わたくしたちは家からも妻子からも兄弟からも切り離されて、まつたくの孤独をたのしむことができる。一切を棄て、一切の因縁を断つて旅に生きる日の尊さほどうれしく、寂しきものはない。[*7]

吉田はその後、「Stranger」という言葉が「旅人という感じに近きもの」だと説明して、異国化を旅の基本的な要素の一つだと暗示している。この考え方は「旅」の概念の理論的な基盤を形成しており、若い投稿者ではなく、木村毅や竹久夢二のような、既に文壇に確固たる立場を占めている寄稿者によって展開されている。

一九三三年九月号から一九三四年七月号まで（一九三三年一一月号掲載なし）、大衆文学の代表者の一人である木村毅は、ヨーロッパ旅行をテーマとした「外遊中の手帳より」を一〇回掲載している。その中には日本語、英語、フランス語の文を混ぜ、原稿のコピー、画家エレオノーラ・グーザ・清原玉の略歴、仏大衆文学作家モーリス・デコブラ（Maurice Dekobra）[*8]のサイン入りの文などを取り入れ、モダニズムのテクニックを存分に使用し、『若草』には珍しい、記念すべき芸術的な作品を創っているのである（図版2）。

## 2　『若草』に於ける〈南〉のエキゾチシズム

### A　自然的・原始的エキゾチシズム

竹久夢二は、一九三一年から一九三三年までの欧米諸国の旅行記を一九三四年一月号から五月号まで「旅中備忘録」という題で掲載している。形式は木村の紀行文ほど画期的ではないにせよ、紀行文のジャンルが求めている異国化を表象するために、外国語の挿入といったテクニックが使われている。夢二が書いたハワイについての以下の詩が、視覚作用やローマ字・外国語の使用などという面でダダの詩に近づき、二〇世紀前半の前衛芸術運動と同様に素朴性、原始性、野蛮性などを掲げているようである[*9]（図版3）。

WAHINE wo dakeba muchi muchi no,
Kobaete NAMI no Nui Nui no,
Hana-hana wasurete Horo Horo no.

AKE-NO-KANE kato window akerya,
Koko wa WAIKIKI HIRU ga nai.
KISS ga tobimasu Door wo shimete,
KAZE-NO-MEISYO no NUMANUPARI.[*10]

ハワイの滞在や、日本のそれと比較しての、ハワイの女性と芸術についての連載五回目（最終回）の夢二の言説が非常に興味深い。五回目の「旅中備忘録」は、感覚の転換から始まる。くたくたになった船旅行の果てハワイに着くと、聴覚と嗅覚が最初に刺激される。鳥の鳴き声と花の香りという自然現象が、視覚能力が求められる前に夢二を目覚めさせる。挿入してある和歌は結果として「極楽島」、「処女」、「旅」を取り上げることになり、画家から見ての感覚転換は、旅行者が要求している異国化と同質なものとされている。

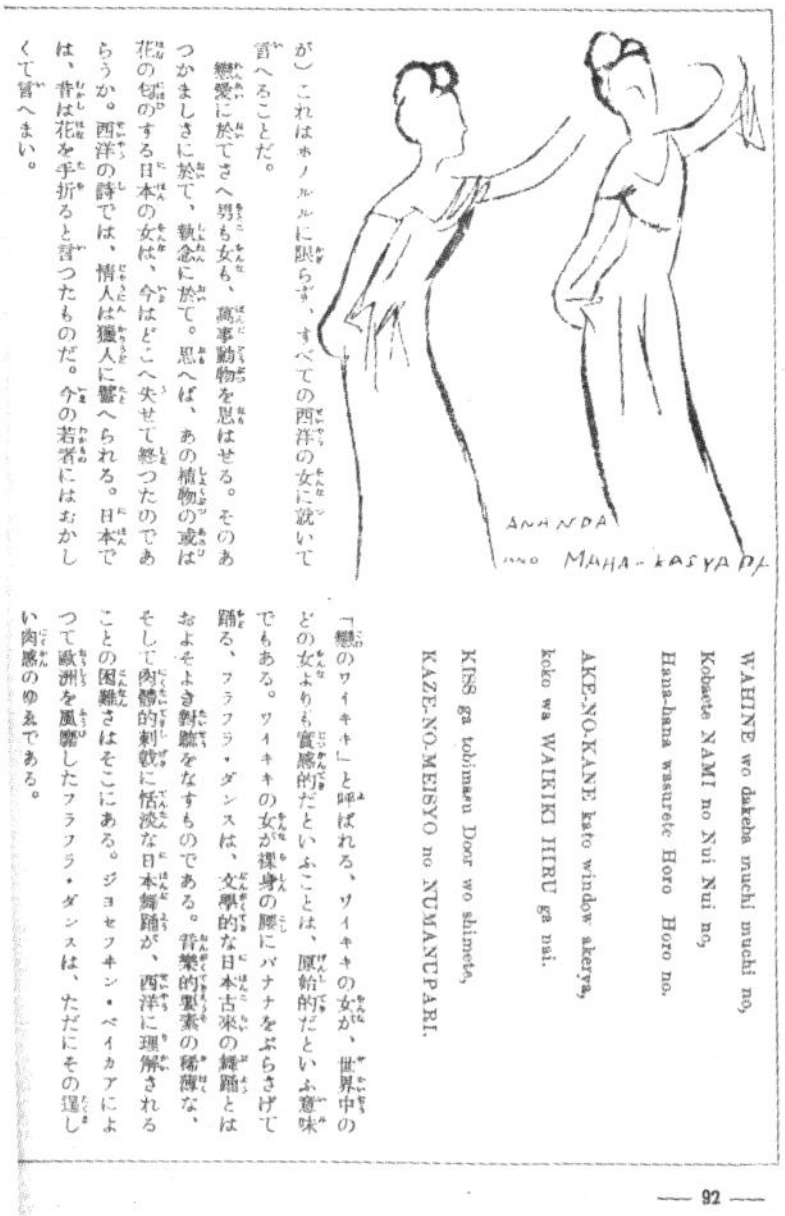
が）これはホノルルに限《かぎ》らず、すべての西洋《せいやう》の女《をんな》に就《つ》いて言《い》へることだ。
戀愛《れんあい》に於《お》てさへ男《をとこ》も女《をんな》も、萬事《ばんじ》動物《どうぶつ》を思《おも》はせる。そのあつかましさに於《お》て、執念《しふねん》に於《お》て。思《おも》へば、あの植物《しよくぶつ》の或《あるひ》は花《はな》の匂《にほひ》のする日本《にほん》の女《をんな》は、今《いま》はどこへ失《う》せて終《しま》つたのであらうか。西洋《せいやう》の詩《し》では、情人《じやうじん》は獵人《かりうど》に譬《たと》へられる。日本《にほん》では、昔《むかし》は花《はな》を手折《たを》ると言《い》つたものだ。今《いま》の若者《わかもの》にはおかしくて言《い》へまい。



WAHINE wo dakeba muchi muchi no,
Kobaeta NAMI no Nui Nui no,
Hana-hana wasurete Horo Horo no.

AKE-NO-KANE kato window akerya,
koko wa WAIKIKI HIRU ga nai.

KISS ga tobimasu Door wo shimete,
KAZE-NO-MEISYO no NUMANUPARI.

「戀《こひ》のワイキキ」と呼《よ》ばれる、ワイキキの女《をんな》が、世界中《せかいぢう》のどの女《をんな》よりも實感的《じつかんてき》だといふことは、原始的《げんしてき》だといふ意味《いみ》でもある。ワイキキの女《をんな》が裸身《らしん》の腰《こし》にバナナをぶらさげて踊《をど》る、フラフラ・ダンスは、文學的《ぶんがくてき》な日本古來《にほんこらい》の舞踊《ぶよう》とはおよそよき對蹠《たいせき》をなすものである。音樂的要素《おんがくてきえうそ》の稀薄《きはく》な、そして肉體的刺戟《にくたいてきしげき》に恬淡《てんたん》な日本舞踊《にほんぶよう》が、西洋《せいやう》に理解《りかい》されることの困難《こんなん》さはそこにある。ジョセフヰン・ベイカアによつて歐洲《おうしう》を風靡《ふうび》したフラフラ・ダンスは、ただにその逞《たくま》しい肉感《にくかん》のゆゑである。

— 92 —

図版3　竹久夢二「旅中備忘録」、1935年5月

このずれ・同質化は夢二がハワイの女性、特にワイキキの女性について自分の意見を書くとき、よく現れている。彼女たちは、世界中、いちばん「実感的」、いちばん「原始的」である。世界を人種的な視点から見ている反面、夢二は、日本とハワイを対立させているかのように見えるが、最終的に日本と西洋を対立させる目的で、日本とハワイの相違を考察している。ハワイの

踊りに対して、文学的な要素が強い日本の踊りを、「音楽的要素の希薄」と「肉体的刺激［の］恬淡」「性」というふうに描写している。これらの相違こそ、西洋における肉体的なジョゼフィン・ベーカーの人気と、日本の踊りに対する西洋人の無理解を説明していると結論付けている。夢二の分析が、ハワイのフラダンスとアフリカを象徴しているベーカーのバナナ・ダンスの区別をしていないのは、夢二がハワイとアフリカの素朴性、原始性などを無差別的に同じレベルで扱っていることを示唆している。

〈南〉の神話的背景を形作っているこれらの島々の女性の原始的美への呼びかけは、昭和初期のエロ・グロ・ナンセンスと強い関係がある。夢二が南洋の女性にフォーカスを当てながら考察している女性美の問題は日本ばかりでなく、西洋にも、当時広く取り上げられている。日本でも、西洋でも、ジャン＝ジャック・ルソー（Jean-Jacques Rousseau）のいう自然状態に近い南洋の女性は、文明や近代化から離れた自由の象徴と思われていた。日本では、小林秀雄、萩原朔太郎のほか、近代化に対する批判的な立場をとった作家として、植民地用の教科書を作るために南洋へ赴任した中島敦や、東南アジアへ従軍作家として動員され、魔境物《ロスト・ワールド》を魅力的に描いた小栗虫太郎などの例を挙げることができる。

近代化にまだ影響されていない自然の神話的〈南〉への探求により、日本文化が積極的に両義的な形で評価されるようになる。〈南〉は、欲望の的であると同時に、日本の踊りに関する夢二の言説がよく示唆しているように、原始性に対する拒否でもあるのである。

川村湊が『南洋・樺太の日本文学』の中で指摘しているように、〈南〉に対する複雑な姿勢は、『少年倶楽部』に一九三三（昭和八）年から一九三九年まで載っていた『冒険ダン吉』の漫画のような大衆文化の表現までに浸透している。神話的〈南島〉に漂流してしまったダン吉は、自分の賢さのおかげで、また、自分が「文明の国」から来ているおかげで、島の「野蛮人」を指導できるようになる。ダン吉がしている腕時計は、時を征服している文明人とそれを征服していない「野蛮人」とを区別する道具となっている。とはいえ、ダン吉が腕時計をしていること自体、昭和初期の子供にとって珍しいものであったのも事実である。それにより、日本人は新しく文明化された国民であり、ダン吉が面している人間は日本人としての自分とはそれほど離れていないという逆説的な結論を、川村は出している。[*11] なお、大衆科学の雑誌にも浸透している当時の盛んな人種学説のなかには、日本人が南洋から移動して来たことを主張している学説があるのも忘れてはならない。[*12]

〈南〉と女性像を最も明確に表現している作品は、琉球と関係がある詩である。沖縄に興味を持ったらしい、[*13] 元プロレタリア文学の作家田邊耕一郎が、一九二六年四月号に載せた詩、「琉球の娘」である。

琉球の娘は接吻を知らない
波止場で揺れるバナナの船をきゝ
海からよじ登る大きな月をきゝ
海老のやうに奔放な髪を腰にしいて
お前は月の夜の橙椰樹の蔭で恋をする。……

お前は毎朝古雅な井戸へ通ふ
道ばたの草に蝗を踏みつぶし
井戸の古風なピアノをきゝ分け
汲み上げた桶にメロンを没してむしやむしや食ふ
瞳は三日月のやうに空にかゝり

　お前の健康な食欲は飽くことを知らない。

お前は太陽を夢みて月をはらみ
胸にはみ出る乳房は火山
海や空を眺めるその瞳は玲璃と澄み
ほんとに接吻を知らない処女のやうだ
お前が狂人だつたらどんなにか美しからう。……[*14]

この詩の中で、好色、自由性欲、バナナ・メロン・ヤシの木などのエキゾチックな表象は、日本本土に近い〈南〉の魅惑的な感覚を、女性を通して表現している。
　実は、『若草』創刊号の「最初の言葉」には、すでに編集者が〈南〉を無意識に視野に入れていたことが窺える。

　　秋、そして冬、そして冬、荒寥たる冬、「若草」はその冬にむかつてかぎりなく伸びようとしてゐます。
　暖い太陽の光ぞあれ、愛のめぐみぞあれ、そして「若草」をめぐる人々の上に幸福であれ。[*15]

「暖い太陽」は単なる比喩としても読めるが、使用されているイメージは、幻想された〈南〉と不可避的に繋がっているだろう。

## B　政治的エキゾチシズム

以上、複数の例を通して見てきたように、『若草』の最初期の言説は、女性像と関連付けられた幻想的エキゾチシズム、原始性、文明拒否を通じて、暑さ、太陽、自然を肉体的に実感させるヤマト言葉〈ミナミ〉の伝統的なイメージを活用している。〈南〉のニュアンスが変化する最初のテキストと考えられるのは、一九三三年九月号掲載の浜口鶴雄の「グアム島占領奇談――A TRUE FAIRY TALE」である。浜口が米国によるグアム島の植民地化に興味を示しているこの歴史随筆は、八年後の太平洋や東アジアの日本侵略を予告しているようである。しかし、〈南〉を取り上げていながら、「南方」や「南進」という言葉によって〈南〉を政治化させるようになったのは、一九三七年からである。

このパラダイム転換は、もちろん前年の外交的・政治的変化に因る。一九三六年八月に発表された「帝国外交方針」の「国策の基準」が「東亜大陸に於ける地歩を確保すると共に南方海洋に進出発展するに在り」と明確しているように、南への進出が必然的となっているのである。[*16] この転換が、「南方」「南進」「海洋」の『若草』の中の頻出度で分かる。「南方」が題の中で使用されているのは八回で、一九三七年の一回目を除いて、一九四二年にいっせいに七回現れる。一九四二年二月のシンガポール陥落と関係があるのだろう。「南進」は、一九四一年と一九四二年に二回使われている。「海洋」は、全部で六回で、そのうちの四回は一九四〇年から一九四三年の間に現れている。

〈南〉という言葉がタイトルに現れている唯一の例は、一九四二年九月号であるが、その場合も、使用コンテキストは、ボロブドゥール遺跡など、インドネシアの歴史を紹介しているにとどまる写真であり、政治的なニュアンスは、次の例でみるようには、はっきりと表出していない。なお、「南洋」という言葉は、タイトルのレベルでは、一回も使用されていないのも、興味深い。

象徴的に、「南方」が最初に使われているのが、「旅」の問題性が地政学の問題性へ移った時である。一九三七年三月号に、田邊耕一郎は「南方紀行」を掲載する。しかしながら、この旅行は予定通りには運ばないのである。ナレーターが友人と一緒に乗船した船は、基隆に向かう途中、故障してしまい、航路を中止しなければならなくなる。一一月にもかかわらず裸の子供が海の中で遊んでいる幻想的な〈南〉と、外国人とストリートガール[*17]が氾濫している「エキゾチックな港町」[*18]神戸のイメージから始まるこの船旅ではあるが、不潔で狭い三等船室の事実、台湾へ移住している家族の社会的事実（石川達三の一九三五年第一回芥川賞受賞『蒼氓』の描写に近い）、機械的な描写などが、〈南〉の幻想が打ち消された後、「生存」という新たな幻想として前面に押し出されてくる。「南方」、〈南〉、幻想、そして破綻に終わってしまうこの「南方紀行」には、日本軍の南進政策の比喩的な予告を、敢えて読みこんでみたい。

同号における〈南〉のイメージは、憧れの対象ではありながら、アンビヴァレントでもある。ロシア出身のフョードル・オツェプ（Fedor Ozep）監督により映画化され、一九三四（昭和九）年に封切られたシュテファン・ツヴァイク（Stefan Zweig）作『アモク』に対する評論が載っているが、『アモク』の中で登場しているマレーシアは、憧れの天国ではなくなり、狂気状態に陥りかねない、住むに堪えないところとなっている。

政治的な〈南〉への転換は、シンガポール陥落後に明らかに確固たるものになる。幻想的な〈南〉の上に政治的な言説が重なってきてしまう現象は、掲載されている写真に特によく現れている。ミンダナオ島のヤシの木と砂浜には旭日旗を掲げている日本兵（図版４）、涅槃像の前に立っているビルマ人と日本兵（一九四二年五月号）、ヤンゴンの卒塔婆と戦場（一九四二年六月号）、「震撼する豪州」というキャプションがついているシドニー港（一九四二年七月号）、というような二重言説が見られる。一九四二年から、〈南〉は必ず戦争状態と関連づけられ、『若草』創刊号から読者を魅了してきたイメージは、国際情勢と編集コンテキストに合わせられ、再活用されているのである。
昭和初期、女性を大テーマとしていたエロ・グロ・ナンセンスが、改変した形で使用されているケースも見られる。一九四二年六月号で、守安新二郎がインドネシア女性の「問題」を取り上げているのはその一例である。センセーショナルな民俗学といってもいいほど、同様の問題がエロ・グロ出版物の記事の中に存分に見られていたが、守安の記事で、エロ・グロのテーマが新コンテキストに迎合するかのように、インドネシア女性は、オランダ人が追い出されてからインドネシアの再生のカギと描写されている。インドネシア女性は性格が強いからこそ重要な役割が果たせる、という単純な民俗学的分析に基づいているが、そのインドネシア人は、教育がないために、日本女性と比べて低く見られている。従って、日本女性の重要性が守安の記事の本テーマとなってしまうのは、結論にいたると意外な言説的転換だと言える。

図版4 「軍艦旗」、1942年5月

インドネシア女性を指導するとともに、時代の少年少女を、新しく錬成させる上にも、日本女性の協力こそ唯一無二のものである。この一事を肝に銘じて、日本女性は今こそインドネシア女性と協力し、新しき発展へ、向上へ巨歩を前進せしめねばならない。*19

インドネシア人に対する劣等視は、同年一一月号に「南方民族」という題で民族誌的に紹介している

図版5　「スマトラ秘境のアチェ族」、1942年11月

写真とキャプションを通じて、明確に表現されている。アチェ族は「スマトラ秘境」の民族（図版5）、イゴロット族は「大自然の子」の民族、サカイ族は幼児化、つまり未開民族であると、エロ・グロ的に紹介されている。また、エロ・グロ的言説は、英国兵の屈辱、「日華親善」などの写真によって、戦争に関する日本の政治的スタンスを後押しするようにもなる。

歴史的コンテキストを前に行われている文学的再構成の例として、一九四二年七月号に掲載された漫画家の中村篤九の短編「ア・セラポール行列車」が挙げられる。「防諜コント」のシリーズに入っているこの短編は、巧妙に、マレー半島の紀行文ジャンルと、当時瀕死であったモダン的ユーモアと、日本国家のパラノイアと関係のあるスパイ文学とを混合している。

「ア・セラポール行列車」は、探偵小説がスパイ小説に代わりつつある昭和一〇年代の『新青年』にも掲載できただろう。ナレーターがマレー半島を走る電車の中で出逢った長いひげをはやしている旅客が、語り始める。自分の尋常でなく長く広がったひげの中に、スパイを隠していると言う。彼は、次の駅で降り、自分で火薬庫に火をつけなくても、火薬を台無しにすることができる。天気の話をするだけで、噂が伝わるうちには、暑さで「町中が火のやうになる」[*20]というのを曲解した誰かが、火薬庫に水を流してくれるのだという。ナレーターが驚くあまり、スパイと自己主張していた男は、今まで語った話はでたらめのものであると言いながら、「いいですか、兎も角他人の言葉に、一々愕いたり或は耳を傾けてはいけませんよ」[*21]と警告し、ひげで隠していた子猫を見せるという、戦前の典型的なナンセンスのオチでテキストが終わる。この短編はスパイ・国防小説ジャンルに入っているが、同時に、「他人の言葉に［…］耳を傾けてはいけませんよ」という警告は、国家が掲げている諸スローガンなどにも耳を傾けてはいけないというふうにも逆説的に読めないわけではない。

## 3　結論

今まで紹介した作品により、〈南〉に向けた、エキゾチックな旅の問題がいかに戦前日本の歴史的・政治的な事情に影響されているかを、示しえたと思う。一九三五年ごろまで旅と女性像を通して神話的・幻影的と見られてきた〈南〉は、その後戦争状態と外交的事変によって変化していく。自由がますます制限されている時代に、出版界は、権力の指導に従うか、黙るかという選択に迫られていた。〈南〉に関する限り、『若草』の編集方針は、権力の指導に従う立場をとっているように見えるが、掲載されたいくつかの作品の言説は、曖昧である。中村篤九のテキストのように、国家の訴えている政策を正式に取り入れながらも、読者にほかの理解可能性を与えたり、またほかの作品では、極端でナンセンス的な方法によって、様々な言説を相対化するエロ・グロ・ナンセンスのテクニックを直接借用したりしているのである。『若草』のエキゾチシズムが醸し出す「異国化」は、ナチ政権時代のミステリー小説を研究しているヴァンサン・プラティニ（Vincent Platini）が命名した「外国小島」（îlots étrangers）に相当している。

ドイツ大衆文化の中から現れるこれらの外国小島は、それほど息苦しくない他所への乗船桟橋に相当している。[*22]

重なる拘束にもかかわらず、『若草』の読者は、雑誌のあちらこちらに「それほど息苦しくない他所への乗船桟橋」を発見することができたかもしれない。もっと広くいえば、昭和一〇年から二〇年にかけての大衆文化の諸作品の全体を、読者に与えられた理解可能性の観点から、再分析しなければならないのではないだろうか。

## 注

1——二〇一五年六月二一日から九月二三日までの国立西洋美術館の展覧会「ボルドー展——美と泥酔の都へ——」のキュレーター、陣岡めぐみは次のように書いている。「ボードレールの「旅の誘い」でうたわれているのは、通常はオラダンとされるが、ガロンヌ河に沿って三日月の形に造られた「月の港」を中心とする街では、「秩序と美」が統べる都市の景観美が生まれ、ワインや植民地の産物を扱う富裕な商人たちは「豪奢、静謐、そして悦楽」に満ちた生活を送る…。」（展覧会カタログ、二〇一五年、TBSテレビ出版、一〇頁）。

2——Victor Segalen『Essai sur l'exotisme』（一九五五年、Librairie Générale Française 出版）三八頁。「Tout ce qui est « en dehors » de l'ensemble de nos faits de conscience actuels, quotidiens, tout ce qui n'est pas notre « Tonalité mentale » coutumière 」。訳は引用者による。

3 ——『若草』一九三四年一月、二四二〜二四三頁。

4 ——一九二四年に、アリゾナ丸は大阪商船に属しており、上海・米国ピュージェット湾の航路線を通行していた。一九二〇年に造られ、一九四二年ガダルカナル島沖で沈められた。

5 ——湯浅篤志『夢見る趣味の大正時代——作家たちの散歩風景』（二〇一〇年、論創社）一二〜一八頁。

6 ——『若草』一九二七年五月、二二頁。

7 ——『若草』一九三〇年七月、二頁。

8 ——フランスの作家とジャーナリスト。一九二五年作『寝台車なマドンナ』（一九三〇年邦訳）で特に有名。

9 ——J. Weigerber 編『Les avant-gardes littéraires au XXème siècle Volume 2 : théorie』（一九八六年、John Benjamins Publishing Company 出版）七六三〜七六八頁。

10 ——『若草』一九三四年五月、九二頁。

11 ——川村湊『南洋・樺太の日本文学』（一九九四年、筑摩書房）二四〜二六頁。

12 ——『世界地理風俗体系　四巻』（一九二九年、光文社）四八頁。

13 ——たとえば、一九四〇年一〇月の『月刊文化沖縄』の中で「読んで伺《ママ》う感ずる？　文化映画「琉球の民芸評」」という記事を掲載した。

14 ——『若草』一九二六年四月、一二頁。

15 ——『若草』一九二五年一〇月、ページ外。

16 ——綾目広治編『モダン都市文化　東南アジアの戦線』九七巻（二〇一四年、ゆまに書房）七〇五頁。

17 ——『若草』一九三七年三月、九六頁。

18 ——『若草』一九三七年三月、九五頁。

19 ——『若草』一九四二年六月、三七頁。

20 ——『若草』一九四二年七月、八〇頁。

21 ——『若草』一九四二年七月、八一頁。

22——Vincent Platini『Lire, s'évader, résister – Essai sur la culture de masse sous le IIIe Reich』（二〇一四年、La Découverte 出版）二四〇頁、「Ces îlots étrangers qui émergent dans la culture de masse allemande sont comme des points d'embarquement vers un ailleurs moins étouffant」。

# 教養としての映画――『若草』の映画記事をめぐって

吉田司雄

## 1　一九二〇年代の教養と映画

一九二五（大正一四）年一〇月、女性を主とする文芸雑誌として創刊された『若草』は、演劇・映画・美術・音楽・スポーツなど文学以外の領域に関する論説も積極的に掲載し、第五巻第二号（一九二九年二月）からは頁数も増え総合雑誌の色合いを濃くしてゆく。それに伴い「女性作家に注目した文芸雑誌としての編集の姿勢は下降していく」とされるが[*1]、今日から見てその多彩な誌面は、女性を中心とする読者層に新たな教養を授けようとする啓蒙的な姿勢が強く打ち出されていったものと見えなくもない。明治時代の『女学雑誌』（一八八五年七月～一九〇四年二月）のように良妻賢母主義に立つ婦人啓蒙を企図するのでもなく、明治末から大正前期に女性だけの表現の場を拓いた『青鞜』（一九一一年九月～一九一六年二月）のように尖鋭的なフェミニズムの立場に立つのでもなく、様々な文化領域を横断的に扱っていく『若草』の姿勢は、日本の女性雑誌の歴史のなかでもっと注目されていい。いささか強引ではあるが私には、一九三七年創刊のファッション雑誌『マリクレール』（Marie Claire）の日本版（一九八二年七月創刊、中央公論社）が売れ行き不振にあえぐなか、文芸雑誌『海』の編集者だった安原顯が副編集長に就任することでハイブロウな文芸・思想雑誌へと変貌、バブル経済期の日本で一世を風靡したことを思い起こさせる。その遠い先蹤を、昭和モダニズムの時代に新しい教養の運び手たらんとした『若草』に見たいのだ。

教養──この言葉は、大正時代の日本を語るのに欠かせないキーワードである。大正教養主義の代表作と言われる阿部次郎『三太郎の日記』（一九一四年〜一九一八年）に明らかなように、この時代の教養とは学問を通して人格を高めることにあり、単なる知識の集積ではなかった。大正教養主義を主導した出版社の一つが阿部次郎の第一高等学校時代の同級生だった岩波茂雄の岩波書店（一九一三年、古書店として創業）。夏目漱石の知遇を得て一九一四年に『こゝろ』を出版、漱石没後は絶筆『明暗』や最初の『漱石全集』を刊行した岩波書店は、昭和に入ると岩波文庫（一九二七年七月一〇日創刊）、岩波全書（一九三三年一二月一〇日創刊）、岩波新書（一九三八年一一月二〇日創刊）といったシリーズを出し、古典的な名著や最新知識を詰めた啓蒙書を廉価で提供してゆく。けれども、「岩波書店が掲げた「教養」という思想がそのままでは通用しなくなった時代に岩波文庫は生まれた[*2]」とも言い得るのであり、「二〇世紀初頭に日本の高等教育機関が整備され、体系化されたのち、その学校教育の形式主義では満足できない男子学生たちに向けられた文化的蓄積の「課外」教育を意味[*3]」していた「教養」がもっと広い層へ、そして女性たちにも解き放たれた時代が昭和初期だったのである。そして、日本版『マリクレール』がそうであったように、映画こそが『若草』の称揚する新しい教養の核の一つであったのではないか、というのが私の見立てである。

もちろん小平麻衣子『夢みる教養──文系女性のための知的生き方史』（二〇一六年九月、河出書房新社）が詳述するように、大正期の人格主義の延長線上にある「女性の教養」がステイタスの証として求められるようになったとしてもエリート男性のそれとは内実が異なっていたし、かえって女性を封じ込める抑圧装置として機能した面も否めない。また、『若草』の映画記事は必ずしも女性をターゲットとしたものではなく、そこで取り上げられた映画を鳥瞰するだけでも、決して女性読者を強く意識した誌面作りでなかったことは一目瞭然だろう。それでも『若草』からは、昭和戦前期における映画受容の一つの傾向が見て取れると思うのである。

とはいえ、『若草』の映画記事に触れる前に、まず当時の日本映画の状況を概観しておこう。一八九五年一二月二八日に公開されたリュミエール兄弟のシネマトグラフは一八九七（明治三〇）年一月九日には京都の紡績染色企業家・稲畑勝太郎とリュミエール社の映画技師コンスタン・ジレルによって日本に持ち込まれ、二月一五日から二八日まで大阪南地演舞場で一般公開されている。トーマス・エジソンの発明したキネトスコープも前年の一八九六年一一月には鉄砲商人・高橋信治の手で神戸に持ち込まれていた。この時期「活動写真」という言い方が映画の訳語として定着するが、日本における映画の上映形態として重要なのは、キネトスコープの初上映の時から、「活動弁士」と呼ばれる説明役がついたことである。人形浄瑠璃（文楽）の太夫や歌舞伎の出語りといった古典芸能の形態をそのまま踏襲した形で無声映画は上映され、大衆的な新しい見世物として浸透していった。上映館はそれぞれ専属の活動弁士を抱えるようになり、観客はむしろ弁士をお目当てに訪れることも多かった。内容的にも、日本映画の父と呼ばれる牧野省三監督が見出した最初の映画スター・尾上松之助主演の旧劇（時代物）が大人気だった。映画創成期から文化国家の威信をかけて、『ギーズ公の暗殺』（一九〇八年）のような芸術映画（Le Film d'Art）を目指したフランスとの懸隔は大きい。もちろん当時の日本にも、「全くあの松之助の写真を見ては、日本人の劇、日本人の頭が悉く醜悪なものに思はれ、あれを面白がつて見物する日本人の頭脳や趣味が疑はれて、日本人でありながら日本と云ふ国がイヤになつた」とのちに述べた谷崎潤一郎（「東京をおもふ」『中央公論』一九三四年一月〜四月）のように、西洋映画をひいきとし、日本映画の現状を憂えた人々がいなかったわけではない。それゆえ谷崎はハリウッド帰りのキャメラマン・トーマス栗原と組んで大正活映（一九二〇年四月大正活動映画株式会社として創業）で自ら映画製作に関わってゆく。けれども、一九二三（大正一二）年九月一日の関東大震災で東京の撮影所が被災、映画製作の拠点が京都に移ると「時代劇」（「旧劇」から呼び名が変わる）がいよいよ主流となり、傾向映画と呼ばれる思想性を持った映画が流行したりもするが、若い女性にふさわしい教養や趣味として映画鑑賞が認知されていたとは必ずしも言い難いのが、大正末から昭和初期にかけての日本の状況だった。それゆえ、女性雑誌として出発した『若草』の映画記事では、明らかに初期からある種の選別と排除が働いている。では、『若草』が注目したのはどのような映画だったのか。

## 2　『若草』の映画芸術論

『若草』が映画を最初に大きく取り上げるのは第二巻第一一号（一九二六年一一月）の「映画随筆」で、稲垣足穂、村山知義、米沢順子、武藤藤介、清水孝祐、尾形亀之助、小野十三郎の七名が寄稿、さらに「文芸講話」として酒井真人「映画芸術論」を掲載している。第三巻第七号（一九二七年七月）では「劇場・映画」という欄に池谷信三郎「映画雑感」、森岩雄「蜜豆とヂヤヅと映画喜劇と」、南部修太郎「ブルウバアド映画の思出」が掲載され、第四巻第四号（一九二八年四月）で「特輯附録 映画芸術研究」が組まれるに到る。「映画芸術論」や「映画芸術研究」という言い方からも分かるように、『若草』が大きく取り上げるのは映画の芸術的側面であった。「特輯附録映画芸術研究」の「1 映画の本質」が強調するのは「活動写真」と「映画」とを区別する「大写し」（Close Up）の表現効果であり、日本独自に発達した「活弁」（活動弁士）という映画の説明者を「演劇模倣時代の遺物に過ぎない」と一蹴、「大写し」以降に発明された「カツト・バツクやカメラの旋回、俯仰、ついには移動（トラベリング——引用者注）等が発明される」ことで、「シネマは演劇の従属物としての低い地位を否定し、文学に接近して、文学的映画となつた。この代表的作品「散りゆく花」は第八芸術完成さる！ と嘆賞された」と述べている。「第八芸術」という言い方は、イタリア生まれの詩人リッチオット・カニュードの「第七芸術」を踏まえたものであろう。カニュードは時間芸術（音楽・詩・舞踏）と空間芸術（建築・彫刻・絵画）をつなぐ新しい芸術すなわち「第七芸術」と映画を呼んだのだが、ここでは第七の芸術として演劇がカウントされ、映画は演劇を乗り越えることで新たな芸術たりうるとする考え方に立っている。『散りゆく花』（一九一九年）はD・W・グリフィス監督、リリアン・ギッシュ主演のアメリカの無声映画であるが、文学的映画と並んで絵画的映画を唱えたフランスのモーリス・ターナーの名前も挙げ、両者の葛藤に目を向けながらマルセル・レルビエ、アベル・ガンス、ルイ・デリュックらに触れている。「特輯附録 映画芸術研究」の特徴はフランスやアメリカのみならず、イタリア映画、ドイツ映画、北欧映画、日本映画、さらには労農ロシア映画までもが写真ページで紹介されていることで、こうした傾向は以後の『若草』でも継承されてゆく。「Ⅳ 映画の現勢と新しい方向」で最初に挙げられているのは、『カリガリ博士』（ロベルト・ヴィーネ監督、一九二〇年）、『街』（『蠱惑の街』、カール・グルーネ監督、一九二三年）、『除夜の悲劇』（ループ・ピック監督、一九二三年）という三本のドイツ映画であり、第一次大戦後のフランス映画やアメリカ映画に触れたのち、ここでも最後にソビエト芸術映画に言及、「一九二六年に製作された、未曾有の名映画「戦艦ポチエムキン」の功績は、単に映画そのもの、功績として記憶されるべきではなく、ロシア映画の世界的進出の機運を自ら華々しくつくつた先駆的映画として、記念さるべき」と述べている。

セルゲイ・M・エイゼンシュテイン監督の『戦艦ポチョムキン』は、戦前の日本では上映されることのなかった「幻の映画」であり、第二次大戦後の一九五九（昭和三四）年になってようやく自主上映が実現、一般公開は一九六七（昭和四二）年を待たねばならなかった。ロシア革命の影響で日本でも共産主義の革命運動が起こり、それを弾圧すべく一九二五（大正一四）年に治安維持法が成立して以後、ソビエトの革命映画を観ることは叶わなくなっていたのだが、『若草』では袋一平によるソビエト映画の紹介が続いている。

こうした映画記事の芸術志向はどこから来たのだろうか。それを解く一つの鍵が、南部修太郎「ブルウバアド映画の思出」（『若草』第三巻第七号、一九二七年七月。これ以降の引用は特に断らない場合全て『若草』）だろう。「ブルウバアド映画」とはユニヴァーサル・フィルム・マニュファクチュアリング・カンパニーの子会社として同社幹部のM・H・ホフマンが代表となって一九一六（大正五）年一月一日に設立したブルーバード映画社（Bluebird Photoplays Inc.）が製作した映画群の総称で、一九一九（大正八）年三月に経営不振からブルーバード社が営業停止するまでのわずか三年ほどではあるが、本国アメリカ以上に日本で多くのファンを生み、日本映画にも大きな影響を与えた。[*4] ブルーバード映画は上映尺全五巻、上映時間五〇分程度の小品で、その内容を南部は「甘く、美しく、感傷的で、その前が如何に波瀾万丈して若い男女の悲しい恋が如何に観客の胸をはら〳〵させようとも終りは必ずハツピイ・エンディングで決して心配する必要はない処の恋愛人情劇」とまとめているが、なかでも一九一八（大正七）年一月一九日浅草公園六区の帝国館で公開されたマートル・ゴンザレス主演、リン・F・レイノルズ監督の『南方の判事』は、活動弁士・林天風考案の「春や春、春南方のローマンス」という惹句で有名である。ブルーバード映画の上映館としてほかに評判だったのが銀座の金春館で、南部修太郎は慶應義塾の文科にいた頃「その金春館と溜池の葵館とへ可成り足繁く通つた」と述べている。『若草』では稲垣足穂「タイトルに就て」（第二巻第一一号）も「ユニヴーサル社のブルーバード映画にあらはれたタイトルの哀愁と軽快がよび起こされずにはゐません」と語り、南部の「ブルウバアド映画の思出」と同じ号に「蜜豆とヂヤヅと映画喜劇と」を載せている森岩雄（のちの東宝副社長）は後年「それまで浅草にばかり通っていた私も、ときどきは銀座にも行き、金春館の近くに出来たカフェー・パウリスタでライスカレイをたべ、コーヒーを飲み、そして〝青鳥映画〟を見ると、ひとかどの文化生活を味わったような満足感を持ったものであった」と証言している。[*5]「結局は内容浅薄なアメリカ映画に過ぎなかつた」と南部は回想しているのだが、ブルーバード映画が日本映画の製作現場に大きな刺激を与えたことも史的事実である。映画史家の田中純一郎は、帰山教正が一九一九（大正八）年二六歳で映画芸術協会を設立して製作にあたり、九月一三日同日公開された『深山の乙女』『生の輝き』にブルーバード映画の影響を見出し[*6]、ドナルド・リチーは小山内薫の指導のもと、ヴィルヘルム・シュミットボン原作・森鷗外訳『街の子』とマクシム・ゴーリキー原作、小山内薫訳『夜の宿』(『どん底』)を原作に松竹キネマ研究所が製作、一九二一(大正一〇)年四月八日公開された『路上の霊魂』(村田実監督、牛原虚彦脚色)に、『イントレランス』(D・W・グリフィス監督、一九一六年)のみならずブルーバード映画との筋の類似を指摘している。[*7]たとえ紋切型のストーリーであっても、情感を揺さぶり哀愁をかき立てるブルーバード映画は、文学とも通底する芸術味で若者たちを大いに酔わせたものだった。大正中期に映画マニアとしての青春を送ったブルーバード映画世代(Bluebird Generation)とも言うべき人々の郷愁と趣味とが『若草』の映画芸術論へとつながったこともまた確かだろう。

## 3 トーキー、そしてフランス映画の黄金時代へ

しかし、映画は時代とともに変貌する。実は『若草』が創刊された頃は、映画史的にも大きな転換点であった。映画界にかつてない衝撃を与えた出来事、それがトーキー映画の出現である。映画に声を与える実験的な試みは一九〇〇年代初頭から行われていたが、一九二七年一〇月六日世界初の長編トーキー映画『ジャズシンガー』(アラン・クロスランド監督、アル・ジョルソン主演)が公開され大ヒットすると、アメリカ・ハリウッドの映画会社はこぞってトーキー映画製作へと舵をとる。日本でも国産トーキー映画の製作が話題となり、一九三〇年八月一日公開の松竹キネマ作品『マダムと女房』(五所平之助監督、田中絹代主演)が日本初の本格トーキー映画という栄光をつかみ取る。

むろん『若草』がトーキー映画の台頭に無関心でいられたはずはない。第五巻第二号(一九二九年二月)の津山稔「海外芸術ニュース」には「トーキーの将来」という項目があり「トーキーは今や「徘徊する怪物」だ」とし

て「私はニューヨークの劇界空前の一大革命を見た」とその様子を伝える。第五巻第一一号（一九二九年一一月）の阪井徳三「トーキーと文学の合戦――銀座での会話――」は「わが国国産映画をもトーキーが征服しつくすといふ事は、もう時日だけの問題だ」という現状認識に立ち文学がどうなるかを会話形式で問題化する。第六巻第一〇号特輯号（一九三〇年一〇月）の「海外映画界近況」欄では飯島正が「独・仏映画界の現状――完全にトオキイ時代――」を語り、森岩雄は「秋のアメリカ映画界」で「レヴユウ映画」が日本でも観られるようになったことに歓喜し「トオキイ万歳！」と叫ぶ。

しかし、こうした反応は『若草』の映画芸術論を思い返すとき、いささか意外にも思える。実は当時の批評家や映画ファンがこぞってトーキーを歓迎したわけではなかった。トーキーになることで無声映画の芸術性が損なわれると考える向きも少なからずいたからである。実際『若草』誌上でも好意的に語られてきたチャールズ・チャップリンは、アメリカ映画界がトーキー一色になってもなお、一九三一年公開の『街の灯』まで無声映画の製作を続けていた。

そして、日本でもトーキー映画があいついで製作されると、今度はその完成度の低さが批判にさらされる。『若草』でも第九巻第一〇号（一九三三年一〇月）の「ネクスト・ヂエネレイシヤン」欄の筈見恒夫「誰が日本トーキーを作る？――日本新鋭監督総評――」が監督の品定めを行い、第一〇巻第三号（一九三四年三月）には『マダムと女房』の監督・五所平之助が「日本トーキーの現実と明日」と題して、「トーキーの画面と音の非同時性」を言い「トーキーは同時性では優れた芸術にはなり得ないかのやう」に語る若い批評家たちに弁明する形で、撮影現場の困難（オールトーキー八巻を一〇日で製作するような）を語っている。第一一巻第九号（一九三五年九月）の松崎啓次「トーキー芸術は何処へ行く」も経済的には成功しているようにみえて「日本トーキーは、今なお、芸術の貧困にあへいで居る」と述べている。第一二巻第一号（一九三六年一月）にはついに「特輯 トーキー新研究」が組まれるが、冒頭の北載河「トオキイの構成とダイアローグと」はトーキー映画の生み出す立体感を指摘しつつ、ここでも「我国に真実のトオキイが生まれない」理由を技術論的に分析している。特輯ではほかに、アメリカ・ヨーロッパ・日本のトーキー発達史が載り、さらに如月敏「トーキー・シナリオの書き方」を枕にする形で、北村小松原作脚色のトーキー・シナリオ「夢うつつ」が掲載されるなど、日本におけるトーキー芸術の誕生に寄与しようとする姿勢が顕著になっていくのだ。

しかし、当時の一般的な映画観客が好んだのは、日本トーキーよりもむしろ、フランスのトーキー映画だった。フランス映画史上最初の本格的トーキー映画という栄光を獲得したのは一九三〇年公開の『巴里の屋根の下』（ルネ・クレール監督）であるが、『自由を我等に』（一九三一年）、『巴里祭』（一九三二年）と作品を重ねたルネ・クレールに続いて、『ミモザ館』（一九三四年）、『女だけの都』（一九三五年）などのジャック・フェデー、『望郷』（一九三七年）、『舞踏会の手帖』（一九三七年）などのジュリアン・デュヴィヴィエ、『霧の波止場』（一九三八年）、『北ホテル』（一九三八年）などのマルセル・カルネらの監督作品があいついで公開されては話題となり、詩的レアリスム（réalisme poétique）と呼ばれる傾向の映画が人気となった。映画雑誌『キネマ旬報』の批評家投票によるベストテンを振り返ってみても、一九三一年の第二位に『巴里の屋根の下』が入ったのを皮切りに、毎年フランス映画がランクイン、「一九三〇年代の日本において、世界映画の最高峰がアメリカでもソビエトでもドイツでもなく、フランスにあると考えられていたことは一目瞭然」であるのみならず、「一九三〇年代のフランス映画をフランス人以上に愛し、評価したのは日本人」[*8]だと言いうる状況だった。

ところが、フランス映画の黄金時代であったにもかかわらず、『若草』誌上でのフランス映画への言及は他と比べて格段に多い訳ではない。「特輯 トーキー新研究」中の田代博「欧州トーキー発達史」も『巴里の屋根の下』の名前こそ挙げられているものの、詩的レアリスムの映画に関して詳しく論じてはいない。『若草』では第一二巻第四号（一九三六年四月）から「シネ・セクション」という欄に映画時評が掲載され、また外国日本を問わず新作映画のレビューが載っていくのだが、必ずしもフランス映画のみを高く評価しようとしている訳でもない。『ミモザ館』（第一二巻第一号、一九三六年一月）、『白き処女地』（第一二巻第二号、一九三六年二月）、『女だけの都』（第一三巻第一号、一九三七年一月）といったトビス社の作品を始め、フランス映画の新作も随時紹介されてはいるが、主力はハリウッド映画であり、日本映画である。

詩的レアリスムの映画では「人間の運命への敗北、ペシミスティックな世界観が文学的な雰囲気のなかで肯定され巧妙な詩的演出によって美化されている」[*9]のであり、芸術性志向の強い『若草』執筆者や読者とも相性がよさそうに思えるのだが、そう見えないのはなぜか。おそらくそれは、『若草』の指し示す「教養」がほかとは異なる卓越性を担保したものであり、それゆえ瞬く間に大衆的な人気を獲得していった一九三〇年代フランス映画は、もはや「教養」の範疇に入れて紹介すべきものとは考えられなかったためだろうか。

いや、『若草』の誌面自体が映画熱を感じさせなくなっていく。第一三巻第四号（一九三七年四月）には、モスクワの映画館の思い出などを語った中条百合子「映画」と併せ「心惹るる名画・名優」という諸家へのアンケートが載っているのだが、「あまり観てゐないので、なんともお答へしかねます」（青野季吉）、「このごろ映画をみる機会少なく、お問合せのことについて御返事申しあげられぬのが残念です」（矢田津世子）といった回答も目を引く。そして、一九三九（昭和一四）年一〇月一日に映画法（昭和一四年四月五日法律第六十六号）が施行されると、映画の製作と配給は許可制、監督と俳優は登録制となり、製作される作品についても脚本段階で検閲が入るなど、戦時下ゆえの映画統制が行われる。やがてアメリカからの映画輸入が途絶える一方、国産フィルムにも軍需品として厳しい使用制限がかけられる。『若草』の誌面からも、一九四〇年代に入ると西洋映画に関する記事が消え、「映画時評」欄は第一八巻第一号（一九四二年一月）まで継続するものの、それ以降ついに映画記事自体が誌面から消えてしまう。かくして「教養」としての映画の時代も戦争と共に過ぎ去ってしまったのである。

**注**

1――水谷真紀「「新しい女」と向き合う――文芸誌『若草』における女性像をめぐる試み――」(『東洋通信』四六巻一〇－一一号、二〇一〇年一月)。

2――紅野謙介『物語岩波書店史1「教養」の誕生』(二〇一三年九月、岩波書店)。

3――注2と同じ。

4――今日では顧みられることのほとんどないブルーバード映画であるが、古い映画史本には記述が散見される。石巻良夫『欧米及び日本の映画史』(一九二五年一二月、プラトン社)は『ブルー・バード』は詩の映画であり、美しい詩の連鎖である」とし、筈見恒夫『映画五十年史』(一九四七年一〇月、鱒書房)は「ストオリイは、殆ど幼稚なものであつて、田園臭が濃い」、「自然を舞台にして素朴で、単純な物語が、感傷的な手法で展開されて行く。だが、そこに大正六、七、八年代の日本で受入れられ、初期の映画劇運動に大きい影響を与へた理由があるのではないだらうか」と述べている。最近のものでは、山中十志雄・塚田嘉信『ブルーバード映画の記録』(一九八四年四月、私家版、東京国立近代美術館フィルムセンター図書室収蔵)がある。

5――森岩雄『私の芸界遍歴』(一九七五年二月、青蛙房)。ピーター・B・ハーイ『帝国の銀幕――十五年戦争と日本映画』(一九九五年八月、名古屋大学出版会)にも引用されている。

6――田中純一郎『日本映画発達史Ⅰ　活動写真時代』(一九七五年一二月、中公文庫)。

7――Donald Richie『A Hundred Years of Japanese Film』(二〇〇一年五月、講談社インターナショナル)。なお、同著者の『日本の映画』(二〇〇一年七月、行路社、原著『Japanese Cinema, An Introduction』一九九〇年四月、Oxford University Press)には言及はない。

8――中条省平『フランス映画史の誘惑』(二〇〇三年一月、集英社新書)。

9――注8と同じ。

| 巻号 | 欄<br>（目次記載のジャンル） | タイトル | 執筆者 |
|---|---|---|---|
| 第2巻第11号 | 映画随筆 | タイトルに就いて | 稲垣足穂 |
| | | 美と力への道 | 村山知義 |
| | | 映画二つ三つ | 米沢順子 |
| | | 映画雑感 | 武藤藤介 |
| | | 独立映画論 | 清水孝祐 |
| | | グロリア・スワンソンの鼻 | 尾形亀之助 |
| | | 映画余談 | 小野十三郎 |
| | （文芸講話） | 映画芸術論 | 酒井真人 |
| 第3巻第7号 | 劇場・映画 | 映画雑感 | 池谷信三郎 |
| | | 蜜豆とヂヤヅと映画喜劇と | 森岩雄 |
| | | 演劇の運動化――前衛座の「手」を見て―― | 金子洋文 |
| | | 生れ出づる者 | 鈴木俊夫 |
| | | ブルウバアド映画の思出 | 南部修太郎 |
| 第4号第4巻 | | 映画製作に志す若き人々に与ふ | 城戸四郎 |
| | 特輯附録 映画芸術研究 | Ⅰ　映画の本質 | 若草編輯部編 |
| | | Ⅱ　映画群（世界映画優秀場面集）<br>A フランス映画　B イタリー映画　C ドイツ及北欧映画　D アメリカ映画　E 日本映画　F 労農ロシア映画 | |
| | | Ⅲ　映画の歩いてきた道<br>A 外国映画　B 日本映画 | |
| | | Ⅳ　映画の現勢と新しい方向 | |
| | （推薦戯曲） | シネマ俳優全盛時代 | 原治男 |
| 第4巻第11号 | （映画消息） | 世界映画五分間講座 | 内田岐三雄 |
| 第4巻第12号 | 明日への芸術 | 明日への映画 | 武田麟太郎 |
| 第5巻第1号 | 海外芸術ニュース | 発声映画とゴルスワージー | |
| | | サシヤ・ギドリイの近作「マリエット」 | |
| 第5巻第2号 | | 映画界の動き | 袋一平 |
| | 海外芸術ニュース | | 津山稔 |
| 第5巻第3号 | | 映画脚本作家となるには | 森岩雄 |
| 第5巻第11号 | | トーキーと文学の合戦――銀座での会話―― | 阪井徳三 |
| 第5巻第12号 | 一九二九年備忘録 | 一九二九年度映画界決算 | 袋一平 |
| 第6巻第1号 | グラフ | 世界映画スティール抄Ⅰ　サウエート篇 | |
| 第6巻第2号 | グラフ | 世界映画スティール抄Ⅱ　ドイツ篇 | |

| | | | |
|---|---|---|---|
| | 映画特輯 | ダグさんメリーさん、さよなら！輝く二人の愛 | 鈴木伝明 |
| | | ようこそ！　上山さん | 牛原虚彦 |
| | | 彼等（ダグ夫妻と草人氏） | 森岩雄 |
| | 実生活五景 | 撮影所のライスカレー | 明智素介 |
| 第6巻第10号 | 海外映画界近況 | この秋のソヴエート映画 | 袋一平 |
| | | 独・仏映画界の現状――完全にトオキイ時代―― | 飯島正 |
| | | 秋のアメリカ映画界 | 森岩雄 |
| 第7巻第3号 | 今日の問題 | 映画界 | |
| 第7巻第4号 | 今日の問題 | 映画界 | |
| 第7巻第5号 | 今日の問題 | 映画界 | |
| | 新文科教室 | 映画のモンタージュ | 岩崎昶 |
| | （映画紹介） | 衣笠貞之助帰朝第一回作品　黎明以前 | |
| 第8巻第3号 | 今日の問題 | 映画 | |
| | | 芸術のメトロポリス | 文挟一穂 |
| 第8巻第4号 | （新映画物語） | 白鳥 | |
| | 銀幕・にうす | | |
| 第8巻第6号 | （新映画物語） | ソヴエート発声　人生案内 | |
| | アンケート | スターの好きなスター | |
| 第8巻第7号 | 映画俳優詩篇十一人集 | 封切りされぬフイルム・ガルボ | 長田恒雄 |
| | | ポートレート | 友谷静栄 |
| | | 花嫁ケイ・フランシス | 尾形亀之助 |
| | | クライブ・ブルツク | 永瀬清子 |
| | | わがシルビア | 小森盛 |
| | | ヂヨージ・バンクロフト | 碧静江 |
| | | ブルギツテ・ヘルム | 石川善助 |
| | | ゲーリー・クーパー | 藤田文江 |
| | | マルレネ・デイトリツヒ | 坂本七郎 |
| | | フイリツプ・ホルムス | 園地真弓 |
| | | 街の灯 | 滝俊一 |
| | （新映画物語） | ユニヴアーサル映画　待ちかねる処女 | |
| 第8巻第9号 | （新映画物語） | フオツクス映画　真実の力 | |
| | 銀幕・にうす | | |
| 第8巻第12号 | （新映画物語） | 幻の小夜曲 | |
| | 銀幕・にうす | | |
| 第9巻第4号 | （新映画物語） | ユナイテツド・アーチスツ映画　結婚解消記 | |
| 第9巻第5号 | （新映画物語） | チヤンドウ | |
| 第9巻第9号 | （新映画物語） | 春なき二万年 | |
| | （映画時評） | 九月の映画 | |

| | | | |
|---|---|---|---|
| 第9巻第10号 | ネクスト・ヂエネレイシヤン | 誰が日本トーキーを作る？——日本新鋭監督総評—— | 筈見恒夫 |
| | (新映画物語) | キング・コング　R・K・O映画 | |
| | (映画時評) | 十月の映画 | |
| 第9巻第11号 | (映画物語) | クウレ・ワムベ | |
| | (映画時評) | 十一月の映画 | |
| | 芸術に於ける現下の問題 | 映画芸術現下の問題 | 森岩雄 |
| 第9巻第12号 | グラフ | 今年度の名映画集 | |
| | (新映画物語) | 鋼鉄 | |
| | 映画芸術の完成へ | 新映画美学 | 板垣鷹穂 |
| | | トオキイを完成する人達 | 飯島正 |
| | | 完全なるトーキー俳優 | 岩崎昶 |
| | | ハリウツドの人々 | 田村幸彦 |
| | | 欧洲映画の印象 | 内田岐三雄 |
| | | 思ひ出の名画 | 大森義太郎 |
| | (新映画物語) | 丹下左膳 | |
| 第10巻第1号 | (映画時評) | 一月の映画 | |
| | (映画物語) | ヒットラー青年 | |
| 第10巻第2号 | (新映画物語) | 戦争と母性 | |
| | (新映画物語) | 春のめざめ | |
| 第10巻第3号 | (映画時評) | 試写のメモから | |
| | | 日本トーキーの現実と明日 | 五所平之助 |
| | (新映画物語) | 婦系図 | |
| 第10巻第4号 | (映画時評) | 暴露と風刺——最近の外国映画から—— | 筈見恒夫 |
| | セルロイド・スクープ | | 大黒東洋士 |
| | (新映画物語) | 丹下左膳 | |
| 第10巻第5号 | (映画時評) | 作品主義へ——最近のアメリカ映画—— | 飯島正 |
| | セルロイド・スクープ | | |
| | (新映画物語) | 日本女性の歌 | |
| 第10巻第6号 | (映画時評) | 嗜眠性映画炎——映画時評—— | 袋一平 |
| | セルロイド・スクープ | | クロ |
| | (新映画物語) | 母を恋はずや | |
| 第10号第7巻 | (映画時評) | 映画と現実——映画時評—— | 岩崎昶 |
| | セルロイド・スクープ | | クロ |
| | (映画物語) | 第二の人生 | |
| | | トーキーを語る老女優 | 永島一朗 |

| | | | |
|---|---|---|---|
| | 名画名舞台集 | ドン・キホーテ／世界拳闘王／卒業試験／忠臣蔵／河の上の太陽 | |
| 第10巻第8号 | 映画時評 | | 内田岐三雄 |
| | セルロイド・スクープ | | クロ |
| | 名画名舞台の印象 | 路傍／隣の八重ちゃん／めをと大学／三家庭／髭大名／女人双情記 | |
| 第10巻第9号 | 映画時評 | 新着3種——映画時評—— | 杉山静夫 |
| | セルロイド・スクープ | | クロ |
| | 名画名舞台の印象 | 肉弾鬼中隊／踊る奥様／利根の朝霧／喇叭は響く／羅馬太平記／男の掟／続篇・只野凡児 | |
| 第10巻第10号 | 映画時評 | | 董春芳 |
| | セルロイド・スクープ | | クロ |
| | 名画名舞台の印象 | 若草物語／ワンダ・バー／雷雨／若旦那太平楽／或る夜の出来事／絢爛たる殺人 | |
| 第10巻第11号 | (映画時評) | 映画雑感——このごろ見た映画について—— | 楢崎勤 |
| | 名画名舞台の印象 | カロライナ／今宵こそは／第三階級／夢のささやき 其他／トンネル／勝利の朝 | |
| 第10巻第12号 | | 文芸映画と音楽映画——一九三四年を送る—— | 筈見恒夫 |
| 第11巻第1号 | 35年傑作映画総覧 | 1　たそがれの維納 | |
| | | 2　紅はこべ | |
| | | 3　宝島 | |
| | | 4　ドン・ファンの私生活 | |
| | | 5　ますらを | |
| | | 6　未完成交響楽 | |
| | | 7　銀嶺に帰れ | |
| | | 8　恋のページエント | |
| | | 9　最後の億万長者 | |
| | | 10　ライムハウスの夜 | |
| | | 11　泥夢想 | |
| | | 12　白夜 | |
| | | 13　パーロの嫁取り | |
| | | 14　罪ぢやないわよ | |
| | | 15　ロスチヤイルド一家 | |
| | | 16　メリー・ウイドウ | |
| | | 17　キヤラバン | |
| | | 18　我等が日日の糧 | |

| | | | |
|---|---|---|---|
| | | 19　海を嫌ふ船長 | |
| | | 20　剱ぬられたヴェイル | |
| | | 一九三五年の欧洲映画 | 飯島正 |
| | | CELLULOID　SCOOP | 大黒東洋士 |
| | | 1935年のアメリカ映画 | 清水千代太 |
| | | 一九三五年の日本映画 | 岸松雄 |
| 第11巻第2号 | (随想) | ガルボから音楽へ | 野村光一 |
| 第11巻第3号 | 私の頁 | ベン・ヘクト | 筈見恒雄 |
| | | 見世物談議 | 飯島正 |
| 第11巻第4号 | ヴァリエテ | フランス | 内田岐三雄 |
| | | ドイツ | 志保花明 |
| | | アメリカ | 清水俊二 |
| 第11巻第5号 | | 映画を決定する人々——英米プロデュウサー戦—— | 筈見恒夫 |
| 第11巻第6号 | 私の頁 | メリイ・ウィドウ | 大黒東洋士 |
| | | 芸術の乱用、悪用 | 野村光一 |
| 第11巻第7号 | 私の頁 | 現れてほしい情熱の女優 | 巌谷三一 |
| | 映画時評 | | 砧山人 |
| 第11巻第8号 | 映画時評 | | 森川山人 |
| 第11巻第9号 | | 映画と文学 | 十返肇 |
| | | トーキー芸術は何処へ行く | 松崎啓次 |
| | 映画時評 | 映画時評 | 浅沼茂 |
| 第11巻第10号 | 社会時評 | 二、ニュース映画の問題 | 阿部眞之助 |
| | 映画時評 | | 矢田映太郎 |
| | | 映画と文芸家 | 筈見恒夫 |
| 第11巻第11号 | 映画時評 | | 荒木泰次郎 |
| 第11巻第12号 | 1935年の覚書 | 映画界・活躍した人々 | 飯島正 |
| 第12巻第1号 | カラー・セクション | ミモザ館・誌上封切　トビス映画 | |
| | | 僕の女性観 | モーリス・シュヴァリエ(大町延夫訳) |
| | | 私の男性観 | 水の江滝子 |
| | | 来朝近き山岳王アーノルド・ファンク | 永島一朗 |
| | 特輯　トーキー新研究 | トオキイの構成とダイアローグと | 北載河 |
| | | 想ひ出の名スチイル集 | |
| | | アメリカ・トーキー発達史 | 平尾郁次 |
| | | 欧洲トーキー発達史 | 田代博 |
| | | 日本トーキー発達史 | 佐伯孝夫 |
| | | トーキー・シナリオの書き方 | 如月敏 |
| | | 夢うつつ——トーキー・シナリオ—— | 北村小松(原作脚色) |

| | | | |
|---|---|---|---|
| 第12巻第2号 | カラー・セクション | 白き処女地　仏・トビス映画 | |
| 第12巻第3号 | カラー・セクション | 薔薇はなぜ紅い　パラマウント映画 | |
| | | 郷愁　サッシヤ映画 | |
| 第12巻第4号 | シネ・セクション | MODERN TIMES　流線型時代 チヤツプリン映画 | |
| | | 映画時評 | 児玉善蔵 |
| | | ハリウツド雑信 | 大門一男 |
| 第12巻第5号 | シネ・セクション | 若き日　エポック映画 | |
| | | 映画時評 | 新海三八 |
| | | 装へる夜　ヴァンダル映画 | |
| | | ハリウッド雑信 | 大門一男 |
| 第12巻第6号 | シネ・セクション | オペラ・ハット　コロムビア映画 | |
| | | 映画時評 | 新海三八 |
| | | 桃中軒雲右衛門　P・C・L映画 | |
| | | ハリウッド雑信 | 大門一男 |
| 第12巻第7号 | シネ・セクション | H・G・ウエルズの映画 | 永島一朗 |
| | | 最後の戦闘機　パテ・ナタン映画 | |
| | | 映画時評 | 新海三八 |
| | | 雁　R・K・O映画 | |
| | | ハリウッド・ニュース | 大門一男 |
| 第12巻第8号 | シネ・セクション | 浮き雲　独・ウファア映画 | |
| | | 映画時評 | 新海三八 |
| | | セシリヤ　コロンビア映画 | |
| | | ハリウッド・ニュース | 大門一男 |
| 第12巻第9号 | シネ・セクション | 新しい土　ファンク映画 | |
| | | 映画時評 | 新海三八 |
| | | 二国旗の下に　フオックス映画 | |
| | | ハリウッド・ニュース | 大門一男 |
| 第12巻第10号 | シネ・セクション | 罪と罰　ジェネラール映画 | |
| | | 映画時評 | 新海三八 |
| | | 失はれた地平線　コロンビア映画 | |
| | | ハリウッド・ニュース | 大門一男 |
| | | 東京で観たベルリン・オリムピック | |
| 第12巻第11号 | シネ・セクション | ゴルコタの丘　仏グレエ映画 | |
| | | 映画時評 | 新海三八 |
| | | 死刑か無罪か　パラマウント映画 | |
| | | ハリウッド・ニュース | 大門一男 |
| 第12巻第12号 | シネ・セクション | ペーア・ギント　独・バワリア映画 | |
| | | 映画時評 | 新海三八 |
| | | ジプシイ男爵　独・ウフア映画 | |
| | | ハリウッド・ニュース | 大門一男 |
| 第13巻第1号 | シネ・セクション | 女だけの都　仏・トビス | |
| | | 映画時評 | 新海三八 |

| | | | |
|---|---|---|---|
| | | 春の流れ　維納・マヴオー | |
| | | ハリウッド・ニュース | 大門一男 |
| | | 伝記映画の現実性 | 筈見恒夫 |
| 第13巻第2号 | シネ・セクション | 流血船エルシノア　ゼネラル映画 | |
| | | 映画時評 | 新海三八 |
| | | 戦国群盗伝　P・C・L前進座映画 | |
| | | ハリウッド・ニュース | 大門一男 |
| 第13巻第3号 | シネ・セクション | 熱風　ナタン映画 | |
| | | 映画時評 | 新海三八 |
| | | 風雲児アドヴァース　ワーナー映画 | |
| | | ハリウッド・ニュース | 大門一男 |
| 第13巻第4号 | (随筆) | 映画 | 中条百合子 |
| | アンケート | 心惹るる名画・名優 | 諸家 |
| 第13巻第5号 | 映画に求める新しい性格 | 可愛いクララ | 美川きよ |
| | | 演技の真実 | 清川玉枝 |
| | シネ・セクション | 恋人の日記　サッシャ映画 | |
| | | 映画時評 | 新海三八 |
| | | 故郷　J・O映画 | |
| | | ハリウッド・ニュース | 大門一男 |
| 第13巻第6号 | シネ・セクション | 夜の鳩　P・C・L、J・O提携作品 | |
| | | 真実一路　日活映画 | |
| | | 映画時評 | 新海三八 |
| | | ハリウッド・ニュース | 大門一男 |
| | | 映画のレアリスムに就て | 飯島正 |
| 第13巻第7号 | シネ・セクション | 雪崩　P・C・L・映画 | |
| | | 映画時評 | 新海三八 |
| | | 愛怨峡　新興映画 | |
| | | ハリウッド・ニュース | 大門一男 |
| 第13巻第8号 | シネ・セクション | 男は神に非ず　ユーナイト映画 | |
| | | 映画時評 | 新海三八 |
| | | 大帝の密使　R・K・O・映画 | |
| | | ハリウッド・ニュース | 大門一男 |
| 第13巻第9号 | シネ・セクション | 人情紙風船　P・C・L・映画 | |
| | | 映画時評 | 新海三八 |
| | | 明日は来らず　パラマウント映画 | |
| | | ハリウッド・ニュース | 大門一男 |
| 第13巻第10号 | シネ・セクション | どん底　仏・アルバトロス | |
| | | 映画時評 | 新海三八 |
| | | 新選組　P・C・L・映画 | |
| | | ハリウッド・ニュース | 大門一男 |

| | | | |
|---|---|---|---|
| | | たそがれの湖——オリヂナル・シナリオ—— | 佐伯孝夫 |
| 第13巻第11号 | シネ・セクション | 海のつわもの　仏・セデイフ映画 | |
| | | 映画時評 | 新海三八 |
| | | 若い人　東京発声映画 | |
| | | ハリウッド・ニュース | 大門一男 |
| 第13巻第12号 | シネ・セクション | 赤ちゃん　仏・グレエ映画 | |
| | | 映画時評 | 新海三八 |
| | | 緑の牧場　ワーナー映画 | |
| | | ハリウッド・ニュース | 大門一男 |
| 第14巻第1号 | シネ・セクシヨン | 例の女　ワーナー映画 | |
| | | 映画時評 | 一木敏 |
| | | 地熱　P・C・L・映画 | |
| | | ハリウッド・ニュース | 大門一男 |
| 第14巻第2号 | シネ・セクシヨン | モスコーの夜は更けて　独・ウーフア映画 | |
| | | 映画時評 | 一木敏 |
| | | 阿部一族　東宝・前進座映画 | |
| | | ハリウッド・ニュース | 大門一男 |
| 第14巻第3号 | シネ・セクシヨン | 南京　東宝映画 | |
| | | 映画時評 | 一木敏 |
| | | 泣虫小僧　東京発声映画 | |
| | | ハリウッド・ニュース | 大門一男 |
| 第14巻第4号 | シネ・セクシヨン | 巨人伝　東宝映画 | |
| | | 映画時評 | 一木敏 |
| | | 太陽の子　東京発声映画 | |
| | | ハリウッド・ニュース | |
| | | 映画の文化性と娯楽性 | 飯島正 |
| 第14巻第5号 | シネ・セクシヨン | ジエニイの家　仏・ゴーモン映画 | |
| | | 映画時評 | 一木敏 |
| | | 田園交響楽　東宝映画 | |
| | | ハリウッド・ニュース | 大門一男 |
| | (小説) | キャメラマン | 江馬修 |
| | (随筆) | ニュース映画 | 井伏鱒二 |
| 第14巻第6号 | シネ・セクシヨン | 舞踏会の手帖　VOG映画 | |
| | | 映画時評 | 一木敏 |
| | | 逢魔の辻　東宝映画 | |
| | | ハリウッド・ニュース | 大門一男 |
| 第14巻第7号 | シネ・セクシヨン | 乞食学生　独・ウフア映画 | |
| | | 映画時評 | 大森調三 |
| | | 軍用列車　東宝・聖峰映画 | |
| | | ハリウッド・ニュース | 大門一男 |
| 第14巻第8号 | シネ・セクシヨン | 第九交響楽　独・ウフア映画 | |

| | | | |
|---|---|---|---|
| | | 映画時評 | 笹本順平 |
| | | 路傍の石　日活・多摩川映画 | |
| | | ハリウッド・ニュース | 大門一男 |
| 第14巻第9号 | シネ・セクシヨン | 北京　東宝・文化映画 | |
| | | 映画時評 | 笹本順平 |
| | | 冬の宿　東京発声映画 | |
| | | ハリウッド・ニュース | 大門一男 |
| 第14巻第10号 | シネ・セクシヨン | 望郷　パリ・フイルム映画 | |
| | | 映画時評 | 笹本順平 |
| | | ハリウッド・ニュース | 大門一男 |
| 第14巻第11号 | シネ・セクシヨン | モスコーの夜は更けて　独・ウファ映画 | |
| | | 映画時評 | 三原正 |
| | | 土　日活・多摩川映画 | |
| | | ハリウッド・ニュース | 大門一男 |
| 第14巻第12号 | シネ・セクシヨン | 武道千一夜　東宝・東京映画 | |
| | | 映画時評 | 伊東眞吉 |
| | | 海賊　パラマウント映画 | |
| | | 聖林・ニュース | 大門一男 |
| 第15巻第1号 | シネ・セクシヨン | ステージ・ドア　ＲＫＯ映画 | |
| | | 映画時評 | 原信一郎 |
| | | チョコレートと兵隊　東宝映画 | |
| | | 聖林雑信 | 大門一男 |
| 第15巻第2号 | シネ・セクシヨン | わが家の楽園　コロムビア | |
| | | 映画時評 | 笹本順平 |
| | | むかしの歌　東宝 | |
| | | 聖林雑信 | 大門一男 |
| 第15巻第3号 | シネ・セクシヨン | とらんぷ譚　仏・トビス | |
| | | 映画時評 | 笹本順平 |
| | | その前夜　東宝・前進座 | |
| | | 聖林雑信 | 大門一男 |
| 第15号第4号 | シネ・セクシヨン | 北海の子　パラマウント | |
| | | はたらく一家　東宝映画 | |
| | | 聖林雑信 | 大門一男 |
| 第15巻第5号 | シネ・セクシヨン | 忘れがたみ　ユニヴァーサル | |
| | | 映画時評 | 笹本順平 |
| | | 青髯八人目の妻　パラマウント | |
| | | 聖林雑信 | 大門一男 |
| 第15巻第6号 | シネセクシヨン | 早春　ウフア | |
| | | 映画時評 | 笹本順平 |
| | | 上海陸戦隊　東宝 | |
| | | 聖林雑信 | 大門一男 |
| 第15巻第7号 | シネセクシヨン | デッド・エンド　ユナイト | |

| | | | |
|---|---|---|---|
| | | 映画時評 | 池辺義夫 |
| | | 初恋　東宝映画 | |
| | | 聖林雑信 | 大門一男 |
| 第15巻第8号 | シネセクション | 身代り花形　ユナイト映画 | |
| | | 映画時評 | 池辺義夫 |
| | | 街　東宝映画 | |
| | | 聖林雑信 | 大門一男 |
| 第15巻第9号 | シネセクション | 黒蘭の女　ワーナー映画 | |
| | | 映画時評 | 池辺義夫 |
| | | ブルク劇場　トビス映画 | |
| | | 聖林雑信 | 大門一男 |
| 第15巻第10号 | シネ・セクシヨン | 心の青春　ユナイト映画 | |
| | | 映画時評 | 池辺義夫 |
| | | まごころ　東宝映画 | |
| | | 聖林雑信 | 大門一男 |
| 第15巻第11号 | シネ・セクシヨン | 背信　U・D・I・F・映画 | |
| | | 映画時評 | 池辺義夫 |
| | | 奥村五百子　東宝・東発映画 | |
| | | 聖林雑信 | 大門一男 |
| 第15巻第12号 | シネ・セクシヨン | 乙女の曲　パラマウント映画 | |
| | | 映画時評 | 池辺義夫 |
| | | 光と影　東宝・東発映画 | |
| | | 聖林雑信 | 大門一男 |
| 第16巻第1号 | シネ・セクシヨン | 多甚古村　東宝映画 | |
| | | 映画時評 | 中村保男 |
| | | 翼の人々　パラマウント映画 | |
| | | 聖林雑信 | 大門一男 |
| 第16巻第2号 | シネ・セクシヨン | 最後の一兵まで　ウーフア | |
| | | 映画時評 | 一木敏 |
| | | ゼンダ城の虜　ユナイト | |
| | | 聖林雑信 | 大門一男 |
| 第16巻第3号 | カラー・セクション | 映画時評 | 一木敏 |
| | | 化粧雪　東宝映画 | |
| | | 聖林雑信 | 大門一男 |
| 第16巻第4号 | シネ・セクシヨン | 彦六なぐらる　南旺映画 | |
| | | 映画時評 | 一木敏 |
| | | 記録映画　揚子江　東日・大毎 | |
| | | 聖林雑信 | 大門一男 |
| 第16巻第5号 | シネ・セクシヨン | 歴史　日活映画 | |
| | | 映画時評 | 一木敏 |
| | | 若草幻想曲　ウファ映画 | |
| | | 聖林雑信 | 大門一男 |
| 第16巻第6号 | シネ・セクシヨン | 海軍爆撃隊　東宝映画 | |

| | | | |
|---|---|---|---|
| | | 映画時評 | 一木敏 |
| | | 美しき争ひ　仏・A映画 | |
| | | 聖林雑信 | 大門一男 |
| 第16巻第7号 | シネ・セクション | 駅馬車　ユ社映画 | |
| | | 映画時評 | 一木敏 |
| | | 燃ゆる大空　東宝映画 | |
| | | 聖林雑信 | 大門一男 |
| 第16巻第8号 | シネ・セクション | 若草　大船映画 | |
| | | 映画時評 | 一木敏 |
| | | 幻の馬車　コロムビア | |
| | | 聖林雑信 | 大門一男 |
| 第16巻第9号 | シネ・セクション | 二人の世界　東宝映画 | |
| | | 映画時評 | 一木敏 |
| | | 最後の七人　新興映画 | |
| | | 聖林雑信 | 大門一男 |
| 第16巻第10号 | カラー・セクション | 宣伝戦第一線　大戦画報 | |
| | | 大日向村　東宝映画 | |
| | | 映画時評 | 一木敏 |
| | | 映画の手帖 | 大門一男 |
| 第16巻第11号 | (映画紹介) | 馬　東宝映画 | |
| 第16巻第12号 | | 美の祭典　オリムピア映画優秀スティール集 | |
| | | 映画時評 | 小石逸郎 |
| | (紹介) | 旅役者　東宝映画 | |
| 第17巻第1号 | | 映画時評 | 小石逸郎 |
| 第17巻第2号 | | 映画時評 | 一木敏 |
| 第17巻第3号 | | 映画時評 | 一木敏 |
| 第17巻第4号 | | 映画時評 | 一木敏 |
| 第17巻第5号 | | 映画時評 | 一木敏 |
| 第17巻第6号 | | 映画時評 | 一木敏 |
| 第17巻第7号 | | 映画時評 | 一木敏 |
| 第17巻第8号 | | 映画時評 | 一木敏 |
| 第17巻第10号 | | 映画時評 | 一木敏 |
| 第17巻第11号 | | 映画時評 | 一木敏 |
| 第17巻第12号 | 昭和十六年の回顧 | 昭和十六年の日本映画界 | 永島一朗 |
| | | 映画時評 | 一木敏 |
| 第18巻第1号 | | 映画時評 | 一木敏 |

# 第三部　書き手としての読者たち

# 『若草』の波紋——読者投稿欄の論争を読む

竹内瑞穂

## はじめに——投書雑誌としての『若草』

『若草』二代目編集長の北村秀雄によれば、この雑誌が生まれるきっかけは、人気の高まりとともに増え続ける投書に四苦八苦していた『令女界』の編集部に届いた、読者からの一通の投書だった。そこに記された「どうしても投書欄を増頁出来なければ、投書だけのパンフレットでもお出しになつては如何ですか」という進言が、初代編集長の藤村耕一に強いインスピレーションを与え、すぐさま企画が動き出したのだという（「創刊のころと五周年のころ」『若草』一九三五年一〇月。以下、本章では『若草』からの引用は発行年月のみを示す）。

その後「令女界からはみ出した投書を収容する目的の発刊理由も半カ年藤村氏の頭の中で、すつかり止揚されて、創刊号が出た時は、全く別物になつてゐた」（同上）らしく、『若草』は投書掲載にとどまらない「文芸雑誌」として世に現れることになった。とはいえ、当初の企図が霧散してしまったわけでもない。すでに序章でも触れたように、『若草』には短歌・俳句・詩・随筆といった各ジャンルの入選作が掲載される「読者文芸」や、読者仲間に向けたメッセージ発信の場となる「座談室」（「坐談室」とも表記）など、読者投稿を受け入れる欄が複数用意され、この雑誌の特色となっていったのである。

では、そこに集っていたのはどのような読者たちだったのだろうか。「座談室」では、「文章倶楽部が廃刊し文学時代が生まれたが、もうあの投書欄はすつかり寂れてしまつた。どうか本誌よ、本誌だけは哀れな小さい投書家を黙殺しないでお呉れ」といった硬い哀願調の投書（澤本寅之助、一九二九年九月）もあれば、「「若草」でも令ちやん（『令女界』の愛称――引用者注）でも、御兄様方や御姉様方の御書きになる、小品、随筆、感想とかクローバの便り等が好きですの」といった若々しい書きぶりの投書（小百合、一九三〇年一一月）があったりもする。上はかつて投書雑誌として人気を博した『文章倶楽部』（一九一六年五月～一九二九年四月）を経由してきたような投書家から、下は女学校上級生あたりをターゲットとした『令女界』読者まで、幅広い層の読者たちが惹き付けられていたことがうかがえよう。『若草』にとって読者投稿欄は、起点であると同時に、雑誌に活力を充填しつづける源泉だったのである。

本章では、『若草』の核ともいえる読者投稿欄を、通時的な展開を追いながら分析していく。その際の切り口として、読者投稿欄で断続的に発生する論争や、繰り返し言及される話題に着目してみたい。読者たちがあるトピックをめぐって論争してしまったり、あるいは繰り返し言及してしまったりするのはなぜなのか。もしかしたら、そこに彼ら彼女らの心に引っ掛かる何かがはらまれており、論争や繰り返される言及とはそれゆえの反応だったのではないのだろうか。『若草』が同時代の読者たちにとって、どのような役割を果たした雑誌であったかを探るとともに、この雑誌に集った投書読者たちがおのずと共有してしまっていた心性をあぶりだしてみたい。

## 1　創刊当初の論争――男性読者と女性読者の摩擦

『若草』で最初の論争と呼べる議論の口火を切ったのは、のちに『女人芸術』の同人としても活躍する城しづかだった。当時「日記」欄の選者を担当していた城は、「投書する青年へ」と題する文章で、男性投書家たちにこう呼びかけた。男性からの投書も許されているにもかかわらず、わざわざ女の変名を使い、自分のことを「妾《わたし》が」などと書く者がいる。「若草なんか愛読してくれる青年達は、みんな男性間の落伍者ばかりなのかな」と嘆いていたものの、もしや「若草なら、女ばかりだから少しや駄作だつてとつてくれよう」となめてかかっているのではないか。だとすればそれは「甚だしい女性侮辱の証」にほかならない。お願いだから「青年達よ、少年達よ、私達はもう甘い作品には飽満してゐる。そんなもの、真似なんかしないで、どうか力強い覇気の満ちたもの」をみせて欲しい（一九二五年一二月）。男性投書家たちのレベルの低さに業を煮やした城は、その根本に女性に対する「侮辱」意識があると勘ぐったのである。

それに噛み付いたのが、男性投書家の関口菊雄だった。女性より拙い文章を書く男性がいるにせよ、それを根拠に「男性全体を侮蔑」し、さらに「「男性の投書家はその駄作によつて女性を侮蔑した」なぞとほざくに至つては言説《ママ》に絶している」のではないか。さらに関口は、攻撃の矛先を「嬢さん方の投書家」へと向ける。あなた方は城の一文を読み、「いかにも勝者のやうに誇らかに憫笑してわれ〳〵男性を侮辱した」だろうが、いまに『若草』は男性の投書によって占領される日が来る。「くやしかつたら永久に男性を侮蔑するやうな立派な芸術を生んでごらんなさい」と挑発したのである（「局外者」一九二六年三月）。

この投書は、すぐさま他の女性投書家たちからの反撃に見舞われることになった。青木俊子は、「あなたも又城氏と同じ轍を踏んで、自己の立場を無視した甚だしい侮蔑」をわれわれ一般女性に与えているのではないかというが（「手套を投げる」一九二六年四月）、もっともな指摘であろう。論争はさらに拡大する様相をみせていたが、『若草』編集部は早々に決着をつけることにしたらしい。関口の一文が「予想外の反響」を生み、多くの投書が集まってきているが、「侮蔑にむくいるに侮蔑を以てしたといふ点では、すべて一致してゐる」。したがって、これ以上の議論は打ち切りにしたいという記者からの告知を載せ（一九二六年五月）、論争を強制的に終わらせてしまった。

関口の投書は、安易な一般化への批判を、同じく安易な一般化によってなそうとするといった論理矛盾をおかしていた。つまるところ、城への反発心が先走った、子供じみた悪言にすぎない。それにもかかわらず、「予想外の反響」を呼んでしまうほどに当時の女性読者たちの感情を強く逆撫でしてしまったのには、当時の女性作家や文学を志す女性たちが置かれていた状況が深く関わっていたと考えられる。

一九二七年九月号から一〇月号にかけて掲載されたアンケート記事「女性の作家に対する希望」では、男性作家たちによる女性作家論とでもいうべき回答をみることができる。総勢八六名の回答の多くが手厳しい言葉を並べており、林房雄は「女流作家」とは「猿芝居」と同じ範疇の恥ずべき言葉で、「男の書くべき小説を女が書く、だから珍し」がられているだけだと戒めている（一九二七年九月）。女性ならではの特殊性を求める声もよくみられる。大木篤夫は「女性が女性でない時、女性としての美しさは失せてしま」うといい（一九二七年一〇月）、小島健三などは「女性の作家に女性らしい作品のないやうな気がいたします。もつと女らしい作品を見たいと思ひます」（同上）といった苦言を呈している。

気にかかるのは、そういった「女らしさ」を求める論と並んで、逆にそれらを忌避するような議論も見受けられることである。南部修太郎は、女性作家が「『女らしい』と云ふやうな、原始的な、無努力的な、惰性的な境地に安住してゐる限り、それは男性作家のしりへに追従するに過ぎず、永久にその作品の高く深きは望めまい」と警鐘を鳴らす（一九二七年九月）。女性作家の独自性を示すような「女らしい」作品が求められる一方で、「女らしい」作品を書けば「男性作家のしりへに追従するに過ぎ」ない二流の作品として軽視されてしまうというダブルバインド。それは、この一年前に掲載された、女性作家を対象としたアンケート記事「男性作家に求むるもの」における神近市子の批判を思い起こさせる。男性作家のなかにも、女性の作品に好意をもつ人と反感をもつ人とがいるが、「女を自分達より低いもの、自分達とは違ふ特殊のものとしてゐる態度は一つ」であり、「私はこの差別待遇がイヤ」なのだという（一九二六年八月）。先のダブルバインドの根底には、神近が察知したこうした男性作家たちの無自覚な「差別」意識が横たわっていたとみて間違いない。

以上のような状況に、文学を志す女性たちが置かれていたことを考えれば、論争の起点となった城が、あれほど苛立った一文を書いた理由がはっきりとしてくる。「妾」を名乗る男性投書家たちとは、『若草』においてマジョリティである女性の「猿芝居」をすることで、作品を認めてもらおうとする存在である。当人たちの意図はさておき、彼らの振る舞いは女性作家・投書家の戯画《カリカチュア》となってしまっていたのだ。そこに追い討ちをかけるようにあらわれた関口の反論と挑発（「くやしかつたら永久に男性を侮蔑するやうな立派な芸術を生んでごらんなさい」）は、彼女らが置かれていた現実、すなわち〈二流でしかない我々〉を再認識させるものに外ならない。編集部が「予想外の反響」と呼んだ女性投書家たちからの強い反発は、当時の書くことをめぐるジェンダー差別の構造がもたらした必然的なものであったといえよう。

しかし、投書家たちを熱くさせた創刊当初のジェンダーをめぐる論争は、それほど長続きしなかった。編集部に議論が打ち切られたことも影響しているのだろうが、それよりも時代の潮目が変わったことのほうが大きい。世界が変革されようとしている今、男性はこうだ、女性はこうだといった〈小さな問題〉でいがみ合っている場合ではないという切迫感が、読者たちを捉えつつあったのである。

## 2　プロレタリア文学とスター投書家の季節

『若草』の雰囲気が変わりつつあったことは、婦人文芸連盟をめぐる論争によく表れている。婦人文芸連盟は、新興階級婦人文芸連盟ともいい、一九二六年一二月に、平林たい子、山本和子、若杉鳥子、林芙美子、軽部清子、八木秋子らが発起人なって結成された。[*1] このプロレタリア文学に関わる女性作家たちによる新しい動きは、『若草』界隈にも少なからず影響を与えていく。城から「日記」欄の選者を引き継いだ鷹野つぎは、自分も連盟に誘われたが結局賛同することができなかったことを、「文芸時評　女流作家の成育位置」（一九二七年六月）で述べている。連盟の綱領草稿をみせてもらった鷹野が感じたのは、そこに「文芸の自由性」についての一項目を入れ、「婦人文芸運動」が包括してきた多種多様さを担保するべきではないかということだった。「男性の側では既に此の種目《ママ》的による運動の過程は通過」し、文芸の内容・価値が検討される段階となっているからである。明言は避けているが、鷹野は女性作家たちが新たに取り組もうとしているプロレタリア文学運動が、あいかわらず男性作家たちより一歩遅れた後追いでしかないことへの不満を表明したのである。

　鷹野の冷ややかな意見に反発をみせたのは、連盟の発起人のひとり、山本和子だった。山本は「婦人文芸連盟に就いて」（一九二七年一〇月）で、自分たちの運動が「今まで婦人運動を支配して来た女権主義」とは質を異にし、女性作家の不遇を「男子文芸家の存在に脅かされる結果と考へて、婦人文芸確立のためにそれに対抗して起つたものでない」と主張する。そうした「男性」対「女性」といったレベルでものを考えるのではなく、「私共を縛つてゐる誤つた組織や制度を、男子にも女子にも老人にも子供にも、人類全体の生活を保証し、一切のもの、自由な生長によつてよりよき社会進化を速かならしめる組織、制度に置き換へられる運動を起すこと」こそが大切なのだという。この「社会進化」を推し進める「運動」が、社会主義運動を指していることはいうまでもない。これまで『若草』でも激しく議論されてきた「男性」対「女性」という対立が、「人類全体」の問題を解決しようとする社会主義思想によって止揚されてしまっているのである。

　現在の視点からすれば、それは〈うやむやにされてしまった〉とも言い換えられるかもしれない。だが、この論争をひとつの契機として、プロレタリア文学・評論が読者投稿欄に登場する頻度は明らかに上昇していく。主だった作品だけでも、長尾恵二「ルンペン」（「推薦小説」一九二八年九月）、武田明「プロ・リアリズムへの道」（「評論」一九二九年二月）、福島光三郎「測量旗」（「詩」一九三〇年九月）、というように多ジャンルにわたって挙げることができ、投書家の吉田省三が述べるように「若草は以前よりプロ（プロレタリア――引用者注）味を帯びて来たことは事実」（一九三〇年二月）であった。吉田は「これでなくては、ほんたうに私達の雑誌ではありません」ともいうが、「私達」読者の側でも「プロレタリア」化とでも呼ぶべき現象が生じていた。工場での「夜業」の辛さを「若きプロレタリアの友「若草」」で癒すのだと書く栗田茂喜（一九三〇年一一月）のように、実際に「プロレタリア」であることを自称する投書家が「座談室」などに登場するようになってくる。

また「プロレタリア」化していたのは、読者たちだけではない。編集長の北村秀雄は一九三〇年六月号の「編集後記」で、本号の特集「青白きインテリよ！何処へゆく？」が現代の「生々しいインテリ層のハンモン」を浮き彫りにする企画になったと自賛しつつ、最後を「が、救はれる道は、たつた一つだ」という思わせぶりな言葉で締めている。この謎を解くためには、同号掲載の大宅壮一の評論「インテリはナンセンスへ！」に目を通しておく必要がある。大宅によれば、最近インテリ層に流行する「ナンセンス的傾向」は、彼らが「唯一の拠りどころである智的優位」さえも放棄しなければならなくなったことを示すものだという。こうした没落から救われるためにはどうすればよいのか。大宅の答えは、「たゞ新しい生活指導精神を獲得した、即ちマルクス主義的認識に徹したもの丶みが、この傾向から自己を脱却しうる」というものだった。北村も『若草』をあずかる責任者として、あからさまに「マルクス主義」だけがインテリたちを救えるとはさすがに書けなかったのだろう。だが、雑誌を通読した読者には容易に読み解ける謎かけだったはずだ。読者側のみならず編集側までもが社会主義思想・運動を支持したことで、『若草』はプロレタリア文学の季節を迎えることになったのである。

ただ、この時期の『若草』を特徴づけるのは、プロレタリア文学の台頭のみではない。並行してスター投書家の登場という興味深い現象が進行していたことは見逃せない。読者投稿欄で頻繁に目にする常連投書家というのは、雑誌創刊の直後から存在はしていた。そうした投書家たちの一部が読者間でも話題にされ、人気を集めるようになってきたのが一九二九年前後だった。

「座談室」の投書によれば「一九二九年の私達の投書欄で最も活躍したのは、三宅金太郎、ジョアン・トミタ、色波鴫江の諸君」（木本峰松、一九三〇年二月）であったという。試しに一九二九年の読者投稿欄への掲載数を確認してみると、色波が一四本、三宅が一三本、ジョアンが六本となっている。掲載数の多さが注目度の高さに結びついていたようなのだが、彼ら三名に言及した「座談室」の投書を眺めていくと、ある奇妙な偏りに気づかされる。「推薦小説」に掲載された小説を高く評価し、「この作者三宅氏こそ我々が文壇へ送り出さうとするよき作家なのである」とする投書（光井茂教、一九三〇年一月）や、「一九二九年度の若草の詩欄」が「偉大なる我等のジアン《ママ》トミタを送りだしたこと」を喜ぶ投書（山中清、一九三〇年二月）からは、〈我々〉のスターとして三宅とジョアンを熱心に支持する読者たちの様子がうかがえる。ところが、そこに色波の名前がほとんど挙がってこないのである。スター投書家になるかならないかは、掲載の回数だけでは決まらない。だとすれば、そこにはいかなる力学が働いているのだろうか。三宅金太郎とジョアン・トミタという二人のスター投書家に焦点を当て、この問題を探ってみることにしよう。

## 3　共感されるスター、三宅金太郎

三宅金太郎は一九二九年三月号で読者投稿欄デビューを果たしたのち、毎号のように掲載を勝ち取っていく

図表1　三宅金太郎、ジョアン・トミタ　読者投稿欄掲載一覧

| 刊行年 | 月 | 三宅金太郎 | ジョアン・トミタ |
|---|---|---|---|
| 1929 | 3 | 「うた」「感想随筆」 | |
| | 4 | 「小品」 | |
| | 5 | 「俳句」「小品」 | 「詩」 |
| | 6 | 「詩」「感想随筆」 | 「詩」 |
| | 7 | | 「詩」 |
| | 8 | 「詩」「感想随筆」 | 「詩」 |
| | 9 | | 「詩」 |
| | 10 | 「小品」 | 「詩」 |
| | 11 | 「詩」「推薦小説」 | |
| | 12 | 「感想随筆」 | |
| 1930 | 1 | | |
| | 2 | 「随筆感想」 | |
| | 3 | 「推薦小説」 | |
| | 4 | 「随筆感想」 | |
| | 5 | 「詩」「公開状」 | |
| | 6 | | |
| | 7 | | |
| | 8 | 「座談室」 | |
| | 9 | | |
| | 10 | 「随筆感想」 | |
| | 11 | 「推薦小説」 | |
| | 12 | | |
| 1931 | 1 | | |
| | 2 | | |
| | 3 | | |
| | 4 | 「随筆感想」 | |
| | 5 | | |
| | 6 | 「随筆感想」 | |
| | 7 | 「推薦コント」 | |
| | 8 | | |
| | 9 | | |
| | 10 | | 「座談室」 |
| | 11 | | |
| | 12 | 「詩」「随筆感想」 | |
| 1932 | 1 | 「随筆感想」「小品」 | |
| | 2 | 「座談室」 | 「座談室」 |
| | 3 | 「小品」 | |
| | 4 | 「詩」「座談室」 | |
| | 5 | | |
| | 6 | 「座談室」 | |

※データは、『若草』1925年10月～1944年3月の計217冊より抜粋。
※三宅金太郎の欄には、住所などから同人物であると判断できる「三宅金良」や「三宅金太良」を含む。
※「　」は欄名を示す。

（図表1）。二本同時掲載なども含め、これだけ多くの採用を得られたのは、何よりも彼が様々なジャンルの作品を書き分けられたことによる。その器用さは、ときに軽薄な印象すら与えてしまうものだったようだ。「三宅金太郎氏の選出に期待を持つてゐる」投書家から、「君の作品はいさゝか小手細工な所あり、もつとリアルな作品を望む」と釘を刺されたりもしている（精次、一九二九年一一月）。

賛否の揺れがあった三宅の評価が定まっていったのは、おそらく一九二九年一二月号に掲載された随筆「工場から」あたりからである。この随筆で三宅が語るのは、「労働者」としての自分だった。「僕」はプロレタリア解放運動を志し、労働環境の厳しい工場で働き始めたが、実際の労働者たちの「馬鹿らしさ」と「無神経さ」には

失望を禁じ得なかった。しかし、考えてみれば「ひしがれ虐げられて尚その中から立上る陽気と無神経が必要なのだ」。「僕もこれから陽気と無神経の一年生から進まうと思つてゐ」る。三宅はここで、自らの経験と実感を正面に押し出して語ることをはじめている。それはまさに読者たちが求めた「リアル」であると同時に、先に確認してきた誌面におけるプロレタリア文学台頭の流れにも乗ったものだったといえよう。

しかしそのような語りは、読者投稿欄で三宅のみが試みていたわけではない。同時期に活躍していた色波鳰江も、自分が「去る八月から省線某駅の出札係を勤めて」おり、その徹夜を含む長時間労働がいかにつらいものであるかを語る一文を「座談室」に投書している（一九三〇年二月）。三宅と色波は掲載数もほぼ同じであり、労働者という立場を書く点も重なっている。ところが「座談室」などの反応をみる限り、読者の関心を惹くのは、やはり三宅のほうなのだ。この差はどこから生じたのだろうか。

手がかりは、やはり三宅が書いた作品のなかにある。彼の書いた二本の随筆をみてみよう。一九三〇年一〇月号に掲載された「梅雨霽れの頃——芥川さんのことども——」は、副題にもあるように芥川龍之介の生き様について語ったものである。芥川が死の直前に書いた作品には、「行くべき道を判然見てゐ乍ら而もどうとも出来ない」、「気品を保つて没落して行くインテリゲンチヤの姿」がみてとれる。「現在の階級闘争の戦士達」にとっても芥川は「感情的にはロシアの闘志《ママ》よりも親しい存在」であるようだが、それは「彼等自身の中に、簡単に清算し切れない多分の「芥川」を感じるからではないか」。ここで三宅は、芥川を著名な文学者というよりも、あくまで社会主義思想に徹することの出来なかったひとりの人間として捉えようとする。その迷いにこそ、焦点が当てられていくのである。

そうした眼差しは、三宅の特色となっていく。一九三一年六月号の「陥没した闘士」では、「若草の読者の中には或は僕の当時の小さな感想『工場から』の一文を記憶してゐて呉れる人があるかも知れない」が、実際には工場労働者としての二年間の生活のなかで、自分はこの社会の「情実因襲」に染まりきってしまったことを告白している。どうしようもないことだと諦めようとするが、そんな自分に「又しても悲しい自嘲が湧く」という。「梅雨霽れの頃」では芥川に仮託されていた迷いが、ここでは自身の切実な問題として語られている。

三宅の特色は、色波の作品と並べてみると、よりはっきりと浮かび上がってくるだろう。色波は一九三〇年五月号に掲載された随筆「趣味を越えて」で、趣味の遊戯気分も真剣に突き詰めてゆけば「最早道楽ではなく」、「勿論ブル（ブルジョア――引用者注）意識でもなくな」る。自分はそうした「善だとか悪だとかブルやプロを超越した境地」を念願してやまない、と語る。一足飛びに「超越した境地」へと突き進んでしまう色波の議論には、そこに至るまでの迷いがみられないのだ。三宅の「陥没した闘士」には、「「陥没した闘士」はよかつた。誰でも一度は通過せねばならない道程だ」といった読者の感想が寄せられている（森脇正之、一九三一年八月）。「誰でも一度は」感じるであろう迷いに寄り添えたかどうかが、スターとなった三宅となりきれなかった色波とを分ける、決定的な差であったといえよう。

そしてこの迷いは、当時の読者たちにとって切実な問題でもあった。三宅が迷いを語り始めたちょうどその頃、誌上ではブルジョア加入論争とでも呼ぶべき議論が巻き起こっていたのである。発端となったのは、投書家の月井露子が一九三〇年五月号に発表した随筆「塀から覗いた風景」だった。月井は「小ブルジョア階級」の家庭で育ってきたが、プロレタリア文学を愛読している。しかし、現実のプロレタリアの生活を目の当たりにすると、どうしても「幻滅の悲哀」を感じてしまうという。プロレタリア文学・評論が求めるような模範解答はわかっているが、それに自分を合わせきれないことへの戸惑い。こうした月井の悩みは、一部の「プロレタリア」の反感を呼び起こすものだったらしい。七月号の「座談室」には、藤田みぞれによる「俺達プロは何もブル達の加入を希む者でない」し、「ブルから僅か現代に目覚めたと自称してゐる生半の知識階級連中の加入のために真の俺達の団結が出来ない」と月井を非難する一文が掲載されている。ただ「座談室」の議論の流れは、どちらかといえば月井を擁護する雰囲気に傾いていく。九月号になると、「そんなに迄運動を狭意に取らなくてもよいだらうし、今迄にだつてインテリ出の功労者を多数出してゐる」といった意見（望月初男）や、自分もまた「貴女のやうなプチブル的な小地主という階級に存在する者」であり、月井の随筆には「何かしら感激するもの」があったとする感想（芥原登美子）をみることができる。

どうやら『若草』の読者たちの多くは、藤田ではなく月井により親しみを抱くような立場に置かれていたようだ。この論争から透けてみえてくるのは、頭ではプロレタリアに同情できるが、実際にプロレタリアになることはできないという、「知識階級」ゆえの迷いである。してみると、三宅金太郎があれほど読者たちの心をつかめたのも得心がいく。三宅とは、同時期の読者たちが抱いていた葛藤や苦悩を誌上で見事に演じてくれる存在だったのである。三宅をこの時期を象徴するスターへと押し上げていったのは、自らの迷いをさらけ出す彼のスタイルが呼び起こした、読者たちの強い共感だったのではないか。「金太郎兄よ、同感者の私を失望させないで、いつまでもよき指導者として、よき伴侶者として行くことをお希ひする」というファンからの投書（高橋彦録、一九三一年六月）は、彼が読者と共に歩んでいくスターだったことを物語っている。

## 4　愛惜されるスター、ジョアン・トミタ

ジョアン・トミタのデビューは、スター投書家たちのなかでも格別に華やかなものだった（前掲図表1）。一九二九年五月号の「詩」欄に掲載されてから同年一〇月号まで六回連続で詩が採用され、うち七・八・九・一〇月号では、首席作を意味する「特選」を与えられている。その勢いは、選者の堀口大學が思わず「来月はだれかジ

ヨアン・トミタ以上のものを書いてくれ」と選評で書くほどであった。彼の作風を示す一例として、七月号で「特選」となった「トラピスト風景」を挙げておこう。

NOTRE-DAME DU PHARE　の岡は
はるは五月で　ひはうらうら

しろい修道服をつけた
お坊さまたちが
麦の畑を耕してをられる

もつたいなや
頭布をお脱ぎなされた
剃髪のお頭の上に
雲雀がなきほうけて
青い青い空は　はてしがない

やがて　うすがすむ
林檎の花の中から
のばらのさきみだれた小径を

院長さまがお下りなされる
黒い聖母布がはる風にひらひら

ほれ鐘がなる

さんた・まりあ
さんた・まりあ

フランスの修道院に詩情をみいだしていく感性は、フランス近現代詩を集めた訳詩集『月下の一群』（一九二五年、第一書房）を刊行した選者堀口とも近しいものであったといえるだろう。そして、彼を高く評価したのは選者のみではない。読者間の人気も一気に高まり、一二月号の「詩」欄にはF・K・S・Nと名乗る投書家による「ジヨアン・トミタ」と題する詩までが掲載されるほどであった。

ところがジヨアンは、一〇月号を境にその姿を突如誌上から消してしまう。「座談室」では「さつぱり詩欄にジヨアン・トミタ君顔をださなくなつたね、淋しいよ」（岩谷志津夫、一九三〇年三月）といった呼びかけが繰り返されるが反応はない。ジヨアンが再び登場するのは、先の掲載から二年後、一九三一年一〇月号の「座談室」であった。「まだ、ぼくの名を忘れずに居て下さる方もあるやうです。うれしく思つてます」とファンの読者たちに礼を述べ、いまは北海道にいること、今度自分が作詞した小唄がレコード化[*2]されることなどを伝えている。ただし、読者たちが本当に驚くことになるのは、彼からのもう一本の投書のほうだった。ジヨアンは翌一九三二年二月号に掲載された一文で、自分がいま北海道石狩の山部村で「OOMOTO（KYOと言ってはいけません）プロパアガンデスト」として「若い兄弟（ふらてぃの）たちとユートピアをつくりつゝ働」き、「ほんたうに生き甲斐のある生活」を送っていることを報告している。「ふらていの」（fratino）という聞きなれない単語は、「姉妹」を意味するエスペラント語である。それは「OOMOTO」こと「大本」が、世界への布教活動を視野に積極的に導入と普及を図っていた「国際共通語」であった。

大本は、一八九二（明治二五）年に始まった教派神道系の教団である。大正初期には新聞・雑誌を活用した積極的な布教を展開し、一九二一（大正一〇）年に世界が崩壊するとした「立替え立直し」論や、信者を神懸かり状態とする「鎮魂帰神法」などを宣伝したことで、急速に勢力を拡大した。しかし、一九二一年に不敬罪と新聞紙法違反の疑いで幹部が一斉に検挙され、綾部本殿も破壊されるなどの弾圧を被った（第一次大本事件）。その後、一九三五（昭和一〇）年には治安維持法違反と不敬罪の疑いで再度徹底的な弾圧がなされ（第二次大本事件）、戦前は活動停止を余儀なくされている。

ジョアンがこの投書を書いた一九三〇年代は、大本が初回の弾圧を地道な活動で乗り越え、勢力を盛り返しつつあった頃だった。一九三一年二月から「梅花運動」と呼ぶ、入信者の数倍加を目指す全国規模の宣伝活動を開始し、「宣伝使」を増員している。*3 ジョアンは、この「宣伝使」として北海道内陸部の村に派遣されていたと考えるのが妥当だろう。「彼こそ若草から歩みだした若草的な詩人としてユニークな境地を開拓して呉れる」（小倉芳夫、一九二九年一一月）人物として、読者たちから文壇での活躍を嘱望されていたジョアンは、そうした文学を前提とする読者たちの期待の地平を遥かに越え、信仰を通じた「ユートピア」を目指すことを宣言したのである。

しかし、その想いは結局果たされることはなかった。一九三二年一二月号の「座談室」には、ジョアンの最期を知らせる投書が掲載されている。

ジョアン・トミタが八月の海岸で死にました。年長の幹部候補生のひと、いつしよにです。それは八月廿二日の朝の事（何て悲しい通信）『熱烈な同性愛に落ち、共に信仰に生きんとして果さず、心中を決意し……』これは新聞の冷たい文字の写しです。（中略）何といつても『生き甲斐のある生活です』と座談室に顔を見せたヂヨ《ママ》アンがこの世の中にゐないことは残念です。（佐藤経雄）

『九州日日新聞』の記事（「宇土網津村笠岩海岸で青年の同性心中」一九三二年八月二三日朝刊）によれば、ことの始まりはジョアンが京都亀岡にある大本の宣教施設での奉仕中に、元田定久と出会い、恋愛関係におちいったことだったという。二人にとってその関係は罪悪感を伴うものであったようだ。引用された元田の遺書には、彼らが東京、北海道、京都と転々としながら「何等かの転向を望みおぼろげなる希望をかけて今日まで生きながらへて来」たことが書かれている。それでも二人の想いは断ち切れなかった。陸軍の幹部候補生として聯隊に招集された元田を追って熊本に来たジョアンは、この地の海岸でついに心中を決行したのである。

編集長の北村秀雄の言葉を借りれば、一九三〇年代とは「エロ、グロ、テロの三ロ時代」だった（「創刊のころと五周年のころ」一九三五年一〇月）。あらゆる逸脱的な事象が娯楽として消費されてしまう当時の雰囲気を考えれば、男性同士の情死事件なども格好の〈猟奇事件〉だったといえよう。だが、読者投稿欄でジョアンになげかけられたのは好奇のまなざしではなく、彼を深く惜しむ言葉であった。「ロマンチシズムの中で溺れてしまつた彼は、だが本当に幸福だつたと思ひます」（眞岡誓、一九三三年五月）という一言には、みずからの感性に従って生き、そして死んでいったジョアンの自由さへの素直な憧れが読み取れるだろう。プロレタリア文学の季節を迎えていた『若草』において、ジョアンはその枠組みにとらわれない作品と生き様とを貫き通したことで、長く読者たちの心をつかみ続けることに成功したのである。

## 5　「文学青年」というイデオロギー

では、三宅金太郎やジョアン・トミタといった投書家たちを、スターとして推し立てていった『若草』の読者たちとは、どのような人々であったのだろうか。読者たちについて詳しく知ろうとするならば、例えば個々の投書から性別や年齢、職業などを抽出し、統計的な傾向を解析していくといった手法もある。ただ、こうした分析ではどのような人々が読者にいたのかはわかるのだが、読者たちがなぜスター投書家を推し立てようしたのかまではみえてこない。よってここでは、読者たちがしばしば口にする「文学青年」という自己認識に着目して、その集団的な心性の分析を進めてみたい。

「若草よ！永遠に我等若き文学青年の羅針盤たれ、良き指導者たれ」（阿部登志雄、一九二九年六月）。この用例がわかりやすく示すように、『若草』の読者投稿欄において「我等」読者が「文学青年」であることは、疑いようもない〈事実〉となっていた。そうした条件下では、「文学青年」を論じることは即ち、自己を反省的に捉え直すということにもなる。結果として、「文学青年」論は投書家たちの好むところとなり、誌上で幾度となく語られるテーマとなっていった。

投書家の不二井茂士は「座談室」に寄せた一文「文学青年の言葉」で、「文学青年」に対する一般社会の認識を次のようにまとめている（一九三四年一〇月）。「文学青年」という言葉は、「多かれ少なかれ軽蔑の意味を含んでいる。単に「青年」と呼ぶならば、「それはイデオロギッシュなる処女地として社会的に有意義」なものとみられるのに、そこに「「文学」の二字が冠せられると社会的に有害なる存在」とされてしまうのだという。この論についてまず指摘しておかなければならないのは、それが『文学時代』に掲載されていた大宅壮一の評論「文学青年の社会的意義」(一九二九年五月)の議論を、多少の字句の言い換えなどはあるにせよ、何の断りもなくほぼそのままなぞったものだということだ。

剽窃とみなされても仕方がない不二井論だが、興味深いのはそれにも関わらず結論だけが元になった大宅論から大きくすり替えられているところだ。大宅は一般社会の「文学青年」への蔑視に反論し、「プロレタリア文学の旗の下に集つてゐる若い人々は、もはや単なる「文学青年」ではない。本質的に新しい文学のみならず、本質的に新しい社会を創造せんとする一つの大きな社会的勢力である」と擁護する。それに対し、不二井は「文学青年を軽蔑する一部社会人の口に戸を立てられないとしても、それらの指呼に無音の反駁を浴せるべく、僕等文学青年は永久に不変なる若々しい情熱を抱いて、真摯なる宗教にも例ふべき文学の使徒でありたい」と述べる。両論を比較してわかることは、まず二点ある。ひとつは、論の大枠は流用可能だったという事実が示すように、前提となっていた「文学青年」が社会的「軽蔑」の対象であるという認識は、大宅論から五年経った不二井論の時期でも相変わらず社会通念としてあったということ。もうひとつは、大宅論が書かれた時期には通用していた、「プロレタリア文学」やマルクス主義を錦の御旗としてあらゆる問題の解答とするような論法が、不二井論の時期には失効しつつあったということである。だからこそ不二井は、わざわざ結論のみを変更したのだろう。

ただ、不二井が変更した結論が、「文学青年」の「永久に不変なる若々しい情熱」で批判に対抗すべき、という極めて抽象的なものとなっている点は気にかかる。ほとんど中身のない言葉ではあるが、考えようによっては、ここにこそ論者の無意識の欲望が露出しているともいえるかもしれない。「永久」に「若々しい」存在として、今のままの状況にありつづけたい。それは『若草』の「文学青年」たちに通底する、〈滞留〉願望とでも呼ぶべき心性なのではないか。

一九三六年七月号の「感想・評論」欄に掲載された、山本徳太郎「文学青年」をみてみよう。

文章をねり磨いて小説大家にならうとは思わぬ。（中略）それでは自慰か――いや待て。活字になる喜びか――いや待て待て。私はまだまだそれからずつと遠いやうな気がする。（中略）さうだ、私は私の心に回答を与へるべし／私の書き綴るものはよし拙くとも生きる意欲であると。もつと大きな言葉を使へば魂の記録であると。（中略）――だがもう既にこの小文は文学青年的な文章になつて了つた。この藪の中から、泥の中から、私は早く抜けださなければならないぞ。

ここにあるのは、結論とその否定の堂々巡りである。議論は引き伸ばされ続け、最終的な結論にたどり着くことはない。「私は早く抜けださなければならない」という言葉とは裏腹に、この一文からは、迷い続けること、言い換えれば結論というゴールに辿り着かないことそれ自体が、「文学青年」らしさとして選び取られてしまっている様子がみてとれる。

目的化する〈迷い〉。このような不毛ともいえる心性の背後にあるのは何なのか。理解しておかなければならないのは、当時の「文学青年」たちの生き難さである。多くの投書家を生み出した明治四〇年代の『文章世界』が示したような、投書に情熱をかたむけた「文学青年」がその才能を認められ、文壇へとデビューしてゆくといった成功譚は、大正期半ばにはほとんどあり得ないものになっていた。[*4]『読売新聞』の記事によれば、一九三五（昭和一〇）年現在、文学で生計を立てていこうとする「文学青年」が東京だけでも三万人はいるとされるが、「創作又は評論で一人前の暮しを立て得てゐるものは五十人かせいぜい七十人」にすぎなかったという（烏丸求女「嗚呼文学青年三万人」一九三五年五月三一日朝刊）。

自分たちが置かれている状況について、『若草』の読者たちはどう感じていたのか。「時々報国債券の当つた一人みたいのが」文壇で活躍することで、「若いぼくたちの神経を鈍らせ、知性とか理性とかを御破算にしたりする」が、「ぼくたちは立身出世の世の中には生きてはゐない」（狩田達夫「一つの常識」一九四〇年八月）。あるいは、「ムキになつて投書するなんて、およそくだらんと思つてゐると、そんな事は先刻承知してゐて、そのくだらなさを享楽してゐる不敵の輩がゐる」（元野世古男、一九三五年一一月）といった言葉からもわかる通り、「文学青年」の窮境を読者たちは十分理解していた。だからこそ次のステップを目指すのではなく、現状に〈滞留〉しつつ、その「くだらなさを享楽」することに価値を見いだす思考法を選択していくのである。スラヴォイ・ジジェクは、イデオロギーを「彼らは自分たちがその行動において従っているのが、幻想であることをよく知っている。それでも彼らは幻想に従う」ものと定義する。[*5] それはまさしく「文学青年」たちの振る舞いそのものであろう。「文学青年」というイデオロギーは、投書家たちの世界観を形づくり、彼ら彼女らの振る舞いと、さらには『若草』自体のあり方を方向付けてゆく。

## おわりに

『若草』において、いつの段階から「文学青年」というイデオロギーが大きな影響を発揮し始めたかを正確に指し示すことは容易ではない。ただ、昭和初頭のプロレタリア文学台頭期には、すでにその役割を果たしつつあったと考えられる。それを象徴するのが、二人のスター投書家の登場である。

一見すると、三宅金太郎とジョアン・トミタは活躍したジャンルの違いもあって、タイプの異なるスターだったようにもみえる。しかし「文学青年」からみれば、三宅が示した〈迷い〉とジョアンが示した〈自由さ〉とは、同じような意味を持つものだったのではないか。プロレタリア文学の季節を迎えた『若草』では、一般記事、読者投稿欄を問わず、マルクス主義という模範解答が幅を利かせていた。編集長の北村が述べていたように、「救はれる道は、たつた一つ」しかなく、目指すべき明確なゴールが提示されていたのである。だが、三宅はその過程で迷い苦闘し、ジョアンはそれにとらわれることなく自由にさまよい出ていく。いうなれば、彼らは模範解答から外れたところで〈滞留〉しているにもかかわらず、あるいはあえて〈滞留〉することで魅力ある文学を生み出すという、「文学青年」の理想を体現した存在であったのだ。

プロレタリア文学の枠内に収まりきらないスター投書家を、「文学青年」読者たちが熱心に支えるという構造は、『若草』の誌面構成や方向性にも影響を及ぼしていたと考えられる。スター投書家たちの作品を載せるということは、プロレタリア文学に限定されない、様々な潮流の文学にも誌面が与えられ続けることを意味するからである。それは、『若草』の文学的な多様性を保障する力としても作用していたといえよう。

また多様性という点では、次の事実にも注目しておきたい。『若草』は一九四四（昭和一九）年三月に休刊を迎えることになるが、その最終号の誌面は勇ましい戦争文学や「挙国一致」の必要を説く陸軍中将の談話などで埋め尽くされていた。昭和初頭のプロレタリア文学の季節とは質を異にしながらも、軍国主義というまた別の模範解答が幅を利かせていたのである。だが読者投稿欄に目をやれば、そこでは「風渡る秋草々の彼方より」といった俳句（河田蕉雨）が詠まれ、愛する人との別れに涙する「私」の心情を描いた小品（詹氷「思慕」）が掲載されている。前者の河田は「兵庫傷痍軍人療（療養所の略か――引用者注）」から作品を送っており、傷痍軍人であると推察されるが、彼が詠うのは戦争を思い起こさせることのない日常の一瞬である。また後者の詹氷[*6]の作品もまた戦争を主題としたものではない。別れの理由が「私」が「海を渡る」ためとされており、海外に派兵される兵士の物語とも読めなくはないが、重要なのは作品の基調をなしているのが、〈勇ましさ〉とは対極にあるような別れへの感傷であるという点だろう。『若草』の読者たちが育んだ読者投稿欄は、時流に飲み込まれない文学の場を最期まで提供し続けていたのである。

『若草』は、休刊まで一八年半にわたって刊行された比較的長命といえる雑誌だったが、それを支える読者たちの顔ぶれは常に移り変わっていたようだ。「若草から巣立つて行つたその当時の若い情熱の文学者たちは現今どんな生活をし、どんな方向を以て芸術を歩んでゐるだらうか」（村岡道雄、一九三四年二月）、「若草を手にしてから七年。その頃の秋條ナ、さん、神田耶蘇基さん、三崎功子さん等もう大人になつたのかな」（塚本政次、一九四一年九月）といった「座談室」の投書からもわかるように、『若草』の「文学青年」たちは、そのほとんどが実際には「大人」となり、「巣立つて」ゆく。しかし一方で、その心性はある種のイデオロギーとして、次の世代の読者たちにそれと意識されないままに受け継がれ、『若草』の文学的多様性の基盤になっていった。

『若草』の読者投稿欄を正統的な文学史のなかで語ろうとした場合、人材輩出という点からいっても、『文章世界』などの投書雑誌のそれと比べて見劣りすることは否めない。だがそこには、書くことをめぐるジェンダー格差や「文学青年」の生きづらさといった、文学を愛好する読者たちがその時々に直面した様々な問題が、彼らの心情とともに鮮やかに描き出されていた。近代日本における文学共同体がいかなる心性によって組み立てられ、そして展開していったかを知るのには、『若草』の読者投稿欄は最良の素材のひとつだといえるだろう。

**注**

1――「新興階級婦人文芸連盟発会式」（『読売新聞』一九二六年一二月二九日朝刊）。

2――「札幌小唄」（作詞：富田ジヨアン、作曲：佐々紅華　コロムビア）を指すか。（参照：『SPレコード 60,000 曲総目録』二〇〇三年、アテネ書房）。

3――大本については、大本七十年史編纂会『大本七十年史』上・下（一九六四／一九六七年、宗教法人大本）参照。

4――島村健司「文壇と投書雑誌と投書家共同体の力学」（『國文學論叢』二〇〇四年二月）。

5――スラヴォイ・ジジェク『イデオロギーの崇高な対象』（二〇〇一年、河出書房新社）。

6――戦後の台湾詩壇で活躍することになる詹冰とみられる。私小説的な読みをするならば、「思慕」は留学先の日本から台湾へ「海を渡」って戻る「私」の悲しみを描いた小品としても読める。

# 『若草』の読者と前田夕暮の新興短歌

小長井涼

## はじめに

『若草』の投稿短歌欄として、従前の「うた」欄に加えて「新興短歌」欄が新設されたのは第八巻第三号（一九三二年三月）である。選者を前田夕暮に据えた同欄は、第八巻第一二号まで続いたのち、第九巻ではいったん姿を消した。だが第一〇巻第二号（一九三四年二月）から復活し、第一一巻第一二号（一九三五年一二月）まで継続した。比較的短命に終わった投稿欄ではあるが、それでもこれに注目したいのは、同欄が発足した一九三二（昭和七）年が選者の夕暮にとって重要な年であるからだ。

一九二九（昭和四）年の「空中競詠」（東京朝日新聞社が飛行機に夕暮、斎藤茂吉、土岐善麿、吉植庄亮の四歌人を搭乗させ歌を競わせた）を契機として自由律短歌に移行した夕暮が、自由律歌集としては第一歌集となる『水源地帯』（白日社）を刊行したのが一九三二年の九月なのである。同書の「序」によると、夕暮は、「空中競詠」によって「再び短歌に亢奮を感じ、かかる作品を時代に適応した新興短歌と呼ぶべく、極めて自然であることについての創作理論を、約二年間に亘つて発表して来た」という。ここからわかるように、「新興短歌」は夕暮の口語自由律短歌を指す特有の語である。つづけて夕暮は、「私は正直に言ふ。この「水源地帯」一巻こそ、私のほんとうの処女歌集であると。私の創造の歓びは小さい穀粒の発芽のそれよりも猶微かであるとしても、此集を処女歌集と呼ぶに余りにふさはしいものを感ずるのである」と書きつけた。自らの創出した「新興短歌」をはじめて歌集としてまとめた一九三二年に注目することは、夕暮の「創作理論」の実践の一端をうかがううえで有意義だろう。

夕暮は新設当初の「新興短歌」欄について、「最初は編輯の方でも集るかどうかと心配したが、結果は予想外で、募集して十日間ほどの間に約千人ほどの応募があつたのには驚いた。この結果をみて、私達の新しい短歌運動も若い人々には可成り働きかけてゐるのだなといふことがわかつた」(「編輯後記」『詩歌』一九三二年三月)と述べている。夕暮にとって、「新興短歌」欄は「新しい短歌運動」＝「新興短歌」がどのように一般読者へ「働きかけ」、実作され、広まっていくかを測定するための実験場であったと想像される。

また、「新興短歌」欄の新設は読者たちの熱望によるものでもあった。読者投稿欄「座談室」に「口語歌」欄の新設を求める声がはじめて掲載されたのは管見では第七巻第二号(一九三一年二月)。以後、同様の要求が「座談室」内に広まっていく。

「若草」に註文がある。それは口語歌欄が欲しい事だ。古い時代の人々はさておき、昭和になつてから文芸の空気を呼吸し出した俺達にはあの文語といふのがてんで解らない。俺達の歌は皆口語で歌ふんだ。

(ベエラ・ステエロ、第七巻第五号、一九三一年五月)

八月号で口語短歌欄新設反対の声をきいたが、僕は是非新設して戴きたいと思ふ。自由律短歌の歌壇に於ける現状云々によつて、唯漫然と反対されるのは不可解だ。凡ゆる芸術の分野に於て「古きもの」と「新しきもの」が対立してゐる。そして「新しきもの」の擡頭こそは実に燎原の火だ。反対の為の反対を僕は軽侮する。

(名古屋、浩、第七巻第一〇号、一九三一年一〇月)

若草はいつも新鮮ですね。でも短歌欄をもう少し何とか開放して、口語をも容れるやうにしては如何でせう。北海道は口語歌王国です。私も口語歌なので一寸お伺ひしたのです。

（北海道、西町文江、第七巻第一〇号、一九三一年一〇月）

『若草』の読者はしばしば、『若草』を「フレッシユ」な雑誌であると讃えている。こうした読者が、「フレッシユ」な「新しきもの」、「新鮮」なもの、あるいは「古い時代」を打破する新時代のものとして、「口語歌」欄の新設を要求していたのである。だからこそ読者の熱望によって誕生した「新興短歌」欄は、「新鮮」で「溌剌」とした『若草』を特徴づける欄として読者に歓迎された。以下、「座談室」から読者の声を引いてみる。「新鮮さと、溌らつさに盛りきつた、『新興短歌』も若草になくてはならないフラグメントである事を！」（川崎、平田克三、第八巻第九号、一九三二年九月）。「読者欄、新興短歌には若さが溌剌としてゐる。全くこの欄の新設は若草のみに許されるものであらう」（京都、田辺美知、第一〇巻第四号、一九三四年四月）。「とにかく、今迄に、諸兄姉の云ひつくされてはゐるだらうが、若草のみに許されたこの新興短歌欄の存在は、我々にとつて、何物にもかへがたきよろこびなのだ」（大江勇、第一〇巻第六号、一九三四年六月）。「若草特有の新興短歌に興味を持つてゐます」（京都、最上里恵子、第一一巻第八号、一九三五年八月）。

こうして読者に歓迎された「新興短歌」欄だったが、実際は、新興短歌に対する夕暮のもくろみと、読者の志向とのあいだに齟齬があった。このことを本稿では指摘する。そしてその齟齬が何に由来するものなのかを考察し、さらに当時の夕暮短歌がどのような時代状況の下におかれていたかについても考究を及ぼしたい。なぜなら「新興短歌」欄発足の一九三二年は、『水源地帯』上梓の年であると同時に、満州国建国の年でもあり、この時局が夕暮の短歌観に微妙な、しかし決定的な変化を与えたように推量できるからである。

## 1　なぜ「新興短歌」なのか

「自由律短歌欄」の設置が「編輯後記」をとおしてはじめて告知されるのが第八巻第一号（一九三二年一月）。同号には夕暮の「自由律短歌の概念」も掲載されており、『若草』が「自由律短歌欄」の充実に向けて舞台を整えていたことが看取される。翌第二号（一九三二年二月）でも「自由律短歌」の投稿が促されているが、「新興短歌」欄が発足した第三号（一九三二年三月）の「編輯後記」には、夕暮の意向によって「自由律短歌」欄を「新興短歌」欄に改称した旨が記されている。「自由律短歌」と「新興短歌」はどう異なるのか。『若草』の「新興短歌」を分析する前に、夕暮による「新興短歌」の定義を知る必要がある。でなければ、「自由律短歌」ではなく、「新興短歌」を『若草』読者に求めた夕暮の意図を理解できないだろう。

「新興短歌」は夕暮独自の語であると先述したが、厳密にいえば、夕暮がこれを自称する以前から単語自体は存在していた。この起源は、一九二八（昭和三）年九月に結成の「新興歌人聯盟」にある。この聯盟は、口語短歌の創出のために発足した「新短歌協会」に拠っていたプロレタリア短歌系の歌人が、同協会から離脱するかたちで作られた団体とみてよい。したがって「新興短歌」とはそもそもプロレタリア短歌を指す語なのである。ただし同聯盟にはモダニズム短歌系の口語歌人も集まっていたため、「新興短歌」は広く口語短歌一般を意味する語としても認識されていた。

> 然して、この新興短歌なる名称は、認識不足の旧歌壇人によつて十把一束式に使用されてゐる言葉だ。即ち彼等は「新興短歌」と言へば、直ちに形式的に観て、文語短歌に対立する。《ママ》一切の短歌を総称してゐるら

しい。従つて彼等には《ママ》、従来の口語歌も、プロレタリア短歌も、近代主義的の短歌も一色に見てゐるのだ。これは間違だ。「新興短歌」なる名称は、少くともマルクス主義を世界観とするプロレタリア歌人の短歌のみ冠称さるべき言葉だ。

右の引用文は、当時プロレタリア短歌運動にたずさわっていた前川佐美雄の「新興短歌に対する飛躍的独断言」（『短歌月刊』一九二九年五月）の一節である。前川が主張しているように、プロレタリア歌人たちは自らの短歌こそ「新興短歌」であると訴えていた。前川と同じく「新興歌人聯盟」のメンバーであった矢代東村も、「新興短歌はマルクス主義文学理論の立場をとるものであり無産階級の立場をとるものである」（「歌壇の状勢は」『若草』第五巻第一二号、一九二九年一二月）と端的に定義している。

プロレタリア短歌が盛んであった一九二〇年代後半から夕暮が「新興短歌」を名のっていたわけではなく、この語を採用するのは一九三二年になってからだ。三一年末に執筆の「短歌の時代性」（『短歌新聞』一九三二年一月）のなかで夕暮は、今までは「自由律短歌といふ名称」で「私達の作品を統一して来たが」、「今後は単に『吾々の短歌』若くは『詩歌の作品』とよぶべく、尚必要上包容性の大きな新興短歌の名称を採上げる場合もあることをこゝに告げておく」と予告している。そして一九三二年には「新興短歌論稿」（『詩歌』一九三二年一月～四月）を連載し、完全に「新興短歌」へと移行する。『若草』で「新興短歌」欄がスタートするのは「自由律短歌」から「新興短歌」への遷移期だったわけだ。

では「新興短歌」を名のることで夕暮は何を目指したのか。夕暮は「新興短歌概論」（『短歌講座』第四巻、一九三二年八月、改造社）のなかで、「現代の文化はすべてが都会から地方への放射である」として、「都会」が現代日本の中心であると論断する。つづけて「中央都市の触手」が「海を越えて世界の神経に繋つてゐる」と世界情勢を分析し、さらに「時代の滂湃たる上げ潮」が日本を「高層なるビルディング」や「グロテスクな大工場」、「瓦斯タンク」等々にあふれる世界へと「変貌」させていると現状を論じる。そして「この時代の進展と共に新しく展開された生活」、「ここに新しき詩的精神は生れ、新しき現実は横つてゐる」と説く。こう見ると、夕暮の短歌観は、新興都市の生活を軽妙に描出した新興芸術派風であり、夕暮がアララギ的な自然詠に対する革新を企図していたことがわかる。つまり新興短歌の「新興」は新興芸術派の「新興」と同質なのだ。

　ところで如上の歌論からは、「新興短歌」というタームが元来もつプロレタリア短歌的性格をうかがえない。夕暮によると、自身の主宰する結社「白日社」内に「プロレタリア作品の発展を見つつあり」、これらの作品と「インテリ階級の生活から発生しつつある、現代的苦悩の作品」とを包括するために「新興短歌」の語を用いたようだから（「新興短歌論稿（1）」『詩歌』一九三二年一月）、プロレタリア短歌の存在を閑却していたわけではない。ただ、夕暮はプロレタリア短歌が本来的に有する思想性・政治性を重んじていたわけではなかった。

> 君は最近プロレタリア意識を、キビ〳〵とした短刀《メス》的手法で歌つてゐる。君のプロレタリア意識は、マルキシズムではないと思ふ。此点に於て君生得の芸術味を失ふことなく、その作品に深さと鋭さとを附加し、時代性をたつぷり含ませてある。／彼は都会の触手であり、時代のベルトであり、思想のタンクであり、［…］

　この引用文は、「白日社」に所属する飯田兼治郎が上梓した歌集『女体は光る』（一九三〇年一一月、白日社）に夕暮が付した「序」である。夕暮が称賛するところの飯田の「プロレタリア意識」とはマルクス主義に拠るものではないらしい。引用文に見える「都会の触手」という表現は、先述した「新興短歌概論」のなかに見られる「中央都市の触手」に近似している。つまり、夕暮のいう「新興短歌」は、プロレタリア短歌を視野に含みつつ、その実は非常に都市モダニズムに近いものを示しているのである。

夕暮が単なる「自由律短歌」ではなく、「新興短歌」を『若草』読者に求めたのは、『若草』読者のあいだに、都市モダニズムが広く共有されていると夕暮が了解していたためではないだろうか。すでに小平麻衣子による論[*1]があるが、「新興短歌」欄が新設された『若草』第八巻（一九三二年）の「詩」欄ないし「座談室」からは、読者のあいだに堀口大學への憧憬が広まっていたことが看取される。第五巻第一号（一九二九年一月）から第一二号（一二月）まで投稿詩欄の選者であった大學は、第八巻第一号（一九三二年一月）から再び選者として『若草』に復帰している。大學の象徴主義的詩風と夕暮のモダニズム的歌風は重なり得ない部分が少なくないかもしれないが、ややもすると「超現実主義」的な歌風とも見られていた夕暮[*2]が選者を務める「新興短歌」欄に対して、「詩」欄への投稿者たちが、旧来のアララギ的な短歌とは明白に異なる、洒脱で「新鮮」な短歌を期待していた[*3]ことは確言できるだろう。

小平論のなかで、『若草』を媒介項とする「地方詩人」間の交通に関与していた読者のひとりとして挙げられている人物に曾根崎久がいる。この曾根崎が「自由律歌壇に夕暮氏の選は大変嬉しい。これもお礼を云ふ義務が有る」（「座談室」第八巻第四号、一九三二年四月）と、「新興短歌」欄および夕暮を歓迎している点に留意すべきである。読者のあいだでは、「新興短歌」欄と『若草』の投稿詩欄との親和性がきわめて高いものとして、別言すれば、両欄は相似するものとして捉えられていたのである。

さて次節では、「新興短歌」欄に採られた投稿短歌と夕暮の実作とを実際に比較考察してみたい。

## 2　新興短歌と詩——その相似と乖離

「新興短歌」欄には、「詩」欄と異なり、選者自身の短歌も掲載されている。「新興短歌」欄への投稿者たちは、この夕暮の短歌を参考にし、「新興短歌」欄における規範を内面化していった可能性がある。そこで同欄における夕暮短歌の傾向を知るために、その実作を次に例示してみよう。

肉体的な、現実的な都市！　まつさかさまに空に墜ちてくる　大阪（旅客機から）（第八巻第三号、一九三二年三月）
彼等の赤い血が吾等に反応するもの——ぐいぐいと街を歩く（メーデー）（第八巻第七号、一九三二年七月）
赤濁つた空と鉄塔と木立、暴風のなかにふくれあがる瓦斯タンク！（第八巻第八号、一九三二年八月）
朝空の風車に青虹がわきたち、涼しい風景のなかで烟草をふかす（第八巻第一〇号、一九三二年一〇月）
蛍光板を背負つて、月夜の青い陰画のなかに、しつとりとゐる裸虫！（第八巻第一一号、一九三二年一一月）
新しい現実の美しさ、航空灯の光、ときのま青く夜空をそめた（第一〇巻第三号、一九三四年三月）
青白い月夜の病院。わが子の病室《へや》にはセガンチニの悲痛の哲理と玖瑰の花とがあつた（第一〇巻第六号、一九三四年六月）
空に新しい友情を感じる、私のうへに、青い翳をなげる空！（第一一巻第二号、一九三五年二月）
雪のうへにある青い翳。窓をあけて、しづかに、また窓をしめる（第一一巻第三号、一九三五年三月）

前出の「新興短歌概論」など、夕暮の文章に頻出する「新しい現実」や「瓦斯タンク」といった語を右の短歌のうちにも見ることができる。このような夕暮短歌の都市モダニズム性を『若草』の読者も「新興短歌」欄から享受したのだ。夕暮は、「工業都市川崎、コロンビア灯がくつきり浮んで、青い青い空」（神奈川、小林政雄、第八巻第五号、一九三二年五月）という投稿短歌に、「近代工業都市の横顔がはつきり感じられる」との評を付して、その都市性を評価した。ほかにも「パッ！と明るい公園の空気の中へ、私は歩いて行つた五月！」（福島、大和汐、第八巻第七号、一九三二年七月）「ガソリン屋の黄色いタンク自動車、春をいつぱいのせて疾走する」（東京、鳴原忍、第八巻第七号、一九三二年七月）「花火とソーダ水、夏祭の夜を、僕とA子と、A子と僕と、屋上庭園にゐる」（静岡、金子光太郎、第八巻第一一号、一九三二年一一月）「劇場の扉閉されて流れる月光、花売娘は肩をすぼめて帰つてゆく」（大阪、零子、第一〇巻第四号、一九三四年四月）「故郷の町にもアドバルーンが上つてゐる。恋人の洋装に新しい愛を感じた」（東京、十條薫、第一一巻第五号、一九三五年五月）といった投稿短歌を見出せる。いずれの短歌からも都市的な風物を洒脱に、あるいは新興芸術派風に詠もうとした姿勢が伝わってくるであろう。

また、青白い夜のイメージや青い空のイメージを夕暮がくり返し詠っていることに気づくだろう。一九三一年六月に白内障の手術を受けた夕暮は、その手術の影響でいっとき視界が青っぽく見えるようになったらしい。夕暮はこの状態を「青視症」と呼んでおもしろがっていた。実際、『水源地帯』所収の連作「手術」のなかに「青視症」という詞書のつけられた一連がある。そのなかでは、「タングステンのやうな青い光が、いきなり眼のなかにとび込んでくる、朝ばれ（眼帯をとる）」「雨あがりの朝の青つぽい光が、視野いつぱいにはいつてきた驚き」「夜が青く、私のそばにあけてゐた。私の新しい明るい生活が初まる」というかたちで、「青視症」の症状がきわめて向日的な口ぶりで詠われている。このように、「新興短歌」欄発足時の夕暮は〈青〉の瀟洒なイメージをみずからの短歌に詠みこんでいた。この〈青〉の頻出に影響されたかのように、投稿短歌のうちにも〈青〉が氾濫している。

青いベレイの少女が路を曲つてしまふと、急にさびしくなつて、またリーダーをよみ始める
（東京、大和勇三、第八巻第五号、一九三三年五月）

五月の空は青インキだ、お花畠で新しい欲情が亢進する（大阪、ダチヨウ・カメヰ、第八巻第八号、一九三三年八月）

青い空はエアーシツプだ。僕の記憶はふるさとの海につづいて、鮮魚の匂ひをかいだ
（東京、前田砂水、第八巻第一〇号、一九三三年一〇月）

蒼穹へのジヤンピング！　女性群は軌道外の青い青い蝶となる
（函館、山崎正八郎、第一〇巻第四号、一九三四年四月）

朝の鋪道は緑の影となる。僕のネクタイのない胸を青く染める　（福岡、劉吉、第一〇巻第六号、一九三四年六月）

青い空、新しい季節の匂ひがある。若者のやうな七月の朝です
（新潟、新保五郎松、一〇巻第七号、一九三四年七月）

雪と樹木達と――ひろびろと私の胸に青い朝が来た。透明体の山にのぼる
（埼玉、月坂栄一、第一一巻第五号、一九三五年五月）

笛になる青竹の青々とした濡葉です、雨の朝です
（群馬、岩城いづみ、第一一巻第一一号、一九三五年一一月）

前出の小平論によると、大學の詩風に影響された『若草』の投稿詩人たちも〈青〉のイメージを多用していたという。前節において『若草』の投稿詩人が、詩と新興短歌のあいだに相同性を見出していたことを紹介したが、実際に作品の言語運用の面においても、両者は〈青〉を共通項としてもっていたのである。しかし、両投稿欄が〈青〉を共有していたとはいえ、そして夕暮が〈青〉を好んでいたとはいえ、詩を志向する読者の作品は必ずしも「新興短歌」欄に採用されてはいない。

たとえば京都在住の藤田定文。彼は第八巻第八号（一九三二年八月）の「座談室」で、「今後どし〳〵詩作に精進します。僕等は詩と新興短歌の研究の同人雑誌を微かながらやつてゐます。未だ未熟なものですが目的に向つてジヤンジヤン伸びて行くつもりです」と宣言している。「詩と新興短歌の研究」に励む彼は、詩も新興短歌も実作していただろうが、彼の新興短歌を『若草』第八巻（一九三二年）に見つけることはできない。

あるいは福島に住む秦不二男。彼は第一〇巻第四号（一九三四年四月）の「座談室」で、同巻第二号（一九三四年二月）の「新興短歌」欄に採られた作品に対して批評を試みている。そのなかで彼は、ある作品について「今までシユールリアリズムに噛りつかうとしてゐた自分が恨めしい位です」と述べ、またある作品について「超現実的なよさに自分の今迄からして好感を持つのかも知れない」と評している。ここから彼の短歌趣味が「シユールリアリズム」や「超現実的」なものにあることがはっきりわかるのだが、そんな彼の作品は、第一〇巻（一九三四年）においては一首見られるだけである。だがこの事態は彼が新興短歌に対して寡作だったということを意味しない。

彼の名は詩誌『詩人時代』の投稿新興短歌欄にも発見できる。試みに『若草』第一〇巻と同じ一九三四年の『詩人時代』（ただし三月号、七月号、一〇月号は未見）をひらいてみよう。彼はこの投稿欄に秦不二男名義のほか、阿武隈夫やH・不二男の名で新興短歌を送っている。この年、彼の新興短歌は四月号、六月号、八月号、九月号、一一月号の計五回採られている。選者は一月号から八月号までが花岡謙二（ただし八月号の選者は、目次では矢代東村となっている）で、九月号から一二月号までが矢代東村。両者とも夕暮の「白日社」に所属の歌人だから、夕暮と短歌観をある程度共有していただろう。けれども『若草』と『詩人時代』を比較すれば、秦不二男の新興短歌の入選率の差は明白だ。とすれば、この差は夕暮固有の短歌観に由来するものだと考えられる。

藤田定文と秦不二男の例からうかがえるのは、夕暮が西洋詩風の「シユールリアリズム」的内容を嫌忌しているということである。この点に関連して、実作の内容面ではなく、韻律という側面から、夕暮の歌論を読んでみよう。

## 3　「短歌的重量感」と「新日本詩」

新興短歌は自由律形態をとるゆえに、詩との境界が不明瞭になる恐れをもつ。しかし新興短歌はあくまで「短歌」であると夕暮は考えていた。新興短歌の「短歌」としてのアイデンティティを確保しようとして夕暮が考案したのが「短歌的重量感」という概念である。次に引用するのは、第一のものが「自由律短歌の概念」(『若草』第八巻第一号、一九三二年一月)、第二のものが「新興短歌の原理」(『若草』第一〇巻第五号、一九三四年五月)である。

自由律短歌は、旧定型律短歌と何の係りもなしに、突然として出現して来た詩形ではありえない。その現はれて来た姿は彼の自由詩とある点までは同伴者のやうな過程をとつてはゐるが、その根本に於ては全然異つた相をもつてゐる。といふのは、自由律短歌は旧定型律短歌の新しい発展であることである。そして私は最初から自由律短歌は飽くまでも短歌であつて、短小な自由詩ではない為に、三十一音律を基礎にしてをらねばならぬ、といふことを提唱した。その三十一音律を基礎とするとは如何なる意味かといふと、これは短歌の重量感である。

これらの作品は以上の二首とはちがつた形態をもつてゐるが、依然として短歌的のものを感ぜしめるのは、かかつてその短歌的重量感にある。／このやうに外形的には現代語発想による新しいリズムと内面的には短歌的適量を制約する意識と相牽引して、其処に新興短歌の性格をあらはし、それが短詩や新俳句とは全然異つたリズムと形態とを感ぜしめるのである。

右の引用から明らかなように、「短歌的重量感」とは定型短歌に基礎づけられた韻律のことである。だから定型短歌に習熟していなければ「短歌的重量感」の習得は難しい。夕暮は「用語に就いて」（『詩歌』一九三二年四月）のなかで、「定型律短歌の習熟を経ずして」新興短歌をはじめる者が多いが、「かういふ人はわれわれの短歌が旧短歌の発展であることを」を「よく知つてゐないであらうと思ふ」として、新興短歌の作者にまず定型短歌の体得を要求している。

右に引いた歌論は、新興短歌は短歌であって、詩とはまったく位相を異にするものであることを強く説くものだが、新興短歌を歓迎する『若草』の投稿詩人たちがそれを理解できたかどうかは怪しいものがある。でなければ、前節で示したような、詩にも新興短歌にも注力する読者と「新興短歌」欄との乖離は生じえないだろう。「新興短歌」欄が第八巻（一九三二年）と第一〇巻（一九三四年）、第一一巻（一九三五年）の計三年しか存続し得なかった理由は、西洋詩を好む読者が新興短歌に求めるものと、旧来の定型短歌を重視する夕暮が新興短歌に求めたもののミスマッチにあるといえるだろう。

詩を愛好する『若草』の読者たちは、〈新興〉なる名称に新興芸術派的な都市モダニズムないし西洋詩的なるものを期待し、実際、夕暮も新興都市の景物の詠出を主張した。しかし夕暮は、旧来の短歌的韻律をも同時に重んじている。〈新〉と〈旧〉、あるいはモダニズム的内容と短歌的韻律。夕暮による短歌革新理論はそのどちらをより重視したものなのか、判然としないところがある。こうした多義性＝曖昧さが、読者と夕暮を乖離させた節がある。

さらに夕暮の新興短歌論を、今度は「生活」ないし「現実」というキーワードの下に読んでみよう。

況してや、今日のやうな時代に於ては、新しい欲情を盛るべく、その形式は余りに古く、余りに時代錯誤であり、余りにギプスベッド的なものがあるのみならず、事実吾々は遂に吾々の生活感情をこの千年も前に完成せられた古い形式には盛りきれなくなつたのである。そして、吾々は新しき認識の下に、詩的精神を更生し、吾々の生活感情を生かして、時代に適応せしむべく、自由律短歌の運動を起したわけである。

［…］

それ（自由律の韻律――引用者注）がいかに自由であり、如何に新しい快適なるリズムがあり、時代のテンポがあり、そして、新しき現実感があるかを痛感せしめる。（前出「自由律短歌の概念」）

然しさういふ古い形式が、既に吾々の生活感情に適応しなくなつたとしても、人間は常に懐古的のものである限り、きつぱりとそれを見捨てようとはしないばかりか、却つて反動的に古きを見戍らうといふ意図をもつものである。［…］さうした古風な感情をもつて、現代の意志、社会的生活に背をむけて、唯鑑賞の寂しさに生きようとする人達が可成り多いのである。（前出「新興短歌の原理」）

くりかえし説かれるのは、「現代」に生きる人間の「生活感情」と「現実感」を新しい形式＝新興短歌によって認識せよ、という内容だ。主張の文字面自体は平易だが、「生活」と「現実」ほど短歌にあって多義的な単語はない。詳述する紙幅はないが、この二つは、流動する社会事象・時事をまなざすための視角として、一九三〇年代前半の歌壇において多様に議論されていた。*4 夕暮の場合、前出「新興短歌概論」において、「この時代の進展と共に新しく展開された生活」、「ここに新しき詩的精神は生れ、新しき現実は横つてゐる」との主張がなされていた。この論文で説かれる「新しき現実」は都市モダニズム的なものであったが、「新しき現実」は必ずしもその意味のみにとどまるものではない。

夕暮は「新興短歌」欄創設と同じ年、つまり一九三二年の下半期、「新日本詩」なるものの創出をしきりに説いた。夕暮は「短歌をおいて日本の詩なるものはない」と揚言したうえで、「私達の意図は時代性を失つた旧短歌を揚棄し、更生するにある」と言明し、その刷新されたところの短歌こそが「新日本詩」と呼ばれるのだ、と主張する（「新日本詩の提唱に就いて」『詩歌』一九三二年九月）。また別の文章では、「私達の生きた生活感情を表現すべく」、「旧定型を揚棄して自由律表現を採り上げ、更らにその自由律短歌を揚棄し」たものが「新日本詩」であると述べている（「新日本詩私論」『短歌月刊』一九三二年一一月）。

まとめると、現代日本の「生活感情」を表現するために、定型短歌を止揚し、さらに新興短歌をも止揚したものが「新日本詩」ということになる。短歌＝「日本の詩」と定義しているところに、西洋詩とは位相の異なる「詩」として、あるいは西洋詩を超克する日本独自の「詩」として、夕暮が短歌を捉えようとしていた様子が看取される。実際、「新日本詩」は時局下にあって日本主義的なものだと歌壇に理解された。逗子八郎「短歌的なるものより日本的なるものへ（二）」（『短歌月刊』一九三三年二月）は以下のように解説している。

一九三一年九月十八日の柳條溝の鉄道爆破事件より端を発した日支衝突、満洲国独立、上海事変、リツトン報告書、国際聯盟の日本圧迫、日米関係の悪化、等々に依つて、吾等が始めて国際連環の一つとしての日本を発見し、日本的なるものを反省し、日本的意識を強調される事今日より甚だしきはないであらう。この事は各種のイデオロギーに反映し、［…］今日程日本精神が強調される事はないのである。従つて芸術の一ジヤンルたる詩の世界に於ても、この傾向が浸潤しおのづから日本固有の詩的精神に則る詩型の要求が発生する事は見易き道理である。之が無意識のうちに新日本詩論の提唱のファクターになつて現はれたと見る事ができる。

夕暮自身、次に引く「雑草園漫語」（『短歌研究』一九三二年一〇月）のなかで、満州国承認や国際連盟脱退などの強硬外交を推進した内田孝哉外相を絶賛し、さらに短歌のもつ民族精神を鼓吹しているので、逗子の見立てはあながち外れていないのだろう。

六十八歳だといふに、彼の青年らしい虹のやうな意気はどうだ。彼の眼中には聯盟も亜米利加もソヴエート露西亜も何もない。ただ青年日本の建設があるのみだ。／［…］何が私をこんなに感動させたかといへばその青年内田の情熱である。／［…］／万葉集及び万葉集以前の歌が千何百年の時の流れを超えて猶みやく〳〵として私達の感動に拍車を当るのは何故か、それは決して形式から来るものではない、その精神から来るもの、青年日本、壮年日本の精神であり感動である。私達はもう一度わが短歌をして青年日本の詩として更生せしめる必要がある。

夕暮が内田外相に与えた賛辞「彼の虹のやうな意気」。「虹のやうな」は『水源地帯』を夕暮自身が形容するときに用いたものだ。[*5]「虹」という詩的な喩を残しつつ、当初は都市モダニズム的だった「新しき現実」の意味内容に、次第に政治的な「現実」が、時局的・日本主義的な「現実」が充填されていくのである。

一九三五年前後から「白日社」内部に「西欧詩論の浸潤が、非定型短歌の一群を駆つて非定型短歌を消極面へ飛躍せしめた事実を厳正に観察することも必要であると思ふ」（原三郎「非定型短歌の消極面への飛躍」『詩歌』一九三四年九月）といった西洋詩否定論が現れはじめ、夕暮ものちに、「超現実主義とかいふ西洋の詩論に災ひせられたのは事実である。この超現実主義なるものは甚だしく日本的でなかつた」（「編輯後記」『詩歌』一九三九年八月）と、西洋詩を「日本的」ならざるものとして峻拒するに至る。『若草』読者が夕暮の新興短歌に期待した「超現実主義」的な西洋詩性は、夕暮自身によって否定される、という結末に行きつくのである。

西洋詩的なものの否定の萌芽が「新興短歌」欄創設の一九三二年から実は胚胎しており、これが夕暮をして、詩を嗜好する『若草』読者の新興短歌を拒否せしめたのではないだろうか。

## おわりに

夕暮は『水源地帯』に続く自由律歌集『青樫は歌ふ』（一九四〇年三月、白日社）の「序」で「時には誰も通らぬ曠野の涯にひとり沓として行き昏れたやうな、弧寂蕭條たる自分を見出したことさへあつた」と吐露し、自由律第三歌集にして最後の自由律歌集『烈風』（一九四三年二月、鬼沢書房）の「巻末小記」には「血まみれな私の遺書を見るやうな気がする」と書きつづった。夕暮の苦渋と新興短歌の敗走が何に起因するものなのか、そして『水源地帯』刊行の一九三二（昭和七）年から西洋詩の否定に至る一九三九（昭和一四）年のあいだに夕暮がどのような道を歩んだかについては、別の機会における詳細な議論を俟たねばならない。ただ、「超現実主義」性と都市モダニズム性、あるいは西洋詩性を内包する新興短歌が、日本主義の拡大していく時局と歌壇にあって不調和であり、必然的に相剋を招来してしまう、と指摘することはできる。「モダーニズム」と「感覚主義に拠る詩人」である夕暮（三木露風「前田夕暮君の「水源地帯」を読む」『詩歌』一九三三年一月）。政府の外交政策に喝采を送る夕暮。

どちらの夕暮も夕暮ではあるが、当時の時局にあって、矛盾を来すことなく両者の性格を併存させたまま表現を行なうことは難しい。
　こうした矛盾を感じることなく新興短歌を無邪気に詠み得た一九三二年は、西洋詩を憧憬した『若草』読者にとっても、「青視症」という夢的な幻像のなかで『水源地帯』を上梓した夕暮にとっても、急迫する時局を前にしての、ほんのわずかな恵まれた時間であったのかもしれない。だからこそ両者はかろうじてこの一時期に「新興短歌」欄を通じて結びつき得たのだ。

**注**

1——小平麻衣子「『若草』における同人誌の交通——第八巻読者投稿詩について——」(『語文』二〇一六年六月)。
2——土岐善麿「現代の短歌」(『短歌講座』第一巻、一九三一年一〇月、改造社)は、夕暮の歌風に「超現実主義的な傾向に通じるやうな」ところがあると指摘している。
3——「うた」欄の選者は、第四巻第七号(一九二八年七月)から就任した斎藤茂吉以降、第八巻(一九三二年)での「新興短歌」欄発足に至るまで、結城哀草果(第六巻第一号、一九三〇年一月〜)、土屋文明(第七巻第一号、一九三一年一月〜)、岡麓(第八巻第一号、一九三二年一月〜)のいずれも『アララギ』の歌人が担当している。
4——たとえば篠弘『近代短歌論争史　昭和編』(一九八一年七月、角川書店)の九章と一〇章を参看するだけでも、「現実」や「生活」といったタームが歌壇でのメイントピックになっていたことがわかるだろう。一九三〇年代初頭の歌壇の動きを概括すれば、プロレタリア短歌が社会現実や無産階級の生活を直視する視線を持ちこみ、その影響の下で、歌壇全体が、激動する社会情勢の詠出を試みていた、ということになろう。
5——『水源地帯』の広告文に「果実の断面のやうな新しい現実があり、虹のやうな詩的精神の昂揚と、朝空の機翼のやうな快適さがあり」云々とある。この文章は文体から見て、明らかに夕暮自身の筆に成るものである。

# 復刊後の『若草』――新人小説と早船ちよ

井原あや

## 1 『若草』の復刊

一九二五（大正一四）年一〇月に創刊した『若草』は、一九四四（昭和一九）年三月（第二〇巻第一号）まで刊行されたが、戦局の悪化によって休刊となった。復刊したのは敗戦の翌年、一九四六年三月（第二一巻第一号）で、その後、一九五〇年二月（第二五巻第一号）まで続いた。つまり、復刊後は僅か四年間の刊行となる。それゆえ、これまであまり光が当てられることがなかったが、まずは『若草』が戦後いかに復刊したのか、復刊までの道程を確認してみたい。

復刊後、編集長をつとめたのは花村奨である。花村は一九三九年に宝文館に入社し、『令女界』や『若草』の編集を担当した人物で、『若草』では、太宰治の「乞食学生」（一九四〇年七月～一二月）の連載に携わったほか、井伏鱒二や林芙美子らに原稿依頼をしている。[*1] その一方、花村本人も他誌に「土岐愛作」や「花村奨」の名で小説も発表するなど、編集者と作家の両面を持ち合わせた人物でもある。花村は対談の中で、彼が岐阜へ疎開する前は宝文館の「在庫の本が全く無くなってしまうくらい売れた」こと、その売り上げで大量の紙を買いためておき、当時、本社があった日本橋室町の倉庫などに紙を保管したものの、空襲で全て焼失したため、『若草』は配給の紙のみで復刊せざるを得なかったことを語っている。[*2] こうした花村の発言からは、復刊に向けた困難な有様がうかがえるが、再出発を待ち望む読者も多かった。以下、復刊後に寄せられた読者の声を挙げてみたい。

私たちの「若草」が復刊されたことは、なんと云つてよいか、言葉もないほどのよろこばしさです。昔日のごとき頁はなくとも「若草の手帖」に知る花村先生の誠実に、私たちは十分温められてゐます。私は昔の藤じゆんです。名古屋及びその近郷の友と結んで、昔のやうに楽しい若草の会を持ちたいものです。（略）

（名古屋市（略）、藤井春久）

「若草」と「令女界」の再建。ながいあひだの空虚が埋められるやうで嬉しく思ひました。かつての日の和やかさをふたたび味はへるという楽しさでいつぱいです。たくさんの誌友のかたがたと、美しく結ばれる日を心からお待ちして居ります。

（名古屋、坂川千代子）[*3]

いずれも、かつての『若草』の読者から寄せられたものだが、「私は昔の藤じゆんです」と筆名を明かして「昔のやうに楽しい若草の会を持ちたい」と書いたり、「たくさんの誌友のかたがたと、美しく結ばれる日」を待ち望む思いを綴っていて、雑誌の内容はもちろんのこと、投稿雑誌としての『若草』を期待する声が大きかったことがうかがえる。

本稿では、こうした復刊後の『若草』の小説観を検討する。具体的には、編集長・花村奨を中心とする『若草』編集部が、読者投稿に何を期待したのかを確認し、次に復刊後の『若草』掲載小説の一つの傾向を明らかにする。その後、「新人小説コンクール」に関する『若草』編集部の発言を検討した上で、作家早船ちよが登場する意味を分析していきたい。

## 2 「若草文芸」（読者投稿欄）と『若草』編集部――主に編集長 花村奨の発言から

『若草』に限らず、雑誌の編集方針を検討する上で欠かせないのは、誌面を通して読者へと伝えられる編集部の意見である。一九四六（昭和二一）年三月、復刊第一号にあたる『若草』に掲載された「若草の声」は、無署名ではあるが内容から推察して花村あるいは編集部によるものと思われる。そこには戦後続々と復刊・創刊した雑誌の多くが、永井荷風や志賀直哉、里見弴、谷崎潤一郎といったいわゆる大家の作品ばかりを掲載していることに憤慨して「かつての新人のごとき身すぎ世すぎの術は知らなくても毅然として、或はおつとりとし原稿を書いてゐられるような新人らしい新人を、われらが求むや切である」[*4]と「われら」の新人を求める姿勢が示されている。こうした新人への思いは、編集後記にあたる花村による「若草の手帖」でもこの後繰り返されていく。花村は「多くの文芸誌」が「一人二人の高名な作家」に注目しているが、『若草』は「できれば無名の中から珠玉を発見して歓びを感じたい。このささやかな頁の中で、有名無名を問はずほんたうに楽しく最大の力を発揮しは《ママ》もらふやうに努めたい」[*5]、「言論の自由に名をかりてあらはれたこのごろの大家中堅作家の作品をみてゐると、日本の文学が大正時代の乱脈にだんだんかへつて行くやうな印象をうける。若い作家がもし、かれらの態度に追随するなれば、それは若い世代のたいまんとして責められなければならない。本誌が若い意欲にあふれた作家だけに期待するゆえんである」[*6]というように、「無名の中」から新人を「発見」すること、既存の文壇や作家ではなく「若い作家」に期待を寄せていることがうかがえる。

そうした新人への思いは、復刊早々掲載された「「若草文芸」原稿募集」（『若草』一九四六年三月）にもあらわれているだろう。投稿雑誌として知られていた『若草』は、復刊第一号で早くも読者に向けて「短篇小説」「若草コント」「詩」「短歌」「俳句」の五つの原稿募集を掲げている。先述の通り、買いためた紙は全て空襲で焼失したため、復刊第一号の『若草』は配給された紙のみで刊行され、僅か一五頁しかなかった。敗戦後の混乱期、本社も倉庫も空襲で焼け落ちたなかでの復刊で、当面はそうした僅かな頁数で刊行せざるを得ないことは編集部も承知していたはずだが、それでも投稿雑誌としての価値や立場を鮮明に打ち出そうとしたと思われる。

もとより投稿雑誌として知られ、読者も待ち望んだ復刊であったため、この「「若草文芸」原稿募集」には相当の反応があったようだが、それは編集部が思い描く地点までたどり着いてはいない。募集後、「若草文芸」掲載作品を選ぶ「若草編輯部・第三部係」が、誌面を通して「短篇小説は四〇〇字原稿紙の枚数で十五枚まで。自信のない作品を送るのは止めていただきたい」[*7]と注意を促しており、同様の苦言は、翌月の花村の発言（「若草の手帖」『若草』一九四六年七月）[*8]にも見える。それでは、花村ら編集部は『若草』にどのような文学を求めたのだろうか。次に一九四六年九月に掲載された「若草の言葉」を引用したい。（以下、／は改行を表す。）

> 教養の尊重が云はれる。しかし、依然として教養は、一部階級の独占物のやうに考えられてゐはしないか。（略）われわれは、教養とか文化とかの解放、それらを民衆のものとするために努めなければならない。／文学も勿論、一部文学趣味人や文学青年のために在るものではない。創作は文壇のためにつくられるものでもなければ、文芸批評のためになされるものでもない。又、作家は、限定された職業作家のみであつていい筈のものでもなからう。（略）新しい日本は、ある意味で文芸的人間の日本でなければならない。われわれは、さういふ意味で、真剣に文学の民衆への浸透を考へたいものである。[*9]（略）

この「若草の言葉」に署名はないが、おそらく花村あるいは編集部によるものだろう。同号の花村による「若草の手帖」にも、「いかに高等の学問をし、大学に学んだからといつて、教養は大学の学問だけからは得られるものではない。大学を卒業して心情陋劣頑愚な人物もあれば、どんな学校の卒業証書も持たずして心情爽快な人物もある。詩を書く警察官や、本誌を愛読する配給所員が、もつともつとふへるなれば、日本はもつと明るくなる」「文芸的人間により文化国家の構想と運営が行はれるやうに…、そして、これのみが、これからの日本と日本人の行くみちであらう」[*10]といった同様の一節が見出せる。つまり、『若草』が求める文学とは、既成の文壇や文芸批評のためではない、「民衆」のための文学ということになろう。戦後、復活した文壇の大家や文芸誌を横目に、文学を一部の階級に占有させるのではなく、「民衆」へ「解放」し「浸透」させること。『若草』は文学を愛好する「民衆」を見つめていたのだ。

　こうした目指すべき方向を示すものの、投稿の場には、それがなかなか反映されなかったようで、特に問題となったのが、先に「若草編輯部・第三部係」が注意喚起した「短篇小説」である。先の「若草の言葉」や「若草の手帖」が掲載された後、一九四六年一一月の「若草の手帖」において花村は「本誌の短篇小説募集に応じて投稿された作品は、すでに山積してゐる。（略）大へん残念なことに、まだ、これならといふ作品を見出し得ない。そこで、この募集は一応打切つて、詮衡だけを継続し、いい作品のあり次第発表することにしたい。そして改めて、別の方法で作品を選つて力量のある新人を世に紹介することにしたい」と短篇小説の募集を打ち切り、「投稿欄の規約も、すこしく改めました。投書ははじめ新人が世に出る足場であり手がかりであつたものか《ママ》、次第に商業的営利主義に利用されはじめてから、単なる雑誌の客寄せ政策にをはつた。（略）本誌は、ここで投書を正しい出発の精神に返らせたいと思ふ」というように、規約も改めるのである。そのため、この「若草の手帖」と同頁に掲載された「文芸募集規約」に「短篇小説」の項目はなく、これ以降、「コント」「詩」「短歌」「俳句」の四種類を募集するようになったのである。「商業的営利主義」とは異なる道を模索する、読者投稿をめぐるこの一連の動きは、花村を中心とする『若草』編集部が、それだけ「民衆」のための文学を、そしてその書き手を発見することに力を注いでいたことを表すものといえよう。

ここまで、読者投稿への発言や「若草の手帖」など、花村を中心とする編集部の意見を通して、『若草』の求める理想的な文学や新人について検討した。「若草文芸」として誌面に選ばれるのは詩や俳句、短歌などで、短篇小説は募集さえもやめてしまったわけだが、それでは、このように掲載に至らない読者投稿ではなく、実際に復刊後の『若草』の誌面を飾っていた小説には、どのようなものがあったのだろうか。

## 3　『若草』掲載小説――〈肉体文学〉の隆盛と批判

復刊後の『若草』には様々な小説が掲載されるが、特徴的なものを二点示してみたい。その一つが、一九四四年の休刊以前から続く、いわゆる『若草』的小説である。以下に『若草』的小説の例を紹介する。

石光葆の「コスモス」(『若草』一九四六年一二月)は、「私」(信吉)が、かつて文通していた「すみえ姉さん」との間に生じた仄かな恋愛感情を回想するというものである。「私は高等学校三年の冬休み」に一人旅で訪れた温泉で「御主人の病後の保養にきて」いた二五歳の「あなた」(すみえ姉さん)と出会い、文通を始める。文通は「私」が東京の大学へ進学し、「すみえ姉さん」が夫の仕事の都合で台湾へ赴いた後も続けられ、「罪のない、まるで子供がふざけあふやうな他愛ない文句を書きつらねて、しかしお互ひの心を通はせ温めあつてゐた」が、「すみえ姉さん」の夫が二人の関係に嫉妬したため交流を断ち、それきり文通も会うこともかなわず、生死もわからない。敗戦後、「私」は「焼野原の可憐に咲くコスモスの花」を見て「すみえ姉さん」を思い出し、彼女が「「信ちゃん、あまり駄々をこねてわたしを困らせないでね、その代りおいしいおやつをあげますわ」さういつて、台湾名物のすばらしく甘い飴を送つてくれ」たこと、「きれいなリリヤンの電気シエードを送つてくださつたこと」など、「甘えつこみたいな歯の浮くやうな文句をつらねた手紙のやりとり」を回想していくのだが、いかにも休刊前の『若草』読者たちが好みそうな設定と内容である。

このような休刊以前の『若草』に通底する小説が掲載される一方で、復刊後に顕著となった小説の一群がある。それが所謂〈肉体文学〉である。〈肉体文学〉とは、田村泰次郎の「肉体の門」（『群像』一九四七年三月）が描いた敗戦後の焼け跡に生きる「街娼」など、いわば性風俗を描いたものを指すが、復刊後の『若草』にも、こうした〈肉体文学〉が掲載されていった。

例えば、四宮学「小淫売婦」（『若草』一九四七年一〇月）は、一七歳の小夜が「あの手この手を覚え」、「闇の女狩り」に引っかかって留置所や病院に送られながらも「小さな淫売婦」として生きていく物語である。自身の客となる男を探し求め、「うまくやつたと女は考へる。うまくやつたと男も考へる。あとは闇に消えればよいのである。闇はすべてを呑みこんでしまふ。光のあるところでは出来ないやうな行為が、そこでは人間の情熱をかき立てる。男は女の腰を抱いて急いでその方向へ消えてゆく。彼にとつて、ホテルの夜もまんざらではない。そこでは、こんな小さい、可愛い聖母が一と晩抱けるのであるから」と「永遠に果てのない夜」の世界で生きていく小夜の有様が描かれる。

その後も、「街娼」を描いた小説は『若草』の誌面を飾っていく。小野孝二「夜の花」（『若草』一九四八年二月。以下、ルビは原文による。）は、「黒貂まがいの外套」をはおって「有楽町《らくちょう》」を仕切る「夜の女」の「赤毛《あかげ》」が、自分の縄張りに入ってきた「素人《ながし》の女」に「世にも惨虐な私刑《リンチ》」を与え、「嗜虐的な快感」を得ていくというものである。「有楽町《らくちょう》界隈」を縄張りとする「パンスケの姐御」の「赤毛」は、付近の顔役の男を「情夫《ひも》」に持っている。「赤毛」は、「女ひとり体を張つて生き抜くと云うことが、いつたいどんなことなのか」を知らしめるため、自らの「情夫」のもとにその「素人の女を叩き込む」。この小説の末尾には、「ムッシユウ田村の「肉体の門」とやらに描かれたように裸体を吊しさげ気絶するまで鞭を加えるのでもない。素人の女には、もつと本質的なこと、——精神と肉体にいやしがたい衝撃を同時に与へる直接手段、——凌辱の烙印を押しつけようとするのだ」という一節があり、明らかに田村泰次郎の「肉体の門」が共通認識として成り立った上で書かれていることがわかる。

小野孝二は「夜の花」と同年に「女の学校」（『若草』一九四八年一〇月）も発表している。「女の学校」もまた、「街娼」を主人公にした〈肉体文学〉の系譜に連なるものといえよう。「S街」の「闇の女」西みや子は、警察に検挙され、吉原病院へと送られる。タイトルの「女の学校」とは、女たちが収容された吉原病院のことを指すが、病院で同室の柳田あきの妊娠など、同室の女たちの騒動や事情が綴られた後、みや子が「闇の女」へと転落した理由が明かされていく。「名門の未亡人」である母は「慈善バザー」や「孤児救済パーテイ」に参加する傍ら、「父の事業仲間」や闇屋の青年、「ダンスの教師」などと肉体関係を持っていた。父亡き後、生活の為であれ「名門」の下に隠された母の二面性を知ってしまったみや子は、家を飛び出して「通りがかりの男」の手に堕ち、母に復讐するべく「夜毎自虐を加える」ようになる。ある日、吉原病院へ「聖人道協会」の一人として母が視察に訪れた折、みや子は母に自らの裸体をさらすことで復讐を果たすのだった。

こうした傾向は一九四九（昭和二四）年になっても踏襲され、一九四七年に「小淫売婦」を発表した四宮学は、「性病医」（『若草』一九四九年六月）[*11]を発表した。婦人科医野澤の診療室に「痩せて少年のやうに栄養不良で、みるかげもない」姿の、しかし「はげた白粉、どぎつくひかれた口紅」が光る一八歳の「淫売婦」瀧子が啖呵を切りながら診察に訪れる。診察後、一緒に暮らす同業の「ねえさん」に会って欲しいという瀧子を野澤が送っていくと、その「ねえさん」は、かつて野澤が勤めていた外科に通院していた患者で、彼が想いを寄せていた啓子であったというもので、「第二部」も同年一一月に発表されている。他にも、詳しくは述べないが、風森美秀「性歴」（『若草』一九四八年四月）や四宮学「姦淫の門」（『若草』一九四八年五月）、帆田春樹「娼婦の素顔」（『若草』一九四八年八月）、石塚喜久三「愛慾の伴侶」（『若草』一九四九年二月）など、性への目覚めや解放された性を題材とする小説が掲載されていた。

いずれも程度の差はあるにせよ、敗戦後の社会が抱える性風俗の問題に触発されて書かれた小説であるといえよう。ただ、「肉体の門」が舞台化などのメディアミックスによって広く知れわたり、欲望を満たすものとして受容されたとはいえ、このように〈肉体文学〉や性を真正面から取り上げる小説が『若草』に掲載されることについては、読者も戸惑いを隠せなかったようである。一九四八年八月の「編集後記」は、同号に掲載された帆田春樹「娼婦の素顔」を紹介しつつ、「帆田春樹氏の「娼婦の素顔」は、もと百二十枚を超える作品であつたが、恰度八十枚までで、むしろ作品としての纏りを見せてゐるので、帆田氏と談し合ひの上、ひとまづ此処までを掲載した。なほ作品の題名についてはかつて編集部で勝手に改題したことはない。この作品についても同様である。「性歴」「姦淫の門」と、偶然のように寄稿された作品の題名について、それが編集者の要求であるかのごとき風説を為すものがあることを聞いたが、勿論いい加減な憶測から生じたものである。念のために書添へて置きたい」と念押ししている。こうした「編集後記」からは、編集部に性や性風俗を題材とした類似傾向の小説が掲載されることに対する疑問が寄せられていたことがうかがえる。

もちろん、田村に代表される〈肉体文学〉は、『若草』に限らず当時の文学シーンを席巻していたトピックであったので、『若草』の時評欄などでも度々取り上げられていた。多田裕計は「理想主義の文学」（『若草』一九四七年一二月。但し、奥付には一一・一二月号と記載）において、「肉体の文学が流行している。なかなか魅力ある流行名である。／その系列に属する作家といへば織田作、安吾、石川淳、田村泰次郎等々、それの尻馬に乗る一群の人々というわけであらう」と述べた上で、「文学とは人間の本態を扱ふものであり、人間の肉体は重要である。

然し果して人間の肉体をして真に人間たらしめるものは、いつたい何であらうか。／精神――これである」と〈肉体文学〉の流行を批判している。また、風見駿も、「文芸時評　中堅四氏の作品」(『若草』一九四八年二月)で、「街娼」を描いた小説ではないものの、戦時下の中国において捕えた抗日大学の男女二人が、「肉体のよろこびを味はふ」姿や、その女性が日本兵に暴行された姿を見て、「肉体の衝動」に駆られる「私」と、その「私」を愛した工作員張澤民の「肉体」の苦悩を描いた田村の「檻」(『新潮』一九四七年一〇月)を取り上げ「いかに肉体を描きつづけても、より知性的なものを求めている読者には、肉体主義がなんらかの意味における発展的倫理性と結びつかない限り、飽きられるであらうし、作者自身もまた行き詰まらざるを得まい」とその前途を懐疑的に見ていた。風見は、この時評から二か月後の「小説月評」(『若草』一九四八年四月)でも田村の「夜の女」になって初めて「肉体の価値にめざめ」た雪乃を描いた「旭町界隈」(『日本小説』一九四八年二月)について「女の肉体の美しさを書いて肉体文学らしい体裁を示しているが、風俗小説に他ならない。(略)もつと深刻な闘いが、作者のモラルには欲しい」と要望している。さらにかつて「照れない文学――田村泰次郎論」(『若草』一九四七年八月)で、「僕らの世代の代弁者」と田村に共感を寄せた十返肇も「最近文壇往来」(『若草』一九四九年六月)で田村を名指ししつつ「肉体文学はこの一年も、ジヤーナリズムの上を賑はしてはきたが、それは主として通俗小説としてであつた」と、その進展のなさを指摘していた。

『若草』で繰り返される〈肉体文学〉の隆盛と批判のあり方は、天野知幸が「批判の目を向けていた批評の側は、「肉体文学」そのものが持っていた可能性と限界、時代への批評意識のありようを注意深く検討することなく、純文学対大衆文学という図式を強化しながら、問題を矮小化してしまった[*12]」と指摘する、〈肉体文学〉をめぐる当時のメディアの動きに重なるものだろう。『若草』が批判しつつも隆盛に抗えないかのように〈肉体文学〉や性を描いた小説の掲載を重ねるなか、そうした風潮に対抗するように出されたのが「新人小説コンクール作品募集」（『若草』一九四八年二月）であった。

## 4 「新人小説コンクール」と原誠「聖歌」

「新人小説コンクール作品募集」の規定によれば、題材は「自由。青春の意欲と情熱に溢れ、かつ真摯な作品でありたい。未発表作品にかぎる」とあり、審査は「予選審査には若草編集部」があたり、「最優秀作品決定の審査員は文壇新鋭の数氏に依嘱し、予選入選作品発表と同時に審査員名は発表する」というものであった。当初、予選入選作品の発表は同年八月に行われる予定であったが、二カ月ずれ込み、結局一九四八年一〇月に「「新人小説コンクール」入選者発表」が掲載された。以下に「「新人小説コンクール」入選者発表」に掲げられた『若草』編集部の発言を引用してみたい。

　なほ、さいしよ編集部の方針としては、「小説コンクール」として出発した意図に従つて、予選通過作品を、すくなくとも五篇は採りたいといふのであつた。／しかし、第一次、第二次と詮衡をすゝめて、さいごに残つた西村進氏「復員船」猪宮光氏「女教師」原誠氏「聖歌」越塚信行氏「腐れ鎌」笠谷重人《ママ》「河」の五篇について討つた結果は、これをことごとく予選通過作品として発表するには、なほ甚だ不満があつた。／結局、発想法において太宰治の、あるひは北畠八穂に甚だ類似するといふ不満はあつたが、それ以上に、新人らしい大胆な試みをみせてくれる作品もないといふ理由で、原誠氏の「聖歌」一篇を予選通過作品として推すことになつた。[*13]（略）

大々的に「新人小説コンクール」を告知したため五七一篇もの応募作に恵まれたが、編集部の言葉にあるように「予選通過作品」は原誠の「聖歌」のみ。「二篇以上の予選通過作品を得た場合の本選者」[*14]とも交渉していたが、その必要もなく「聖歌」のみが入選作として次号（『若草』一九四八年一一月）[*15]に掲載されることになったのだった。なお、作者の原誠は当時東北大学在学で、桑原武夫の文芸部に所属する学生であり、翌年の『東北文学』（一九四九年六月）にも「告悔」を発表している。[*16]「聖歌」は一七歳の女学生の「私」（マリ）による一人称小説で、詩を愛し、自らも詩を作るマリは、級長のユミから自分の詩を絶賛した弘という画家のことを聞き、彼の絵のモデルになるべく会いに行く。しかし弘は「狂人」でマリに襲い掛かり、ユミに騙されたことを知るのである。

「新人小説コンクール」では「最優秀作品」ではなく「予選通過作品」しか選ぶことが出来ず、ここでもまた先に検討した花村を中心とする『若草』編集部の求める理想的な新人は見つからない。この「聖歌」を掲載した号の「編集後記」に書かれた「小説コンクール当選作品「聖歌」原誠氏作も新人らしい爽快な作品であらう」[*17]という一節からは、原誠の登場を喜んでいるようにも見えるが、先に引用した「「新人小説コンクール」入選者発表」の末尾に、詩と小説を募集する「新人原稿募集」を掲げ、小説については「四百字詰原稿紙五十枚以内」と「新人小説コンクール」と同じ分量の原稿を求めた点から考えてみても、花村ら『若草』編集部を満足させる新人に出会えてはいないのである。

しかし小説の募集は、またしても立ち行かなくなる。一九四九年年二月の「編集後記」には「短編小説の募集は、一応打切りにしたい。熱心に応募していたゞくのは誠にありがたいが、余り思はしい作品は集つて来ないし、編集事務をたゞいたずらに繁忙にするだけなので、大へん残念だが打切るわけである。いづれ改めて、第二回の小説特別募集を発表するつもりであるから、その時を待つて力作を寄せていたゞければさいはいである」と書かれており、以前「若草文芸」の原稿募集の際に短篇小説のみを取り止めたように、今回もまた、短篇小説の募集を打ち切ったのだった。その翌月には「若草文芸募集・規定」（『若草』一九四九年三月）を見開き一頁で掲載し、「小説・戯曲」「ルポルタージユ」「詩」「歌謡」「短歌」「俳句」「小品」「カツト・スケツチ」を募集するが、ここでの小説は頁数の都合もあるのだろうが、「四百字詰原稿用紙二十枚以内」と定められており、「新人小説コンクール」と同格の「第二回の小説特別募集」に値するものではない。花村らが希望する新人は、投稿者からは見つからない。そして、文学シーンでは〈肉体文学〉や性を題材とする小説が批判されながらも隆盛を極めている。そうした新人探しの混迷期に『若草』に登場したのが、早船ちよ[*18]だったのである。

## 5　早船ちよの登場

早船ちよは、「中篇小説四人集」[*19]（『若草』一九四八年七月）で『若草』に登場し、小説「二十枠」を発表した。「二十枠」は、駅前で賃金の改善を訴えビラ配りをする「紡績労働者」の少女たちを見た「私」が、かつて「最新式の二十枠」多条操糸機で「糸を取」った製糸女工時代、ともに女工になった少女・佐竹かよを思い出す回想形式の小説である。養成工として入り、繰糸部の女工となるため先輩女工の後ろで一日一二時間立ちづめで働き、ようやく一人前の女工として「二十枠」を前に働くようになったが、「常時十二時間の立ちずめ繰糸——前こごみに胸を圧迫するこの仕事が、頑固にみえるかよの健康を急激に蝕み、正月を迎えることもなく、かよは倒れ」る。「私」は「あの頃のままの女工生活が、やはり、日本の軽工業の古い因襲と、特殊な性格をもつたまま、今もあるのだ」と、「残酷なあつかい」の労働環境に思いを馳せるのであった。「二十枠」は浅見淵に「暴露的ではなく、飽くまでもリアリステイツク」で「それでゐて、残酷な酷使振りが浮彫りになつてゐるのである。僕はこの作者のものを読むのはこれが初めてだが、非常に感動を覚えた」と高く評価され[*20]、続編「糸の流れ」（『文芸首都』一九四九年四月）[21]も発表された。

この時は「中篇小説四人集」の一人として掲載されたが、その後、花村は一九四九年七月の『若草』で、早船の長篇小説「湖」の二五〇枚一挙掲載に踏み切るのである。以下にその「湖」の一部を引用してみたい。

りっぱな厚生施設をもち、ひとに自慢するほどの待遇をしているはずなのではないか。手紙の開封、検閲、持ちものの検査、外出禁止、図書雑誌の検閲、制限などという卑劣なやり方でとりあつかわれねばならぬうしろ暗いものは、いつたいわたしのどこにあるのか。わたしはいつたい何ものなのか。わたしをそうしてしばりつける権利がいつ、工場にゆるされたのか。／（略）／しん子はちさの肩に手をかけ、本のページの上に目を注いでゆつくりくりかえした。／——ね、いい。工場の真の全目的は、よ。勤勉にならせるだけでなく、勤勉を愛するようにすることであり、純粋であらせるだけでなく…。ねえ、ラスキンのいうとおりよ。わたし達は、働くことの中に生活の意義と喜びを見出さなければいけない。ちさちゃんは労働をエンジョイしていますか。／（略）／——ちさちゃん、「女工哀史」を読んだことある？そう、あれに書かれてある紡績工場と、ここの工場とでは、どれだけのちがいがあると思う。レーヨン工場は紡績工場とちがつて、寄宿舎の設備もいいし、待遇もいいわね。それだけでも、日本にはたんとない、二十世紀の近代工場だと亀井部長は自慢してるわ。けど、それは比較的よいというだけよ。本質は同じことでしょう。募集方法からして、むかしの人身売買のような、募集人の口車にのせてかき集めてくるんでしよ。[22]（略）

一九三一年、「TYレーヨン石山工場」で「ツレニング（養成）女工」として働く杉田ちさは一七歳。「二十世紀の近代工場」の誉れ高い石山工場であるが、その内実は「手紙の開封、検閲、持ちものの検査、外出禁止、図書雑誌の検閲、制限」等で女工を管理し、工場の外と内は大きく隔てられていた。「女子大を出たばかり」の工場の寮母兼夜間女学校の英語教師である泉野しん子は、女工たちを監視する一方で、閉鎖された労働環境に憤慨しているが、所詮は「大きな製薬工場」を経営する父を持つ「お嬢さん」でしかない。レーヨン工場は「紡績女工」よりも給料が良いと聞かされていたが、安売りの「レーヨンのアッパッパ」一枚買えない待遇や管理された生活から抜け出すために、ちさは、しん子や工場の仲間と別れ家族が暮らす諏訪へと向かう。

『若草』に掲載された前作「二十枠」が、少女・かよに光を当てたのに対し、「湖」は満州事変を背景に、ちさの成長が物語の中心を織り成している。ちさを主人公とする小説は、「峠」「湖」「街」「冷たい夏」「炎群の秋」「熱い冬」と後年まで書き継がれ、「日本の働く女性の自己形成史」[*23]を綴った『ちさ・女の歴史』全六部（一九七九年六月〜一一月、理論社）として出版されたのだが、こうした早船のライフワークの一篇が、『若草』に掲載された意味は大きい。

「若草七月号予告」（『若草』一九四九年六月）で「湖」は、「一九四九年文壇の最大の収穫の一つ」と讃えられ、さらに「湖」掲載の折には花村が「編集後記」（『若草』一九四九年七月）で、「「湖」は、さきに雑誌〝文芸首都〟に発表して清新な作風を謳はれ、横光利一賞の有力な候補作品となつた「峠」に続いて早船氏の最も力を注いだ作品であり、新日本文学会の蔵原惟人氏を始め推奨するひとは既に多い。いま世に出て、本年度文壇の有数の作として必ず問題になるに違ひない。（略）かういう企画をしても、雑誌が営利的になり立つといふことが、良き読者によつて実証されない限り、新しい作家と文学の道が容易に打開されないからである」と早船の「湖」に賛辞をおくっていた。それほど、『若草』は早船を高く評価していたのである。

この頃の早船は、「われわれは新人を生み出すために努力すると述べたが、先づ、今月は、早船ちよ氏の「峠」を紹介する。（略）この素朴性には、ふくよかな香りがただよつて愛くるしい」（山本和夫「編集後記」『文芸首都』一九四八年二月）と紹介されるように「新人」と呼ばれている。花村にとってもまた、早船は、「若草文芸」あるいは「新人小説コンクール」に集う読者ではないものの、ようやく見つけた「新人」であり、彼女こそが、花村が探し求めた「民衆」に文学を「浸透」させる作家だったのだろう。そしてもう一人、『若草』の誌面で「民衆」のための文学の必要性を説いた人物がいる。早船の夫・井野川潔である。井野川は「二十枠」が発表される一カ月前に「新世代の文学」（『若草』一九四八年六月）と題した評論を発表し、「問題は、単なる新しい世代にあるのではなく、どんな民衆の基盤の上に立つ新しい世代の主張であるかということである。（略）／二十世紀の作家であっても、このことには変りはない。――民衆の生き方の問題をとらえ、民衆の悩みと喜びを描くということ」と新世代の文学に対する要望を述べている。関口安義が指摘するように、早船の創作活動には、井野川潔の存在が大きく関わっているが、[*24]『若草』が早船にとって飛躍の場であったことは間違いない。早船は後年、『若草』について以下のように回想している。

　昭和二十三年七月号の『若草』と、昭和二十四年七月号の『若草』を、こたつの上に並べて、感慨無量でながめているところです。／（略）／この年（「昭和二十三年」――引用者注）の三月《ママ》、私は雑誌『文芸首都』に「峠」――一二〇枚を「新人すいせん作」として発表していました。／（略）おなじ岐阜県出身の、編集者の花村奨さんが、雑誌『若草』に中篇小説をかくようにすすめてくださった。／それが「二十枠」でした。昭和初年に『若草』愛読者であったわたしにとって、この上ない栄誉、うれしく弾む心で、はりきって書いたのを、きのうのことのように思いだす。（略）／その年の（「昭和二十四年」――引用者注）の七月に、『若草』へ、「湖」をいっきょにのせてもらったのです。九十六ページの雑誌に小説一篇で六十ページをとるのは、じつに、大胆な思いきった編集だと、（略）井野川潔が口をきわめて感嘆していました。（略）／わたしじしんは、二五〇枚一挙にけいさいということで、力づけられ、その後のしごとに自信をもって、つぎつぎと、打ちこんでかいていくことができました。[*25]

早船に作家としての自信を与えた「湖」の掲載は、花村ら『若草』編集部にとっても、『若草』の小説観を提示するものであったようである。「湖」が掲載された『若草』（一九四九年七月）の目次には、「湖」に対置するように「田村泰次郎の限界性（月評）」（古賀甲羅）と題された作品月評が掲載されている。作品月評なので、実際の誌面では田村以外の作家・作品も批評されているが、ことさら田村を題名に取り上げ、〈肉体文学〉よりも戦場を描いた田村の「将軍」（『別冊芸術』一九四九年三月）を「先ず成功しているが、しかし同時に此の作家の限界性も凡そのところ感じられない事もない」と言って田村の作家としての「限界性」を指摘している。その一方、手放しで称揚された早船。この目次は、これまでの『若草』の小説観と合わせて考えてみるならば、花村ら『若草』編集部の小説に対する意志表明とも受けとれるだろう。

そして、早船が「湖」で描いた貧しさと労働、それらに向き合い成長する少女というモチーフは、「湖」からおよそ一〇年後に発表された「キューポラのある街」（『母と子』一九五九年九月〜一九六〇年一〇月）にも受け継がれていく。[*26] レーヨン工場の養成女工と鋳物工場の街の中学生では、設定こそ違うものの、貧しさの中で生き、働く少女の成長という点で通底している。

復刊後の『若草』は、当初目指していた読者の中から新人を探すという紆余曲折を経て、「民衆」に「浸透」する小説を描く早船ちよを〈肉体文学〉に対抗し得る「新人」として発見したのであった。

## 注

1――花村奨については、山本和夫編『行路――花村奨文集』一九九三年一〇月、朝日書林）を参照。

2――花村奨・聞き手　阿部英雄「対談「少女雑誌編集」」（山本和夫編『行路――花村奨文集』一九九三年一〇月、朝日書林）。

3――「若草へのたより」（『若草』一九四六年六月）。なお、奥付には「昭和21年6月1日発行」とあるが、「5，6月号」と記載されている（算用数字は原文の通り）。

4――無署名「若草の声」（『若草』一九四六年三月）。なお、以降の号では「若草の声」にイニシャルや署名が記されている。

5――花村奨「若草の手帖」（『若草』一九四六年四月）。

6――花村奨「若草の手帖」（『若草』一九四六年六月）。奥付については注3の通り。

7――若草編輯部・第三部係「投稿について」（『若草』一九四六年六月）。奥付については注3の通り。

8――花村は「若草の手帖」（『若草』一九四六年七月）において「謙虚にでも図太くでもいい、作品はたくさん見せていただきたい。但、自分にあやふやな作品、自信の持てないやうな作品や、たんなる習作にすぎない疵だらけの作品を送るのは止めていただきたい」と呼び掛けている。

9――無署名「若草の言葉」（『若草』一九四六年九月）。なお、奥付には「昭和21年9月1日発行」とあるが「10月号」と記載されており、花村の「若草の手帖」には「本誌九月号は休刊した」と記されている。

10――花村奨「若草の手帖」（『若草』一九四六年九月）。奥付については注9の通り。

11――目次には「亡国的性病と闘ふ医師と闇の女を描く」「問題小説　性病医」と書かれている。なお、本号は奥付には「昭和二十四年六月一日発行」とあるが「五・六月号」と記載されている。

12――天野知幸「〈肉体〉の増殖、欲望の門――田村泰次郎「肉体の門」の受容と消費――」（『日本近代文学』二〇〇六年一一月）。

13――若草編輯部「「新人小説コンクール」入選者発表」（『若草』一九四八年一〇月）。

14――前掲注13には本選者として北條誠、十返肇、野口富《ママ》士男、佐竹龍夫、青山光二、荒正人、船山馨、野間宏、十和田操、浅見淵の名が挙げられている。

15――奥付には「昭和二十三年十一月一日発行」とあるが「十一・二月号」と記載されている。

16――原誠の経歴については、「履歴と抱負」（『若草』一九四八年一一月）を参照。また、『東北文学』（一九四九年六月）の「編集後記」には「新人小説の原誠氏は仙台在住で「若草」誌にも佳作を書いた人」と紹介されており（小平麻衣子氏の御教示による）、復刊後も『若草』が地方の青年たちに受容されていたことがうかがえる。

17――無署名「編集後記」（『若草』一九四八年一一月）。奥付については注15の通り。

18――早船ちよは「キューポラのある街」の作家として知られている。「キューポラのある街」は、雑誌『母と子』（一九五九年九月～一九六〇年一〇月）連載後、一九六一年に弥生書房より同題で出版され、日本児童文学者協会賞等を受賞。さらに一九六二年四月に映画化（日活、監督・浦山桐郎、主演・吉永小百合）され、一九六三年には改訂定稿版『キューポラのある街』（理論社）が刊行された。その後、一九九一年に定本『キューポラのある街』（けやき書房、全六巻）が刊行された。（長谷川潮「早船ちよ・略年譜」『日本児童文学』二〇〇六年五月参照。）

19――この特集では早船のほか、野口冨士男「落差」、十和田操「生理」、青山光二「傷口」が掲載されている。

20――浅見淵「文芸時評」（『文芸首都』一九四八年一〇月）。

21――「糸の流れ」（『文芸首都』一九四九年四月）の末尾には「佐竹かよを主人公とした前作「二十枠」（若草・四八年七月号）につづくもの」という付記がある。「糸の流れ」は、厳しい労働環境のもと脚気を患う「私」と、結核によって工場内で死を迎えたかよを中心に、「日本の糸」を支える女工たちを描いている。

22――早船ちよ「湖」（『若草』一九四九年七月）。傍点は原文による。

23――駒井珠江「早船ちよの六部作――「ちさ・女の歴史」をめぐって――」（『民主文学』一九八〇年四月）。

24――関口安義『キューポラのある街　評伝早船ちよ』（二〇〇六年三月、新日本出版社）。なお、関口は「ちよは夫、井野川潔の勧めもあって、（略）子育てのかたわら筆を執りはじめていた」「小説『キューポラのある街』は、一夜にして書けたものではなかった。十分な準備期間があったのである。出産、そして子育ての合間に、ちよは夫、井野川潔の指導のもと、ルポルタージュを尊んだリアリズム小説を書く訓練をしていたことになる」と指摘している。

25――早船ちよ『わたしの飛騨』（一九七五年二月、けやき書房）。

26――早船は、「湖」と同じ系譜の「峠」と「キューポラのある街」の関係を「「峠」の戦後版である「キューポラのある街」」（早船ちよ「「峠」の文学碑」『文化批評』一九九〇年二月）と呼んでいる。

# 第四部　青年と〈新体制〉

# 昭和一〇年代における『若草』「文壇時評」——〝詩〟と〝ヒューマニズム〟

松本和也

## 1　『若草』誌上の「文壇時評」

雑誌が雑誌である以上、そこには創作や評論など、ジャンルを異にするばかりでなく、さまざまなカラーをもった言葉が、同居し、混在する。さらに、書き手の属性、政治的立場や芸術的信条なども雑誌の多様性に関わっていくだろうし、編集サイドの方針や構成、レイアウトなどによっても、雑誌上の多様な言葉は規定・分割され、配置されていく。

『若草』は、竹久夢二が表紙を書いていた時期もあることが示すように、一定のイメージをもった雑誌である。具体的には、「いわゆる少女小説の流行に寄与するところが大きかった」[*1]と評価される雑誌で、「「若き女性の雑記帳」を標榜して、読者から文芸作品の懸賞募集を行い、無名の人の投稿作品の掲載によって、それらの人々を鼓舞し、文壇に新風を送る機関ともなった」[*2]。また、誌面構成でいえば、「ほぼ毎号に、小説、戯曲、小品文、詩、紀行文、和歌、日記文、感想、書簡などの投稿作品を掲載」[*3]と紹介される。これらを総じて、『若草』とは、無名の女性による、（広義の）創作の投稿によって構成される誌面を核にその特徴的なカラーを形作った雑誌といえそうである。本稿では、あるいはそうした雑誌イメージを裏切りかねない、『若草』のごく一般的なある局面に注目してみたい。

本稿で注目するのは『若草』の文芸時評（あるいは、それに類するもの／以下、本稿では広義の意味で「文芸時評」という語を用いる）である。文芸時評は他紙誌掲載の創作・批評や流行など、周囲への関心・論及を前提としており、[*4]それゆえ文芸時評を検討対象とすることで、『若草』がどの程度、周囲の動向と切り結んでいたのか／切り結んでいなかったのかが検討可能となる。雑誌『若草』の特徴を論じようとすれば、その前提として何かしら周囲との比較が要請されるはずで、その意味でも文芸時評への注目は有効だと考える。

こうした問題関心に即して、本稿では、昭和一〇年代における『若草』誌上の文芸時評に注目し、具体的な調査・分析を試みる。この時期は、『若草』に文芸時評が一定量掲載され、かつ、総合誌・文芸誌双方が持続的に文芸時評を掲載していた時期とも重なっている。[*5]

一九二五（大正一四）年の『若草』創刊以来、一九四四（昭和一九）年の休刊までに、タイトルまたはサブタイトルとして「文芸時評」と明示された記事は二三件掲載されている。[*6]一九二六〜一九二八年に集中的に掲載された時期は、書き手・タイトルともに何かしらの意味で女性性が前面に出されていたが、一九三四年に断続的に掲載された際は、杉山平助をはじめ、他紙誌でも文芸時評の筆を執る書き手が並ぶようになる。その後、少しの間を空けて『若草』が掲出した文芸時評欄は、「文壇時評」と看板を変え、以降、同欄執筆者はすべて北岡史郎となる。「文壇時評」の掲載期間は短く、一九三七（昭和一二）〜一九四〇（昭和一五）年に集中しており、例外なく三段組み・見開き二頁で構成されている。その際、網羅的な作品月評への志向性は弱く、その時々に文学場で話題になっていた作家・作品・トピックに絞った論述が主で、作品評の場合も、作品評価よりも評価基準が前景化されていく。なお北岡史郎については詳細未詳、『若草』誌上には九つの署名記事がみられる。[*7]他誌でも「幽霊デパート　前科十三犯の男と語る」（『犯罪科学』一九三一年六月）が確認できる。

次節以降の議論に先立ち、『若草』誌上における文芸時評欄への自己言及として、次に引く深田久彌「文芸時評」（『若草』一九三五年三月）を参照しておきたい。

毎日の新聞雑誌に文芸時評（月評）が出る。新しい新聞や雑誌が来ると、誰でも真先にそこを開いて読むらしい。生きた文壇の匂が嗅げるやうな気がするからであらう。手易く気軽に読めるせゐもあるだらう。誰彼の作品の毀誉褒貶に興味を持つせゐもあるだらう。とにかく文芸時評は大ていの人が読む頁だ。

（小見出し「文芸時評の仕方」の項、八六頁／傍線引用者、以下同）[*8]

このような読まれ方を意識した『若草』誌上の「文壇時評」を、以下、三つのトピック＝時期に分節しながら、同時期における文学場の動向を補助線として検討していきたい。

## 2　理想の文学作品――〝詩〟

北岡史郎「文壇時評」（一九三七年四月）には、一九三七（昭和一二）年に隆盛をみた〝日本的なるもの〟（をめぐる議論）と共振する、次のような言表がみられる。

文壇の一角に、日本の再認識が主張され民族的自覚が強調されてゐる。さらにこれは、明治このかたこの国の文化を高めてきた西欧精神に対して、日本的なるものの伝統を再認識するといふ風潮ともなつてきた。

（小見出し「民族的自覚の問題」の項、一五四頁）

とりあげたトピックがタイムリーであるばかりでなく、明治以来の近代化・西欧化を相対化し、「民族的自覚」をクローズアップする論理構成もまた、〃日本的なるもの〃を主題とした支配的言説[*9]と共振している。さらに、その由来は次のように解き明かされていく。

> この問題がインテリゲンツアのあひだに発生してきた本質は、思ふに、こんにちの世界をどうわれわれは認識することに確信をもつたらよいかといふことであり、そして足もとの、ゆきづまりと打解《ママ》との陣痛に苦しんでゐる日本の、今日及び将来に、われわれはどういふ立派な認識をもつて文化精神やヒユマニズムを建て直したらよいかといふ、この根本問題のなやみであるにちがひない。（小見出し「民族的自覚の問題」の項、一五四頁）

さまざまな含意をもったヒューマニズムを主題とした言表――ヒューマニズム言説は、昭和一一年前後を皮切りに、昭和一〇年代に持続的に議論されていくが、〃日本的なるもの〃を論じる際に〃ヒューマニズム〃[*10]の一語が用いられたことは、青野季吉「一九三八年の文壇望見」（『若草』一九三八年一月）で、「一九三八年の文壇の像を描くとすれば、一方にヒューマニズムへの流れと他方に日本的なものへの流れとの、交錯・対立・格闘の姿を思ひ浮べなければならない」（一一四頁）という展望が示されていたことと併せて考えると、数ヶ月後に戦争文学において合一する二つの流れを、北岡史郎「文壇時評」はいち早く正確に射抜いていたことになる。くわえて、「文化」、「ヒユマニズム」という北岡史郎「文壇時評」欄を通じての鍵語が、この時点ですでに提示されていることも確認しておこう。

また、北岡史郎は「文壇時評」（一九三七年六月）で、「詩的精神」に注目していく。

新しい詩的精神を要望する声が、近頃、文壇のあちこちに興つてきた。これは必ずしも詩歌の問題とかぎらず、芸術文化の一般に健康性をもとめはじめたのだと見なければならぬ。

現代の混乱といはれてゐる新旧交替のこの思想上の転換において、人間的な思想や心情が、新しいものへの自己の脱皮を求めてきたところに、この要望がうごいてゐるのである。

（小見出し「詩的精神の復興」の項、六〇頁）


ここでは具体的な詩歌に限らないかたちで「詩的精神」が問題とされており、それは「思想上の転換」に関わる。しかも、「万葉の精神に還れとか、日本の民族性ないしは伝統性の美しさといふものが顕揚されてゐる」といった文学場の動向をふまえて北岡が示すポイントは、「われ〳〵が今日に求めてゐる、健康でヒューメンな思想や心情の溢れた詩的精神」（同前）なのである。つまり、伝統（過去）の参照よりも、現在に重きが置かれ、〝詩〟[*11]と〝ヒューマニズム〟が接続されているのだ。いいかえれば、北岡のいう〝詩〟には〝ヒューマニズム〟が含まれていることになる。こうした含意において、〝詩〟とその書き手が、密接な関連をもつ要素として重視されている点は、「文壇時評」の特徴といえる。

二ヶ月後の北岡史郎「文壇時評」（一九三七年八月）では、個別具体的な作品評価の局面において、再び〝詩〟がクローズアップされる。


詩のある小説の一例として昨今あらはれてゐるのは、木村裕二の「温床地帯」丸山薫の「夢の話」、立原道造の「鮎の歌」、坪田譲治の「村の晩春」などであらう。詩のある小説が、その豊かな詩情によつて一つの美しく楽しい思ひを読む者の情感のうへに残してくれるのは、好もしいことである。本誌に毎号のる小説など、その点では注目さるべき独特の新鮮さをもつてゐる。

(小見出し「詩のある小説」の項、九八頁)

ここでは珍しく『若草』掲載作品も言及されているが、その際の評価ポイントは〝詩〟である。ここにあげられた、木村裕二「温床地帯」(『文藝』一九三七年六月)、丸山薫「夢の話」(『文藝』一九三七年六月)、立原道造「鮎の歌」(『文藝』一九三七年七月)、坪田譲治「村は晩春」(『文藝春秋』一九三七年七月)について、作品内容の具体的検討を展開する余裕はないが、丸山薫、立原道造の名前から、雑誌『四季』が擁していた作風=〝詩《ポエジー》〟を想定することはできるはずだ。参考までに同時代評を瞥見しておけば、名取勘助「小説月評」(『新潮』一九三七年七月)で、「村は晩春」は「子供の世界も結構だが、童話の神様みたいに祭りあげられて、いい気持になつてこんなところに収まりかへつてゐても仕様がない」(五八頁)と、名取勘助「小説月評」(『新潮』一九三七年八月)では「鮎の歌」が「論ずるに足らず」(九八頁)、「夢の話」が「しまひのところで活をいれられたが、ここまで来る前半に用意が足りなかつた」(九八頁)と、総じて低く評価されていた。他方、麻四門「小説採点簿」(『文藝』一九三七年七月)では、「村は晩春」が「坪田譲治の童話文学の標本を集めたやうなもので、詩華集とでも言ふべき面白さ」(九九頁)、「温床地帯」が「この作品の形は、確かに試みとして新らしい」、「ここに遊びすぎてはいけないけれども、時に詩情の漂ふにまかせ、風物の間に生新な眼を放つのもいいであらう」(一〇四頁)と評されるなど、〝詩〟という観点=鍵語を用いながら一定の評価がなされていたことも確認できる。

このように、おそらくは日中開戦前後の時局を関数として両義的な評価を受けた作品群について、北岡は次の評言を連ねることで、自らの評価軸を提示していく。

しんの詩人といふものは時代の思想なり心情なり、喜怒哀楽といふものを、つねに最も深く豊かに自分の問題として生きてゐるのでなくてはならず、詩人は、さうして己を時代の実験台にのせて生きてゐるといふ事によつて、誰よりも時代を主体化して生きてゐる実践的人間で、決して生ぬるい境に安住してゐたり、時代の傍観者であつたりするものでない。〔略〕つまり、文学にヒュマニズムの精神の新しい高揚が要望されつつあるのである。

（小見出し「詩のある小説」の項、九八〜九九頁／傍点原文）

ここで北岡は、〃詩（人）〃の基底として「時代の思想なり心情なり」を、不可欠の要素として想定している。こうした言表を考慮すれば、表面的には〃詩〃を打ちだしながらも、北岡の評価軸には明らかに時局が組みこまれており、にもかかわらず／それゆえに、一見時局色のうすい右の四作品を評価していたのだ。まとめれば、〃詩〃と〃ヒューマニズム〃を兼ね備えた「時代を主体化して生きてゐる実践的人間」が理想の「詩人」であり、それこそが、この時期の『若草』「文壇時評」が求めていた文学（者）像ということになる。

## 3　時局下における思想と作品――〃ヒューマニズム〃

一九三七（昭和一二）年七月七日の日中開戦という出来事は、当時の言説にも新たな課題をもたらした。三木清が「現代日本に於ける世界史の意義」（『改造』一九三八年六月）で、「日支提携といひ日支親善といふのは、これまで世界史的な意味においては実現されてゐなかつた東洋の統一がこの事変を契機として実現されてゆくといふ意味でなければならぬ」（八一頁）と言明したことに代表されるように、以後、「東洋」という地政学的概念＝鍵語を用いながら、日中戦争の合理的な意味づけが模索されていった。それは文学場においても同様[*12]で、北岡史郎「文壇時評」（一九三八年二月）には、次の言表がみられる。

この文化の血縁につながつてゐるといふところに、（日本と中国の——引用者注）互ひに民族性を異にしながら「人間的」なもののうへに深い一致性を半面にもつてゐる。〔略〕その東方人の人間味やモラルや詩人的稟性や天地自然の感じ方や心の状態や生き方、やはり一致しうる普遍的な一性格がある。文化の意味する「東洋」は、かやうなところにあるのである。この理念のあり方やヒューマニズムの東方人における共通性格といふ点にのみ、日支の提携してゆける基礎理念があり、東方の理想もあるので、ここからのみいろんなことが考へられるべきである。

（小見出し「日支の文化的提携」の項、九六～九七頁）

現下の具体的な戦局にはふれることなく、文化に議論を限定する北岡は、将来的な「東方」（人）同志の「提携」のポイントを、〝ヒューマニズム〟に置く。逆にいえば、〝ヒューマニズム〟は「民族性を異にしながら」も、交通可能な回路とされている。そこに〝詩〟というスパイスがまぶされ、北岡独自のレトリックによって日中関係が意味づけられていく。さらに、北岡史郎「文壇時評」（一九三八年八月）も検討してみよう。

いま、ヒューマニズムが新しく要望されるのは、現状維持の精神としてのさういふ「人間主義」の冀求ではなくて、文化ないし政治のイデー、ならびに現代の混乱といふものに対して、人間的な革新をもとめる「理想主義」の冀求なのであるし、さういふものとして、じつはヒューマニズムはこれからのものである。

（小見出し「現下の文壇」の項、一一二～一一三頁）

このように、当初は北岡が、文学作品における〝詩〟と結びつけて提示した〝ヒューマニズム〟という概念＝鍵語は、時局に応じて多様な意味を孕んでいくことになる。この段階では、日中開戦以後という時局は強く意識されながらも、言表上では「現代」という表現に変換され、「現状維持」と称されるこれまでの〝ヒューマニズム〟ではなく、「これから」の〝ヒューマニズム〟が「新しく要望される」のだと、その含意が更新されていく。

同時期の文学場で、ヒューマニズムという評言が改めて頻用されていくのは、火野葦平「麦と兵隊」（『改造』一九三八年八月）をはじめ、従軍作家による現地報告－戦争文学の評価に際してであった。[*13] そうした時期に発表（転載）された上田廣「黄塵」（初出＝『文芸首都』一九三八年一～三、五、九月／一括掲載＝『大陸』一九三八年一〇月）は、こうした北岡の評価軸を支え、その有効性を最大限に発揮し得る理想的なテクストであった。陣中創作である「黄塵」では、日本兵やその活躍ばかりでなく、現地で行き場をなくした中国人が日本軍に同行しており、彼らとの交流に焦点が当てられている。そうした局面に注目した北岡史郎「文壇時評」（一九三八年一一月）には、次のような評言がみられる。

柳子超と陳子文との二人の支那民衆を陣中で愛して使つてやつてゐる「私」なる日本兵士の姿は、兵士たる責任と人間的な愛情とにおいて実に見事な戦争とヒューマニズムとの統一の姿であり、自覚である。

（小見出し「十月の創作」の項、九六頁）

ここにみられるのは、戦争の現実を捨象しつつも、「日支の文化的提携」（傍点引用者）という枠組みから、戦場において中国人を「使つてやつてゐる」日本兵を、〝ヒューマニズム〟によって称揚し、それをそのまま作品評価に直結させる、という論理構成である。火野葦平「麦と兵隊」も視野に収める北岡は、さらに次のように述べていく。

この高くして豊かなヒューマニズムは、この戦ひにおいて日本の大目的とするところが、「東洋の平和」と「民族の共存」といふ永遠的な平和と安定の具現にある、といふ戦争のモラルが見事に生きてゐる一つの典型として、そこにこの作品（「黄塵」――引用者注）の文学的感動の大きな源泉がある。

「黄塵」でも「麦と兵隊」でも、その文学的のよさは、戦ひの厳粛さのなかに高く存するこのヒューマニスチックな大モラルである。

（小見出し「十月の創作」の項、九六～九七頁）

こうした捉え方の延長線上において、北岡史郎「文壇時評」（一九三八年一二月）では、火野葦平「麦と兵隊」・「土と兵隊」、上田廣「黄塵」に対して、次の評価がみられる。

戦ひの惨禍のさなかにあつて、絶望のかはりに生の大意義を自覚し、犠牲心と愛とのヒューマニズムが全篇を貫き、そのヒューマニズムが、反戦にゆくよりも戦争の大目的をとげしめて新しき理想をうち建てんとするたたかひそのものの動力ともなつてゐる。

（小見出し「十一月の創作」の項、六七頁）

こうして、北岡は話題の戦争文学を〝ヒューマニズム〟の観点から高く評価していくのだが、それは同時に、この戦争に理論的基盤を与え、正当化する言明ともなっている。

ただし、この時期にあってもなお〝ヒューマニズム〟や〝詩〟といった、北岡史郎独自の概念（含意）は生きているようで、戦時下の文学全てが肯定されるわけではない。

たとえば、北岡史郎「文壇時評」（一九三九年三月）には次のような言表がみられる。

戦争文学、農民文学、大陸文学、生産文学、都市文学……こんな風に、出版社の商標が文学を区分けしてゆくやうに題材主義といふものは、文学の本質論からいへばつまらぬことであつて、文学はたゞ一つ、何を描いたものであれ、第一級に「文学」でなくてはならないといふのが正論なのである。

（小見出し「二月の創作」の項、六〇頁）

こうした評価軸（分割線）は、一九三九（昭和一四）年年頭、上林暁「外的世界と内的風景（文芸時評）」（『文藝』一九三九年一月）に端を発し、富澤有為男「東洋」（『中央公論』一九三九年五月）の同時代評によって整序された素材派芸術派論争[*14]に重なるものである。翌月の北岡史郎「文壇時評」（一九三九年四月）にも、「今日の文壇には、芸術といふ感じの少しもしない小説や、文学といふ感じの少しもしない創作があまりにつまらなく氾濫し過ぎてゐる」という、やはり素材派芸術派論争に関わる言表がみられるのだが、その際、「一口にいへば「詩」の欠乏に問題がある」（小見出し「三月の創作」の項、七三頁）と付言される。この時、素材派芸術派論争において芸術派が掲げたエッセンスは、私小説をその代表例とする〝内面（私）〟を根拠とする芸術性であり、それを〝詩〟と表現した北岡の論旨は、その点で特異性をもつ。もとより、北岡は日中開戦以前から、〝詩〟を重視して「文壇時評」を展開しており、その意味で評価軸にブレはないということでもある。

## 4　新体制〜大政翼賛会文化部――転位する〝ヒューマニズム〟

日中開戦以後、従軍作家やペン部隊など、実際に戦争に関わった文学者がクローズアップされていく。ただし、同時にそこに参画できない文学者にとっても、戦争は文学領域全体の存在感《プレゼンス》とあわせ、自身の存在意義も問われていく重要な出来事であった。[*15] そのことに関して、北岡史郎「文壇時評」(一九三九年一一月)には次の言表がみられる。

作家が戦争を見てきて、心に何かを得てくるといふことは当然で、このたびの事変の重大な意味を身をもつて自己探求の精神のうへにつかんだものは、戦争の場合を見る機会の与へられなかつたものと雖も、そこに一つの自己成長のモメントを全的に捉へたはずである。それは時局を明るいものに導くための、東亜共同体の論になり事変とヒユーマニズムの論となつて、魂の悲喜劇をのり越えて新しいモラル樹立のための叫びともなつた。そして、それが戦つてゐる兵士の文学では、兵士としての毅然とした自覚と同時にごく自然なものとして高揚されてくるヒユーマニテイとなつて、表現されたところに、重大な意味があつた。

(小見出し「十月の文壇」の項、九七頁)

ここでも、東亜共同体論を介して戦争を肯定していく根拠として、文学者の〝ヒューマニズム〟が重視されている。しかも、ここでは、他者との関わりではなく、「自己成長」のうちに〝ヒューマニズム〟(の体現・獲得)への道程が見出されている。その具体的内実は、次に引く北岡史朗《ママ》「三月の文壇(文壇時評)」(一九四〇年四月)によって明示される。

小ながらも一国の安危に任ずる心で時局を憂へてゐない人間は一人もないのである。時局を生きてそれを超克し、左右の思想や神がかりの思想を超克して、自己発展を遂げることこそ今日の文学者のヒユーマニテイの課題である。

(五九頁)

こうして、具体的な表現や行動のみならず、〝ヒューマニズム〟も含め、精神論的な姿勢《スタンス》（の明示）が問われる時代状況が意識されていく。そのことは、具体的な内実が不分明な新体制運動によって、より深刻な課題として文学者にのしかかっていく。新体制運動が喧伝されて以後の、北岡史郎「八月の文壇（文壇時評）」（一九四〇年九月）をみてみよう。[*16]

近衛内閣が成立して、「新政治体制」に対して文学者はどのやうな態度をとつたらいいか、それに応じてゆくとしたら、どのやうな態度、方法で応じてゆくべきかといふことが、問題になつてきてゐる。これはこれまでしばしば論じられてきた「政治と文学」などといふこととは性質を異にした、これから知識階級の全体を決定してゆく大問題であらう。（八〇頁）

このようにして、文学場における新体制言説をめぐる動向に、『若草』も共振していく。一九四〇（昭和一五）年一〇月、大政翼賛会文化部長に岸田國士が就任する。[*17]この人選は、文学場の大勢において支持・歓迎されるが、北岡史郎「十一月の文壇（文壇時評）」（一九四〇年一一月）においても、次の言表がみられる。

岸田國士が大政翼賛会の文化部長になつたのは、蓋し適任といふことができる。就任の宣言をみると、この大役のまへにこの人らしい決意と自信をみせてゐるが、希くは、この際に名実共に新日本を建設してゆくやうな、思ひ切つて積極的な文化政策を樹てて、国民文化百年の基礎となるやうなことを、ひた押しに、やつてほしいことである。〔略〕先づ、第一に岸田にわれわれが望むところは、気宇を大きく、しんに明るき新日本の基礎をきづくために、この際の役割をみとめて挺身してほしいことだ。ある意味においては、すべての信念あるものが、国への愛のために、文化への愛のために、無償の行為として己を時代の犠牲として供する以外に、この大時局をのり切つて新日本の文化を建設することはできない。（六八頁）

ここには、当時の岸田が打ちだした「文化」という概念＝鍵語が多用されているが、翌月の北岡史郎「十二月の文壇（文壇時評）」（一九四一年一月）では、「この月の文壇で光つてゐるのは、大政翼賛会文化部長に就任した岸田國士氏の文化政策についての抱負」（九六頁）だと評価した上で、北岡独自の概念＝鍵語との節合が次のように果たされていく。

われわれは近衛公をはじめとして、大政翼賛会の主柱として自己犠牲の大役を担つてゐる有馬頼寧伯が、いかに悲壮なる決意の下に奮闘しつつあるかを知るものだ。〔略〕この高邁にして公正なる大精神こそ、じつにわが二千六百年を一貫してゐるしんの日本的な皇道精神であり、日本的ヒユーマニテイである。（九六頁）

ここに至ると、北岡史郎が「文壇時評」当初より頻用してきた〝ヒューマニズム〟が「皇道精神」と併置され、あるいはそのいいかえのように用いられていく。逆にいえば、そうである以上、右の引用箇所で用いられた〝ヒューマニズム〟に、〝詩〟の含意を読みとることは、さすがに難しいだろう。となると、「文壇時評」－北岡史郎独自の〝ヒューマニズム〟という概念＝鍵語は従前通りながら、その含意からはいつしか〝詩〟が消えていたことになる。それは入れかえに、従来〝詩〟が位置していたスペースを時局的な要素が占めたということでもある。ここに、水面下でその含意を更新しながらも、〝ヒューマニズム〟と〝詩〟の組みあわせによって独自の文芸時評を展開してきた北岡史郎「文壇時評」の臨界点をみることができる。それは同時に、五年めを迎えた

「文壇時評」の終焉でもあった。

## 5　「文壇時評」からみる『若草』

ここまでの、北岡史郎「文壇時評」に関する検討をまとめておこう。

まず、「文壇時評」にとりあげられたトピックは、その時々の文学場で話題になった目立つトピックであった。その意味で、正しく「文壇時評」だったことは間違いない。また、評言の特徴としては、〝ヒューマニズム〟および〝詩〟という概念＝鍵語の持続的な頻用があげられる。中でも、〝ヒューマニズム〟という概念＝鍵語に関しては、時局の推移に連動するようにしてその含意の変容がみてとれた。この変化については、すでに別事例の報告[*18]もあり、『若草』「文壇時評」における展開もまた、昭和一〇年代におけるあり得べきものだったといえる。

ここで、『若草』の動向を「編輯後記」からも傍証しておこう。

誌面内容にふれるスタイルが主だった「編輯後記」が、同時代のトピックに積極的に論及していくのは、「今、世界は、オリムピックの興奮のなかにある」（一八〇頁）と書きおこされる北村秀雄「編輯後記」（一九三六年九月）を嚆矢とする。北村秀雄「編輯後記」（一九三六年一二月）では、同年の世界史的事件が列挙された後に、「新しいモラル論、正義観論の文壇は、文学の社会性へ、更にヒューマニズム論へ。／人間精神の積極的な把握をめざして、文壇は、より高いもの、より強いもの、より尊いものを、求め、あこがれ、探し続けてゐる」（一八〇頁）と、大文字の歴史と文学場の動向を結びつけた言表がみられる。これ以降、北村秀雄「編輯後記」では「東亜の平和のために――／この国民総意に、輝く皇軍の奮闘めざましく、その戦況地図は、またたく間にすつかり書きかへられてしまつた」（一九三七年一〇月、二二〇頁）、「準戦時体制から、純戦時体制へ！」（一九三七年一一月、一六四頁）、「わが国は、今こそ世界歴史の晴れの舞台に立つてゐるのだ」（一九三八年一月、二二〇頁）、「あくまで、国家の大きな動きの中に束縛された一員であらうではないか」（一九三八年二月、一六四頁）といった論調へと瞬く間にシフトしていく。「文壇時評」が終わった翌月、署名が北と略記された「編輯後記」（一九四一年二月）には次の一節がみられる。

本誌の誌友陣からも、相継いで若い諸君が勇躍応召し、ペンの戦士よく、銃を執つても、最も勇敢なる戦士であるの実を挙げられつゝある。

ペンと剣との戦士である諸君の、武運長久を祈るとともに、銃後のわれらは、さらに翼賛文化の方向に向つて一致団結、共に相戒めつゝ、不断の前進を誓はなければならない。（一三六頁）

こうして誌友も戦争に直接関わっていく歴史の中で、『若草』の読者（層）への呼びかけでもある「編輯後記」において、文学的話題よりも時局への積極的な関与が促されていく。

総じて、北岡史郎「文壇時評」は、一定の特異性をもちながら、一貫して文学場全体の動向に即応しながら展開していた。このことは同時に、『若草』が、少なくともある時期までの掲載内容に即して従来語られてきたイメージに比して、昭和一〇年代の「文壇時評」から考える限り、より現実的・歴史的な一面を有していたということでもある。その際、本稿で検討した『若草』誌上の「文壇時評」が、外部との接合面《インターフェイス》としての役割を果たしていたことは明らかで、ここに装置としての文芸時評の特質をみることもできるはずだ。

**注**

1——柳生四郎「若草」（長谷川泉編『近代文学雑誌事典』一九六六年一月、至文堂）、一三六頁。

2――辻淳「若草」（日本近代文学館・小田切進編『日本近代文学大事典』第五巻、一九七七年一一月、講談社）、四五六頁。
3――大國眞希「『若草』」（『国文学』二〇〇二年一二月）、一二八頁。
4――拙論「昭和一〇年代における文芸時評・序説」（『ゲストハウス』二〇一六年九月）参照。
5――拙論「昭和10年代における文芸時評（Ⅰ）――総合雑誌『中央公論』『改造』『文藝春秋』『日本評論』」（『人文学研究所所報』二〇一七年三月）、同「昭和10年代における文芸時評（Ⅱ）――文芸雑誌『新潮』『文藝』『文学界』『若草』『作品』『文学者』」（同前、二〇一七年九月）参照。
6――生田花世「女の眼に映ずる新しき作家（文芸時評）」（一九二六年七月）、北川千代「六月の創作を読む（文芸時評）」（一九二六年八月）、北川千代「九月の創作の感想（文芸時評）」（一九二六年一一月）、新居格「本年度文壇の顧望（文芸時評）」（一九二六年一二月）、鷹野つぎ「女流作家の生育位置（文芸時評）」（一九二七年六月）、高群逸枝「文明批評の問題其他」（一九二七年七月）、岡本かの子「文芸時評　雑感」（一九二七年八月）、生田花世「文芸時評　七月の文芸時評」（一九二七年九月）、神近市子「芥川氏の死・その他（文芸時評）」（一九二七年一〇月）、平林たい子「女流文士について・その他（文芸時評）」（一九二七年一一月）、鹿地亘「文芸時評」（一九二八年二月）、杉山平助「文芸時評」（一九三四年二月）、杉山平助「文芸時評」（一九三四年三月）、杉山平助「文芸時評」（一九三四年四月）、谷川徹三「文芸時評」（一九三四年五月）、唐木順三「文芸時評」（一九三四年六月）、深田久彌「文芸時評」（一九三四年七月）、青野季吉「文芸時評」（一九三四年八月）、尾崎士郎「文芸時評」（一九三四年九月）、河上徹太郎「文芸時評」（一九三四年一〇月）、藤原定「文芸時評」（一九三四年一一月）、深田久彌「文芸時評」（一九三五年三月）、市川為雄「近頃文壇の快事不快事――文芸時評――」（一九四三年九月）。
7――「文壇時評」連載以前、北岡史郎の署名で『若草』に掲載されたのは、「社会の暗黒面に表れたる女と犯罪」（一九三二年七月）、「山岳点景」（一九三二年八月）、「裸体スポーツの話」（一九三三年五月）、「ナチスに逐はれたドイツ文化」（一九三三年七月）、「文壇奇人伝」（一九三六年三月）、「魯迅の死」（一九三六年一二月）、「「池谷賞」と新人」（一九三七年一月）、「作家と信念」（一九三七年二月）、「思想する小説」（一九三七年三月）

の九編。なお、一九三七年の三編は、内容・体裁ともに「文壇時評」とごく類似しており、これらの延長線上に「文壇時評」が展開されたとみられる。

8――ちなみに深田は、「作家と評論家とは時評の仕方が異なつて然るべき」という立場から、「評論家はその抽象的才能によつて作品の外廓を論ずべきであり、作家はその創造的才能によつて作品の内部のリアリテイを探るべき」（八七頁）だと述べ、この時期の文芸時評論議に対しても持説を提示していた。注4も併せて参照。

9――拙論「言語表現上の危機／批評――「HUMAN LOST」」（『太宰治の自伝的小説を読みひらく「思ひ出」から『人間失格』まで』二〇一〇年三月、立教大学出版会）参照。

10――北岡史郎が「文壇時評」で用いる、ヒューマニズム及びそれに類する語を、表現のゆれにかかわらず〝ヒューマニズム〟と表記する。

11――北岡史郎が「文壇時評」で用いる、詩及びそれに類する語を、表現のゆれにかかわらず〝詩〟と表記する。

12――拙論「日中戦争開戦直後・文学（者）の課題――小田嶽夫「泥河」・「さすらひ」」（『昭和一〇年代の文学場を考える　新人・太宰治・戦争文学』二〇一五年三月、立教大学出版会）参照。

13――拙論「〝戦場にいる文学者〟からのメッセージ――火野葦平「麦と兵隊」」（『昭和一〇年代の文学場を考える』前掲）参照。

14――拙論「富澤有為男『東洋』の場所――素材派・芸術派論争をめぐって」（『昭和一〇年代の文学場を考える』前掲）参照。

15――拙論「従軍ペン部隊言説と尾崎士郎「ある従軍部隊」」（『信州大学人文科学論集』二〇一六年三月）参照。

16――拙論「新体制（言説）の中で菊を〝作ること／売ること〟――「清貧譚」」（『昭和一〇年代の文学場を考える』前掲）参照。

17――奥出健「大政翼賛会と文壇――岸田国士《ママ》の翼賛会文化部長就任をめぐって――」（『国文学研究資料館紀要』一九八一年三月）他参照。

18――権錫永「帝国主義と「ヒューマニズム」――プロレタリア文学作家を中心に」（『思想』一九九七年一二月）参照。

# 待たれる「乞食学生」――『若草』読者共同体と太宰治

尾崎名津子

## 1　『若草』と太宰治

『若草』第一二巻第五号（一九三六年五月）での小説「雌について」掲載以降、太宰治は断続的に同誌に作品を発表している。本論では、その軌跡を確認しつつ、『若草』に掲載された太宰の作品としては最後のものとなる「乞食学生」（一九四〇年七月～一二月）を検討の中心に据えたい。「乞食学生」をめぐっては、読者がそれを好意的に評価するさまや、読者が作家に寄せる信頼のありようが誌上で可視化されている。そのことが、その時期の『若草』読者共同体の特質を見ることになる。一方で、太宰に焦点化すれば、作家が特定の雑誌に寄稿する際の作為を探ることになると考えられる。

まずは『若草』に掲載された太宰作品に対する読者の評価から、『若草』読者の志向を探る。この際、同時期の『若草』外部での太宰に対する評価も参照することにより、それはより鮮明になるだろう。次に、「乞食学生」に表象された内容、とりわけ〈若さ〉の検討を行う。それはテクスト内部の表象でありながら、『若草』の読者たちの規範としての側面も具えている。更に、同時期の誌面では〈若さ〉をめぐって位相の異なる議論がなされてもいた。それらの関係性を踏まえて、読者たちがなぜ「乞食学生」を待望したのかを明らかにすることを目指す。『若草』に掲載された太宰作品は以下の通りである。なお、作品タイトル下の丸括弧内は、各号の目次において付されたジャンル名、または特集名である。

①「雌について」（小説）、第一二巻第五号（一九三六年五月）
②「喝采」（小説）、第一二巻第一〇号（一九三六年一〇月）
③「あさましきもの」（春のオーヴァチュア）、第一三巻第三号（一九三七年三月）
④「燈籠」（小説）、第一三巻第一〇号（一九三七年一〇月）
⑤「I can speak」（厳冬コント五篇）、第一五巻第二号（一九三九年二月）
⑥「葉桜と魔笛」（小説）、第一五巻第六号（一九三九年六月）
⑦「ア、秋」（秋の手帖）、第一五巻第一〇号（一九三九年一〇月）
⑧「誰も知らぬ」（小説）、第一六巻第四号（一九四〇年四月）
⑨「乞食学生」（中篇）、第一六巻第七～一二号（一九四〇年七月～一二月）

この掲載順序に従い、以下に読者による評価の変遷を概観するが、その前に、太宰治が『若草』に初めて寄せた「雌について」（一九三六年五月）の書き出しを見ておきたい。

その若草といふ雑誌に、老い疲れたる小説を発表するのは、いたづらに、奇を求めての仕業でもなければ、読者へ無関心であるといふことへの証明でもない。このやうな小説もまた若い読者たちによろこばれるのだと思つてゐるからである。私は、いまの世の中の若い読者たちが、案外に老人であることを知つてゐる。こんな小説くらゐ、なんの苦もなく受けいれて呉れるだらう。これは、希望を失つた人たちの読む小説である。

ダッシュが示すように、ここで前後が切断されており、この後はほぼ全てが「私」と「客人」の会話によって構成されている。引用した部分では、『若草』の名前を出すことにリアリティを担保させつつ、太宰が初登場の時点で「老い疲れたる小説」を発表する作家と「案外に老人である」「若い」読者という像を仮構していることに注目しておきたいのだが、さて、この作品が『若草』読者に受容されたその様相を、「座談室」（一九三六年七月）を通して見てみる。すると、概ね不評であったことが分かる。「客人なる人の個性が、その対話にハツキリして居りません。一人で問ひ一人で答へて居る如き感があります」（東京・神田耶蘇基）、「作者がえらいのか私がバカなのか、兎も角何んだか判んない」（長谷川正男）、「何だかボヤけてしまつて解らない」（大原田克）というように、内容の不明瞭さという点で印象は一致している。作中人物の会話は、女と情死するための道行を夢想する「私」に「客人」が相槌を打つ形で展開されており、「一人で問ひ一人で答へて居る」という読者の指摘は、確かに正鵠を射ている。端的にプロットが不在なのだといえよう。

「喝采」（一九三六年一〇月）は「私」が演説する体裁を採る、いわば演説体の小説である。内容は『細胞文芸』を編集していた頃のことや、中村地平とのエピソードが実名を以て描かれている。これも前作と同様概ね不評であり、「座談室」（一九三六年一二月）では「太宰氏の作品は分らない。〔中略〕衒気をはらんだ作者の意図はちよつと理解できかねる」（佐賀・沱多生）といったコメントのみが見られる。「雌について」と近似した評価である。「喝采」に続く小品「あさましきもの」（一九三七年三月）は二組の男女の様子（俳優とたばこ屋の娘、大学生とモデルの女）と、起訴された結婚詐欺師の話という、三つの挿話が列挙されたものだが、「座談室」において読者の反応は見られない。

「あさましきもの」と同じ年に発表された小説「燈籠」（一九三七年一〇月）に対しては、少々様子が異なる。これは、下駄屋の娘が商業学校の生徒である「水野さん」のために万引きをするという筋を具えた、女性独白体の作品である。「座談室」（一九三七年一二月）では感想が一本確認できるのみだが、そこには「太宰治は取つつきにくい男である。しかし取つついてみると、彼の文学はより良く親しまれて、再読時には書取つておく程になるのだ。しかし此の作品を彼は何のために書いたか。原稿料を取るためでなかつたかと疑ひたくなる。前のコントの方がまだよかつたやうな気がする」（東京・島田実）とあり、作家・太宰治に対する読者のアンビバレントな感情が窺える。但し、これが読者の見解の最大公約数でないことは勿論ではあるが、親しみを表明する読者が誌面に掬い上げられたことは注目しておきたい。「原稿料を取るため」という想像はその実、太宰自身が後日「I can speak」（一九三九年二月）執筆について「若草にでも、短篇持ち込んで、二十円でもかせがうかと思つてゐたのに、運わるく、若草から二月号に五枚のコント書け、と速達来て、出鼻くじかれました」（井伏鱒二宛書簡、一九三八年一二月一六日）と述べており、そのメディアの扱いは読者の推測と重なっている。その「I can speak」に対する読者の反応は、誌上では確認できない。

しかし、次いで掲載された「葉桜と魔笛」（一九三九年六月）は一つの分水嶺と言えよう。「座談室」（一九三九年八月）においては「美しい姉妹の愛情に酔ひました」（東京・すみを）、「姉妹の愛はあたたかい」（茨城・綾川義久）と、その作品のモチーフが読者たちの感興を誘ったことが窺える。この作品についてはこれまでのような酷評がないどころか、「今でも何処か遠い（否一番近くかも知れないが）ところにその如き少女が居るのではなからうかと夢見たりする。近ごろ若草文陣の放つ好ましき作品でした」（大阪・北山冬）と賛辞を贈られてもいる。そして、これが女性独白体であることが注目される。女性独白体は先行する「燈籠」で既に用いられていたが、同作に対する読者の感想が好悪相半ばしていたことは、先に見た通りである。とはいえ、その他の作品に対する酷評、あるいは「座談室」内で読者が無反応だったこともある状況を鑑みれば、女性独白体こそが『若草』読者の作品評価の要諦になっており、太宰は「燈籠」を経て「葉桜と魔笛」でその勘どころを押さえたと見ることも可能である。

「ア、秋」（一九三九年一〇月）は「本職の詩人」が詩作のために書き留めたメモからの引用という設定の小品で、「座談室」では読者の反応が見られない。それを経て発表された小説「誰も知らぬ」（一九四〇年四月）では、また女性独白体が採用されている。「四十一歳の安井夫人」が、同級生の「芹川さん」と「学生さん」との恋愛を回想する設定で、「芹川さん」と「学生さん」との出会いは次のように書かれる。

その写真の綺麗な学生さんは芹川さんと、何とかいふ投書雑誌の愛読者通信欄とでも申しませうか、そんなところがあるでせう？　その通信欄で言葉を交し、謂はば、まあ共鳴し合つたといふのでせうか、俗人の私にはわかりませんけれど、そんなところから、次第に直接に文通するやうになり、女学校を卒業してからは、急速に芹川さんの気持もすすんで何だか、ふたりで、きめてしまつたのださうです。

「投書雑誌の愛読者通信欄」からは当然『若草』の「座談室」を想起することも可能であり、これは一種の読者サービスと捉えてもよいかもしれない。当の「座談室」（一九四〇年六月）では、作品それ自体に対する評価が二分されたが、読者が同じ印象を抱いたことがわかる。

「篠笹の陰の顔」「誰も知らぬ」はフレッシユにしてユニーク、良いですね。大いにその作風を以て新境地を開拓して下さい。（染谷政夫）

「誰も知らぬ」「早春」二篇共青春の題で若々しい点を取るも別に強い感動は覚えなかつた。軽く読める程度（松本・須奈一洋）

即ち、ここには〈若さ〉に反応する読者の姿が浮上する。ここまで俯瞰してきたことを整理すれば、次のようになる。登場当初はその作風に対して読者は率直に不可解さを表明していた。また、小品に関しては読者の声を集めることができない。しかし、「燈籠」から小説で三作続けて用いた女性独白体により、太宰作品は読者の耳目を集めるようになる。投稿する読者たちはそれらの文体を明確に問題化しておらず、そこに〈若さ〉の表象のみを言語化していた。かつ、それが読者の好みに適っていた。これが「乞食学生」（一九四〇年七月〜一二月）に至るまでの『若草』における太宰作品受容の流れである。

こうして、「誰も知らぬ」の次に発表されたのが「乞食学生」だった。本論の冒頭で①〜⑨として示した通り、それは『若草』における太宰作品として最後に登場するものであり、同時に、目次で当初から「中篇」と紹介される連載小説だった。このように辿ると、一人の作家が雑誌読者の趣味嗜好に合わせてスタイルを更新していった結果、読者の評価を高め、連載の枠を掴んでいったというストーリーを描きたくもなるが、それは早計に過ぎる。ここに太宰個人の状況を重ねてみることで、巨視的に作家と媒体との関係を捉え返すことにする。

## 2　足場としての『若草』

「喝采」を発表した一九三六（昭和一一）年の初め、太宰はパビナール中毒治療のために済生会芝病院に入院していたが、一二月に全快しないまま退院している。同年六月には初の単行本『晩年』（砂子屋書房）を刊行し、夏には同時に複数の作品を執筆したようだ。八月二二日付の小館善四郎宛書簡には、「十月号（九月十日発行）若草「喝采」新潮「創世記」東陽「狂言の神」／つひに、中央公論執筆。しかも二本だて、とか」と記されている。しかし、作家として順調な生活を歩んでいたかというとそうではなく、一〇月に武蔵野病院に入院、翌月に退院している。翌一九三七年の『若草』三月号には「あさましきもの」を発表したが、この三月には小山初代と心中未遂を起こし、『新潮』の四月号に「HUMAN LOST」を発表している。要するに、『若草』誌上に登場した当初の太宰治は、荒れた私生活を背景に創作していたのである。また、一九三五年以降継続的にメディアで話題にされていた、芥川賞をめぐる川端康成や佐藤春夫との騒動も、この時期まで続いている。いわば太宰は様々な位相で私生活を切り貼りしながら創作活動を展開していたのである。それは、『若草』以外の媒体に発表した作品に対する評価を見ると、より鮮明になる。

「喝采」から「あさましきもの」発表までの間に他誌で発表された作品には、「虚構の春」（『文學界』一九三六年七月）と「創世記」（『新潮』一九三六年一〇月）がある。前者には「傷みやすい若い作者の心」[*1]が読み取られたのみだが、後者の場合は少なからぬ評者がその印象を述べている。管見の限りで挙げると、「何かしら痛ましい焦燥」[*2]、「病的神経の狂躁譜」[*3]、「脆いがそれだけ鋭い精神」[*4]というように、評者たちは作家の〈病的な神経〉を読み取っているが、これは他ならぬ太宰自身の私生活と重ねた読みだと見てよい。また、作品の総合的な評価としては「特殊な感覚に興味をもつ人々にしか愛されないであらう」[*5]、「不健康と饒舌に終始し明らかに愉快とは正反対の作である」[*6]といった評言が見られる。このうち特に前者は作意の不明瞭さを指摘する点で「喝采」に対する『若草』読者の反応と重なるが、『若草』誌上において作家の私生活が問題化されることはなかった。

「あさましきもの」に次いで発表された「HUMAN LOST」に対する評価においては、作家の状況がより明確に読み込まれた「太宰の、いかに病める神経の所産であるとはいへ、純粋の詩もあり」[*7]といった評もある。このように、多くのメディアで〈神経の病める太宰〉がしきりに参照されていた時期、『若草』の読者投稿欄ではそうではない読みが行われていたのである。即ち、作家の情報を作品の読みに敷衍せず、素朴に受容した結果として、作品の分からなさが言表されていた。それが、先に見たように「誰も知らぬ」に至って明確に〈若さ〉を表象する作家として信頼が寄せられるようになるのだが、ここで太宰と〈若さ〉との親和性について述べておきたい。

そもそも、太宰治という作家像自体が〈青年〉のイメージを色濃く反映していたことについては、松本和也が精緻に検討している。松本論では「昭和十年前後の〈太宰治〉とは〈デカダンス〉に代表される〈青年〉として、支配的な言説編成によって封じられていた領域を表象していた」[*8]としつつ、『晩年』の刊行に伴い同時代の言説編成が変容したことで、一九三六年の終わり頃に〈新しい作家〉としての〈太宰治〉という言説が浮上したとしている。だが、一九三七年に「青年論が民族＝国家主義的な言説へと一元化され」[*9]たことにより、そのような作家表象が困難になった。その後、「姨捨」(『新潮』一九三八年一〇月)によって太宰治は再び言説場に浮上し、次の段階へ移行していく[*10]というのが、松本論の見取り図であった。

こうした文脈を踏まえると、太宰治の文学的営為における「燈籠」(一九三七年一〇月)の持つ意味が、にわかに重くなる。この作品が女性独白体を具えていることは先述した通りだが、太宰はこれを機に、その文体を他誌に発表した作品でも展開していく。一九三九年四月には「女生徒」(『文學界』)、六月に「葉桜と魔笛」、一一月に「皮膚と心」(『文學界』)、四〇年四月に「誰も知らぬ」、一一月に「きりぎりす」(『新潮』)と、それが短期間に集中していることに気付かされる。「女生徒」は川端康成に「「女生徒」のやうな作品に出会へることは、時評家の偶然の幸運なのである」[*11]とまで激賞され、「皮膚と心」もその文体が評価された[*12]。もちろん、同時期には「畜犬談」(『文学者』一九三九年一〇月)や「駈込み訴へ」(『中央公論』一九四〇年二月)、「走れメロス」(『新潮』一九四〇年五月）など、女性独白体ではない、かつ、同時代において作家の評価を高めた点で重要な作品が相次いで発表されている。しかし、太宰評価の高まりの基底をなすものとして女性独白体の展開があり、更に、その展開を下支えしたものとして、『若草』での太宰の実践があると捉えることはできないだろうか。その意味で、「燈籠」はそのスタートに位置する重要な作品だと言えるのであり[*13]、先に見たように『若草』読者が「取つついてみると、彼の文学はより良く親しまれて、再読時には書取つておく程になる」と評したことも、その評価が好転する契機として理解できる。

また、先に「葉桜と魔笛」で太宰が『若草』読者が評価するポイントを理解したという像を描いたが、これも「女生徒」の発表と評価を経てのことであると見るならば、事は『若草』誌内に留まらない。ただし、そう見るからといって『若草』という文学場が軽んじられるということではなく、太宰は『若草』という足場に繰り返し立ち返りつつ、女性独白体をめぐる文学的実践を展開したと考えられるのである。

しかし、太宰にとって『若草』は、女性独白体を練習する場としてのみあるのではなかった。それは「乞食学生」が女性独白体でないことからして明らかではあるが、では、この作品執筆のモチベーションをどこに見ればよいか。それを示唆するものとして、改めて女性独白体小説「誰も知らぬ」に対する読者の評価軸を参照したい。そこには「フレツシユ」（染谷政夫）、「青春の題」、「若々しい点を取る」（松本・須奈一洋）という言葉が並置されていたはずだ。即ち、読者の視線はその特異な文体よりも、そこに表現された〈若さ〉なるものに向かっていたのである。そして、太宰治自身の問題としてこれを捉え返せば、そもそも〈青年〉として言説化していた自己の作家像が、自身の生活や言説編成の再編によって無効化されつつあったところに、『若草』という場を定期的に得て創作という営為を展開した過程で、女性独白体の実践と共に、〈青年〉表象へと回帰していったと言えるのである。

## 3　『若草』の〈青年〉たち

『若草』読者たちは時期にかかわらず一貫して〈若さ〉を評価し、また、自己言及の際に〈若さ〉を自らに付与する傾向があるが、その内実は様々である。ここで「乞食学生」の連載期間に『若草』誌面で問題化されていた〈若さ〉と、そうした言説に対する読者の反応を検討する。また、「座談室」内で称揚されていた〈若さ〉のありようも俎上に載せ、『若草』読者共同体の像を描いてみたい。

まずは、読者投稿欄における〈若さ〉を検討すべく第一六巻（一九四〇年）を通して見ると、それが感想・評論欄の選者である室伏高信によってリードされていることがわかる。第一六巻第八号（一九四〇年八月）の「感想評論」欄で、室伏は次のような選評を残している。

「文学と芸術」並に「一つの常識」は、いづれも同じやうな問題を論じ、かつほゞ同一水準のものである。／読者評論もこの程度まで来てくれるとうれしいやうに思ふ。青年は何んでも、六かしいものにぶつかつてゆくことが必要である。イ、ジイゴオイングは青年にとつての致命傷といふよりはこれは衰頽期を語つてゐる。

〈青年〉に対する訓戒とも取れる言葉だが、室伏が入選させた「一つの常識」（東京・狩田達夫）は、次のようなものであった。

> 文学青年の名を嫌ふのは《ママ》。非常識を徳とする青年がたま〳〵、突飛な奇行を好み、白昼の寝言を吐くからで、プチブル的な職業女性も同じだと言へる。ぼくたちには若さだけしかない、要領と、裏の裏を知り尽した四十男の、巧みな世渡りの技巧も持てない、然し常識はたとへ自分の血が逆上しても失はれるべきものではない、そこに書くだけではいけないぼくたちの投書――、を再批判してみる余地ありと考へる。

〈若さ〉しかないという自己表象は、容易にセンチメンタリズムへ向かうとも思われるが、ここではその〈若さ〉こそが批判的に検討されることが目指されている。この点を室伏が好意的に取り上げたことが、先の選評と組み合わせると見えてくる。また、〈青年〉のセルフイメージは、同号の「編輯後記」を参照すると、ある別の青年像と対をなしていることが分かる。それは、戦地の〈青年〉たちである。「編輯後記」は『若草』を「若い文化層の友」と位置付け、戦地の「勇士」から届いた言葉を紹介しつつ、「今、大陸に銃執る勇士の多くは、本誌の最善の友、青年諸君である」と述べる。ここに、投稿〈青年〉たちとは全く位相の異なる〈青年〉像が仮構される。

この傾向は、一九四〇年（昭和一五）六月二四日に近衛文麿が枢密院議長の辞任を表明すると同時に発表した、新体制運動の展開によって強化される。それは第一六巻第九号（一九四〇年九月）の特集が「文学の新体制」となっていることにも明らかである。それまでもヨーロッパ戦線の模様をグラビアにして伝えるなどしてきた『若草』ではあったが、新体制運動に対する反応は頗る迅速だった。この編集のありようの中に、〈青年〉像も巻き込まれていく。第一六巻第九号（一九四〇年九月）の「編輯後記」に「この時（東亜新秩序――引用者注）に当つて、かねて新しい青年の文化を翹望し、そのよき羅針盤としての役割を果して来た本誌は、「文学の新体制」を特輯した」とあることにもそれは明らかである。〈青年〉と新体制運動は、『若草』の中で切り離せないものとなっていく。

第一六巻第一一号（一九四〇年一一月）は、室伏高信と投稿読者たちとの関係と、〈青年〉の語が両者の媒介となっている事実を鮮明に示している。まず、「待望の日独伊同盟成立！」の詞書が付されたグラビア「世界新秩序」に続き、巻頭論文として掲載された室伏「日独伊同盟と青年の覚悟」において、〈青年〉が読者を指すことは間違いない。室伏は目下の戦争が総力戦であることを説きつつ、次のように述べる。

この責任はもちろん国民全体のうへにあります。たゞの一人もその責任を免れることはできません。しかし未来のことは青年の力に俟たなければならない。「未来が青年に属する」といはれるやうに、未来の責任は青年の双肩にかゝつてゐます。青年がこの国家を背負つて立たねばならぬ。

こうして全体主義国家に〈青年〉を組み込もうとするのだが、その時に対立項として批判されるのが「自由主義」である。昨日までを「自由主義時代」と呼び、その頃の〈青年〉は「自分のことさへ考へてゐればよかつた」とする。そして「新しい青年とは全体主義青年でなければなりません」と訓辞を述べている。この傾向を室伏は読者投稿欄の選考基準にも持ち込む。同号の「評論　感想」欄の「選後」では、明確に「自由主義的なものは採らない」と述べ、「新体制は青年のものであり、少くとも青年に引きわたさるべきものである。／青年がこの問題に知性と熱情とを傾けて欲しい。／そしてその立場から国家を、芸術を、人生を見なほしてほしい」と読者に要求している。自由主義と全体主義の二項対立や、〈青年〉と国家との関係を強調する点で、巻頭論文と選評とは一致している。

その室伏が「若干ではあるが新体制の思想にふれてゐる」とし、特選とされた読者の投稿（「夏の手帖」長野・島崎弦郎）は、次のようなものである。

強力なる国家にして始めて良い芸術が生れるであらう。誰がヂプシーの唄声に芸術を感じ得ようか。〔中略〕今から何千年、何万年もの後の日本人に、紀元二千六百年以前は、外国の文化をより多く取入れてゐた時代であると、その様に回顧されても差支へないではないか。真の日本文化が全く日本人の手で今から創造されつゝある。

ここに〈青年〉への自己言及性は見られない。感想・評論欄は投稿者たちの〈青年〉としての自意識や自問を「新体制の思想」、即ち〈国家〉や〈全体〉なるものと接続して思考することを求めた。これ以後の感想・評論欄を見渡すと、読者の側もそれに応じていくことがわかる。第一六巻第一二号（一九四〇年一二月）で入選となった「学生の立場に於いて」（東京・高橋邦三）は「白紙の如く旧観念の汚れなき青年学徒等に、体系的要請あらねばならぬ筈である」と全体主義を青年の在り方と接続させながら肯定している。これが「乞食学生」連載期間における『若草』誌上の〈青年〉の、一つの側面であった。

こうした〈若さ〉や〈青年〉の像が称揚され、投稿者たちが選者の要求に応えようとする一方で、「座談室」内の「読者通信」欄ではまた異なる〈若さ〉を読者たちが共有していた。以下に該当するものを取り出してみる。

▽春が訪れてまゐりました。こゝはいつも春のやうに若い青春が溢れてゐます。私の故郷トチギの方はゐませんか、名前が見えず淋しい。誰方かお友情を乞ふ。若井兄宇都宮はどちら、短歌入選オメデトウ。

（日本橋本町四ノ十富山方・桜井靖久、第一六巻第七号、一九四〇年七月）

▽武田兄少しは書いたら如何？　やまかは兄勤務は何処？　下村兄いづこに？　春も暮れゆく、若草の青春児諸君二度と来ない若さを共に謳歌しよう。

（箟田生、第一六巻第八号、一九四〇年八月）

▽私は「若草」を六月号より愛読してゐる者です、身は○○社といふ雑誌社にありながらもいまだ且つて真の文学なる物に親しんだ事がありません。去日「若草」を手にせる時は青春の血潮の躍動するのを禁じ得なかつたのであります。

（東京・塚田郷月、第一六巻第九号、一九四〇年九月）

▽年少の者故投書の方は未だ駄目です。とにかく若草の向上発展を祈る少年です。みどり葉したゝる房総の詩人達よ。若草を取りまく若人の青春を溌溂と唱ひませう。

（千葉市要町五六・脇田秀人、第一六巻第一一号、一九四〇年一一月）

▽若い人のみのもつ文学への熱情の、はけ口こそ、若草のルームでせう。毎日平凡な学生生活の内、文学を語る友人を持たない私にとつて、若草のルームこそ、探し求めたオアシスでありました。

（名古屋・北村匡子、第一六巻第一一号、一九四〇年一一月）

▽若さで満たされてゐる座談室私もうらやましくなつて山奥から出てまゐりました。諸兄姉、まだ本当の純な十六の子供です。よろしくお願ひ致します。

（山梨・島田月、第一六巻第一二号、一九四〇年一二月）

投稿の内容を整理してみると、「座談室」における〈若さ〉には、概ね四点ポイントがあることがわかる。①読者自身が具える資質だということが自明視されている。②「青春」がその符丁である。③「座談室」においてこそ発揮されるものだと理解されている。④〈文学〉（短歌、詩、「文学」など）に親しむ、あるいは「書く」ことが十分条件となっている。これらの四点により「座談室」における〈若さ〉は醸成されているのである。室伏の言説や室伏に選ばれようとする投稿者たちが描く〈青年〉像とは乖離していることは明らかである。

では、こうして分裂していた〈若さ〉をめぐる言説は、「乞食学生」とどのように関わるのだろうか。以下に検討を進める。

## 4　「乞食学生」に対する『若草』読者の反応

「乞食学生」については『若草』第一六巻第六号（一九四〇年六月）「編輯後記」の中で、「次号からの新連載小説の筆者もすでに決定してゐる」と、連載だけが明らかにされていたが、その翌号、即ち「乞食学生」の第一回が掲載された号の「編輯後記」では

新連載中篇小説は、飄逸洒脱、太宰治氏が、その逞しい横顔をぬつと突き出した「乞食学生」。第一回から、読者のど肝を抜いてしきりに次回の待たれるもの。挿画はお馴染の吉田貫三郎氏が、わざ〳〵作者太宰氏の写真を取り寄せての快筆。この新しい名コムビに惜しみなき喝采を送りたい。

と、大きく紹介されている。既に「女生徒」や「走れメロス」で評価を得ていた作家を改めて迎える、編集側の期待が窺えるが、では、「座談室」の中で太宰の「乞食学生」はいかなる評価を受けたのか。以下に、「座談室」の「前号合評」欄に掲載された読者の投稿のうち、「乞食学生」に関するものを一覧に供したい。

第一六巻第九号（一九四〇年九月、連載第一回に対する感想）

▽今月の創作陣新進ぞろひで愉快です。中でも太宰氏の「乞食学生」／最初から変化の多い作風で素晴しい。

おそらく作者自身の体験ではないだらうか。（兵庫・章亜黄）
▽始終見遁せなかつた『乞食学生』映画を想ひ出した。これから面白くなりさうだ。（松本・須奈一洋）
▽太宰治氏の「乞食学生」第一回から全く素晴しい。氏の人となりのプロフィルがくつきりと浮き出してゐる。かうした文学の型態と云ふものもある。（安東・渡邊修）
▽今月の小説陣皆楽しく読んだ。「乞食学生」への期待はこれから。（仙台・杜孝志）
▽新連載　乞食学生、面白い、はたしてどつちが乞食学生か、先輩としての利己主義を暗黙のうちに正義に化す、少年ガロアは笑つてゐるかも知れない。（小林野菊子）
▽「乞食学生」早く先を読みたく思ひます。（福岡・名草美雁）
▽久方振りの太宰の登場に喝采する《ママ》「ダス・ゲマイネ」でその頂点を極めた太宰の文学は今懐疑的な段階から、そこに何か識らぬふてぶてしささへ加へ、その怎うしやうもない臭味のある（或時はそれが彼の唯我的なスタイリストであることを如実に物語り）逞しい魂情で文壇に肉迫しつゝ、ある。「乞食学生」この面構へはどうだ。われわれ若草人はこの熱情を買ふべきである。よし但令彼の筆致や手法が無気味な魅力で、彼の開拓する分野に彼の読者がどの程度迄惹かれて行くかは疑問であるにせよ「二十世紀旗手」の太宰よ、思ふ存分眩惑の餌虫をふりまいて若草紙上に縦横に活躍して呉れ。（栃木・聖緋夫）
▽〝乞食学生〟太宰治氏の出現を喜ぶ。（樺太・風影栄）

第一六巻第一〇号（一九四〇年一〇月、連載第二回に対する感想）
▽「乞食学生」才気のない素直さ簡潔である。来月への期待大。（山口・由利敏）
▽「乞食学生」リ、カルな表現を愛す。（耶葉澍歌子）
▽「乞食学生」たゞすばらしいの一言。太宰氏に、若草に、お礼を言ふ、くり返しく〵。（東京・宗本みきを）

▽「乞食学生」独自の面白さがある、次号を期待する。（広島・岡本一咲）

▽連載小説「乞食学生」題名先づ嵐を含んで一息に読み流す専ら新風を持つてなる太宰氏に期待しよう。（竹内生）

第一六巻第一一号（一九四〇年一一月、連載第三回に対する感想）

▽巻頭に中河與一氏の「香妃」その節操の美を描いた名篇「視線恋愛」「誰を愛する」「パパイヤの宿」「乞食学生」等面白づくめだ。（栃木・増淵庚）

第一六巻第一二号（一九四〇年一二月、連載第四回に対する感想）

▽今月の「乞食学生」の終り頃、「御存んじですか？　昨日留置場から出たばかりですよ」に魅力がある。誰しもが来月号を期待するといふものです。（福岡・品川斉）

▽太宰氏の「乞食学生」氏は文壇の鬼才に反ぬ筆致で読者を魅了する。十一月号が待遠しい。（愛媛・本庄康夫）

▽巻頭の時局写真、あれはいゝ。以後ずつと続けて欲しい。なんていつたつて若人は時局とは離れられないんですから。〔中略〕「乞食学生」思はず微笑ませられる。次が待遠しい。（東京・鈴木久八郎）

▽益々面白くなつた「乞食学生」は待遠しい、第五回目が――。（東京・白河夜舟）

▽乞食学生――本屋へ三日も通つた甲斐があつた！　程の面白さ……ガンバレ太宰！（東京・宗本みきを）

▽乞食学生正にクライマックスに入る。次号こそと大いに期待（広島・岡本一咲）

▽太宰氏の「乞食学生」は、新人物が登場して今月は特に素晴しい興味深くて幾度読返しても、飽きないものです。（東京・杉山茂）

▽乞食学生。愈々面白い。（栃木・増淵庚）

▽「乞食学生」熊本の出現で戯画的になり、作者の人生観と相和し俄然面白くなつた。（山口・由利敏）

第一七巻第一号（一九四一年一月、連載第五回に対する感想）

▽〝乞食学生〟最高潮す、十二月で完結とは惜しい。（大阪・永井充）

▽「乞食学生」面白いといふ他はない。嘗ての「一般的に、あまりに一般的に、頽廃とか虚無とか称せられてゐる氏の作品の底に、私はいつも土のやうな素朴さを感ずるといふことだけを云つて置きたい」といふ外村繁氏の太宰氏に対する評が頷けるやうな気がする。（熊本・土屋赫）

▽小説陣では「銃について」に胸を衝かる。「瀬の音」の落ついた筆致で描かれた心情が忘れられない。他二篇の作品も「乞食学生」の面白さと共に印象に残る。（山形・倉昌代）

第一七巻第二号（一九四一年二月、連載第六回（最終回）に対する感想）

▽乞食学生は活々とした裡に終つた。終りの「その実を犇と護らなん。」の歌の句が印象深かつた。（大阪・碧眞子）

▽太宰治の〝乞食学生〟本当に面白く読ませてくれました、後味のすつきりとした夢で完結させた筆者にたまらなく感服します。（大阪・永井充）

▽『乞食学生』まづ、かういふ題材で真剣に書いて下さつた太宰氏に感謝したい。事件ばかりをごたごたとならべて、ごまかせてしまふ小説が多いこのごろ故。（龍造寺毅）

▽「乞食学生」好評裡に終つて何かホツとした気持ちだ。（大阪・塩田暁一）

▽〝乞食学生〟白日夢！太宰氏のふてぐ〵しさ、こゝにそのユニークな全貌をさらけ出す。（慶北・渡邊修）

▽〝乞食学生〟続けて読んでゐましたけど迚も面白うございました。なんだか熊本つていふ人のタイプは嫌ひです、今後とも太宰氏の登場をお願ひ致します。（久慈想代）

▽「乞食学生」はカルピスのとろりとした甘さを感じさせて終りましたね。（福岡・山本久雄）
▽太宰氏の「乞食学生」が終つた。満腔の拍手を送る。二千六百一年の若草が今から待遠しい。（大阪・A・N）

連載に対してほぼ毎回、読者からの反応が紹介されていることは一目瞭然だが、その内容について整理しておきたい。まず、無条件に面白がられていることは間違いない。その内実は、ストーリー展開に支えられているように見える。次号への期待を言葉にする読者もいることがその証左となろう。そして、読者は作家自身への期待やエール、「感服」や「感謝」の表明、再登場への希望といった形で信頼を寄せている。しかし、読者の言葉を参照するだけでは、なぜ彼らが「乞食学生」に熱狂したのかがわからない。おそらく、そのテクストには読者を惹きつける要因があったはずだというのが論者の見立てなのだが、以下にそのことを検討してみたい。

## 5　少年たちとの時間

「乞食学生」は、三十二歳の小説家である「私」こと〈太宰〉（本名は木村武雄となっている）が、井の頭公園裏の玉川上水で泳ぐ少年と出会うところから始まる。彼は佐伯五一郎といい、高等学校の生徒だった。佐伯は自らが窮地にあることを訴える。佐伯を助けるため、「私」は二人で渋谷まで出かけ、佐伯の友人の熊本を訪ね、学生服を借りる。しかし窮地にあるというのが嘘だと判り、「私」は食堂でビールを飲みながら佐伯に説教するも、そのうち、少年たちへの期待を語る。若人の心を護ろうと一人で歌っているうちに「私」は夢から覚める。起きるとそこは玉川上水だった。さきほどの少年は佐伯ではなく、興なげに去っていった。作中にはヴィヨン『大遺言書』（詩集）、ゲーテ『ファウスト・第一部』、マイヤー＝フェルスター『アルト・ハイデルベルク』が引用されており、これらとテクストとの関係を問う論が先行研究に見られる。[*14]

本論では、このテクストを分析することを通して、作家と読者を繋ぐ回路としての〈若さ〉がいかに用意されているかを明らかにしたい。

まず、作中の〈太宰〉は作家としての自己について雄弁な人物として造形されている。たとえば、連載初回の佐伯と遭遇する以前の段階から、次のように語っている。

一つの作品を、ひどく恥づかしく思ひながらも、この世の中に生きてゆく義務として、雑誌社に送つてしまつた後の、作家の苦悶に就いては、聡明な諸君にも、あまり、おわかりになつてゐない筈である。〔中略〕わあと叫んで、そこらをくるくると走り狂ひたいほど、恥づかしい。下手くそなのだ。私には、まるで作家の資格が無いのだ。私には、深い思索が何も無い。ひらめく直感が何も無い。

〈太宰〉は読者の理解を得られないと述べるが、才能がないという自画像は、実は『若草』読者たちにも大いに共有されている。「読者通信」欄では「ボツ、ボツ、イヤ、ボツ籠とは断然絶交！」（山口県玖珂郡新庄村林、松林内・由利敏、第一六巻第八号、一九四〇年八月）、「才の無い子は今日もあきらめました」（国府津・牧阿葉花、第一六巻第一〇号、一九四〇年一〇月）、「いつも没の速達で寂しうございます」（兵庫県加西郡多加野村・章亜黄、第一六巻第一二号、一九四〇年一二月）などと、書けない、没になる、才能がないといった自意識を披歴することが、定型化された身振りとしてあった。こうした自己言及性は作中の〈太宰〉との親和性も高い。

一方で、「乞食学生」ではしばしば大人と少年の線引きが強調される側面もある。佐伯が〈太宰〉に向かって「老いぼれのぼんくらは、若い才能に遭ふと、ゐたたまらなくなるものさ」と述べるくだりは、かつて太宰が「喝采」の冒頭で記した「その若草といふ雑誌に、老い疲れたる小説を発表する」という記述とも重なるところがある。即ち、老いた作家と若者との二項対立である。あるいは、「乞食学生」の最終回で〈太宰〉が夢から覚めた後の、

佐伯君にも、熊本君にも欠点があります。僕にも、欠点があります。助け合つて行きたいと思ひます、といふ私の祝杯の辞も思ひ出された。〔中略〕「カルピスを、おくれ。」おほいに若々しいものを飲んでみたかつた。

という記述は、〈太宰〉を老いた作家の位置に引き戻すものである。つまり、「乞食学生」において、大人と少年の二項対立は、根本的に保持されていると見られる。

だが、この線引きが「乞食学生」で無効化される瞬間も度々訪れる。それは叙述の面でも、内容の面でも保証されている。これこそが、読者を幻惑させつつ魅了した仕掛けであり、読者たちが「乞食学生」を待望した理由でもあるのだ。以下に叙述と内容の両面から、そのことを明らかにしたい。

連載初回から一貫しているのは、〈太宰〉も佐伯も、あるいは熊本も、「僕」という一人称を操り、相手を「君」と呼ぶことである。

「僕は、君を救助しに来たんだ。」

　少年は上半身を起し、まつげの長い、うるんだ眼を、ずるさうに細めて私を見上げ、

「君は、ばかだね。僕がここに寝てゐるのも知らずに、顔色かへて駈けて行きやがる。見たまへ、僕のおなかの、ここんとこに君の下駄の跡が、くつきり附いてるぢやないか。ここんとこを、踏んづけて行つたのだぞ。見たまへ。」


といったように会話は展開される。この話法で一貫されると、読み手からは彼我の社会的な位相差が見えにくくなり、あたかもそこに差がないような印象を受けることになる。

　また、〈太宰〉は佐伯たちに説教をする過程で、図らずも作家としての決意表明をすることになる。「自分のからだに傷をつけて、そこから噴き出た言葉だけで言ひたい。下手くそでもい、、自分の血肉を削つた言葉だけを、どもりながら言ひたい」と言うとき、その言説は『若草』に投稿する読者たちを鞭撻するものとして機能するだろう。こうして様々に大人と少年の線引きが無効化されることは、作者太宰と読者共同体とを架橋することをも意味する。また、予め太宰本人に似せた挿絵を見ている読者は、〈太宰〉が太宰であるという前提でテクストに接している。このことも傍証となろう。

　内容においても、「弱い者いぢめを始めるんぢやないだらうね」と訝る佐伯に対して、「僕のはうが、弱い者かも知れない。どつちが、どうだか判つたものぢやない」と〈太宰〉が歩み寄る場面が第二回にある。大人と少年の線引きの無効化は、むしろ少年の側への一元化を意味する。

　ただ、先述のように、大人と少年の二項対立は、作中を一貫して保持されてもいる。佐伯と〈太宰〉が熊本を呼び出す場面で「「くまもと、くん。」と私も、いつしか学生になつたつもりで、心易く大声で呼びたてた」と書

かれていることや、熊本に対して〈太宰〉が応答する際に「「すると、メフイストフエレスは、この佐伯君といふ事になりますね。」私は、年齢を忘れて多少はしやいでゐた」と書かれていることは、佐伯や熊本と同じ位相にある〈太宰〉においては、対立が無効化されているが、それを叙述する〈太宰〉のレベルでは、明確にその出来事自体が相対化されていることを示している。この作品は常にこうした二重性を含んでもいるのである。

先述の通り、太宰は『若草』に初めて登場した時点で「老い疲れたる小説」を発表する作家と「案外に老人である」「若い」読者という像を仮構していた。そのモチーフは、「乞食学生」においても〈学生のふりをする「下手くそ」な作家の太宰〉と〈大人びた佐伯〉という形で引き継がれていた。しかし、その表出のなされ方は複雑で、両者が〈若さ〉の側に融和しつつ展開されてもいた。その複雑さは、「書くこと」への情熱の表明や、「書くこと」の困難を訴えるという内容と相俟って、『若草』読者との紐帯を形成する結果をもたらした。

一九四〇年下半期の『若草』における〈若さ〉は、時局の要請に応じて言説場の中でその役割を変えつつあったが、一方で作家と読者共同体とを架橋する論理でもあった。当然ながら二つの〈若さ〉は質が異なる。後者については、作家・太宰治自身の歩みにおける「老人」から〈青年〉への自画像の組み換えや創作モチーフの変容と、読者共同体が時局の如何に関わらず持ち続けたセルフイメージとの共鳴が、「乞食学生」の評価のみならず、テクストの論理を下支えしていたのであり、また、読者共同体の結束を保ちえた要因でもある。

**注**

1――室生犀星「文芸時評」（『文藝春秋』一九三六年八月）。
2――阿部知二「文芸時評（五）」（『東京朝日新聞』一九三六年一〇月三日朝刊）。
3――寺岡峰夫「文芸時評」（『早稲田文学』一九三六年一一月）。

4――山室静「小説の問題、その他　文芸時評」（『批評』一九三六年九月）。
5――楢崎勤「文芸時評（五）宗教を扱ふ一作」（『中外商業新報』一九三六年一〇月一日朝刊）。
6――新居格「文芸時評（一）現代ヒューマニズム文学其他」（『信濃毎日新聞』一九三六年九月三〇日朝刊）。
7――森山啓「文芸時評（5）」（『都新聞』一九三七年四月八日朝刊）。
8――松本和也『昭和十年前後の太宰治〈青年〉・メディア・テクスト』（二〇〇九年三月、ひつじ書房）、一一一頁。
9――注8、一五〇頁参照。
10――注8、二九九頁参照。
11――川端康成「小説と批評――文芸時評――」（『文藝春秋』一九三九年五月）。
12――伊藤整は「皮膚と心」を「女性の話術の中にとらへた人の心の細かな隅々を表はした作品」とし、「この手法には、作者が、今充分にこなし切る方法を自得した処だ、といふやうな新鮮さがある」と評している（「文芸時評（4）微妙な心の蔽ひ　佳作「狐の子」、その他」『東京朝日新聞』一九三九年一一月三日朝刊）。
13――「燈籠」を女性独白体が「成立」した作品として意味付ける論として、櫻田俊子「太宰治『燈籠』論――女性独白体の成立」（『法政大学大学院紀要』第六一号、二〇〇八年一〇月）がある。
14――たとえば、九頭見和夫「太宰治の「乞食学生」と外国文学」（『福島大学教育学部論集（人文科学）』第七一号、二〇〇一年一二月）、廣川歩実「太宰治「乞食学生」におけるフランソワ・ヴィヨンの影響」（『富大比較文学』第九号、二〇一七年三月）などがある。

付記　「乞食学生」からの引用は『若草』本誌による。その他の太宰治テクストについては『太宰治全集』（筑摩書房、一九九八〜一九九九年）から引用した。引用中の斜線（／）は改行を示す。

# 〈青年〉はいかに描かれたか——『若草』投稿詩欄（一九四〇〜四四年）を中心に

大川内夏樹

## はじめに

『若草』創刊号（一九二五年一〇月）の冒頭に掲げられた井上康文「最初の言葉」では、「若い人々の心は、より高きに、より美しきに大きな憧憬をもつてゐます。「若草」はその若人の心のエッセイでありたいのです」と述べられている。この言葉通り、『若草』は、「若い」読者によく読まれ、また「若い人々」や〈青年〉に関する記事を多く掲載した。だが、その中でも、とりわけ一九四〇（昭和一五）年頃を境に、『若草』には〈青年〉という語をタイトルに含む記事が急増している。

本稿ではまずこのような現象が生じた背景を確認した上で、『若草』誌上の〈青年〉論の傾向について考察する。また、それらの〈青年〉論に対する読者の反応がどのようなものであったのかについて、投稿欄の短信と、投稿詩を手がかりに考える。そして、それらの投稿詩の中には、しばしば同誌掲載の〈青年〉論が提示する〈青年〉像とは相容れない〈青年〉の姿が描かれていることに着目し、なぜそのような〈青年〉を描く詩が、多数掲載されることになったのかという点について検討する。

# 1　『若草』における〈青年〉論の傾向

一九四〇（昭和一五）年頃より、『若草』では、タイトルに〈青年〉という語を含む記事が急増している。その中から一部の特集記事だけを取り出してみても、第一七巻第九号（一九四一年九月）の特集「地方文化と青年の使命」〔保田與重郎「地方文化の再考」、百田宗治「地方の文化・地方の文学」、板垣直子「地方文化の建設」、浅見淵「地方文化と青年」〕[*1]、第一七巻第一〇号（一九四一年一〇月）の「青年の問題特輯　新しき糧」〔室伏高信「青年と人生」、佐伯郁郎「青年と読書」、古谷綱武「青年と趣味」、生田花世「ものを生かす力——若き女性に」〕、第一八巻第三号（一九四二年三月）の特集「生活維新と青年」〔阪本越郎「青年の名誉について——若き学徒に与ふ——」、板垣直子「生活維新の好機」、喜志邦三「決戦下に求むる生活——日本的なる感覚をこそ——」〕といったものが挙げられる。

このような状況が生じた背景には、里村正夫『青年運動の前夜』（一九四一年六月、日本青年文化協会）で、「新体制問題を契機として国内改革の情勢は著しく昂揚し、革新的な青年運動勃興の機運が全国的に醸成された。憂国青年聯合会、皇道翼賛青年聯盟、日本主義青年全国会議等の新しい急進的な青年組織がいくつも結成された。／それと同時に青年運動や青年組織に対して、世間でも大きな関心を払ふやうになつた。青年はいつの時代でも革新の火華であり、「青年を持つ者は将来を持つ」からである。／昨年（一九四〇年——引用者注）九月九日の午後であつた。麹町茶寮に於て新体制に即応する青少年組織の研究懇談会が開かれた」（二九〜三〇頁）とあるように、「新体制」運動の中で、〈青年〉がその一角を担うものとして社会的に関心を集めたことがあったと考えられる。松本和也は、この時期の〈青年〉言説について、「昭和一五、六年における青年を主題とした言表を通覧してまず気づくのは、その多くが青年運動や新体制運動の一環として産出され、世界情勢や政策運動と不可分のものとして意味づけられている点である」[*2]と指摘している。では、『若草』に掲載された評論において、〈青年〉はどのように語られていたのだろうか。例えば、第一六巻第一一号（一九四〇年一一月）に掲載された室伏高信「日独伊同盟と青年の覚悟」では次のように述べられている。

自由主義時代には青年は自分のことさへ考へてゐればよかつた。自分の出世、自分の富、自分の名誉、自分の自由といふことさへ考へてゐればよかつた。全体主義のもとでは全青年が国家に属し、自己であるとともにその自己は国家内自己、民族内自己である。彼等の凡てがこの自覚をもたなければならない。彼等の理想も情熱も彼等の一身に限られてゐるのではない。彼等の関心、彼等の理想、彼等の情熱は常に国家にかゝり、国家とその運命と名誉とを同じくするものでなくてはならない。新しい青年とは全体主義青年でなければなりません。

右の引用部分に先立って、室伏は、一九四〇（昭和一五）年九月二七日に成立した日独伊三国同盟について、「全体主義の勝利」であるとし、日本は「新体制」以降、この「全体主義」の「原則をはつきりさせ」てきたと述べている。そして、引用部分では、当時の政治思想の大きな流れを「自由主義」から「全体主義」への転換として認識し、「自由主義時代には青年は自分のことさへ考へてゐればよかつた」のに対して、「全体主義のもとでは全青年が国家に属し、自己であるとともにその自己は国家内自己、民族内自己である」と論じている。このように室伏は、「新体制」運動を一つの節目として、〈青年〉の役割や理想の〈青年〉像が変化し、〈青年〉が単なる「自己」であることは許されず、常に「国家」や「民族」への帰属を意識することを求められるようになったことを指摘している。そして『若草』には、室伏の論同様、一九四〇年前後に〈青年〉の在りようや理想像が変わったことに言及した評論が多くみられる。

例えば、板垣直子「地方文化の建設」(第一七巻第九号、一九四一年九月)では、「青年自身についていつても、前にのべた如く、彼等の意識は今日では、空想的な陶酔や、哲学的な漫歩を許されない。実際的、明確なものに向けられざるをえなくなつてゐる。一層その方面に自己の思想を固めて自分自身を鍛錬すべきであらう」と、〈青年〉が「空想的な陶酔や、哲学的な漫歩」を止めて、「実際的、明確なもの」へと関心を向けるようになったことが述べられている。また板垣は、「生活維新の好機」(第一八巻第三号、一九四二年三月)で、「昭和十年代のはじめであるから今から六、七年前に、日本の評壇で、青年論のやかましく論じられたことがある。その頃は、世界に通じた廃頽思潮が、日本にも入つてきて当時の青年及び一般知識階級を無気力、虚無的な状態に陥らせた。青年論の起つてきたこともさういふ事情に原因した。(中略)しかし、今日、大東亜戦争下にた丶されてゐる我々は、青年も含め、最早や無気力でゐるなどといふ生活を許されなくなつた。(中略)青年達は今では、何よりも国家意識に覚醒してゐる。しなければならなくなつた。少し以前までは、自分の存在といふことがその心持を充してきた。しかし、今日では、自分は民族の一分子であり、その中に包含された形での国家的存在といふことが最も大きな関心事となつた」と論じている。つまり、板垣によれば、〈青年〉は、「国家」のために「無気力」でいることをやめ、「自分」を「国家的存在」として認識するようになったということだ。

阪本越郎「青年の名誉について――若き学徒に与ふ――」(第一八巻第三号、前掲)では、「今までだらだらしてお茶を飲んだり遊んでばかり居た学生達が、真剣な面持で機械油によごれた作業服をきて出てくるのをみると、私は「すまない!」といつて手を握りたいやうな気さへする。(中略)前には勤労奉仕といふことは、学生たちにぴつたりしてゐなかつたかのやうである。学科の外に勤労奉仕を課して強制的にやらしたといふことが、青年を奮起させなかつたのである。それが国家のために有用である、国民全体のためにどうしてもやつて貰はなければならぬ、といふ目的が分明になり、責任が与へられゝば、日本の青年は皆奮起するに決つてゐる。何故なら全体のために奉仕するといふことは、我が国の美しい伝統精神であるからである」と、以前は「だらだらして」いた〈青年〉が「国家のため」という「目的」が明確になったことで、「全体」への「奉仕」に「奮起」したことが述べられている。

佐伯郁郎は、「青年と読書」（第一七巻第一〇号、一九四一年一〇月）で、「従来」通りの「個人本意の読書論に終わらせないために、「今日に於いて要求される読書の態度は如何なるものであるか」を問い、「それは青年が民族の一人として、民族の運命を分担する一人として、国家のために大小深浅を問はず何等かの意味で寄与し得るやうな国民となるための読書である」という答えを出している。ここでも、〈青年〉は、「国家」に「寄与し得る」存在となることを要求されているが、佐伯によると、そのための方法の一つが、「読書」だということだ。

このように、一九四〇（昭和一五）年前後の『若草』誌上においては、「自分」のことばかり考えている「空想」的な〈青年〉ではなく、「国家」や「民族」に「奉仕」する「全体主義」的な〈青年〉となることが、様々な角度から主張され、また実際にそのような〈青年〉たちが登場してきたことが語られている。

## 2　『若草』投稿者の反応

では、こうした〈青年〉言説に対して、『若草』の読者たちはどのような反応をみせたのか。まずは、読者の投稿が掲載される「座談室」欄の記事を取り上げることにする。同欄には、例えば、「「欧洲新情勢と青年」来るべき世界は今や日本を指導力として更生するであらうと断見《ママ》出来得る秋、青年の覚悟をより一層引締る論文であつた」（七条淳一、第一七巻第一〇号、一九四一年一〇月）、「「新しき糧」に於ける一つ〳〵の問題を私達はよりよく味はねばならないと思ひます」（章亜黄、第一七巻第一二号、一九四一年一二月）、「若草の毎月の特輯は今月最も重要な問題を取上げてゐて欣ばしい民族《ママ》のうちに反省し、生き、死ぬる可きだと青年に説く室伏氏、国民の教養を叫ぶ佐伯氏の論も共に熟読さるべきだが、就中古谷氏の「青年と趣味」に深く共感した」（高森暁、第一七巻第一二号、前掲）等、『若草』に掲載された〈青年〉論に対する共感や賛同を示した記事が見られる。

また、「近頃の若草がつねにわれわれ青年の行く手を指導するに心掛けてくれるのは、非常にいゝ。翼賛文化の最右翼誌として、われわれは本誌をテキストとして学ぶ農村青年である」（岡島慎五郎、第一七巻第三号、一九四一年三月）、「久し振りで見た若草は、時局下に生きて行く若者には、なくてならぬ指導雑誌であることが判然と胸をゆすります」（武田武彦、第一七巻第七号、一九四一年七月）、「若草こそは、われら青年大衆の心を最も明確に明日へと指導してくれる誌だ」（生江龍夫、第一七巻第八号、一九四一年八月）等、『若草』を〈青年〉の「指導雑誌」として捉えるものもある。

あるいは、「文は人なり、僕ら青年は最早、生活に蒼白いインテリの殻をくつつけた作家は信用しないことにしてゐる」（川端賢二、第一七巻第三号、前掲）、「青白い文学青年気質なんて吹つ飛んで無くなれ」（筧田亜基良、第一七巻第五号、一九四一年五月）のように、『若草』誌上の〈青年〉論に重なるような主張をしているものもある。このように、『若草』の投稿者たちは、同誌掲載の〈青年〉論に対して、概ね賛同的な態度を取っていることが確認できる。そして、このことと連動するように、『若草』の投稿詩欄には、それらの〈青年〉論が提示したような〈青年〉を描く詩が現れるようになる。次にその例の一つとして、宮川哲夫「屋上の詩」（第一八巻第四号、一九四二年四月）を引用する。

ひとりの屋上は、冬の風が冷たい。清潔な風が冷たい。私は毎日《ママ》　屋上にのぼつた。ひたひたと、心の底まで朝の空気に浸るために。コツコツコツ。何時も私の靴の音だけが、愉しく聞えて、訳もないのに嬉しかつた。ひとりの屋上は、嬉しかつた。

なつかしい富士を仰ぎ、藍色の、秩父の連山が、みづゐの様に眺められた。頭上高々と晴れたすみれの空。そらには、白色の太陽がゐた。いづれも身近な景色であつた。さうして東京の街々は、黒々とつつましく屋上から一日に見えた。一日。それらの家家には、日章旗が立てらて《ママ》あり、真実涙ぐましい事もあつた。ああ、それは、あくまでも謙虚な眺めであつた。

屋上では、いつでも私は、ひとりであつた。ひとりでコツコツと歩いてゐた。黙つて私は思索した。私の頭は澄んでゐた。屋上ではいつも澄んでゐた。私の思想は明るかつた。

今日も私は屋上にゐる。街のアドバルーンみ《ママ》つめてゐる。〝屠れ米英我らの敵だ〟紅いアドバルーンの文字である。私のまなこはうるんでゐる。文字をみつめてうるんでゐる。（二十一歳。私もいよいよ兵士である）戦ひに立つ日を数へつつ溢れる涙を抑えつつ、コツコツ私は屋上を歩いてゐるのだ。

　ひとりの屋上は寂かである。

　ひとりの屋上は清浄である。

右の詩では、「毎日」、「ひとり」で「屋上にのぼ」る「二十一歳」の〈青年〉の姿が描かれている。ここで描かれる〈青年〉像の特質について考える上で注目したいのは、「ひとり」という言葉である。「ひとりの屋上」、「ひとりの屋上は、嬉しかつた」、「屋上では、いつでも私は、ひとりであつた」とあるように、この〈青年〉は「ひとり」でいることを愛しており、そうした「ひとり」の時間に「思索」することを好んでいる。詩の舞台として設定されている「屋上」は、このような〈青年〉の心の在りようを象徴するものとして捉えることができる。そして、この詩は、そのような〈青年〉の内面に起きた変化を描き出している。第二聯では、「一日。それらの家家には、日章旗が立てらて《ママ》あり、真実涙ぐましい事もあつた」とあり、〈青年〉の中でナショナルな心情が高まり始めている様子が読み取れる。そして、決定的なのは、第四聯である。ここで〈青年〉は、「屠れ米英我らの敵だ」という「アドバルーンの文字」を「みつめ」ながら、「兵士」として「戦ひに立つ日を数へ」ている。つまり、〈青年〉は、自分「ひとり」だけの「思索」を捨て、「米英」を「屠」ろうとする「我ら」を主語とする思考の方へと傾いているのだ。このような転換は、先に見た『若草』掲載の〈青年〉論で繰り返し語られていた、「自分」のことだけを考えていた〈青年〉が、「国家」への帰属意識に目覚めるという変化と重なっている。そして、同様の傾向を示す作品は、投稿詩欄に多く見出される。

　例えば、太平洋戦争開戦後、最初の投稿が掲載されたと考えられる第一八巻第三号[*3]（一九四二年三月）には、「朝が来た／皇紀二千六百二年の輝かな朝！／既に吾等は起ち上つてゐる／旗をふり剣をかざし／無造作に命をなげ出してゐる」（若林のぼる「皇紀二千六百二年」）や「戦争――／さうして戦争よ　僕の軍装は黄金虫のやうに凛々しい　新らしい地球儀に凭れて眠る母の白い寝顔に訣別の挙手をするとき――」（木賊達夫「挙手」）のように、「国家」のために立ち上がる〈青年〉の姿が描かれている。

　また、この他の号を見るならば、笠原環「征く日に」（第一九巻第四号、一九四三年四月）では、「ガラスの様にこはれ易い感傷を捨てたら僕は力一ぱいたちあがる。／／鏡の中で僕の瞳は星のやうに澄み僕の磁針はひたすら南海の雲を夢みる。／今こそ　今こそ　貧しい僕の青春画布を大いなる御旗のもと　屻られたカンナの紅で飾らうと。」と、弱々しさを感じさせる「こはれ易い感傷」を「捨て」去り、「力一ぱいたちあが」って出征していく〈青年〉の姿が描かれている。

また、積田太郎「灯の街」（第一七巻第三号、一九四一年三月）では、「青白い額にメランコリー／を貼つた不死鳥。／都会のあわただしい／叫喚にもまれた／青い知性。ただれた生活。／高山植物のやうに／端麗な青年たちよ。／綿のやうに／疲れたアスファルトの／思考を棄てよ。／おゝあんなにも／弱弱しい腰骨を支へる／細いイデーが歩いてゐるよ。」と、先に取り上げた板垣直子の評論で言及されていた「廃頽思潮」に影響されて「無気力、虚無的な状態に陥」ったひと昔前の〈青年〉を思わせる「都会」で「ただれた生活」をする「高山植物のやうに／端麗な青年たち」を批判的に描き出している。

このように、『若草』投稿者たちは、同誌掲載の〈青年〉論に対する共感を示しており、投稿詩欄には、それらの〈青年〉論が提示する新しい理想的な〈青年〉イメージを組み込んだ詩が多数掲載されていた。しかし、興味深いことに、実は、『若草』の投稿詩には、それとは異なる〈青年〉の姿を描いた作品も多く見られるのだ。

## 3　非「全体主義」的な〈青年〉たち

まず森道之輔の「野望」（第一六巻第九号、一九四〇年九月）という詩を引用する。

教室の窓から海の見えることが、
僕にとつて必ずしも幸福ではないだらう。

爽やかな朝に機械学の講義が始められると
港の方で鉄骨がかんかん、ろんろん
とあれは汽船の呟呷であるね。
すると僕の感覚は美しい人に浸潤されちやふ。
没法子《メイファッ》。もう講義なぞきこえない。
悪童みたいなふてぶてしさで。
ノオトに山之口獏《ママ》の詩ら《ママ》く書したりする。
〈非常時局に於ける工業人の使命〉
いかめしい演題で、機関銃のやうな
プロフエッサーの講演のあつた日。
そんな詩人は隅つこでひどく惨めだつたつけ。
東西の戦争を思ふと沸る泪こぼれた。
しかし——いま尚。
機械の軋むやうな生活に反逆して、
僕はひたすら詩を野望しようとする。
教室の窓から海が見えることは、
僕にとつてやはり不幸であるに違ひない。

右に引用した詩では、「非常時局」ということを声高に叫びつつ、「全体主義」化していく社会の空気について行けず、教室の「隅つこでひどく惨め」な気持ちを抱いている「僕」が描かれている。確かにこの「僕」は、「東西の戦争を思ふと沸る泪こぼれた」というように、全くの反戦的立場を取っているわけではない。だが、「しかし――いま尚。／機械の軋むやうな生活に反逆して、／ひたすらに詩を野望しようとする」とあるように、「僕」の心をとらえているのは、「国家」への帰属意識ではなく、自らの「詩」の問題である。そして、ここで興味深いのは、作品中にあらわれる山之口貘の名前だ。もちろん「僕」が「らく書」している「詩」が、山之口のどの「詩」なのかを特定することは不可能だが、戦時下の社会への違和感ということでいえば、「戦争が起きあがると／飛び立つ鳥のやうに／日の丸の翅をおしひろげそこからみんな飛び立つた／／一匹の詩人が紙の上にゐて／群れ飛ぶ日の丸を見あげては／だだ／だだ　と叫んでゐる／（中略）／だだ／だだ　と叫んでゐるが／いつになつたら「戦争」が言へるのか／不便な肉体／どもる思想」とある「紙の上」[*4]が思い浮かぶ。「野望」の「僕」は、「紙の上」の「詩人」が、「みんな」と同じように「戦争」と言えずに「だだ」と「ども」り続けているように、自らの「詩」の問題を至上のものとするが故に、「非常時局」を理由に全てを「国家」に捧げようとする社会に馴染めずにいるのだ。いわば、「野望」における「僕」とは、「詩」が体現する〈個〉の領域を「国家」という「全体」性に譲り渡すことを拒む〈青年〉だといえる。この詩は、前節で引用した詩に比べると、比較的早い時期に発表され、太平洋戦争開戦以前のものではあるものの、日中戦争が泥沼化し、大政翼賛会結成前夜ともいうべき時に、こうした厭戦的ともいえる詩が掲載されていることは興味深い。

このように森道之輔の「野望」の「僕」は、前節で見たような、「国家」への帰属意識に目覚めていくような〈青年〉とは異なり、むしろ『若草』掲載の〈青年〉論において批判されていたような非「全体主義」的な〈青年〉だといえる。そして、この他にも、『若草』投稿詩欄には、同誌の〈青年〉論の論調とは相容れない〈青年〉を描く作品が見られるのだ。

例えば、先にも見たように、太平洋戦争開戦後、最初の投稿詩が掲載されたと考えられる第一八巻第三号（一九四二年三月）には、「既に吾等は起ち上つてゐる／旗をふり剣をかざし／無造作に命をなげ出してゐる」（若林のぼる「皇紀二千六百二年」）のように、「国家」への「奉仕」に邁進する好戦的ともいえる〈青年〉を描いた作品が並んでいるが、その中に一つ、「冬」というやや異質な作品が含まれている。この詩には、「わたしは――／障子のやぶれた／小さく切つたセロハン紙を貼り／その穴から　もう一度／疲れた瞼をすり寄せて／あてもなき人の世に就いて考へた。」という一節があるのだが、ここからは、その他の詩に見られる勇ましい〈青年〉とは異なり、自室に閉じこもり、「あてもなき人の世に就いて考へ」ているような内向的な〈青年〉のイメージを読み取ることができる。このような〈青年〉のイメージは、『若草』掲載の〈青年〉論で批判されていたような、「無気力」で「虚無的」な〈青年〉のそれと重なるものだといえる。

また、瑞葦さよ「海」（第一八巻第一一号、一九四二年一一月）では、「――もう御手紙下さいますな／四囲が暮色に染つた時、私の孤独性は今日も亦私を海へ招いた。戦争も平和も一色の碧いなげきの底に沈んでしまつてゐる。誰かの切ない告白は私の胸に長い絹針をさして呉れた。」と、おそらくは恋愛に関するものと考えられる悩みを抱えた「私」が悲嘆にくれる様が描かれるが、「戦争も平和も一色の碧いなげきの底に沈んでしまつてゐる」とあるように、その悲しみは、「戦争」や「平和」という「国家」的事象よりも、より大きな意味を持つものとして意識されている。『若草』誌上の〈青年〉論では、こうした個人的な問題に心を奪われることから脱却し、〈青年〉は、より高次の、「国家」や「民族」の問題と向き合うべきだと主張されていたが、「海」における「私」は、そのような〈青年〉像とは大きくずれてしまっている。

あるいは、塩田満留雄「渚にて」（第一八巻第八号、一九四二年八月）では、「暮色漸く深い渚である。渚には砂丘が、砂丘には感傷を埋める長い沈黙の時間がある。（中略）渚はしづかに眠つてゐる。浜木綿の淡さにひとひらの夢を秘めて、私はひとり砂に臥よう。」と、「ひとり」で「砂丘」に寝ころび、個人的な「感傷」にふける「私」が描かれるが、このような〈青年〉は、先の板垣直子の評論で否定されていたような「空想的な陶酔や、哲学的な漫歩」に現を抜かし、「国家的存在」としての自覚を持てないでいる〈青年〉だといえる。

このように『若草』の投稿詩欄を見ていくと、同誌上で盛んに論じられていた〈青年〉論の論調とは一致しない〈青年〉の姿を描く作品が数多く掲載されていた。では、『若草』投稿詩欄のこうした傾向をどのように理解すればよいのだろうか。次節では、この点について投稿詩欄の選者であった堀口大學が果たした役割という視点から、別の雑誌等で〈青年〉の投稿詩の選者を務めていた百田宗治の場合と比較を交えながら考えてみたい。

## 4　選者・堀口大學の役割

堀口大學が『若草』投稿詩欄の選者を務めていたのは、第五巻第一号（一九二九年一月）〜第五巻第一二号（一九二九年一二月）、第八巻第一号（一九三二年一月）〜第八巻第一二号（一九三二年一二月）、第一一巻第一号（一九三五年一月）〜第一二巻第一二号（一九三六年一二月）、第一四巻第一号（一九三八年一月）〜第一九巻第一一号[*5]（一九四三年一一月）にかけての時期である。投稿詩欄の選者のうちで、最も長くその任についていたのは堀口であり、『若草』の投稿詩には、堀口の影響が色濃かったと考えられる。[*6]その中でも、本稿で主に扱っている第一六巻（一九四〇年）から第一九巻（一九四三年）までの時期は、全て堀口の選にかかる詩が掲載されていたのであり、前節までに考察した投稿詩の傾向には、堀口の選択の基準が大きく作用していたと推測される。では、堀口の選者としての態度や方針はいかなるものだったのだろうか。まずは、堀口の「若き詩人に与へる言葉——詩欄の選者として——」（第一七巻第二号、一九四一年二月）というエッセイを手がかりにして考えてみる。堀口は、「どんな詩を書いたらいいんでせう?」という質問に対して、いつも次のように答えたという。

——君が書いてみたいと思ふ詩を書き給へ。それが君の詩だから。《ママ》」

詩は愛好だ。自分の個性を怖れてはいけない。皆が東へ向つて走る中にあつて、西へ向つて走り出したくなる自分を歎いてはいけない。君はこの自分の愛好を尊ばなければいけない、いつくしみ育てなければいけない。自分の愛好に勇敢であれ。自分の愛好に専らであれ。脇目をふるな。すべてを愛する心なんか、何ものをも愛しない心でしかない。自分の愛好に合致しないものは憎む激しさを持たなければいけない。詩は気むづかしい神だ。この神は傾倒を要求する。灼熱か然らずんば凍結、微温はこの神の気候ではない。

ここで堀口は、過剰なまでに「自分」の「個性」や「愛好」にこだわることを強くすすめている。堀口にとって、「個性」や「愛好」は、よい詩を書く上での不可欠の要素だったのだ。ただし、堀口は、右の引用の後の部分で、「挙国一致総力戦下の今日では、これに重要な修正を必要とする。それは個としての詩人の意志と、総体としての国家の意志とを一致させることにある。／詩がその本質上極めて個人的なものであることは疑ひを容れない。この点は何時になつても変らない。然し詩はまた他面極めて人間的な普遍性をも備へてゐるものなのである。（中略）一詩人の個性の拡充と追及が、全体を代弁する結果にもなり得るのである」と、「総力戦」体制下においては、「個性」から出発して、「全体」に到る必要があることも説いている。この時の堀口の本意が、どのあたりにあったのかを判断することは、非常に難しいが、少なくとも堀口の詩に関する認識の根幹に、右に見たような「個性」に対する極めて強いこだわりがあったことは確認しておきたい。

また、堀口のこのような姿勢は、『若草』投稿詩欄の選評「選者の言葉」にもあらわれている。例えば、「今月一番目について、そして厭だつたのは、不正直な詩の多いことだつた。言葉だけ（それも自分のものならまだしも、あちらこちらから掻き集めて来た他人の言葉、出来合ひの言葉だけ）で綴り上げた詩が意外に多いことだつた。こんな習練は何年やつたところで詩は上達しない。却つて人間が下等になるだけだ。下手でもいい（下手はやがて上手になる）から、自分の詩を書き給へ、自分の言葉で自分の思ひを述べ給へ。其所に初めて詩は生れるのだ」（第一七巻第一一号、一九四一年一一月）や、「このごろ、心にもない、つけやきばの、言葉だけの口先詩を寄せたり、また、心にはあつても、実に幼稚な、平凡な実感を、蕪雑な文字に描いて寄せたりする寄稿家の数が、目に余つて多くなつたが、これは全く無駄だ」（第一九巻第五号、一九四三年五月）と述べている。つまり、堀口にとって良い「詩」の一つの条件とは、「自分の言葉で自分の思ひを述べ」ていることだったといえる。

このように堀口は、「個性」を一つの評価軸として、投稿詩の選定を行っていた。先に見たように、『若草』投稿詩欄には、同誌に掲載されていた〈青年〉論の論調とは相容れないような〈青年〉の姿を描いた作品が数多く掲載されていた。そのことの要因の一つに、こうした堀口の選定基準があったと考えられる。つまり、堀口は、仮に、ある作品が当時批判の対象とされていたような非「全体主義」的な〈青年〉を描いていたとしても、むしろそれ故に書き手の「個性」のあらわれとして評価し、優秀な作品として、投稿詩欄に掲載していた可能性が考えられるということだ。

しかし、このことは、必ずしも堀口が積極的に反戦や抵抗といった態度を意図的にとっていたことを意味するわけではない。先の「若き詩人に与へる言葉」で、「個としての詩人の意志と、総体としての国家の意志とを一致させる」必要があると述べられていたように、一見、当時の〈青年〉論の傾向に反する〈青年〉を描いた詩であったとしても、それもまた「全体」へと到る「個性」の一つの形として認識されていた可能性は十分にある。ただ、仮に堀口の意識の中で、「個性」から出発して「全体」へ到るという論理が成立していたとしても、例えば、先にみた森道之輔の「野望」のような作品に、積極的に「国家」に「奉仕」しようとする〈青年〉の姿を読み取ることは難しいだろう。つまり、そこにいかなる論理が働いていたとしても、堀口が書き手の「個性」を重視して詩の選定を行ったことは、結果的として、『若草』の投稿詩欄に、「全体主義」的〈青年〉とは異なる〈青年〉の姿を描く詩が掲載されることを可能にする上で役立っていたであろうということだ。そして、こうした『若草』投稿詩欄の傾向は、同時代に、百田宗治によって選ばれた〈青年〉たちの投稿詩の場合と比較すると、より明確になる。

百田は、『若草』第一八巻第四号（一九四二年四月）掲載の評論「勤労青年と詩」で、自身が〈青年〉の詩の選者を務めた経験をもとに次のように述べている。

今日ほど吾々の間に共通の一つの「言葉」の求められる時はない。そして一億人のどの一人にもこの共通の「言葉」を（共通の感動を）呼びかける資格があるのだ。勤労を通して、職域を通してその自分の言葉をはつきりと、よどみなく示して欲しい――これが私の希望である。

右の引用で百田は、「共通の「言葉」」の必要性を強く訴えている。誰にでもこの「共通の「言葉」」を「呼びかける資格がある」として、「自分」の、いわば〈個〉的な「言葉」が、「共通の「言葉」」という「全体性」へと到達し得る可能性を示唆している点では、先にみた堀口の主張と重なるものだといえる。しかし、堀口が強く「個性」を求めているの対し、百田の場合は、どちらかといえば「共通」性の方に重点を置いているように考えられる。この差異は、極めて微細な差異であるように思われるが、この二人の選者が選ぶ作品は、大きく異なっている。

百田は、一九四三年二月に厚生閣より『青年詩とその批評』という〈青年〉の投稿詩を集め、その一篇一篇に評言を加えた詩集を刊行している。同書の「序」には、「ここに収めた作品は私の選に当つてゐるつぎの四つの雑誌――／『青年』（大日本青少年団）／『大和』（鉄道省）／『産報会々報』（東京計器製作所）／『月刊文章』（厚生閣）／に掲載したもののなかからあらたにえらび直し、評語もまたあたらしく作品を検討した上で書き下ろしたもの」とある。

では実際に百田に選ばれた詩は、どのようなものだったのか。例えば、井野賛平「くわんづめ」では、「新兵さんらの会話は／ここの市《まち》の訛りをもち、／曾ては　みんな／このあおじろい　都会のわかものであつたのだ。／「なに食うとんのか　暗うて　さつぱりわからん……」／などいひあひながら、／ごンぼ剣（銃剣のこと――引用者注）でぶッ裂いたくわんづめのなかのものを、／はんがうの底のめしつぶといつしよに／かッこんでゐる。」と、以前は、「あおじろい　都会のわかもの」であった〈青年〉たちが、たくましい「新兵」へと成長した様子が描かれている。また、同じ作者・井野賛平による「少年旋盤工」は、〈青年〉ではなく〈少年〉を描いたものではあるが、「仕事、青年学校、家庭、それらの年齢をオーヴァーした荷重が、／いたいけに尖つた肩に負つてはゐる。／けれどもかれは勁く、明るく、朗らかなのだ。／（中略）／「ぼくたちは国家の若葉だ。／民族の芽だ。／ぼくたちの健やかな成長は／やがて逞しい国家の伸展、民族の繁栄だ。」／かれは絶えす《ママ》胸のなかでこのやうな宣言をくりかへしてゐるのだらう。／曾てこの機械と偕に成長した幾人かの先輩青年の　大陸の黎明に／武装して起つ雄々しい姿を想起しながら。」と、自らを「国家の伸展、民族の繁栄」の原動力と位置づけ、兵士として「大陸」へと渡った「先輩青年」に憧れる「少年」を描いている。これらの詩が描き出す〈青（少）年〉の姿は、『若草』誌上の〈青年〉論が提示していたような、「国家」的意識に目覚めた〈青年〉像と重なるものであり、堀口によって選ばれたいくつかの詩に見られた非「全体主義」的な〈青年〉のイメージとは、異なっている。

このように、「個性」から出発して「全体」へと到るという一見同じような論理のもとに投稿詩の選定を行っているように思える堀口と百田だが、二人が選びだした作品には、大きな隔たりが認められる。そして、より「個性」を重視しようとする堀口の選者としての姿勢が、『若草』投稿詩欄に、非「全体主義」的な〈青年〉を描いた詩が掲載される一つの要因となったと考えられる。

## おわりに

一九四〇（昭和一五）年頃を境として、『若草』には、〈青年〉に関する記事が急増した。その背景には、新体制運動の中で、〈青年〉が社会的に注目されるようになったことがあった。そして、そのような〈青年〉をめぐる社会的状況の変化は、新たな理想的な〈青年〉像を生み出すことになった。『若草』誌上においても、理想の〈青年〉についての評論が数多く掲載され、「自分」のことだけを考える〈青年〉から「国家」への帰属意識を強く持つ「全体主義」的な〈青年〉への転換が提唱された。『若草』投稿欄には、これらの〈青年〉論に同調する短信が寄せられ、またそうした〈青年〉論が提示する〈青年〉像をなぞるような投稿詩が掲載された。しかし、その一方で、『若草』には、「国家」ではなく、個人的なものを優先する〈青年〉を描く投稿詩も数多く掲載されていた。その要因の一つには、堀口大學の選者としての姿勢があったと考えられる。堀口は、書き手の「個性」を重要な評価の軸とした。それ故、同時代の〈青年〉論とは相容れないような〈青年〉を描いた詩も、むしろ一つの「個性」のあらわれとして評価され、優秀な作品として投稿詩欄に掲載されることになったと推測される。

## 注

1——〔　〕の中は、特集に収録された個々の記事の執筆者およびタイトル。以下同じ。

2——松本和也「戦時下の青年／言葉の分裂——『新ハムレット』」（『昭和一〇年代の文学場を考える——新人・太宰治・戦争文学』二〇一五年三月、有斐閣）三一三頁。

3——この号の堀口大學「選者の言葉」には、「今月、大東亜戦争は、ありありと応募詩に投影した」とある。この号以前に堀口は「大東亜戦争」に言及していない。

4——山之口貘「紙の上」（『改造』第二一巻第六号、一九三九年六月）。

5——戦中最終号の第二〇巻第一号の選者名は記載されていないが、堀口であった可能性は十分に考えられる。

6——小平麻衣子「『若草』における同人誌の交通——第八巻読者投稿詩について——」（『語文』第一五二号、二〇一五年六月）によると、『若草』投稿詩欄における堀口の影響力は大きく、「〈堀口大学派〉を自認する投稿者の詩」には、「イメージ」や「語彙」の面で、堀口作品との共通性が見られるという。

# 「女性」の眼差しと「大戦争」の行方——太平洋戦争開戦時の太宰治の作品から

島村　輝

## 1　太平洋戦争開戦時の太宰治の短篇群

一九三一（昭和六）年九月の満州事変に始まる、アジア・太平洋地域を舞台とした日本の十五年に及ぶ戦争は、一九四一年一二月八日の太平洋戦争開戦を機に、その最終ステージへと足を踏み入れた。この開戦にあたって、太宰治はそのことと関連が指摘されるいくつかの短編を集中的に書いている。「十二月八日」（『婦人公論』一九四二年二月）、「律子と貞子」（『若草』一九四二年二月）、「待つ」（一九四二年一月脱稿。『女性』同年六月、博文館に初出収録）がそれらにあたる。

長女が生まれた昭和十六年（一九四一）の十二月八日に太平洋戦争が始まった。その朝、真珠湾奇襲のニュースを聞いて大多数の国民は、昭和のはじめから中国で一向はっきりしない○○事件とか○○事変というのが続いていて、じりじりする思いだったのが、これでカラリとした、解決への道がついた、と無知というか無邪気というか、そしてまたじつに気の短い愚かしい感想を抱いたのではないだろうか。その点では太宰も大衆の中の一人であったように思う。[*1]

太宰の妻・津島美知子がこう回想しているように、これまでこれらの作品群は、太宰の文学のなかで、特に注目を浴びてきたわけではなかった部類に属するだろう。単に妻であるというばかりでなく、口述筆記者として、太宰のもっとも身近にあった理解者とされている彼女でさえもこのように記しているほどであり、実際これらの作品も、読みようによっては、開戦時の国民一般の意識を素直に反映させている小品、とも読めるような書き方がされていることは間違いない。

しかし、テクストの隅々を分析しながら精読すると、これまで読まれてきたような内容とは大きく違った、登場人物の考え方や行動、作品全体のテーマに結びつく構図が浮かび上がってくる。とりわけ女性一人称の語りを採用した「十二月八日」「待つ」、戦時下における女性の縁談という題材を扱った「律子と貞子」の三作品は、それぞれ極めて意識的に構想された、テクストの戦略に基づいて書かれているように思われる。開戦の約半年後、女性一人称の語りによる作品を集めて刊行された『女性』は、発表時の時系列に従わず「十二月八日」を冒頭に、また特に、雑誌の依頼によって執筆した作品が「時局に合わない」という理由で掲載されず、お蔵入りとなっていた「待つ」を敢えて巻末に置いているが、そのことにも、それに関連する意味があったに違いない。

また『女性』が刊行された丁度そのころ、太宰は『文藝』（一九四二年五月）に「花火」を掲載するのだが、この「花火」は発行直後に当時の検閲側から全面削除を命じられ、結果としてその分だけページを切り取って販売される結果となった、幻の作品であった。

「待つ」と「花火」は、当初掲載を拒否されたり、あるいは発行した段階で削除を命じられたりという経緯をとったということもあって、比較的論じられることの少ない作品であったといえる。しかしこれらの作品を精読すると、それらは非常に緻密な構成上の戦略がとられたうえで書かれた作品であるように思われるのである。本稿では、これらの作品を読み解きながら、太平洋戦争開戦時の太宰の屈折した心情と、戦争の行く末に向けた眼差しを明らかにしてみたい。

## 2　「こんな暗い道、今まで歩いた事がない」――「十二月八日」主婦の一日

太平洋戦争開戦の日の日付をタイトルとする本作は、これまで読解にあたって、評価が大きく分かれてきた作品である。大まかにいって、それは情勢が大戦争へとシフトしていく中、「抵抗か、迎合か」のどちらが表現されているものと読み取るかということであった。[*2]そうした研究史をふまえて、近年ではこの作品のテクスト自体に目を向け、そうした極端な読みの分化が生じる原因を、テクストの内包する語りの構造に求める考察が発表されている。[*3]

こうした読み取り自体は、作品の姿を捉えるうえで不可欠の、妥当な方向性を示しているといえるが、結果として「その評価の振幅の激しさがまさに文学者の手柄を物語っているのではないか[*4]」といった結論を下すのであれば、折角のテクスト構造の分析も、この作品、および前後する太宰の作品世界の姿を捉える上では、大事な落ち着きどころを避けて通ることになってしまっているといわざるを得ないだろう。テクストが「どうとも読めるように仕組まれている」ということと、そうではあってもさまざまな方向から分析を加えることで浮かび上がってくる文学的「真実」の在処とは、区別されなくてはならない筈である。それを浮かび上がらせる方法としては、この作品を単一に論ずるだけでは十分ではないと思われる。

この作品の語りの構造の大枠は、貧しい小説書きの妻が経験した、開戦の一日の日記記述ということである。もちろんこの小説書きは太宰自身を思わせるように作られており、日記の書き手としての妻や、夫妻の娘（園子）、その他の登場人物たちも、太宰周辺の実在の人物が参照されるように作られている。語りは常に小説書きの妻に

焦点化されているため、小説家の行動や言動はこの妻の視点を通じて描かれる。その他の出来事についても、それは同様である。

ところでこの語り手である妻の存在自体もまた、「十二月八日」というテクストの中に登場する一人物であるという点が、この作品の語りの構造の要であるといえる。妻以外のすべての登場人物は、妻の言説によって作中に定位される。妻の言説はそのように特権化されてはいるのだが、その妻もまたテクスト内の登場人物の一人なのであり、そうした人物をテクスト内に配置しているのは、理論上の仮設概念である「内包された作者」ということになる。このような理論構制のもとでこのテクストを読もうとするなら、地の文の語りを構成する妻（地の文の「私」）の言葉自体を、フィクショナルなものとして扱う必要が生じるわけである。本論文冒頭に引用した太宰の妻・津島美知子の回想が、いかに大多数の国民が開戦の日を無邪気に迎え、太宰もまたその一人であったように思うと述べているとしても、当然ながらこの作品を読むにあたって、それを額面通りに受け取ってはならないのだ。

「私」の主人である小説家は、怠け者でその日の生活も危ないくらい収入が少ない。「私」はくだらない話ばかりをする主人を馬鹿にしているふしもあり、大戦争が始まろうという情勢の緊張感は感じられない。その緊張感の無さは、ラジオからひっきりなしに流れる軍歌を聴いていて、「私」が噴き出すといったシーンにも表れている。古い軍歌まで流す「放送局の無邪気さ」にも触れている。そこに「好感を持つた」と記されているが、それは「国民の大多数の一人」としての作中の「私」の感想であり、出来事自体をどう読み取るかは読み手の側の立ち位置にかかってくるのである。

日本の綺麗な兵隊さん、どうか、彼等を滅つちやくちやに、やつつけて下さい。これからは私たちの家庭も、いろいろ物が足りなくて、ひどく困る事もあるでせうが、御心配は要りません。私たちは平気です。いやだなあ、という気持は、少しも起らない。こんな辛い時勢に生れて、などと悔やむ気がない。かへつて、かういう世に生れて生甲斐をさへ感ぜられる。かういう世に生れて、よかつた、と思ふ。ああ、誰かと、うんと戦争の話をしたい。やりましたわね、いよいよはじまつたのねえ、なんて。(「十二月八日」)

ここも読みようによっては、開戦で昂揚した「国民の大多数の一人」である「私」の言葉を借りて、非常に大胆なアイロニーを駆使していると読み取れる。ここだけではなく、実際にこのテクスト内に散りばめられた物資の欠乏や、身辺の人々の徴兵、灯火管制の実施などの記述は、その頃の日常であったとはいえ、事実の強い効果を発揮するように、日記に取り入れられているとみられる。

一つ一つ列挙していけばきりがないほどいたるところに見出されるこうしたアイロニカルな記述が続く中で、赤ん坊の園子を連れて銭湯に行った帰り道の部分は、異様に特徴的だ。

銭湯へ行く時には、道も明るかつたのに、帰る時には、もう真つ暗だった。燈火管制なのだ。もうこれは、演習でないのだ。心の異様に引きしまるのを覚える。でも、これは少し暗すぎるのではあるまいか。こんな暗い道、今まで歩いた事がない。一歩一歩、さぐるようにして進んだけれど、道は遠いのだし、途方に暮れた。(「十二月八日」)

この象徴的な記述から過剰な意味を読み取ることは慎むべきだとの考え方もある。しかし、これに続く、女学生時代に吹雪の中をスキーで突破したときのおそろしさの想起、しかもその時のリュックサックの代わりに、今背負っているのは何も知らない赤子の園子なのだという記述と併せて読み取ろうとするならば、この特別に目を惹く一節の解釈のためには、禁欲的にこのテクスト内に止まるのではない、別の方法が試みられて然るべきであろうと思われる。

迎合とも読めるように書くことは、この時期に時局を扱った作品を発表しようとするならば、避けて通ることができなかった道であろう。しかしその中に抵抗とも読めるような部分があると感じられればこそ、この作品は今も読むに足るとされるものになっているのではないだろうか。ただの時局迎合作品ならば、同時代の無数のそうした作品とともに、とっくの昔にこの作も朽ち果て、埋もれてしまったに違いない。そしてそこに抵抗の痕跡が見出されるのならば、そこに残された抵抗の姿を立体的に浮かびあがらせるような読み解きの道筋を見出してこそ、研究や批評は意義あるものといえるのではないか。大学新聞の求めに応じて執筆したが、掲載を拒否され、それでも単行本『女性』に、その掉尾を飾る作品として収録された「待つ」もまた、そうした大胆な読み取りが、あらためて求められる作品だと思われる。

## 3　「無くてならぬものは多からず、唯一つのみ」——「律子と貞子」と三浦君

本作に登場する三浦君は、十二月に大学を卒業してすぐに徴兵検査を受けるが、極度の近視眼のため丙種となる。律子と貞子の姉妹は、三浦君の遠縁にあたる旅籠の娘で、幼馴染の間柄である。作品の主眼は、三浦君が結婚相手として、この姉妹のどちらを選ぶか、その相談を持ち掛けられた語り手のアドバイスと、三浦君の下した結論にある。しっかり者の姉・律子に対して、妹の貞子は騒がしく、三浦君に会った晩は、彼に附き切りで話しかけるような娘である。

貞子は丙種合格で兵隊にはなれなかった三浦君を「世間に恥ずかしい」「可哀想」などと表面上は非難しているが、読んだ三浦君が少々閉口してしまうほどの感傷的な、甘い内容を綴ったなぐさめの手紙を送っている。三浦君が姉妹の家に泊まった晩、貞子は彼に次のように語っている。

兄ちやん、少し痩せたわね。ちよつと凄味が出て来たわ。でも色が白すぎて、そこんとこが気にいらないけど、でも、それでは貞子もあんまり慾張りね、がまんするわよ、兄ちやん、こんど泣いた？　泣いたでせう？　いいえ、ハワイの事、決死的大空襲よ、なにせ生きて帰らぬ覚悟で母艦から飛び出したんだつて、泣いたわよ、三度も泣いた、（略）あたし夢を見たの、兄ちやんが、とつても派手な絣の着物を着て、そうして死ぬんだつてあたしに言つて、富士山の絵を何枚も何枚も書くのよ、それが書き置きなんだつてさ、をかしいでせう？　あたし、兄ちやんも文学のためにたうとう気が変になつたのかと思つて、夢の中で、ずゐぶん泣いたわ、（「律子と貞子」）

「ハワイの事」とは無論太平洋戦争開戦時の真珠湾奇襲攻撃のことである。貞子はこの「決死的大空襲」に「三度も泣いた」と言っている。「生きて帰らぬ覚悟」で飛び出した飛行兵たちへの想像が、彼女の涙を呼んだものである。戦争が命懸けであることを彼女は鋭い感覚でとらえている。

とめどなくしゃべり倒す彼女の言葉からは、三浦君への切実な好意も伺うことができる。丙種であったことをあれこれ非難してはいるが、それはあくまでも当時の状況の建前ということがあり、本心は三浦君に兵隊となって遠方にいったり、死んだりしてほしくはないということが示されている。自分が徴用にとられて遠くに行くようになっては、三浦君と逢えなくなるのでつまらない、との言葉からも、そのことは汲み取れる。またもし三浦君が徴兵検査の結果兵隊として駆り出されるようなことになれば、命を落とす可能性も出てくる。富士山の絵の夢は、三浦君が兵隊となり、命懸けで戦争に加わらなければならなくなることへの不安が隠しようもなく表れていたといえる。

戦争が続く限り、国民は心の中で自分や家族、親しい人などがいつ召集、徴用されるかもわからぬ不安や恐怖を抱えながら日々を過ごすこととなる。それをはっきりと口に出していうまでにはそのことへの認識が対象化されているわけではないだろうが、貞子は感覚的にそれを敏感にとらえていると思われる。貞子は自分の感情を率直に表に出す性格をしている。その貞子がずっと三浦君に附き切りでいたことは、口に出せない戦時下の不安を抱きながらも、三浦君といられる時間を少しでも大事にしようとする気持ちの表れであった。

これとは対照的に、しっかり者の姉・律子は、旅館の朝食に付ける味噌汁の豆腐の調達のこと、見送りのためのバスへの同乗を逡巡することなど、日常のことに気が回り過ぎる人物に描かれている。結局はバスへの同乗に踏み切る成り行きなどからみて、三浦君への気持ちが、貞子に較べて軽いと断言することはできないが、貞子の率直さに較べると、余計な遠慮や気働きが過ぎるような印象に描き出されている。

この二人のどちらと結婚するか、その意見を求められた際、「私」は迷わず「無くてならぬものは多からず、唯一つのみ」という聖書の言葉を読ませている。「私」の意見は、まさに三浦君への思いという「唯一つ」のことを大事にする貞子を選ぶようにというものであった。その背後に、戦時下の生活への不安を貞子が敏感に感じ取っていることへの「私」の同感があることは、容易に読み取れる。

しかしこの物語にとって重要な点は、三浦君が、結果として貞子ではなく、律子を結婚相手として選び取ったということにある。三浦君としては、丙種で兵役を免れたことは、太平洋戦争へと踏み込み、一層深刻化した戦時情勢のもとでも、ともかく取りあえず前線に出ることを免れる立場となったことを意味するだろう。戦時下の漠然とした不安は無いわけではなかろうが、より目前の問題として、生活のなかで、夫婦としての毎日の暮しのパートナーとして、「唯一つ」の貞子と、「しっかり者」の律子のどちらを選ぶのか、という選択をしなければならないということになる。そして多くの場合、人は「漠然とした将来の問題」より「目前の問題」に即して判断を下しがちなものなのである。

またそこからは、戦時下にあって「良縁」を求めようとする女性たちの、具体的な「結婚」という事柄に対する振舞いかたが、意識的にせよ、無意識にせよどのような形をとるのか、それがどのように受けとめられるのかという問題も浮上してくる。それを踏まえるならば、次に扱う「待つ」の主人公の振舞いの特異性は、一層はっきり際立ってくるといえるだろう。

「私」は三浦君からの「実に案外な手紙」に対して「義憤に似たもの」を感じ、彼が「結婚の問題に於いても、やっぱり極度の近視眼なのではあるまいか」と慨嘆して見せる。「私」は三浦君の選択が間違いであると思っているわけだが、テクスト全体の遠近法的構造としては、それが世間には大いにあり得る判断であろうことも示されていると読める。発表媒体である『若草』という雑誌の性格、編集上の特色もあり、戦時下の一つの縁談の帰趨を描いた、軽い読み物のようなタッチをとっているが、究極の価値か、目前の問題か。末尾の問いかけも含めて、この作品は戦時下の太宰の心中の葛藤と、世間の戦争への受け止めの乖離、そして彼の孤独と当惑を、読者に突き付けているのではないだろうか。

## 4 「省線のその小さい駅に、私は毎日、人をお迎えにまゐります」――娘の「待つ」もの

「待つ」は本のページ数にして三頁にも満たないほどの小品である。津島美知子の回想には、

コント「待つ」の初出誌は長い間わからなかった。これが「創作年表」の「昭和十七年三月号、コント、京都帝大新聞六枚」に当ることを「ユリイカ」の故伊達得夫氏が教えてくださった。伊達氏は当時、同新聞の編集部にいて太宰に原稿を依頼し書いてもらったが、「待つ」の内容が時局にふさわしくないという理由で原稿を返したと、伊達氏から直接聞いた。*5

とある。年譜によれば掲載予定の号は『京都帝国大学新聞』第三四四号（昭和一七年三月五日付発行）であったとされている。*6 ではなぜ伊達氏ら『京都帝国大学新聞』の編集部員たちは、最寄りの小さな省線の駅に、誰ともわからぬ人を迎えに行くことを日課にしている二十歳の娘の独白の体裁をとるこの「コント」の何処を「時局にふさわしくない」と感じ、掲載を中止して原稿を返却するに至ったのだろうか。

「駅」は、一般的な文脈からいっても、出会いと別れの場であり、「境界領域」として文化的にも濃密な意味が生成される場であることはいうまでもない。しかし太平洋戦争開戦直後というこの作品の執筆時期を考え合わせると、その場には一層特別な文脈が付け加わることになる。

「駅」を舞台にした歌謡曲に「夜のプラットホーム」という作品がある。戦後の一九四七（昭和二二）年に二葉あき子が歌ってヒットし、彼女の代表的歌唱の一つとなったものだが、実はこれはリバイバルであり、オリジナルは日中戦争開戦後の一九三九年に公開された伏水修監督による東宝映画「東京の女性」*7 の挿入歌として、淡谷のり子が歌ったものである。作詞を担当したのは『都新聞』の記者から、コロンビア所属の作詞家に転じた奥野椰子夫である。

前年の暮れに新橋駅で目撃した、出征兵士を見送る光景、歓呼の声を上げる群衆から少し離れて、一人の若妻が柱の陰から夫とおぼしき兵士を見つめる姿を念頭において作られたのがこの歌詞である。

1
星はまたたき　夜ふかく
なりわたる　なりわたる
プラットホームの別れのベルよ
さよなら　さようなら　君いつ帰る

2
ひとはちりはて　ただひとり
いつまでも　いつまでも
柱に寄りそい　たたずむわたし
さよなら　さようなら　君いつ帰る

3
窓に残したあのことば
泣かないで　泣かないで
瞼にやきつくさみしい笑顔
さよなら　さようなら　君いつ帰る

服部良一によって作曲されたこの歌は、しかし即時に発売禁止にされてしまった。歌詞の内容と、哀愁の漂うメロディーが、時局にそぐわないものとされたのである。

戦争中の生活に関連する文脈に即していていえば、「駅」は何よりもまず「出征する兵士を見送る」場であった。その際、当の出征兵士は、家族や近所の人たちに対して、生還を期さぬことを宣言して出立するのが常であった。見送る側も、少なくとも人前では「お国のため、立派に死んでこい」などといわなければならなかった。本心では「生きて帰って来てほしい」と願っていても、それを表だって現すことはできなかった。

ところが「待つ」の語り手である娘は、駅に毎日誰かを迎えに行っているのである。「若い娘が毎日誰かを駅に迎えに行く」という行為の表象そのものが、それだけで「時局にそぐわない」とされる理由は、上記のような文脈のなかでは立派に備わっているといってよい。

改札口を通る人々を、ベンチに座ってぼんやりと眺めながら娘が待っているのは、しかし特定の具体的な人物というわけではない。それどころか「人間でないかも知れない」ともされているのである。

彼女は「人間をきらひ」と自称する。その人間嫌い、人間恐怖は、「当たらずさはらずのお世辞」や「もつたいぶつた嘘の感想」を述べ合う回りの人間や、互いに本心をごまかし合って生きていかなければならない世の中の在り方に起因する。そうした嘘や用心深さが、何に対する警戒感から生まれてくるのかは明示されてはいないが、戦時下、発言が制限される中で、本心を隠さざるを得ない、表現を自粛せざるを得ない状況があることは、上記の文脈から容易に察知できることである。

母と二人の生活をしていた彼女は、もともとあまり外には出かけず、家にひきこもった生活をしていた。それで生活は落ち着いていたのである。しかし「大戦争」が始まって、そうもいかなくなった。彼女にとって「大戦争」は大きな不安をもたらし落ち着かなくさせるものであり、今までの生活に大きな影響を与えるものだった。娘が毎日誰かを待つようになったのも、それがきっかけとされる。

　家に黙つて坐つて居られない思いで、けれども、外に出てみたところで、私には行くところが、どこにもありません。買い物をして、その帰りには、駅に立ち寄つて、ぼんやり駅の冷いベンチに腰かけてゐるのです。（「待つ」）

家に安住していられなくなった彼女だが、具体的に何か「お国のため」の行動をするわけではない。だがこれも、この頃の時局との関係でいえば、決して許容されるべきことではなかった。

太平洋戦争開戦直前の一九四一（昭和一六）年一一月二二日に公布され、同年一二月一日に施行された勅令（第九九五号）「国民勤労報国令」は、それまでにも任意のものとしてあった「勤労奉仕隊」への参加を義務付けると共に、その総合的な調整を狙ったものであった。学校・職場ごとに、一四歳以上四〇歳未満の男子と一四歳以上二五歳未満の独身女性を対象とした勤労報国隊が編成され、軍需工場、鉱山、農家などにおける無償労働に動員されることが、すでに制度として採用されていたのである。実際にこの勅令に従って、日本全国のいたるところで国民の「勤労動員」や「徴用」が始まっていたことは、「律子と貞子」の中の、貞子の言葉[*8]にも書き込まれている通りである。そうした中にあって、積極的に「勤労奉仕」に参加し、戦争に役立つ仕事をするのではなく、ただ駅でじっと待つという「私」の行動は、それ自体で消極的戦争非協力を表象する態度に他ならなかったといえる。

彼女が「待つ」のは、特定の具体的な人ではない。いや「人間でないかも知れない」と彼女は述べている。「ああ、私は一体、何を待つてゐるのでせう」「一体、私は、誰を待つてゐるのだらう」。人か、物事か。具体的な人や事例が次々と挙げられるが悉く否定され、「はつきりした形のものは何もない。ただ、もやもやしてゐる」と、曖昧に、暗示的に述べられるばかりである。あれでもない、これでもないと眺めつつ、思いを巡らしつつ、「私」はいつか本当に「待つ」なにかが現れることを期待している。

男性は戦争に行って国のために戦死すること、女性は男性を助け支えるか、あるいは結婚して、兵隊候補としての男子を産むことが求められていた時代に、駅でただじっとなにかを待っているという「私」の行動は、時局が国民に要求していた姿とは全く異なった、不思議なものである。単純に解釈して、帰ってくるかどうかもわからない人たちを駅に迎えに行ってはひたすら待つ「私」の姿に、「大戦争」への消極的な抵抗、厭戦の思いを読み取ることは、当時の『京都帝国大学新聞』編集部員ならずとも、感得されることだったにちがいない。毎日毎日待つことは、その対象との邂逅が何時とも知れぬことだからであり、だからこそ「私」は「大戦争」が始まってから、それが終わるまで毎日ずっと待ち続けるのではないかとも思われる。

「十二月八日」の語り手である「主婦」がいうように「今まで歩いたことのない」「暗い道」に立たされた「娘」に託して、太宰はこの「大戦争」の「絶望」的状況の中で、どんな形かは定かではないが、いつかは現れるはずのそのなにかへの、逆説的な「希望」を語ろうとしたのではなかろうか。この二作品に、太宰が女性一人称の語りを採用したこと、そしてそれぞれを単行本『女性』の巻頭と末尾に据えたことには、そうした隠された文学的戦略があったことが想定されるのである。

## 5　「待つ」と「花火」をつなぐ思想

「待つ」には、しかしまだ解き明かすべき謎が残る。ぼんやりと駅のベンチに腰掛ける娘の脳裏に去来する「期待」「恐怖」「あきらめに似た覚悟」などの「けしからぬ空想」、そしてそうした「軽はずみな空想を実現しようと」いう「不埒な計画」を胸中にちろちろ燃やしている「みだらな女」の正体は、一体何なのだろうか。ただの「男女関係への期待」とは到底思われない。また「戦争終結への漠然とした希望」というだけでは、この言葉の強度にはそぐわない。そこで問題にしたいのが「花火」である。

太宰が一九四二（昭和一七）年に発表した「花火」の内容は、以下のようなものである。高名な洋画家鶴見仙之助夫妻には、長男勝治と長女節子の二人の子どもがいた。勝治は非行にはしり、悪友の言いなりになって金銭の無心をするばかりではなく、女中に手を付け、さらに父の作品を持ち出すようになる。節子に無心した金の受取りのために井の頭公園に行った勝治は、偶然来合わせた仙之助とボートに乗るが、仙之助は一人で戻り、勝治は溺死体で発見され、それが社会面をにぎわす大事となっていく。

この作品も謎に満ちており、なかなか不可解で、主題が分かりにくい作品であるといえる。題材となっている息子殺し事件は、一九三五（昭和一〇）年一一月に、本郷のある医師宅で起こった保険金目的の息子殺害事件を直接の題材にしていると思われるが、小説に登場する鶴見仙之助という画家は、洋行帰りの高名な洋画家ということで、日本画家・津田青楓を思わせるものがある。また、作品中で亡くなる勝治という主人公は、太宰自身の学生時代の生活を彷彿させる。[*9]

プロレタリア文学に関わっている小説家も登場し、また彼の友人関係の中に登場する人物の一人には風間という名前がついているが、太宰が関わっていた当時の非合法共産党の中央委員会委員長は風間丈吉であり、まさに風間という苗字であった。

つまりこの「花火」という作品は、時代を、素材とされた実際の事件の発生より遡って一九三二（昭和七）年当時に設定し、さらに実際の事件発生から七年も経ったこの時期に、フランス帰りの洋画家一家と左翼活動家を題材にして書かれた作品なのである。何故この時期にこれを書いたのか。その謎を解くためには、「大戦争」の始まりと、太宰の転向前の思想との関わりを問題にしなければならないだろう。

この間の諸家の研究の蓄積により、太宰治は、まだ太宰治になる以前の帝大生津島修治であった頃、非常に深く、当時の非合法の日本共産党と関わりがあったということが明らかになってきている。すでに弘前高校の高校生であった時代に、共産党機関紙の『赤旗』（当時は「せっき」）という新聞の配達員のグループに属していた。また東京での彼の下宿は非合法の日本共産党指導部の会議室となり、あるいは『赤旗』の地下印刷所にもなっていた。そういう中で一九三二年、大森銀行ギャング事件や熱海共産党一斉検挙事件の直前の六月、七月に太宰の実家に特高警察が訪れて、彼の兄であった貴族院議員の津島氏に弟の修治について転向を促すようにという勧めがあったということが明らかになっている。そして七月には青森の特高課に出頭し、転向が始まるのである。その後大森ギャング事件、熱海検挙事件があり、三三年一月九日に青森刑事局に出頭し左翼運動との絶縁を誓約したということになっている。その直後に地下活動中の小林多喜二が虐殺されるのである。

帝大生・津島修治（太宰治）は、共産党のシンパだったころ、帝大反帝同盟に所属し、反帝国主義の活動に参加していた。既に満州事変が始まって上海事変も起こっていた時期に、反帝国主義の活動を行っていたのである。そして小林多喜二も非合法共産党指導部で反帝同盟の活動を行っていたと考証されている。組織関係上多喜二と太宰の間に直接の面識があったという資料を見出すことはできないが、二人は実は極めて近いところにおり、反帝同盟と名付けられる、東アジアの反帝国主義運動と目される活動を共有していたということがわかっている。

それではこの頃、当時の国際共産党＝コミンテルンからの指令に多くを拠っていた日本共産党の、帝国主義戦争に対する態度はどういったものだったのだろうか。そこには「三二年テーゼ」という綱領的文書があり、そこでは、帝国主義戦争を行っている国家においては、その民衆、労働者大衆はその戦争に対して協力するのではなく、内乱を引き起こして、その帝国主義国家の指導的な体制を転覆するべきであるというふうに書かれている。次に掲げるのは、宮本百合子がプロレタリア文化連盟発行の『拾銭文庫』に書いている文書からの引用である。

革命的プロレタリアートは、行動スローガンとしては次のものを掲げている。

一、帝国主義戦争反対、帝国主義戦争の内乱への転化。

二、ブルジョア＝地主的天皇制の廃止、労働者・農民ソヴェト政府の樹立。（略）

五、日本帝国主義の軛からの殖民地（朝鮮、満州、台湾、その他）の解放。
六、ソヴェト同盟及び中国革命の擁護。
諸君は、これらの任務を達成することは、決して遠い将来のことと思ってはいけない。ソヴェト同盟の兄弟は、（略）我々が今掲げているスローガン「帝国主義戦争を内乱へ転化し」武器を支配階級に向け、今日の赤軍をつくった。

我々も、ソヴェト同盟の兄弟たちの英雄的闘争に学ぼうではないか。（略）*10

これは非合法共産党の内部文書というわけではなく、文化連盟からの出版物に、宮本百合子という著名作家が記したものであり、こうした考えは、当時の左翼思想信奉者の間に、広く流布していたと考えられる。すなわちこのように、太宰治こと津島修治が帝大反帝同盟で活動していたその頃に掲げられていたのが「帝国主義戦争を内乱へ、内乱を革命へ」という方針だったのである。

「待つ」の主人公は、時局に抗するように、ただひたすら何ものかを待つという行動をとっていた。しかしそれが何者であるか、何であるかということに対しては、作品中にははっきりとは書かれていない。これが大きな謎になっていた。

そこで思い浮かぶのが、太平洋戦争の開始直前に発覚したゾルゲ事件とその企ての内容である。ゾルゲ事件には尾崎秀実というコミンテルンのエージェントが関わっていたわけだが、尾崎秀実はまた当時の総理大臣近衛文麿の側近でもあった。そして日中戦争の開始当時、尾崎は日中戦争の早期解決に反対をした。なぜかといえば、帝国主義戦争を拡大することによってその攻撃国、帝国主義国を解体させ、その解体から内乱、そして革命へということを企てていたことが考えられるのである。そのことは日中戦争開戦当時の総理大臣であり尾崎を側近として重用していた近衛文麿が、太平洋戦争末期の一九四五（昭和二〇）年二月一四日の天皇に対する上奏文の中でほのめかしている。

敗戦だけならば国体上はさまで憂うる要なしと存候。国体の護持の建前より最も憂うるべきは敗戦よりも敗戦に伴うて起ることあるべき共産革命に御座候。

これを近衛文麿は昭和天皇に具申している。そして日中開戦当時のことについても「事変永びくがよろしく事変解決せば国内革新が出来なくなると公言せしは此の一味の中心的人物」（ここには彼の側近であった尾崎秀実が当然含まれている）という内容を天皇に具申しているのである。この近衛の上奏文と太宰の「待つ」を照らし合わせて考えるなら、太平洋戦争開戦時の太宰の心中に、「大戦争」の結末についてのかつての思想が、「不埒な空想」として甦ったのではないかという大胆な推測を行うことも可能だろうと思われる。

昭和天皇はこの上奏の内容について、一旦聞き置くがしかし戦果を上げなければ他国を介しての講和は難しかろうと言って退け、当時の国際的なさまざまな駆け引きから、日本の「共産革命」実現には至らなかった。しかしそれがやがてその後の広島長崎の原爆投下、ポツダム宣言受諾による日本の敗戦につながってくるということになるのであった。

多喜二は一九三三（昭和八）年の二月二〇日、満州事変、上海事変、そして日本の国際連盟脱退のころ築地警察署にて虐殺され、本格的な大戦争の時期には生きていなかった。津田青楓は三三年の七月に検挙されて以後転向し、以後政治的題材は手がけなかった。青楓の自伝『老画家の一生』（一九六三年、中央公論美術出版）の中では、「亀吉が左翼運動に出しゃ張ったり、共産主義者を隠したりしたのは、少しネヂがかかり過ぎたのだ。」というふうに反省の弁を披露してもいる。

太宰治は一九三二年から三三年にかけて段階的転向を行ったが、しかしその文学的根柢には、左翼活動家時代に浸み込んだコミンテルン以来の大胆な革命思想が残存し、さまざまにカムフラージュを施しながら、戦争中を表現者として生き抜いたのではないかと考えられる。

一般的な文学史の年表を見ると、一九四〇年代前半、これといった作品をほとんどの作家は残していないようになっている。良心に従って思うことを書こうとすると、書けなくなる。書かせてもらえなくなる。そこで生活に金銭的余裕のある作家は筆を断つ。あるいはどうしても生活のために書かなければならない場合は、心ならずも当局に引っかからないような形で作品を細々と発表する。ないしは完全に転向して国策に基づく小説を発表する。国策文学の作家となっていくということで、どの人たちも戦後になってから十分に見直しのできる、評価のできるような作品は残していないというのが今日の常識的な戦中の文学史の解釈である。そうした中で太宰治についてだけは戦争中のこの時期も「お伽草子」あるいは「津軽」「惜別」「右大臣実朝」といったように、戦後も評価できる数々の作品を残している。これらの作品の読み取り、再評価、そして戦後における太宰の作品群も含めて、四〇年代という時期をその前後と繋げて考えるということは、ただ太宰という一作家の文学的営みについてのみのとどまらず、この時期の文学、そして文化全体を考える大きな一つの手がかりになるのではないか。

若き日の「転向」のトラウマを抱えながら、太宰は戦時中も、さまざまなカムフラージュを施しつつ、深いところでの「思想」を放棄せずに、粘り強く作品を発表し続けていった。そのような太宰の、「大戦争」開戦直後の連続する短篇の発表の場の一つとして『若草』が選ばれたことは、この雑誌の性格付けにとっても、あらためて興味深い考察を広げる糸口となるのではないだろうか。

## 注

1――津島美知子「三鷹」（同『回想の太宰治』一九七八年五月、人文書院。引用は講談社文庫版二〇〇八年三月に拠る）。

2――奥出健「十二月八日」（神谷忠孝・安藤宏編『太宰治全作品研究事典』一九九五年一一月、勉誠社）。

3――何資宜「太宰治『十二月八日』試論――〈語り＝騙り〉構造」（広島大学国語国文学会『国文学攷』二〇七号、二〇一〇年九月）など。

4――注3既出、何資宜「太宰治『十二月八日』試論――〈語り＝騙り〉構造」。

5――津島美知子「『創作年表』のこと」（前出『回想の太宰治』）。

6――山内祥史『太宰治の年譜』（二〇一二年一二月、大修館書店）。

7――「東京の女性」の原作は、一九三九年に改造社から刊行された、丹羽文雄の長編小説である。銀座の自動車会社でタイピストとして働く君塚節子は、家庭の事情でお金が必要となり、同じ会社のセールスマン、木幡に一人前のセールスレディにしてほしいと頼む。節子は油にまみれ、必死に自動車セールスに必要な知識を身につけ、意欲的なセールスで、優秀な営業成績を上げる。しかし、木幡はそんな節子に違和感を覚えるようになる、というのがそのあらすじである。主役の君塚節子には、先ごろ亡くなった、日本を代表する映画女優・原節子が起用されている。一九三九年といえば、日中戦争の真っ最中であり、暗い時代がイメージされるが、自動車のセールス・レディを主人公に、仕事と恋との板挟みに悩む都会の若い女性を描いて、意外なほどにモダンな印象を与える作品となっている。この映画を巡って、近年では宜野座菜央見『モダン・ライフと戦争――スクリーンのなかの女性たち』（二〇一三年二月、吉川弘文館）が興味深い論点を示している。

8――「あたし職業婦人になるのよ、いい勤め口を捜して下さいね、あたし達だつて徴用令をいただけるの」（「律子と貞子」）。

9――太宰は転向、多喜二虐殺の後の一九三三年五月一四日、飛島定城と共に杉並区天沼一丁目一三六番地に転居するが、その隣が津田青楓の家だった。太宰の引っ越しが五月一四日、津田青楓の検挙は七月一九日である。青楓はプロレタリア作家同盟の大会に自分の居宅を貸したりしているようなプロレタリア文学運動、文化運動と非常に深い関係にあった画家であり、もちろん多喜二と青楓の間に様々な話し合いがあったことが想像される。また引っ越し当時、青楓が多喜二をモデルとしたと目される「犠牲者」という絵を書いていたことを、隣家に住み、交友のあった太宰は知っていたはずである。互いに左翼運動に関わっていたことを背景として、二人がともに同年二月二〇日の多喜二虐殺への深い思いをいだいていたことは疑いを容れない。

10 ――宮本百合子「労働者農民の国家とブルジョア地主の国家――ソヴェト同盟の国家体制と日本の国家体制」(『拾銭文庫』第一輯、一九三二年一二月一〇日、日本プロレタリア文化連盟)。

付記　本論文は、二〇一五年一〇月二五日に北京外国語大学・北京日本学研究センターを会場としてひらかれた「北京日本学研究センター設立三〇周年記念国際シンポジウム「アジアにおける日本研究の可能性」」での口頭発表、二〇一五年一一月二九日、栃木県立美術館企画展「戦後七〇年：もうひとつの一九四〇年代美術――戦争から、復興・再生へ　シンポジウム「戦争と表現――文学、美術、漫画の交差」」での口頭発表、二〇一六年五月三日にトゥールーズ・ジャン・ジョレス大学で開催された国際シンポジウム「雑誌『若草』――一九二〇年代から一九四〇年代までの文学と文化」での口頭発表を踏まえて、大幅に加筆・修正を加え、構成を改めてまとめたものである。内容の一部に、「津田青楓《犠牲者》と太平洋戦争開戦期の太宰治――小林多喜二を媒介として」(「戦後七〇年：もうひとつの一九四〇年代美術」展　シンポジウム「戦争と表現――文学、美術、漫画の交差」報告書『一九四〇年代美術に関する論文集』、二〇一六年三月、栃木県立美術館)、「「大戦争」と「女性」の眼差し――太平洋戦争開戦時の太宰治の短篇から」(北京日本学研究センター編『日本学研究』二十六、二〇一六年一〇月、北京・学苑出版社)と重複する部分があることをお断りするとともに、関係各方面のご理解・ご協力に感謝の意を表する。

# あとがき

本書のもとになったのは、「文学雑誌『若草』における読者階層の形成と混交をめぐる総合的研究」として、二〇一四年度から三年間行った研究会である（JSPS科研費 26370249）。当初は、あまり注目されない雑誌を読むことだけを目的に島村輝さん、吉田司雄さん、太田知美さん、徳永夏子さん、井原あやさんを中心に始めた研究会だが、対象を『若草』に定めてからは、多岐にわたる内容のより深い理解のために、さまざまな領域で活躍されている方々に、ゲストとして助けを願うことになった。おかげで、ひとつの雑誌の特性が明らかになるというだけでなく、雑誌研究の方法を検討する場となった。

『若草』がいくつもの顔を持つことは、本書でおわかりいただけると思うが、参加者の多くを惹きつけたのは、やはり雑誌の特色でもある読者投稿欄の熱気であった。当時の読者と同じように、お気に入りの常連投稿者を持っていた人もあり、懇親会はそれぞれの話題で盛り上がった。サブタイトルに「私たちは文芸を愛好している」とつけたのは、目的や見返りも不明といってもよい、投稿者・読者たちの文学への熱意を記録したかったからである。だが、それはかつて生きていたというばかりでなく、彼ら・彼女らを捉えたいと追究する自分たちの気分を表したようにも思う。われわれが文学研究の意義を常に考えながら仕事をしなければならないのは当然だが、その冷静さは、研究をとりまく状況の中で、どこか他所からまなざされるような冷淡さと同じわけではない。厳しい研究状況が続いているからこそ、少しは周りに聞こえる声で言ってもいいのではないだろうか、私たちは文芸を愛好している、と。

研究期間中の二〇一六年五月三日には、フランスのトゥールーズ・ジャン・ジョレス大学において、「国際シ

ンポジウム　雑誌『若草』――一九二〇年代から一九四〇年代までの文学と文化」を開催した。領域を問わず、日本文化に関心のある方々に成果を聞いていただくことができたのは喜びである。本書所収の論文のうち、徳永夏子さん、吉田司雄さん、井原あやさん、島村輝さんと、サンドラ・シャールさん、ジェラルド・プルーさんの論文は、この時の発表をもとにしたものである。シンポジウムの際には、ジャン・ジョレス大学の太田知美さん、藤原団さんをはじめ、多くの方に大変にお世話になった。

また、研究会に参加して下さった大学院生その他のみなさんにも、いつも活気をもらっている。すべての方のお名前は挙げきれないが、かかわって下さった方々に、感謝の意を表したい。

最後に、翰林書房の今井静江さんには、この少し見慣れない文学雑誌についての出版を引き受けていただき、遅れがちな作業を形にしていただいた。心からお礼を申し上げたい。

二〇一七年一二月

小平麻衣子

# 執筆者紹介（執筆順）

**小平　麻衣子**（おだいら　まいこ）。慶應義塾大学文学部教授。『夢みる教養　文系女性のための知的生き方史』（二〇一六年、河出書房新社）、『21世紀日本文学ガイドブック7　田村俊子』（小平麻衣子・内藤千珠子共著、二〇一四年、ひつじ書房）、「林芙美子・〈赤裸々〉の匙かげん——『放浪記』の書きかえをめぐって」（『早稲田文学』増刊女性号、二〇一七年九月）など。

**服部　徹也**（はっとり　てつや）。慶應義塾大学大学院生。「『英文学形式論』講義にみる漱石の文学理論構想——「未成市街の廃墟」から消された一区画——」（『国語と国文學』二〇一七年一〇月）、「《描写論》の臨界点——漱石『文学論』生成における視覚性の問題と『草枕』——」（『日本近代文学』二〇一六年五月）など。

**Sandra SCHAAL**（サンドラ　シャール）。ストラスブール大学准教授。MURAKAMI-GIROUX Sakae, SCHAAL Sandra, SEGUY Christiane (eds), *Censure, autocensure et tabous*, Arles, Philippe Picquier, 2011（共著）など。

**村山　龍**（むらやま　りゅう）。慶應義塾大学非常勤講師。博士学位論文「〈世界全体〉の再創造——一九三〇年代、宮澤賢治受容とその背景——」（二〇一七年、慶應義塾大学）、「大東亜共栄圏というモダニズム——春山行夫・エリオット・西田幾多郎——」（『近代文学合同研究会論集』二〇一六年一月）など。

**滝口　明祥**（たきぐち　あきひろ）。大東文化大学講師。『太宰治ブームの系譜』（二〇一六年、ひつじ書房）、『井伏鱒二と「ちぐはぐ」な近代』（二〇一二年、新曜社）、「「風俗」と「喜劇」が結びつくとき——井伏鱒二と戦後喜劇映画」（『文学』二〇一四年一一月）など。

**徳永　夏子**（とくなが　なつこ）。日本大学講師。「「将来の文壇に於ける谷崎氏の位置は殊に重要なものとなるであらう」——一九一八年前後の谷崎潤一郎イメージ——」（『谷崎潤一郎読本』共著、二〇一六年、翰林書房）、「『青鞜』における自己語りの変容——テクストによる現実との接触——」（『日本文学』二〇一〇年九月）など。

**太田　知美**（おおた　ともみ）。トゥールーズ・ジャン・ジョレス大学准教授。« *Contes de fleurs* : amitié romantique entre jeunes filles selon Yoshiya Nobuko », *Parcours féministes dans la littérature et dans la société japonaises de 1910 à 1930*, Harmattan, 2016, « Quand les femmes parlent d'amour : Le discours sur l'amour dans *Seitô* », *Genre et modernité au Japon*, PUR, 2014 など。

**Gérald PELOUX**（ジェラルド・プルー）。セルジー・ポントワーズ大学准教授。« Hisayama Hideko, une parodie d'écriture féminine dans les années 1920 et 1930 ? », *Japon Pluriel 11*, Philippe Picquier, 2016, « Cadavre vivant et pantin désarticulé : Souffrance et reconfiguration des corps dans l'œuvre d'Edogawa Ranpo », *Extrême-Orient Extrême-Occident*, octobre 2015, « Les *Meriken* *jappu mono* de Tani Jôji – un premier cas de littérature globale au Japon ? » *Japon Pluriel 10*, Philippe Picquier, 2015 など。

**吉田　司雄**（よしだ　もりお）。工学院大学教授。『機械＝身体のポリティーク』（共著、二〇〇六年、青弓社）、『探偵小説と日本近代』（共著、二〇〇四年、青弓社）、「代替の歴史と欲望の転移」（『物語研究』二〇一三年六月）など。

**竹内　瑞穂**（たけうち　みずほ）。愛知淑徳大学准教授。『「変態」という文化――近代日本の〈小さな革命〉』（二〇一四年、ひつじ書房）、『〈変態〉二十面相――もうひとつの近代日本精神史』（編著、二〇一六年、六花出版）など。

**小長井　涼**（こながい　りょう）。日本大学明誠高校非常勤講師。「阿房列車と鉄道唱歌」（『日本大学大学院国文学専攻論集』二〇一五年一〇月）、「短歌の〈抒情〉と〈現実〉――一九三〇年代の短歌言説研究」（『滄』二〇一七年五月から連載中）など。

**井原　あや**（いはら　あや）。大妻女子大学非常勤講師。『〈スキャンダラスな女〉を欲望する――文学・女性週刊誌・ジェンダー』（二〇一五年、青弓社）、「死を予見し、死を悼む　太宰治「桜桃」Ⅰ」（『テクスト分析入門　小説を分析的に読むための実践ガイド』共著、松本和也編、二〇一六年、ひつじ書房）、「『女性自身』と源氏鶏太――〈ガール〉はいかにして働くか――」（『国語と国文学』二〇一七年五月）など。

**松本　和也**（まつもと　かつや）。神奈川大学外国語学部教授。『昭和一〇年代の文学場を考える　新人・太宰治・戦争文学』（二〇一五年、立教大学出版会）、「太宰治／文学場の言説分析――研究対象―方法論再考のために」（『人文研究』二〇一七年九月）など。

**尾崎　名津子**（おざき　なつこ）。弘前大学講師。『織田作之助論　〈大阪〉表象という戦略』（二〇一六年、和泉書院）、「変奏される〈悲しみ〉――坂口安吾の大阪観」（『坂口安吾研究』二〇一七年三月）、「松本清張とラオス――ベトナム戦争の記述をめぐる研究――」（『第一六回松本清張研究奨励事業報告書』二〇一六年二月）など。

**大川内　夏樹**（おおかわち　なつき）。九州共立大学講師。『コレクション・戦後詩誌　第五－七巻』（編著、二〇一七年、ゆまに書房）、「北園克衛「記号説」論――モホリ＝ナギ《大都市のダイナミズム》を手がかりに――」（『日本近代文学』二〇一五年一一月）など。

**島村　輝**（しまむら　てる）。フェリス女学院大学教授。『臨界の近代日本文学』（一九九九年、世織書房）、『被爆を生きて』（林京子との共著、二〇一一年、岩波書店）、「マルクスボーイの夢と幻滅――太宰治の「共産主義」と「転向」」（安藤宏編『展望・太宰治』二〇〇九年、至文堂）など。

## 翻訳者

**井上　須波**（いのうえ　すなみ）。ストラスブール大学大学院教育研究科博士後期課程教育学専攻修了（博士）。

文芸雑誌『若草』　私たちは文芸を愛好している


| | |
|---|---|
| 発行日 | 2018年1月22日　初版第一刷 |
| 編　者 | 小平麻衣子 |
| 発行人 | 今井　肇 |
| 発行所 | 翰林書房 |
| | 〒151-0071 東京都渋谷区本町1-4-16 |
| | 電話　(03)6276-0633 |
| | FAX　(03)6276-0634 |
| | http://www.kanrin.co.jp/ |
| | Eメール●Kanrin@nifty.com |
| 装　釘 | 須藤康子+島津デザイン事務所 |
| 印刷・製本 | メデューム |

落丁・乱丁本はお取替えいたします



ISBN978-4-87737-418-1